Tam Tam

8

Eduardo Antonio Parra

NOSTALGIA DELL'OMBRA

Traduzione di Angela Masotti

La Linea

La presente traducción fue realizada con el estimulo del *Programa de Apoyo a la Traducción de Obras Mexicanas a Lenguas Extranjeras* (PROTRAD), dependiente de las instituciones culturales de México convocantes.

La traduzione dell'opera è stata realizzata grazie al *Programa de Apoyo a la Traducción de Obras Mexicanas a Lenguas Extranjeras* (PROTRAD), bandito dalle istituzioni culturali messicane.

Traduzione dallo spagnolo di Angela Masotti

Redazione: Grazia Perugini
Grafica e impaginazione: Otago
Logo design: Michele Soma

Titolo originale dell'opera: *Nostalgia de la sombra*

Edizioni La Linea s.r.l.
Via San Rocco, 9 - 40122 Bologna
Tel. 051 9925082 - Fax 051 6491310
info@edizionilalinea.it - www.edizionilalinea.it
Facebook: Edizioni La Linea - *Twitter*: @EdizioniLaLinea

Prima edizione La Linea: novembre 2012

ISBN: 978-88-97462-27-9

A Claudia Guillén,
luce tra le ombre

Nostalgia dell'ombra

Uno

Non c'è niente come uccidere un uomo. La frase gli risuona nella testa e Ramiro sente il calore del sangue sotto la pelle. È l'unico modo per sapere che è valsa la pena venire al mondo. Cammina piano, con attenzione, adeguando i passi alla superficie irregolare del marciapiede, mentre cerca di evitare i trafficanti di documenti falsi, i mendicanti e i venditori che tengono la strada sotto assedio. Non vede le facce di quelli che corrono a ripararsi sotto i portici, spinti dal brontolio del cielo e dalle raffiche di vento carico di pioggia: avanza con gli occhi bassi tra i vapori delle trattorie, assorto in quel pensiero che si ripete e si modula nella sua mente come una litania. Sopprimere qualcuno. Toglierlo di mezzo. Farlo uscire dal gioco. Rialza lo sguardo solo quando arriva alla piazza, che lui ricorda sempre piena di gente che protesta, insegnanti accampati con tende da campeggio, contadini in agitazione. Le prime gocce di una pioggia ancora timida spingono venditori e passanti ad accalcarsi al riparo dei portici, e il sagrato di Santo Domingo si estende quasi deserto sotto lo sguardo di Ramiro. Non c'è niente come sentire sulla propria pelle il sangue di qualcun altro, poter raccogliere il suo ultimo respiro. Vedere come ansima, come si sforza di prendere un'ultima boccata di quell'aria che non riempirà mai più i suoi polmoni. Si ferma accanto alla fontana su cui è seduta una vecchia che domina il paesaggio. Il suo profilo gli ricorda qualche moneta antica, o una banconota, non sa di preciso quale. Accende una sigaretta e guarda la folla pigiata tra i tozzi pilastri, le stampatrici dei tipografi di strada e i tavoli degli scrivani pubblici. Aspira il fumo misto a umidità e l'alcol bevuto a pranzo gli si rimescola nello stomaco. Sì, fargli vedere chi è più forte. Metterlo faccia a terra. Dimostrargli che la sua vita vale quanto quella del cane che prendiamo a sassate perché ci ha tagliato la strada. Senza rabbia, senza pietà, per il semplice gusto di sentirci potenti, capaci di far la pelle a qualcuno. Rutta e un attacco di nausea gli annebbia la vista. Ha bisogno di continuare a bere, lo sa, ma non ha fretta. Accende ancora un'altra sigaretta. Cerca di distrarsi dall'acidità mettendosi a osservare i palazzi coloniali. La pioggia, sempre più fitta, risuona sulle pietre del lastricato, gli schizza la camicia, gli fa vibrare la pelle del viso, ma Ramiro resta immobile accanto alla fontana al centro della piazza, con lo sguardo perso verso il portico della chiesa. Far fuori un uomo è facile, Damián. Ma non mi avevi mai incaricato di uccidere una donna.

Una goccia cade esattamente sulla sua sigaretta e la soffoca con uno sfrigolio. Ramiro mormora un'imprecazione. L'acqua gli scivola dai capelli e gli scorre sulla fronte, raffreddandogli un po' il sangue e obbligandolo a cercare riparo. L'unico disponibile è lo stesso a cui tutti hanno pensato. Prende il fazzoletto, si asciuga la faccia e si avvia verso il portico. Appena trova uno spazio libero in mezzo alla calca tira fuori un'altra sigaretta. Da là sotto contempla l'antico palazzo dell'Inquisizione, ma mentre cerca di concentrarsi sulla sua struttura l'idea che gli ronza in testa, fissa, ossessiva, ritorna alla carica. Una donna. Difficile anche pensarci. Nemmeno nei peggiori momenti ha potuto immaginare la smorfia della morte su un viso di donna, gli ultimi spasmi in uno di quei corpi fatti per tutto, tranne che per essere annientati. La nausea gli sale alla gola. Ramiro si fa largo in mezzo alla gente per arrivare alla strada.

Neppure la pioggia che ora si abbatte con forza sulla città ha arrestato il mitragliare delle macchine da scrivere. Il ticchettio fa breccia nella sua memoria e vi si installa, portandogli sensazioni di un'altra epoca. Ha sempre desiderato venire a sedersi accanto a uno di quegli scrivani come un analfabeta qualsiasi, per dettargli una lettera con cui dar via libera al torrente della sua vita. Una lettera rivolta al passato. A Victoria. Ma Victoria non si ricorda più di me. Né io di lei. È assurdo. Poi, anche se volessi davvero farlo, non avrei certo bisogno di affidarmi a uno di questi uomini sudati che si affannano per riempire di parole domande di lavoro, relazioni, dichiarazioni e biglietti. Ramiro avanza per qualche metro fin dove una giovane donna vestita di nero sussurra le sue pene, con la voce debole e le lacrime agli occhi, a un grasso scrivano dall'aria stanca. Una vedova, di sicuro. Si vede subito quando una ha perso il marito. Non appena formula questo pensiero, deve riconoscere che è molto più difficile identificare un vedovo. È ovvio, Ramiro, le donne sono fedeli e sentimentali, poi portano il lutto, nei vestiti e nell'espressione. Sono diverse. Questi pensieri lo infastidiscono, gli fanno ricordare il disagio che ha provato nell'aprire la busta con i dati del suo prossimo obiettivo. L'ordine di Damián è stato chiaro. Il tuo cliente è una donna, ha detto. Si chiama Maricruz Escobedo. Nel passare accanto alla vedova e allo scrivano un profumo dolciastro lo assale, avvolgendolo, neutralizzando gli umori corporei della folla, l'odore di terra bagnata, l'aroma del tabacco. Allora il bisogno di un'altra bevuta diventa urgente e Ramiro si fa strada a gomitate e spintoni, fino a trovarsi di nuovo sotto la pioggia.

Dopo averlo accolto con le note di un bolero malinconico di cui non ha potuto cogliere le parole, il Salón Vasco è sprofondato in un mormorio attraverso cui giungono smorzati i rumori dell'esterno. Ramiro ordina il secondo bicchiere a una mora minuta che fluttua da un tavolo all'altro. Schiaccia la cicca nel posacenere e guarda la fotografia. Non trova una ragione valida per togliere di mezzo quella donna. Deve essere una madre amorosa, una donna con un lavoro produttivo, con una vita che ha imparato ad apprezzare andando avanti con gli anni. Se la immagina mentre supera uno a uno gli ostacoli che la vita impone alle donne, costretta a dimostrare giorno dopo giorno quello che vale, per non perdere quanto ha già guadagnato. Forse è una vera signora, magari anche affabile. Le carte che gli ha consegnato Damián non dicono granché: un indirizzo nel quartiere Vista Hermosa di Monterrey, i nomi e i dati del marito e dei figli, l'indirizzo dell'ufficio. La sua età: quarantadue anni. Anche se nella foto sembra molto più giovane, come appena uscita dall'adolescenza. L'umidità è quasi del tutto evaporata dai suoi vestiti, ma a ogni movimento del corpo un freddo che gli viene da dentro lo fa rabbrividire. Butta giù il brandy tutto d'un fiato e ne chiede un altro, con gesto distratto, mentre si domanda se la signora avrà ora lo stesso aspetto. Può darsi, anche se le donne cambiano parecchio. Magari la Maricruz Escobedo di adesso non ha niente a che vedere con quella che le sue dita accarezzano, come se volessero indovinarne i pensieri attraverso la consistenza della carta.

Il lungo muggito di una tromba lo fa sussultare. Dietro di lui dilaga nella stanza il ritmo nervoso e rapido di una chitarra. La voce aspra di José Alfredo Jiménez sgorga dal jukebox e due tipi al banco cominciano a sbraitare, sfidando il resto degli avventori. Ramiro li ignora. Ripassa ancora una volta i tratti della donna nella fotografia, senza trovarne uno che lo aiuti a sentire repulsione per lei. E nemmeno ira.

...è così che a questo mondo
la vita non vale niente.

Uno degli uomini ripete il ritornello con voce roca, poi lancia un grido che termina con un insulto privo di un destinatario. Ramiro lo fissa per un attimo, ma subito sprofonda nei suoi pensieri. L'alcol comincia a offuscargli la mente, le idee che vi si formano sono ancora lucide ma come avvolte da una specie di nebbia. Maricruz Escobedo è una bella femmina, il che è un ostacolo. Con gli uomini invece basta un'occhiata e viene subito fuori un sopracciglio cadente, una mascella larga, labbra troppo sottili o sporgenti, un occhio strabico, il naso storto. Non manca mai un dettaglio che gli faciliti il lavoro. Infila il ritratto sul portatovaglioli e gli occhi color smeraldo lo fissano dritto in faccia, come a chiedergli perché. Ramiro distoglie lo sguardo. È come uccidere la propria madre. O una sorella. O questa povera mora che si fa un culo così da un capo all'altro dell'osteria senza neppure il tempo di respirare, senza un aiuto, senza il rispetto di quegli imbecilli che non smettono di lanciarle insinuazioni appena si avvicina. Voglio vedere tra quanto la lasceranno portarmi un altro bicchiere.

I tipi al banco braccano la cameriera, la tirano per un braccio, la afferrano alla vita per attirarla a sé e cantarle all'orecchio, tentano di baciarla. Ramiro li squadra: uno grasso, bruno, volgare nonostante il vestito di buona fattura, e l'altro che si pavoneggia dietro gli occhiali con la montatura d'oro. Che ci fanno questi due in un buco come questo? Non è un posto che fa per loro, si vede subito. Credono di essere in incognito, invece si sono venuti a cacciare dove danno più nell'occhio. La notte, scesa ormai da un'ora sulla città, tinge di nero le finestre. Il debole chiarore delle lampadine non riesce a illuminare la stanza e insudicia l'aria dell'osteria. Una nuvola di fumo, sospesa sopra le teste degli avventori, si agita quando qualcuno accende un'altra sigaretta.

Per la prima volta da quando è entrato, Ramiro dirige lo sguardo verso gli altri tavoli. Non ce n'è neanche uno libero. In quelli più vicini alcuni uomini conversano tra loro. A un tavolo in fondo, come se smaniassero per una bevuta, quattro ombre tengono gli occhi fissi sugli ubriachi che hanno sequestrato la cameriera. Ramiro sorride. Prima o poi a questi due imbecilli qualcuno gli fotte il portafoglio, l'orologio, magari anche le scarpe. I compari laggiù li hanno già adocchiati. E gli sta bene, non si può essere così idioti. Chi gliel'ha fatto fare di venire a mettersi dove non devono stare? La mora riesce a divincolarsi e lascia sul tavolo di Ramiro un altro brandy. Poi distribuisce bicchieri e bottiglie tra i tavoli, con gli sguardi vogliosi dei due tipi sempre incollati al culo. Uno dei due fa un commento e l'altro scoppia a ridere. Appena la ragazza si trova di nuovo a portata di mano, ritornano all'attacco. Ramiro accende una sigaretta e osserva la scena con disprezzo. Hanno ricominciato a scocciarla, a starle addosso, esibendo gli orologi di lusso, dando a intendere che con i soldi che hanno in tasca possono comprare lei e tutti gli altri presenti. Senza farci caso, allunga la mano e prende la foto di Maricruz Escobedo. La solleva per vederla bene. Che bastardi, se in questa foto ci fosse uno di loro, o tutti e due, allora sì che sarebbe un piacere.

"È la tua cliente. La conosci?" gli aveva detto Damián qualche ora prima.

"No."

Gli occhi del capo lo scrutavano con estrema attenzione. Sembrava sempre impassibile, ma Ramiro aveva notato lo scintillio che c'era nei suoi occhi quando intuiva una titubanza nei suoi sottoposti.

"Bella, vero?" aveva scherzato. "Ti ci devi abituare. Per un po' diventerai il suo amante più geloso, dovrai starle sempre attaccato, senza mai perderla di vista."

E si era alzato per andare verso il bagno, senza lasciare all'altro il tempo di rispondere.

L'uscita di Damián aveva attirato l'attenzione dei clienti vicini e Ramiro si era trovato per un attimo in mezzo a un incrocio di sguardi. Aveva girato la testa intorno a sé per studiare la clientela tipica di quel genere di posti: dirigenti, funzionari pubblici, impiegati di banca, segretarie in tailleur, commercianti ingioiellati. La fauna caratteristica del centro della capitale, dove tutti si sono visti qualche volta ma nessuno si conosce. Il ristorante Las Sirenas, specializzato in cucina tradizionale, era pieno e molta gente faceva la coda nel corridoio all'ingresso. Ramiro si sentiva a disagio. E anche l'odore del cibo, che solo un'ora prima l'aveva entusiasmato, ora stava quasi per dargli la nausea. Il consommé e la carne arrostita cominciavano a rivoltarsi nel suo stomaco, generandogli un'agitazione che né il caffè né la sigaretta potevano placare. Non sapeva se ordinare un'altra bevuta o un bicchier d'acqua. Aveva preso la busta che Damián gli aveva messo in mano prima di lasciarlo solo. Nella foto, sotto le ciglia folte, gli occhi verdi di Maricruz Escobedo cercavano insistentemente quelli di Ramiro, mentre la mano sinistra sollevava una ciocca di capelli castani per scoprire il viso. Aveva passato le dita sopra l'immagine e la sua impronta digitale, impressa con il sudore, era apparsa nitidamente sullo zigomo della ragazza. La sua cliente. Non aveva mai capito perché Damián insistesse a chiamare così quelli che di lì a poco sarebbero morti.

Un cameriere si era avvicinato cerimonioso. Mentre Ramiro ordinava con voce spenta un caffè e un bicchiere d'acqua, il tipo aveva avuto modo di spiare con la coda dell'occhio l'immagine della donna e gli aveva sorriso con complicità. Ramiro aveva riposto la foto nella busta e l'aveva abbandonata sul tavolo. L'atteggiamento del cameriere l'aveva fatto sentire nudo, al centro dell'attenzione, come se quelli che aveva intorno lì nel ristorante fossero stati a osservarlo, come se tutti sapessero il motivo del suo incontro con Damián e conoscessero Maricruz Escobedo. Aveva acceso una sigaretta per alzare una cortina di fumo tra lui e gli altri clienti, mentre controllava il corridoio da dove sarebbe dovuto tornare il capo.

Era sempre stato intrigato da quel giovane elegante, dai modi raffinati, che non parlava mai d'altro che di lavoro e aveva il potere di decidere chi doveva morire e chi rimanere in vita. Dal suo archivio pieno di foto, profili, rapporti dettagliati su abitudini e routine, dipendevano le eventuali vedove, gli orfani, le imprese decapitate e le società senza più concorrenza. Accompagnava i suoi ordini semplici e diretti con un sorriso. Non assumeva mai un'aria di mistero. Detestava la solennità. Questo è il prossimo, diceva. Deve essere fatto per la tale data. Certe volte dava un consiglio o una raccomandazione. Stai attento, i guardaspalle che ha sempre appresso sono stati mercenari in Guatemala. A questo bastardo non ti ci avvicinare nemmeno: fiuta il pericolo; meglio colpirlo da lontano, usa un fucile a lunga gittata. Mai una parola più del necessario, né una dimostrazione di amicizia. Una cortese freddezza.

Eppure, nei dieci anni trascorsi da quando era venuto a tirarlo fuori dal carcere della Loma, a Nuevo Laredo, per portarlo a lavorare nella capitale, Ramiro aveva imparato a conoscerlo durante gli incontri di lavoro. Dopo lunghe riflessioni aveva dedotto che Damián apparteneva a una delle potenti famiglie del Paese, anche se forse non aveva rapporti diretti con i livelli più alti. Da vaghi accenni era venuto a sapere che dopo aver fatto un dottorato a Chicago, dove era stato collega di vari politici messicani, era tornato in patria pieno di ambizioni, per dover prendere atto che i suoi fratelli maggiori si erano accaparrati i posti di rilievo nell'azienda di famiglia e le prebende che il governo riservava al clan. Ramiro si immaginava allora che Damián, divorato dalla frustrazione, avesse cominciato a ingegnarsi per trovare una sua via personale verso la ricchezza e il potere, fino a che un membro della famiglia non si era trovato in un vicolo cieco la cui unica via d'uscita era l'eliminazione di un avversario. Era urgente trovare qualcuno che facesse il lavoro, un lavoro sporco e pericoloso, che non si addiceva di certo a un rampollo della famiglia Reyes Retana. Dotato di simpatia e *savoir-faire*, consapevole che con le sue maniere era in grado di sedurre anche gli uomini più duri, Damián si era messo allora a setacciare la città allo scopo di individuare un candidato. Qualche settimana dopo l'avversario era scomparso e il giovane patrizio si era reso conto di aver fatto il primo passo verso la realizzazione dei suoi piani. Adesso dirigeva una società specializzata in servizi di sicurezza, occupandosi lui stesso di reclutare il personale in certe carceri del Nord, tra le bande di *chicanos* dall'altro lato della frontiera o nei remoti sobborghi di Città del Messico. Ogni soggetto che entrava nella sua impresa veniva addestrato con ferrea disciplina, fino a diventare un professionista raffinato, beneducato, efficiente. Damián si considerava il migliore sulla piazza. I suoi servizi erano richiesti da grandi gruppi industriali, partiti politici, organizzazioni di narcotrafficanti e lo stesso governo; ma anche amanti oltraggiati o ereditieri impazienti. Ramiro era uno dei pezzi forti dell'azienda, e in dieci anni aveva portato a termine qualcosa come diciotto incarichi.

Non appena il cameriere gli aveva messo davanti il caffè e l'acqua, non si era più preoccupato degli sguardi curiosi degli altri clienti. Aveva preso il bicchiere e l'aveva svuotato tutto d'un fiato, sentendo che l'agitazione si andava placando dentro il suo stomaco, restituendogli la calma. Quel che non riusciva a mitigare era invece l'inquietudine che la fotografia gli suscitava, la curiosità di conoscere il motivo della sentenza contro Maricruz Escobedo. Il capo non glielo avrebbe detto: non rientrava nel contratto. Tenere per sé le informazioni faceva parte della sua politica e rivelava una certa insicurezza nel suo modo di agire, che Damián cercava di dissimulare. Perché malgrado la freddezza imposta, la distanza che manteneva nei rapporti con gli uomini ai suoi ordini e l'ironia che faceva da barriera tra i suoi pensieri intimi e il mondo esterno, Ramiro aveva indovinato in Damián un lampo di apprensione che qualche volta incrinava la sua maschera. Certo l'attività in cui mostrava di trionfare non era quella che aveva sognato... E poiché aveva una famiglia, una moglie e quattro figli a cui si sforzava di mantenere occulta la sua vera occupazione, anche lui doveva avere delle debolezze. O paura. La sua prudenza nel tenere a distanza i sottoposti lo tradiva. Non li voleva vicini. Tra un lavoro e l'altro, Ramiro e i suoi colleghi godevano per lo meno di sei mesi di vacanza ben remunerata, fino a che il padrone non li chiamava di nuovo.

Aveva mandato giù un sorso di caffè e aveva poggiato la

mano aperta sopra la busta. Lì dentro c'era il suo lasciapassare per un altro lungo periodo di riposo a Cocoyoc, in quella casa di campagna arredata con mobili che gli attribuivano una falsa personalità, dove andava a rifugiarsi dalle seccature del mondo. Ricordava l'aria pura, il sole tenue, la quiete dei dintorni e desiderava essere già lì, ma ora doveva concentrarsi sul suo nuovo cliente. Qual era il delitto di Maricruz Escobedo? Non poteva immaginare per lei altre ragioni che le più comuni. Infedeltà? No, non sembrava quel tipo di donna. O forse la condanna si doveva al dispetto di una femmina rivale, o a qualcuno che lei ostacolava in un affare. Senza alzare la mano e muovendo solo le dita, aveva riposto la foto nella busta e l'aveva chiusa. Sì, la donna doveva essersi messa in qualcosa di losco. Ma avrebbe avuto tutto il tempo di sapere chi fosse.

"Bella, vero?" aveva ripetuto Damián riprendendo il suo posto.

"Sì. Molto bella... È un peccato."

Certo è come uccidere la propria madre, cazzo. Neppure gli animali attaccano le femmine della propria specie. È un fatto naturale. Insomma non si può. A nessuno passa per la testa una cosa del genere. O forse sì, eh mora? La cameriera continua ad affaccendarsi da un capo all'altro del Salón Vasco. Sul viso ha i segni della stanchezza per le ore di lavoro accumulate, ma ora per lo meno può muoversi tranquillamente perché gli ubriachi al banco hanno smesso di badare a lei. Stanno appoggiati sui gomiti per non barcollare, lasciando che i loro bicchieri si riempiano di mosche, senza accorgersi degli sguardi avidi di chi pregusta già i loro portafogli gonfi di soldi, senza sentire Juan Charrasqueado che grida dal jukebox "sono ubriaco e sono un gallo", prima che un colpo di pistola gli attraversi il cuore. Il mondo intorno a loro ha cessato di esistere. Ramiro li osserva, cercando di dissimulare il singhiozzo che da qualche minuto lo tormenta. Che gran coppia di imbecilli. Adesso sono arrivati all'ora della verità: te lo dico con tutto il cuore, amico, sei un grande, in vita mia non ho mai conosciuto uno più cazzuto di te. E l'altro: no, no, no amico, sei tu che sei un fenomeno, una potenza della natura, è questa la verità. Ramiro detesta le uscite sentimentali, forse è per questo che lavora volentieri con un tipo dai modi così austeri come Damián. Per un attimo la cameriera entra nel suo campo visivo e lui la osserva attraversare la sala. Povera mora, sempre lì a farsi il culo, una tequila qui, una birra di là, tutto il tempo a correre tra i tavoli, soffocando per il fumo. Non so come fa a non scivolare con tutti gli sputi e i cubetti di ghiaccio che ci sono per terra.

La ragazza va dietro al banco, dove i due tipi ben vestiti si stanno abbracciando. Uno dei due sembra che stia piangendo. L'altro gli palpa i capelli dietro la nuca. Che teneri. Fanno venire la nausea, quei figli di puttana. Deve essere per quello che è così facile far secco un maschio, a pugnalate o a colpi di pistola. Dopo un po' non lo reggi più. È come uccidere tuo padre. Questo sì, perché no? Senza problemi. O un fratello. Mi dispiace fratellino, ma devo levarti di torno. Non mi costa nemmeno un po', sai? La verità è che non sopporto la tua presenza da quando sei nato, da quando hai cominciato a sottrarmi lo spazio, a togliermi l'aria, da quando ti è venuto in mente di metterti in competizione con me. No, non ti odio, anzi ti voglio bene, in fondo sei del mio stesso sangue e siamo cresciuti insieme, ma basta mettersi a cercare un po' e viene subito fuori il mucchio di debiti accumulati durante tutta una vita, sufficienti per toglierti di mezzo senza tanti rimorsi, senza battere ciglio, insomma. E te, vecchio mio? Se stessi qui a fare il conto di tutte le botte, i rimproveri, i divieti e gli ordini che mi hai dato, di tutte le volte che hai maltrattato mia madre, non si finirebbe più. E poi ci assomigliamo tanto che sarebbe un sollievo, come rompere uno specchio, no?

La ragazza gli porta un grosso bicchiere di acqua minerale con molto ghiaccio. Per farle andar via il singhiozzo, dice. Ramiro ringrazia con gli occhi quell'attenzione, bevendo l'acqua a lunghi sorsi. Lei sorride, poi si allontana ancheggiando per andare a servire gli uomini in fondo alla sala. Quelli le dicono qualcosa riguardo ai tipi al banco e scoppiano a ridere. Ormai è certo: tra poco quei due saranno belli che fottuti. Tanto più ora che sono così rincoglioniti, così indifesi. Già da un po' hanno abbassato la guardia. Non riescono più nemmeno a parlare, per questo si toccano, si accarezzano: vogliono continuare a giurarsi amore eterno a forza di palpeggiamenti. Magari li lasciano vivi, ma già che ci sono gli danno una bella scarica di botte, e che vedano di sganciare subito orologio e portafoglio, senza fare tante storie, sennò gli levano pure i pantaloni e le scarpe, giusto? Se lo meritano, maledetti pagliacci.

L'ultima canzone si è ammutolita già da un pezzo e uno degli uomini all'angolo si alza e va verso il jukebox. Per qualche istante il silenzio incombe tra i tavoli, finché le casse non cominciano a stridere al ritmo di una banda di Sinaloa. L'osteria sembra rianimarsi. La cameriera accenna un passo di danza battendo i tacchi e uno dei clienti lancia un grido soffocato. Ramiro scopre tutto d'un tratto che gli è passato il singhiozzo e alza la mano per chiedere un altro bicchiere. Sente un ronzio nell'orecchio: l'insistenza di uno sguardo collettivo. Si gira verso il fondo della sala, dove i tre uomini rimasti al tavolo lo fissano con insolenza. Lui sostiene il loro sguardo. Ma lasciatemi pure perdere, compari. Gli scorpioni non si pungono tra loro. Se volete prendervela con qualcuno, ci sono i due tipastri al banco. Con loro avete i vostri buoni motivi, no? Così va il mondo, non c'è nulla da fare. Qualcuno è nato per morire, qualcun altro per fargli questo favore. Come se avessero sentito i suoi pensieri, i tre uomini sorridono, mostrando i denti d'oro. Poi volgono lo sguardo verso il banco, lo riportano su di lui e alla fine riprendono la conversazione. Ramiro aspira la sigaretta e soffia fuori il fumo che va a ingrossare la nube. Davanti a lui, infilata nel portatovaglioli, c'è ancora la foto della donna con gli occhi color smeraldo. Ma adesso un'altra idea, sfocata per l'alcol, occupa la mente di Ramiro. Monterrey. Tornare a Monterrey. Dopo tanto tempo. Accidenti a quel Damián. Mi viene la pelle d'oca solo a pensarci. Bisogna che la mora me ne porti un altro, e vediamo se stavolta trovo qualcosa che non mi piace in questa Maricruz Escobedo.

Ma guarda come sorride, un po' sorpresa e civettuola, questa femmina condannata a scomparire. Che ti costava assegnarla a qualcun altro, Damián? O a qualcun'altra? Di certo sarà più facile per una femmina far fuori una sua simile. Quando le casse del jukebox accennano una pausa, la cameriera si avvicina con il brandy di Ramiro. Lo sorprende in piena contemplazione, ma non sorride: gli fa un cenno di intesa, come se fosse abituata agli uomini in quello stato. Penserà che sono offeso, afflitto per te, Maricruz. Non si immagina la verità. Certo, nessuno potrebbe immaginarsela. Sono cose che non si fanno, capo, e tu lo sai bene. Perché l'hai assegnata a me?

"Perché tu sei di lì."

"Sono tanti anni che non ci vado. Deve essere cambiato tutto."

"Non importa. Tu conosci la città e hai l'aria di uno del Nord. Il lavoro è tuo."

"Davvero, perché non lo fai fare a qualcun altro?"

"Qui non si tratta di scegliere, non contano i gusti personali. Voglio che sia tu a farlo."

Ramiro aveva sorbito il caffè, mentre Damián sorseggiava un cognac. Posando le labbra sulla tazza aveva avvertito un lieve tremore. Damián continuava a esaminarlo. Era abituato a vedere Ramiro eseguire i suoi ordini senza alcuna reazione e quell'improvvisa riluttanza lo intrigava. Ma poiché non ammetteva rifiuti, era passato ai dettagli pratici, dando per conclusa la discussione. Dalla stessa busta che conteneva la foto e i dati della donna aveva estratto dei documenti.

"Patente di guida, documento di identità, carte di credito, personali e aziendali: usa solo questa qui. Ci sono anche altri documenti, che ti identificano come dirigente dell'impresa, e il tuo biglietto di volo. Tutto a nome di Ramiro Mendoza Elizondo. Sei di Monterrey, lavori qui a Città del Messico e stai andando al Nord a comprare dei macchinari. Ma ora metti via tutto."

Ramiro aveva riposto nel portafoglio i documenti d'identità e le carte di credito, rimettendo le altre cose nella busta. Si era guardato intorno. Da quando Damián era tornato dal bagno, la curiosità dei presenti si era rivolta da un'altra parte. Ormai era passata l'ora di pranzo e c'erano parecchi tavoli vuoti, a cui prendevano posto i nuovi arrivati. Dopo una pausa, il capo aveva proseguito.

"Comprati dei buoni vestiti. Non ti venga in mente di arrivare là conciato in questo modo. Quella donna si muove in ambienti dove la gente si veste bene. Il resto lo sai: arrivi e noleggi una macchina all'aeroporto. Avrai una stanza prenotata all'Hotel Ancira."

Aveva sentito una leggera alterazione, un brivido lungo la schiena. Man mano che Damián continuava a dargli istruzioni, il ritorno a Monterrey diveniva sempre più reale. Il ricordo della città cresceva nella sua mente e cominciava a scorrere davanti ai suoi occhi come in un film. Le strade, gli edifici, la violenza del calore che si abbatteva su ogni cosa e che il suo corpo aveva dimenticato. Tutto quello che la memoria gli aveva tenuto nascosto per dieci anni. La gente, i volti familiari. Victoria. E se qualcuno mi riconoscesse? Ramiro si era sentito impallidire e per non farlo notare a Damián si era subito acceso una sigaretta. Aveva tossito. Aveva cercato con la mano il bicchier d'acqua, ma il cameriere l'aveva già portato via.

"Che ti prende?"

"Niente."

"Non dirmi che dopo tutti questi anni mi diventi nervoso."

"No, non è per questo."

"E allora?"

"Ho ucciso tre uomini là in città, di fronte a vari testimoni. E c'è molta gente che ho frequentato per tanto tempo. Che succede se qualcuno mi riconosce?"

"Niente. Non ti riconoscerà nessuno. Guardati allo specchio: la tua faccia è troppo comune, ti confondi in mezzo agli altri, non hai segni particolari, a prima vista non si vedono neppure le cicatrici. Dai, tu non hai identità. Ti adatti a qualunque ambiente. In fondo sei solo uno identico agli altri, a tutti. Per questo ci mando te."

Ramiro aveva cercato qualcosa da dire, ma non aveva trovato nessun'altra ragione che potesse esimerlo da quel ritorno a Monterrey. Vinto, aveva domandato: "Si può sapere che cosa ha fatto quella donna?"

"Questo non ha importanza. Ma ti posso assicurare che se lo merita, come dici tu."

Te lo meriti, troia. Non c'è dubbio. Ramiro dà un'occhiata alla foto, già un po' sfocata. Solo gli smeraldi degli occhi brillano ancora di luce propria. Le ciglia, la mano, i capelli e la bocca tremano, riempiendosi di rughe, come se cercassero di riflettere la vera età della donna. Ramiro chiude gli occhi, poi solleva la testa e li riapre. Le pareti dell'osteria si sono allontanate, ondeggiano nella penombra facendo svanire i volti degli uomini in fondo alla sala. La luce delle lampadine ancora accese aumenta e diminuisce di intensità senza motivo. La nube di fumo gli gira intorno lentamente. Sono ubriaco. Che bellezza. Ormai ho perso il conto delle bevute. Mi staranno dando ancora del brandy o una di quelle schifezze adulterate? Mora, puoi fare di me ciò che vuoi, avvelenami pure, fammi diventare cieco. Da questo momento sono nelle tue mani. Nella sala ci sono altri tre tavoli occupati, oltre ai tipi benvestiti che continuano a bere in silenzio, senza più toccarsi tra loro, piegati sul banco con la testa abbandonata in avanti. Immobili, sembrano due cadaveri che si tengono in piedi per inerzia. All'angolo, nascosti nell'ombra, i quattro uomini paiono avvoltoi in agguato, con la testa affossata tra le spalle, le braccia sui fianchi, lo sguardo vigile. Nessuno si ricorda più di mettere una moneta nel jukebox. Il silenzio è opprimente quanto la penombra, rotto solo quando la cameriera va a servire qualcuno trascinando il passo.

Sì, bellezza, te lo meriti proprio. Per costringermi a tornare. Sente il corpo pesante, quasi che anche lui fosse andato avanti e indietro per tutta la sera come la mora. Non si è neppure accorto quando lei gli ha messo davanti un altro bicchiere. Il brandy manda bagliori che moltiplicano la scarsa luce dell'osteria. Ramiro intinge il dito nel bicchiere e se lo porta alla bocca. Il sapore è amaro, brucia le gengive. Che ne sarà stato di Victoria, e dei bambini? Tenta senza riuscirci di ricordare i nomi dei suoi figli. Non ricorda nemmeno se erano solo due, o se alla fine era nato anche il terzo. Alza il bicchiere e lo dirige verso la lampada più vicina. Lo contempla in controluce. Il liquore, troppo denso, si agita e cola sul vetro lasciando tracce oleose. Lo assaggia e ammette che è uguale a quello bevuto fin dall'inizio, anche se l'idea della bevanda adulterata gli si è ficcata in testa. Ormai i bambini devono essere grandi. Di sicuro saranno già all'università. E la Muta? L'immagine di un volto sporco e silenzioso gli attraversa la memoria. Sei ancora a Monterrey, Muta? O a Nuevo Laredo? Oppure alla fine hai realizzato il tuo proposito e hai passato la frontiera? Ramiro scuote la testa, si strofina gli occhi. Poi butta giù il brandy e con un colpo secco posa il bicchiere sul tavolo. Concentrati, Ramiro. Vai a Monterrey. Ci vai a fare un lavoro. È una maledetta città infernale, che molti anni fa ti ha cacciato via, perché non ti sopportava. Sì, concentrati sul tuo incarico. La cameriera spegne altre luci e le ombre che popolano il Salón Vasco si addensano ancora di più, dando alla sala un aspetto funebre. Ramiro ha l'impressione che siano le anime torbide degli avventori a divorare la luce delle lampade. O sto diventando cieco per davvero? Un altro brandy, mora, o qualunque cosa tu voglia darmi. Hai un bel sorriso. Grazie, mora. Grazie per continuare a darmi il mio veleno, speriamo che faccia effetto. Fissa lo sguardo nel liquido ambrato, ora opaco per la penombra, senza portarselo alle labbra, aspettando che quella superficie tersa e immobile lo aiuti ad allontanare i pensieri, le visioni, il volto indistinto di Victoria, l'immagine dei suoi figli, gli occhi incandescenti di Maricruz Escobedo.

"O il problema è che non vuoi tornare in quella città?"

"Il mio unico problema è che si tratta di una donna."

"Be', allora non è così grave. Basta qualche bicchiere e ti passano tutti gli scrupoli. Tu pensa che è la stessa cosa. Anche loro, come noi, respirano e smettono di respirare, sentono male e fanno male agli altri, e possono anche essere molto pericolose. Perché, tu non hai mai avuto voglia di scuoiare viva una donna? Io sì."

Vedendo che Ramiro non sembrava convinto, aveva aggiunto ironico: "Poi adesso c'è l'uguaglianza. Non te ne sei accorto? Le donne insistono per essere trattate allo stesso modo degli uomini. E se gli uomini vengono fatti fuori quando danno fastidio, perché non comportarsi allo stesso modo con loro?"

Damián aveva alzato la mano e aveva fatto un cenno al cameriere, che si era avviato verso la cassa. Il ristorante poco a poco si stava riempiendo di nuovo, ma ora di bevitori, segno che il pomeriggio cominciava a declinare.

"Però non cercare di strafare. Vedi di andare sul sicuro."

"Che vuoi dire?"

"Colpiscila da lontano. All'albergo troverai un pacchetto con tutto il necessario. Usa quello che trovi lì dentro. Seguila qualche giorno per conoscere le sue abitudini. La cosa deve essere fatta esattamente il pomeriggio del 23 agosto. Dopo pranzo concluderà un affare, poi tu ti occuperai di lei. D'accordo?"

Damián aveva abbozzato un breve sorriso, soddisfatto. Era rimasto per qualche secondo in silenzio. Aveva fatto scorrere più volte la cravatta tra l'indice e il pollice, come faceva quando era impaziente. Per qualche ragione il suo viso si era incupito, lasciando intravedere quell'ombra di angoscia che già altre volte Ramiro aveva sorpreso in lui. Ma poi i suoi tratti avevano subito assunto un'espressione inquisitoria.

"Qualche dubbio?"

"No. Sì, uno: perché mi hai dato una foto in cui la donna sembra molto più giovane?"

"Non lo so. Magari per vedere se ti innamori di lei."

Il cameriere era arrivato con il conto. Damián gli aveva consegnato un paio di banconote e si era alzato in piedi. Ramiro l'aveva imitato. Si erano avviati insieme verso l'uscita, tra gli sguardi obliqui dei clienti, e una volta fuori Damián gli aveva teso la mano. Spenta la scintilla d'ironia, nei suoi occhi c'era ormai solo una lieve traccia di tedio, o di tristezza, Ramiro non aveva saputo identificarla. L'aveva salutato con una stretta leggera, distante e fredda.

"Non correre rischi. E fai un lavoro pulito. Così è più facile per tutti."

L'ultima bevuta è l'ultima solo perché non sarei in grado di reggerne un'altra. Portamela, mora. Anche se non ne puoi più di andare avanti e indietro in mezzo a ubriachi che non perdono l'occasione di toccarti il culo. Portamela, poi me ne vado. È tardi. Un uomo che Ramiro non ha visto prima è dietro il banco e sta contando i soldi con una dedizione da usuraio. Detta istruzioni alla cameriera che comincia a mettere le sedie sopra i tavoli e a raccogliere i bicchieri abbandonati, i posacenere traboccanti di cicche, le bottiglie buttate per terra. Il jukebox ormai dimenticato ronza accanto al muro. La fotografia di Maricruz Escobedo è caduta sul pavimento tra la cenere e gli schizzi, Ramiro si abbassa cercando di raccoglierla. Il sangue diluito nell'alcol gli scende alla testa. Gli manca l'ossigeno. Circoli luminosi gialli, rossi, azzurri gli danzano davanti agli occhi, ma tra i colori compaiono gli smeraldi incastonati nel viso della sua cliente. Raccoglie la foto e poi si abbandona indietro, crollando con tutto il suo peso contro lo schienale della sedia, esausto, come se lo sforzo fosse stato eroico. Il mio brandy, mora. Me lo merito. Indica con il dito il bicchiere vuoto, mentre fissa con gli occhi socchiusi la cameriera. Portamelo, che voglio fare un brindisi: ucciderò una donna. Una tipa chiamata Maricruz Escobedo. Una gran figlia di puttana. Tanto che gli dei l'hanno condannata a morte. Controvoglia, la cameriera va al banco, prende una bottiglia e versa il contenuto in un bicchiere non lavato. Mentre cammina verso Ramiro, i suoi sandali battono sul pavimento, rompendo il silenzio della sala. Gli dà il brandy e scompare, per poi tornare in sala con in mano un secchio e uno spazzolone. Il Salón Vasco si satura di un odore di creolina.

Ramiro rimette la foto nella busta, la piega e se la infila nella tasca della camicia. Poi tira fuori il portafoglio, lo butta sul tavolo e beve qualche sorso. Il liquore non scivola nello stomaco, gli rimane in gola provocandogli un colpo di tosse. Ma le sensazioni fisiche sono ormai passate in secondo piano: avverte dentro di sé solo la reiterazione dei pensieri. È vero, ti meriti di morire, troia. Come quei tipi benvestiti che fino a poco fa erano al banco e ora non ci sono più. Scommetto che quando sono usciti i compari dell'angolo gli sono andati dietro. Non sono più al banco, e forse neanche al mondo. A quest'ora i demoni vanno in giro per la città come se fiutassero la disgrazia. Fissa il portafoglio accanto al brandy. Lo apre. Tira fuori una banconota e se lo rimette nei pantaloni. Prendi i tuoi soldi, mora. Derubami pure, non importa. Fai di me ciò che vuoi. Puntami il dito addosso. Fammi vedere il demonio che è nascosto dentro di te, che mostra i denti solo all'ora del sangue. Hai fatto così con quegli imbecilli al banco che non la smettevano di scocciarti, vero mora? Sei stata tu a venderli. Li hai consegnati al tuo signore e ai suoi amici. Gli hai fatto ingurgitare il tuo alcol adulterato fino a che non sono diventati due agnellini, pronti per la strigliata, non è così?

L'uomo al banco accende di colpo tutte le luci e Ramiro si porta una mano davanti agli occhi per proteggersi dal luccichio. Capisce che deve andarsene. Decide di lasciare il bicchiere a mezzo e fa uno sforzo per alzarsi in piedi. Il demonio. Ognuno di noi se lo porta dentro, nascosto nelle viscere. E vogliamo farlo uscire fuori, perché quando si agita e si contorce ci sentiamo gonfi, sul punto di scoppiare. E a questo serve l'alcol, non è vero, mora? Ma quella notte erano solo quattro birre. Non una di più. Per questo non voglio tornare. Non c'è più nulla di mio laggiù. Quello non ero io, ma un altro. Uno che ormai non riconosco più. Riesce ad andare verso l'uscita senza barcollare. La luce lo stordisce e ogni falcata gli pulsa nelle tempie. L'uomo al banco alza lo sguardo dai soldi che sta contando e segue i movimenti di Ramiro per un istante, con espressione di fastidio. La cameriera nel salutarlo gli sorride con tristezza. Dove sono andati tutti gli altri? E i tuoi spasimanti, mora? Quelli in giacca e cravatta? Non esistono più. Com'è tenue la frontiera che divide una vita dall'altra. Com'è facile saltare di là e dimenticarsi di tutto. Andarsene via. Per questo tra ciò che siamo e ciò che siamo stati non c'è niente a che vedere. Lo dice sempre Damián, e lui ne sa qualcosa. Devo vomitare. Il bicchiere che mi hai dato alla fine era pura acquaragia, mora. Mi gira tutto intorno alla testa. Anche quella volta là c'era in giro il demonio. Un vecchio demonio che mi puntò il dito contro e mi fece diventare ciò che sono adesso. Ma non importa. Andrò a perdermi nel buio. Andrò a uccidere una donna. Andrò di nuovo al Nord.

Apre la porta e la strada lo accoglie in silenzio, nel buio appena rotto dalla vaga luce dei lampioni a mercurio. Avanza di traverso, lasciandosi condurre dai piedi. Tossisce, e la nausea gli si riacutizza. Calca con fermezza la suola delle scarpe sul selciato e respira più profondamente che può. L'aria fresca gli ripulisce un po' la mente. Alza lo sguardo e si trova davanti l'enorme facciata della chiesa di Santo Domingo. Le sculture che fiancheggiano il portale sembrano allungarsi, le loro ombre si agitano negli angoli, tremano eccitate come lingue di fuoco nero. Ramiro le osserva affascinato per qualche minuto. Non possono farmi del male. Mi riconoscono. Sono anch'io uno di loro. Gira su se stesso e allarga la vista alla piazza deserta, tende l'orecchio, aspira l'odore della città. Qui si compivano sacrifici umani in favore degli dei, ed è sempre qui che bruciavano gli eretici. E ora qui sgozzano gli incauti. Di tutti questi morti restano solo le ombre, che chiedono vendetta.

Con passi malsicuri comincia a ripercorrere il cammino fatto quel pomeriggio. Arriva alla fontana dove la donna ritratta sulle banconote presenzia adesso la solitudine. Prima di imboccare la strada successiva, scorge delle ombre in mezzo a due dei pilastri che delimitano la piazza, dove durante il giorno sono installati gli scrivani con le loro macchine da scrivere. Sono alcune figure che si agitano al suolo. Non ha bisogno di avvicinarsi per sapere che si tratta di quattro uomini curvi sopra due corpi nudi, come rapaci che divorano la loro preda. Vedendo passare Ramiro, gli rivolgono un rabbioso sorriso di avvertimento. Gli spasimanti della mora. Senza più giacca e cravatta né orologi. Se lo meritano. Di me non preoccupatevi, compari, non mi piace fare l'avvoltoio. E poi ho del lavoro da sbrigare. Mentre si allontana dalla piazza, i suoi passi attirano i cani in giro da quelle parti. Lo seguono per qualche metro ma, vedendo che non ha nulla per loro, si allontanano delusi. Nessun altro essere vivo gli viene incontro. Faceva un caldo del diavolo. Sì, me lo ricordo bene. E c'era gente, tanta gente. Ho una nausea terribile. In lontananza, la piazza del Zócalo si apre nella notte come la fine di un tunnel, vasta e illuminata. Qualche auto volta l'angolo, trascinando dietro di sé scie di luce rossa che si perdono rapide nel buio. Ramiro accelera il passo e la respirazione diventa affannosa. Poco a poco è riuscito a raddrizzare il corpo, anche se i palazzi continuano a inclinarsi e a ruotargli davanti agli occhi. Sì, c'era un mucchio di gente per la strada. E anche cani. I cani mi seguivano. Victoria mi stava aspettando. Ma non aspettava me, aspettava quello di prima. Così diverso da quello di adesso che non ricordo più neppure il suo nome. Bernardo, forse? È uguale. Era un altro. Non ce la faccio più a trattenere il vomito. Ramiro continua a camminare finché la sbronza, la nausea e l'eco dei suoi passi contro i muri dei palazzi non finiscono per dissolvere il mormorio dei suoi pensieri.

Due

Non era neppure ubriaco. Dopo essere uscito dal cinema si era bevuto solo quattro birre. La città in quei giorni era all'apice della canicola e neanche di notte il calore smetteva di incollarsi alla pelle di uomini e donne, come una placenta soffocante. Non era nemmeno tanto tardi. Sarà stata mezzanotte quando aveva lasciato l'osteria per incamminarsi verso la fermata dell'autobus che lo avrebbe portato fino al capolinea. Da lì avrebbe poi dovuto camminare altri due o tre chilometri per arrivare a casa sua, un alloggio popolare in cui Victoria e i suoi due figli lo aspettavano addormentati. Aveva voglia di infilarsi nel letto accanto a sua moglie e svegliarsi il giorno dopo per continuare la solita vita di sempre, insieme alla sua famiglia. Ma l'immagine del vecchio, che gli era apparso all'improvviso, non aveva più voluto lasciarlo.

Quando era entrato nell'osteria, Bernardo non si sentiva stanco. Dopo il lavoro, un doppio spettacolo di film western gli aveva fatto dimenticare gli straordinari pretesi dal direttore del giornale e la preoccupazione che sua moglie potesse essere di nuovo incinta. La birra poi aveva finito per rilassarlo del tutto, ridandogli l'umore abituale. Aveva assaporato lentamente ogni sorso, prolungandone il piacere, sentendo come l'amaro del malto cancellava poco a poco la sua amarezza, diffondendosi in tutto il corpo attraverso il sangue. Quando il barista gli aveva messo davanti la terza bottiglia color ambra, gocciolante di ghiaccio tritato, non avevano avuto più importanza le dodici ore che aveva passato davanti al computer, immerso nella correzione di articoli e reportage scritti da analfabeti, ed era sfumata anche l'ansia, all'idea che Victoria dovesse partorire un altro o più mocciosi, e il pensiero di quella paga quindicinale che aveva in tasca e che non gli bastava per vivere. Ma la cosa più importante era il buonumore che ritornava sempre, liberandolo da ogni male, anche dall'avversione per quella città senz'anima che si accaniva spietatamente sulla pelle dei suoi abitanti.

Mentre fumava e beveva la birra, fissando le minuscole gocce d'acqua che sembravano sgorgare dal vetro, aveva ricordato con piacere i due film. Li aveva già visti un numero sufficiente di volte per conoscerli ormai a memoria. La vendetta fredda e assoluta dell'uomo che da bambino era stato testimone dell'assassinio dei genitori, in *Dio perdona... io no!*, era il massimo dell'estasi. Quel fatto di avere un'unica missione nella vita, e portarla a termine disdegnando tutto il resto, significava che non si era venuti al mondo invano. Le spacconate inverosimili dell'altro film, *I lunghi giorni dell'odio*, invece, lo facevano troppo ridere: il copione era assurdo in modo scandaloso, con certe situazioni... dove le trovavano gli attori quelle pistole che non esaurivano mai le pallottole? Potevano uccidere venti o trenta uomini di fila e continuare a sparare per ore, senza mai fermarsi un secondo ad aprire il tamburo e ricaricarlo.

Aveva sorriso. A ripensarci, dei pochi spettatori che c'erano nel cinema, solo lui non aveva mai smesso di ridere fino a sentir male alle mascelle. Due o tre tizi stavano lì ipnotizzati dalla carneficina, le coppie si palpeggiavano tra i gemiti senza badare a quel che succedeva sullo schermo e uno di quei soggetti col cappello sempre in testa, che vanno al cinema solo per sfuggire al caldo e passare qualche ora in un posto ben refrigerato, russava come un treno. Lui invece sì che se l'era spassata. Lo divertivano un sacco le esagerazioni della storia, le sbadataggini della regia, l'ego straripante degli attori. Sarà che, a forza di vedere lo stesso genere di film, sto diventando un critico? Si era messo di nuovo a ridere da solo e aveva scolato la birra, ormai tiepida e sgradevole. Aveva fatto cenno al barista di dargliene un'altra, voleva togliersi di bocca quel sapore di ossido con un sorso gelido.

Il sollievo era arrivato subito. Aveva afferrato la bottiglia con tutte e due le mani come se fosse un trofeo. Se l'era incollata alla fronte, alle guance, l'aveva passata sul collo, per portarsela infine alle labbra. Il piacere che il vetro gelato prima, e il liquido poi, avevano trasmesso al suo corpo gli aveva ricordato che era tempo di andare a casa. Non vedeva l'ora di vedere Victoria e i bambini, di accoccolarsi accanto alla pelle tiepida di sua moglie e dormire profondamente, sognando qualcosa di bello, finché lo schiamazzo dei figli che preparavano la colazione non l'avesse svegliato. Domani era il suo giorno libero, l'unico di tutta la settimana. Non avrebbe dovuto alzarsi quando era ancora buio per timbrare il cartellino alle sette. Si sarebbe svegliato intorno alle nove o alle dieci, pronto per divorare un buon piatto di uova strapazzate. Poi lui e Victoria avrebbero guardato la televisione per un paio d'ore, prima di andare al mercato a intristirsi per colpa dei prezzi, e magari avrebbero fatto anche una passeggiata al parco.

Gli restava ancora mezza birra nella bottiglia. Non ne avrebbe presa un'altra. I suoi piccoli piaceri erano limitati, se spendeva troppo le conseguenze sarebbero state immediate: avrebbe dovuto camminare parecchi chilometri per risparmiare il biglietto dell'autobus, o smettere di fumare per due o tre giorni, oppure chiedere un prestito alla cassa del giornale per integrare la quindicina. Beveva a piccoli sorsi, misurati, e intanto pensava che forse era arrivato il momento di raccogliere il coraggio necessario per cercare di realizzare il progetto che lo ossessionava fin dall'adolescenza: scrivere una buona storia di pistoleri, di guardie e ladri, come diceva suo padre. Una storia per il cinema. Victoria lo incoraggiava. Certe sere, dopo aver fatto l'amore, restavano svegli tutta la notte a discutere sui possibili soggetti, le sequenze, le scene più importanti, gli attori e le attrici che entrambi avrebbero voluto vedere nei ruoli principali.

La birra non era più tanto fredda. Aveva preso la bottiglia e si era sciacquato la bocca. Aveva passato la lingua sulle gengive e si era succhiato i denti con soddisfazione, sentendo il liquido schiumoso invadergli il palato e poi scendere giù per la gola. Aveva sorriso, mentre il volto di Victoria si materializzava tra i suoi pensieri. Sentiva l'entusiasmo crescergli dentro, pensando all'emozione che li avrebbe travolti entrambi nel momento di assistere alla prima del film. Victoria contenta come una bambina che sogna i suoi regali di Natale. Victoria raggiante in anticipo per il successo del suo uomo. Victoria che lo abbraccia e gli sussurra all'orecchio, esaltata: saremo tanto felici, vero? Sì, Victoria, saremo felici, e tu potrai essere fiera e piena di orgoglio per tuo marito. Vedrai che presto troverò il tempo per definire la storia, scriverla e poi mandarla a un produttore.

Ma dove lo trovava il tempo, lavorando dalle sette alle tre o alle quattro del pomeriggio, per correggere l'edizione della sera, e questo solo quando non c'erano reportage, interviste o qualche pezzo di cronaca da preparare in anticipo.

Ma non importava, in quel preciso istante non aveva alcuna importanza perché lui era pieno di buonumore, la birra non si era ancora intiepidita del tutto e nei suoi ricordi il viso sorridente e tenero della moglie lo riempiva di allegria e di voglia di addormentarsi tra le sue braccia, per svegliarsi il giorno seguente con la promessa che, caschi il mondo, dopo il mercato si sarebbe seduto a scrivere la sceneggiatura, perché quello era ciò che lei desiderava di più nella vita.

Si era acceso una sigaretta, aveva aspirato il fumo e l'aveva soffiato fuori, osservandolo svanire tra le bottiglie dietro al bancone. Sì, domani. Per questo aveva studiato Comunicazione, per entrare nel mondo del cinema, non per esser trattato peggio d'un amanuense, passando ore e ore a correggere l'ortografia e la sintassi di inviati di cronaca nera o di sport che davano l'idea di non aver mai messo piede alle superiori. A partire da domani avrebbe riesumato i libri di cinema dell'università e avrebbe cercato di trovare un buco nei suoi orari per far piacere a Victoria, e anche a se stesso. Una storia violenta, il cui protagonista fosse un vecchio magnate dell'industria, abituato a imporre la sua volontà ai governanti, ai dipendenti e ai cittadini. Aveva dato forma a quell'idea poco a poco, fin dall'epoca dell'università, cambiando argomento più volte col passare degli anni, finché era riuscito a delineare l'antagonista perfetto: un narcotrafficante che aveva esteso il suo potere in città in modo sotterraneo. Lo scontro tra i due avveniva a causa di una coincidenza: il figlio dell'industriale aggrediva la figlia del boss. A quel punto, quando il suo rivale veniva allo scoperto, il magnate prima onnipotente comprendeva che il suo impero, che era stato scalzato in silenzio per tanti anni, si trovava adesso sotto il comando di qualcuno che scavalcava la sua autorità. La polizia, i politici e perfino i lavoratori delle sue imprese obbedivano al boss. La scena culminante del film sarebbe stata l'incontro del vecchio con questa specie di padrino, in un faccia a faccia che avrebbe messo in chiaro la nuova situazione. La storia precedente di ogni personaggio sarebbe venuta fuori sotto forma di ricordi o flashback, così come lo scontro tra i due figli. Il boss avrebbe poi delegato la vendetta a un sicario, un torturatore esperto, di quelli che una volta liberata la loro furia e il loro astio diventano incontrollabili. Ci sarebbe stata molta azione, e avrebbe cercato di arricchire la trama di risvolti politici, sociali e psicologici. Un film di denuncia. L'idea non era niente male. Gli piaceva soprattutto l'aria di tragedia che permeava lo sviluppo della vicenda dall'inizio alla fine. Devo farlo. È adesso il momento. Aveva ripreso in mano la bottiglia, bevendo un sorso tiepido che gli aveva strappato una smorfia di disgusto. L'aveva posata sul banco e si era messo a fumare per sostituire il sapore della birra con quello del tabacco. Poi si era girato verso la sala.

Quasi vuota, la sala sonnecchiava in un mormorio indistinto. Considerando che non era ancora mezzanotte e che l'osteria era appena a tre isolati dalla stazione degli autobus, era strano che ci fosse così poca gente, si era detto. Non arrivavano rumori nemmeno dalla strada, e Bernardo aveva avuto l'impressione che un'improvvisa notte fonda fosse calata tutto d'un tratto su Monterrey. Forse quella sera il tempo scorreva più in fretta del solito. In tal caso, non ce l'avrebbe fatta a prendere l'autobus e avrebbe dovuto aspettare la prima corsa del giorno dopo lì all'osteria, in qualche caffè, o su una panchina della stazione centrale, in mezzo al viavai di partenze e arrivi, tra l'odore di diesel bruciato e quello di frittura, sudore, corpi denutriti e disinfettante, fusi in un unico odore nauseabondo che si sommava alla baraonda dei viaggiatori carichi di pacchi e all'orribile voce femminile che prorompeva ogni minuto dagli altoparlanti. No, sarebbe la cosa peggiore che possa succedermi in questo momento. Ma forse non è ancora così tardi.

«Che ore sono?»

Il barista, che dormicchiava a due metri da lui, gli aveva rivolto uno sguardo da vecchio cane, si era asciugato il sudore che correva giù dalle tempie e si era portato l'orologio all'altezza degli occhi.

«È quasi mezzanotte. Mancano quindici minuti.»

Allora non c'era motivo di affrettarsi. Gli ultimi autobus passavano intorno alla mezzanotte e mezzo. E da lì alla fermata non ci avrebbe messo più di dieci minuti. Il barista sembrava sul punto di addormentarsi e Bernardo aveva dato un'occhiata ai tavoli in sala per vedere se qualcuno l'avrebbe costretto a restare sveglio, ordinando un'altra bevuta. I movimenti erano minimi, le conversazioni un bisbiglio appena percettibile. Il jukebox restava silenzioso. Neppure le mosche si agitavano negli angoli.

Non riusciva a ricordare se nel momento in cui era entrato nell'osteria ci fossero più clienti di adesso. Tutto preso dalla potenza dei film appena visti, era andato dritto verso uno sgabello davanti al bancone, senza badare a niente e a nessuno. Ma ora non smetteva di stupirsi che ci fossero solo tre tavoli occupati: uno con quattro uomini, sicuramente operai, con ancora indosso la logora tuta da lavoro punteggiata di macchie d'olio. Più in là sedevano, annoiati, due tipi che come lui avevano l'aspetto di impiegati d'ufficio, con i pantaloni scuri, la camicia chiara a maniche corte e la cravatta allentata e piena di grinze, intrisa di sudore. Al terzo tavolo, accanto al muro, dove la luce delle lampadine non arrivava, un vecchio col cappello texano sedeva avvolto nella penombra, dando l'impressione di parlare da solo, con lo sguardo fisso sull'etichetta di una bottiglia di tequila. Incuriosito, Bernardo si era rivolto al barista, che in quell'istante aveva aperto la bocca in uno sbadiglio lunghissimo e muto, e gli aveva domandato: «Oggi per caso c'era una partita, giocavano Los Tigres o Los Rayados?»

«No.»

«C'è un incontro di lotta al Coliseo?»

«Neanche.»

«E allora perché c'è così poca gente?»

«E chi lo sa...»

Magari erano andati tutti a letto presto quel giorno, o forse erano da qualche altra parte della città, in ogni caso era meglio per lui: avrebbe trovato posto sull'autobus e sarebbe arrivato a casa bello riposato. Magari si sarebbe anche deciso a svegliare Victoria. Si sarebbe presentato in camera con qualche panino e delle bibite. Si sarebbero messi a chiacchierare, poi lui avrebbe scherzato con lei fino a sentirsi crescere dentro il desiderio. E dopo aver fatto l'amore si sarebbero messi a discutere insieme la trama definitiva del film, pensando a tutti i dettagli possibili, così lui il giorno dopo avrebbe potuto mettersi a scrivere a colpo sicuro, senza alcun tipo di dubbio.

Aveva sentito una nuova ondata di soddisfazione scorrergli nel sangue e si era appoggiato al banco, dando le spalle ai tavoli. Aveva ripreso in mano la bottiglia, mentre avvertiva dietro di sé il fruscio caratteristico che fa il jukebox quando scorrono i dischi. Poi, dopo un cigolio metallico, le casse si erano messe a ronzare. Infine era partita la musica, un vigoroso attacco di fisarmonica, chitarra, contrabbasso e voce, che aveva fatto vibrare le bottiglie dietro al banco.

Mi chiamano assassino,
dicono "Sei ricercato"
perché ho fatto un lavoro pulito

ho ucciso quella che mi ha ingannato...

L'atmosfera era cambiata immediatamente. Gli uomini in sala si erano rianimati di colpo e quelli che stavano parlando avevano aumentato il tono della voce per farsi sentire dagli altri. Il barista si era risvegliato dal torpore e, socchiudendo gli occhi che ora scintillavano di piacere, canticchiava la canzone battendo il ritmo sul banco. Bernardo non aveva visto chi avesse messo su il disco, ma immaginava fosse stato il vecchio solitario. Aveva ripetuto tra sé e sé due versi: *mi diano pure quindici anni, pagherò il mio delitto con piacere...* ma non ricordandosi più quelli successivi, aveva preferito tacere. Aveva mandato giù l'ultimo sorso di birra, cercando di non toccare il liquido con la lingua per non sentire quel sapore di medicina scaduta, ma non aveva potuto evitare che i vapori dell'alcol gli si spandessero in bocca. Aveva stretto gli occhi e il disgusto gli aveva fatto contrarre i muscoli del viso. Aveva tossito, sputando in aria parte del liquido mentre sentiva sgorgare le lacrime dietro le palpebre abbassate. Ormai non lo reggeva più come prima, da qualche anno a questa parte ogni volta che beveva troppo in fretta gli veniva la nausea. Starò invecchiando?

Tenendo gli occhi chiusi, aveva respirato a fondo finché un leggero brivido non gli aveva annunciato il ritorno alla normalità. Sì, invecchiava. I ritmi spossanti, le responsabilità, la schiena curva per le tante ore davanti al computer, le continue pressioni, tutto ciò gli aveva ridotto prematuramente l'esistenza. Non era ancora arrivato all'età di Cristo e sperimentava già il supplizio della crocifissione. Con tanti acciacchi addosso, forse non era il caso di svegliare Victoria. E se poi mi si rivolta lo stomaco? Aveva sorriso a quell'idea, poi aveva sospirato, facendo un mezzo giro sullo sgabello. Riaprendo gli occhi, il suo sguardo aveva incrociato quello dell'uomo con il cappello texano che, messa da parte la bottiglia di tequila, ora lo stava fissando con un'aria beffarda, come se volesse burlarsi della sua incapacità di mandar giù un sorso di birra calda. Bernardo, sorpreso e al tempo stesso indispettito, aveva sostenuto il suo sguardo per qualche secondo: era un anziano grosso e corpulento, vestito dalla testa ai piedi come si usa al Nord, con stivali da cowboy, jeans, cintura decorata e camicia a quadri. Sfoggiava dei baffi superbi, foltissimi, e la gran massa della barba brizzolata gli ombreggiava metà del volto, di un rosso cupo. Le pupille, nerissime, oscillavano dentro le orbite, ma il vecchio teneva fisso lo sguardo su Bernardo, mentre scandiva la strofa: *...e aprire il cuore a quell'ingrata che mi ha reso infelice.* Quando smetteva di cantare, le labbra gli tremavano come se stesse mormorando una preghiera, o forse una minaccia. Bernardo non poteva staccare gli occhi da quell'uomo. Un vecchio temibile, strano, inquietante. Queste tre parole gli ritornavano in testa, congelando ogni cosa intorno a lui. Ma all'improvviso era stato costretto a distogliere lo sguardo, con un sussulto, quando la bocca del vecchio si era aperta in una fragorosa risata, mettendo in mostra una pannocchia di denti rotti.

Bernardo si era girato verso il banco e si era trovato davanti il barista che sorrideva divertito, osservando la scena.

«Te ne servo un'altra, amico?»

«No, me ne vado. Quanto ti devo?»

«Lo sai da te. Sono quattro birre, no?»

Aveva pagato, ma non era uscito subito. Finito il disco, un sonoro "figlio di puttana" aveva riempito il silenzio tra una canzone e l'altra, smettendo di riecheggiare solo al sopraggiungere di nuove note. Ancora fisarmonica, chitarra e contrabbasso, ma stavolta la voce, distorta dalle casse, era roca e un po' malinconica.

Sulle rive del fiume,
da Reynosa a Laredo,
fatti fuori i banditi,
fatti fuori i ladroni,
Ora fanno fuori pure
tutti i meglio pistoleri...

Il vecchio aveva tentato di accompagnare il canto, ma il tono era troppo alto per lui. La voce gli si era subito rotta in una specie di rantolo che si era andato smorzando poco a poco, fino a spegnersi. Restando di spalle ai tavoli, Bernardo aveva acceso ancora un'altra sigaretta, con lo sguardo perso nella fila di bottiglie dietro al bancone. Il vecchio sarà stato pazzo, o solamente ubriaco? Quando parlava da solo fissando la bottiglia di tequila, lui avrebbe scommesso che stava piangendo, come un qualunque amante che sfoga il suo dolore all'osteria. Ma quando l'aveva avuto di fronte, i suoi occhi gli erano parsi in combustione. Erano un fuoco nero, concentrato, come quello del sole in quei giorni di canicola. Pareva un animale assetato di sangue. Un demonio. Cazzo, che uomo strano. Aveva pensato che poteva essere una buona immagine con cui cominciare il film. Ne avrebbe parlato con Victoria. Sì, un'ottima immagine: l'uomo e la bestia. Era un inizio inquietante. L'incontro del magnate con un essere demoniaco, un pistolero di quelli di una volta, agli ordini del boss della droga, un vecchio cowboy con i carboni accesi nello sguardo e le fauci aperte sul buco nero della bocca. Una storia perfetta per un *narcocorrido*[1]. Victoria sarà d'accordo.

---

1 Evoluzione metropolitana della ballata popolare messicana, i *narcocorridos* narrano vicende legate ai cartelli della droga e alla guerra tra bande, esaltando la cultura e i valori della criminalità. [N.d.T.]

Quelli più valorosi
Li hanno uccisi a tradimento…

Era sceso dallo sgabello e aveva salutato il barista con un cenno. Il suo gesto aveva attirato lo sguardo degli uomini, e Bernardo aveva approfittato per osservarli mentre con la coda dell'occhio fotografava tutto lo stanzone. Voleva fissarsi nella mente ogni dettaglio del locale, per poi ambientarvi la scena: le lampadine nude che mandavano una luce fioca, i poster di donne provocanti appesi alle pareti, una televisione fuori uso, i tavolini di metallo circondati da vecchie sedie di ottone, l'aspetto degli avventori. No, l'ambientazione non va bene. Un ricco industriale non verrebbe mai in un posto del genere. Ma il personaggio era fatto proprio su misura. Aveva però evitato di guardare di nuovo l'uomo col cappello, tanto l'aveva già impresso nella memoria. Aveva inclinato la testa in segno di saluto e si era avviato verso la porta. Ma mentre stava uscendo lo strepito di una sedia trascinata con violenza l'aveva trattenuto. Si era girato e aveva visto il vecchio in piedi in tutta la sua altezza, proteso in avanti come se stesse per piombare giù. Agitava il braccio in aria puntando l'indice verso di lui: «Ti ho visto, sai? Hai paura! Ti ho visto!»

Bernardo non aveva potuto fare altro che restare immobile, senza reagire alle grida. Il barista era intervenuto in suo soccorso: «Non farci caso, amico! Quello lì è tutto scemo!» Poi, rivolgendosi al vecchio: «Senti un po', pezzo d'idiota! O te ne stai zitto o ti levi di torno! Non sei nel tuo cazzo di manicomio!»

Bernardo se n'era andato prima di vedere come andava a finire la cosa. Fuori l'aveva accolto un'aria sporca che a lui era sembrata piacevole, un fluido che gli entrava nei polmoni, rinfrescandolo. Si era fermato qualche istante accanto alla porta. Voleva riordinare i pensieri. Gli accordi finali della canzone, l'instancabile gonfiarsi e sgonfiarsi della fisarmonica e i battiti sincopati del contrabbasso attraversavano i muri dell'osteria spandendosi per la strada. Non si sentiva però la voce del cantante. Bernardo aveva dovuto fare uno sforzo di memoria per captare i versi finali e canticchiarli tra i denti.

Sono morti perché sono uomini
Non perché sono banditi…

Si era incamminato rapidamente per arrivare quanto prima alla stazione degli autobus. Procedeva a passi energici, e pur non sapendo ancora bene che cosa pensare del vecchio, sentiva che c'era qualcosa in lui che lo attraeva. Oltrepassò i primi due isolati, senza far caso ai locali aperti né al ritmo della *cumbia*, che richiamava nei bar sciami ronzanti di gente, né alle prostitute distribuite ogni dieci o venti metri agli angoli bui delle strade. Nella sua mente si stagliava la figura del pazzo col cappello, che gesticolava e agitava la mano nell'aria, puntando il dito contro di lui come un demonio rabbioso. Era un'ottima immagine e, come musica di sottofondo, la canzone dei *Pistoleri famosi* sarebbe stata perfetta.

Ma se poi non fosse riuscito a scrivere? Quel dubbio dissolse di colpo la sua eccitazione. Victoria aveva un ritardo di tre settimane, anche se per ora non aveva la certezza di essere incinta. Un altro figlio l'avrebbe costretto ad abbandonare i suoi piani, stringendo ancora di più la catena che lo teneva legato al giornale. Tutto a un tratto si vide lì a lavorare un'infinità di ore extra, correggendo articoli e reportage scritti sempre peggio, dovendo sopportare la prepotenza del capo di sezione. Non mi resterà il tempo neppure per andare al cinema, tanto meno per scrivere una sceneggiatura. Ma poi cercò di consolarsi in qualche modo, di non perdere la speranza: quello non era il primo ritardo di Victoria, gliene erano già capitati altri. Forse era un falso allarme. Il suo stato d'animo cominciò a risollevarsi. E se anche fosse stato vero, pazienza. Avrebbe moltiplicato gli sforzi, avrebbe rubato le ore al sonno, avrebbe fatto tutto il necessario. Ormai era determinato. La scena iniziale del film con il vecchio demonio doveva essere girata. Non importa a che prezzo.

Svoltando in calle Madero, si ritrovò in mezzo a un viavai che era in netto contrasto con la semioscurità e la calma delle strade vicine. Rallentò il passo indugiando a osservare, sul marciapiede opposto, il perpetuo fermento della stazione degli autobus. Neppure a quell'ora le porte dell'edificio cessavano di vomitare fuori nuovo sangue, che più tardi si sarebbe riversato per le strade di Monterrey. Migranti e viaggiatori, contadini, turisti di altre città, schiene curve di clandestini sconfitti, oppure in ritorno trionfale al paese di origine, volti di uomini cotti dal sole che spalancavano gli occhi stupefatti davanti a una città piena di mistero, anziane che si lamentavano di malanni e acciacchi resi più acuti dai disagi del viaggio, grassone enormi cariche di scatole di cartone legate con lo spago, e giovani, soprattutto giovani in cerca di lavoro nelle migliaia di fabbriche della città. Bernardo osservava tutto ciò tenendosi a distanza, senza interrompere il cammino verso la fermata del minibus. Passava in rassegna l'aspetto dei viaggiatori, i loro modi di fare e com'erano vestiti, per poi giungere alla solita conclusione: la maggior parte di loro veniva dalla campagna, da paesi e piccole città della regione, oppure da San Luis Potosí o Zacatecas. Lasciavano la stazione degli autobus mal dissimulando la loro diffidenza, ostentando una finta sicurezza che li rendeva facile preda dei delinquenti che c'erano in giro: scippatori, borsaioli e taglieggiatori. Anche se, pensandoci bene, cosa mai possono rubare a gente come quella? Sorrise al pensiero che la stazione fosse una sorta di incubatrice, che gettava le sue creature in un mondo estraneo, dandogli come unica difesa la speranza. Come bambini uniti alla madre dal cordone ombelicale, non abbandonavano mai le vicinanze, e lui sapeva che li avrebbe presto rivisti, uscendo la sera dall'osteria, lì in giro da qualche parte.

L'aria si riempì all'improvviso di un odore intenso di carne grigliata, di *tortillas* di mais o di farina bianca appena cotte, di peperoncini arrostiti sulla brace o alla piastra. Mentre passava davanti all'Arena Coliseo, i cani famelici che si aggiravano tra i chioschetti di *tacos* e fritture si avvicinarono a Bernardo annusandogli i piedi. Lui cercò di scansarli, ma uno di loro, più insistente dei compagni, gli incollò il naso al polpaccio inumidendogli i pantaloni. Lui reagì a quella sgradevole sensazione mollando una pedata, che finì dritta sul muso del cane. I guaiti dell'animale attirarono l'attenzione della gente intorno ai chioschi.

«Guarda che stronzo, povera bestia!»

«Perché te la prendi col cane?»

Ma lui non badò a quei commenti e andò avanti. Per qualche ragione il tragitto stavolta l'aveva stancato. Il sudore gli scorreva sulle tempie e aveva la schiena appiccicosa. Un leggero dolore gli opprimeva le clavicole. Si sentiva affannato, con il fiato corto. Decise di riposarsi un attimo davanti a un chiosco di panini imbottiti, ormai lontano dagli effluvi della carne arrosto. Non aveva fame, ma sete sì. Molta. Delle quattro birre che aveva bevuto all'osteria non gli restava neppure il ricordo. Quell'anno la canicola si stava accanendo contro la città, contro i suoi abitanti e contro di lui, come se l'avesse prescelto per concentrargli addosso le temperature più insopportabili: violenti raggi del sole durante il giorno, e roventi folate d'aria di notte. Cazzo, fa più caldo a quest'ora che alle cinque del pomeriggio. Mentre aspettava che il respiro tornasse normale, lanciò uno sguardo al marciapiede, al chiosco dei panini, alla strada ancora da fare. Un paio di isolati più avanti poteva scorgere i fari accesi e la sagoma chiara di due minibus. C'era ancora tempo, anche se il primo fosse stato in procinto di partire. Da quella parte la strada era quasi deserta, la gente era tutta concentrata nella zona delle bancarelle che aveva appena oltrepassato. Si avvicinò al chiosco dei panini avvertendo ancora un tremito alle gambe, un leggero crampo dietro la coscia. C'erano solo due uomini maturi che stavano cenando in silenzio, assorti in se stessi. Li serviva una ragazza, che vedendolo avvicinarsi gli chiese: «Che cosa le diamo, signore? Ho panini con uova sode, avocado, prosciutto, pancetta, misti e maxi...»

«Grazie, voglio solo qualcosa da bere.»

«Allora prenda pure da sé, il frigo è lì.»

Appena alzò il coperchio e vide le bibite fluttuanti nell'acqua in mezzo ai pezzi di ghiaccio, gli si riempì la bocca di saliva. Prese una coca-cola, la stappò con l'apribottiglie incorporato nel frigo e ne bevve metà tutto d'un fiato. Il liquido dolciastro gli tolse subito la secchezza da lingua, gengive e gola, ma gli fece rimpiangere il sapore della birra. Allora si ricordò del vecchio col cappello texano e del suo film e i pensieri lo condussero di nuovo a Victoria. Di sicuro sarebbe stata contenta della notizia. Anche se era incinta, l'avrebbe presa come un progresso nella vita di Bernardo, e pure nella sua e in quella dei bambini. Non c'era niente di meglio per i suoi figli che un padre disposto a farsi in quattro per loro. Perché il cinema poteva aprire quella breccia che avrebbe potuto farli uscire dalla povertà, dalle limitazioni quotidiane, dagli sforzi per tirare fino all'ultimo centesimo. Victoria sarebbe stata il suo maggior sostegno. E se davvero lo vedeva determinato a scrivere, sarebbe arrivata perfino a proporgli di rinunciare al giornale per dedicarsi totalmente alla sceneggiatura. Ma poi di che cosa sarebbero campati? Non ti preoccupare, non ci è mai mancato nulla e nulla ci verrà a mancare, Dio provvederà. Poi si sarebbe subito dato da fare. Magari potrei tornare a insegnare alle elementari: me l'hanno offerto più volte, e a quell'ora i bambini sono a scuola, oppure potrei vendere vestiti e bigiotteria alle maestre e le madri degli alunni, in fin dei conti le conosco tutte, le opportunità non mancano.

Accese una sigaretta. Si sentì fortunato di essersi sposato con una donna del calibro di Victoria e, buttando fuori la prima boccata di fumo, esaminò quella possibilità: non gli era mai piaciuto il lavoro al giornale, aveva fatto la domanda di impiego con l'idea di fare l'inviato, non di correggere quello che scrivevano gli altri. Sì, l'inviato, tanto meglio se della sezione spettacolo. Ma come giornalista c'era posto solo nella cronaca nera, e gli avevano assicurato che avrebbe dovuto vedersela con la peggiore feccia della città. No, amico, tu non hai idea, quelli lì sono dei farabutti che non si fermano davanti a niente e a nessuno, entrano ed escono di prigione come se fosse un albergo o casa loro, e non li possono tenere dentro per sempre perché così è la legge in questo Paese di merda, aiutano i criminali invece di proteggere la gente perbene, te ne renderai conto il giorno in cui ti toccherà fargli una foto da pubblicare sul giornale, da quel momento in poi te la giurano a morte e non si scordano di te neanche un secondo, perché sei tu il bastardo che li ha sputtanati, crepano dalla voglia di rivederti e ovunque ti incontrino, per strada o in un'osteria o al cinema, anche se sei con la tua famiglia, ormai sei fottuto... pensa un po' che vita, non poter più andare tranquillo da nessuna parte, poi il problema è che tu te le dimentichi subito le facce di quei maledetti bastardi, con tutta la gente che devi fotografare ogni giorno, loro invece non si dimenticano della tua nemmeno per un minuto, col cazzo che se la dimenticano.

Dopo averci pensato su un attimo, aveva concluso che, con il suo carattere, non avrebbe potuto sostenere una vita di tensioni come quella che gli dipingevano, né avrebbe potuto reggere la vista continua di cadaveri causati da omicidi o incidenti, e aveva accettato temporaneamente quel posto di correttore di bozze, per un paio di mesi o al limite tre, per poi passare a qualcos'altro. Ma non aveva tenuto conto dell'inerzia, dell'assopirsi della vocazione e delle ambizioni a causa dell'abitudine, non aveva calcolato che si sarebbe presto assuefatto alla comodità di ritrovarsi ogni settimana un assegno in tasca, fintanto che era rimasto scapolo, comodità che si sarebbe poi trasformata nell'urgente necessità di ricevere quello stesso assegno, quando aveva deciso di sposarsi, e ancor più con l'arrivo del primo figlio e poi quando era nato il secondo, e tra qualche mese forse un terzo. Ma era ora di cambiare, di mettere fine all'inerzia. Nel prendere quella risoluzione, schiacciò col piede il mozzicone di sigaretta.

Finì la coca-cola, depositando la bottiglia in una delle casse impilate accanto al frigo. Il riposo e la bevuta gli avevano fatto bene. Pensò di prendersene un'altra, il calore non accennava a diminuire. Tirò fuori il borsello, mentre si girava a controllare gli autobus. I due veicoli erano ancora all'angolo, con le luci accese, in attesa di riempirsi per poter partire. Indovinava gli sbuffi del motore, la sonnolenza della gente sprofondata nei sedili, la vibrazione della carrozzeria. Immaginò la noia dell'autista e si sentì a sua volta invaso da un'immensa pigrizia. Se fosse andato subito, avrebbe dovuto aspettare che arrivasse un numero sufficiente di passeggeri, prima che l'autista si decidesse a mettere in moto. Ma dalla sua postazione accanto al chiosco dei panini lui poteva tenere sotto controllo i minibus: di solito facevano sempre qualche manovra prima di partire, toglievano il freno, accendevano le luci interne, facevano rombare il motore e poi aspettavano ancora qualche minuto. E se anche non fosse riuscito a prendere quello davanti, in ogni caso sarebbe potuto salire sul secondo, visto che a quanto pareva quella notte tutti sembravano intenzionati ad andare a letto più tardi del solito.

«Prendo un'altra bottiglia.»

«Sì, signore. Ne prenda quante ne vuole.»

«Ma dove si sarà cacciata la gente oggi? C'è movimento solo alla stazione.»

«Saranno tutti a bere nelle osterie» rispose la donna, guardandolo con curiosità. «E speriamo che escano presto, stasera non ho venduto un granché.»

«No. Io vengo proprio da un'osteria, c'erano solo tre tavoli occupati.»

«Allora chi lo sa. Magari sono rimasti a casa. È stato un giorno strano oggi, non crede anche lei?»

«Sì, è per via del caldo. Anche i cani sono più strani del solito.»

«Speriamo che non gli venga la rabbia» la donna abbassò lo sguardo, continuando a dedicarsi alle sue faccende.

Rabbia, pensò Bernardo mentre apriva un'altra coca-cola. Se non scende la temperatura, qui va a finire che la rabbia viene ai cristiani. Maledetto caldo, se va avanti così ancora un po' ci escono gli occhi fuori dalla testa. Bevve un lungo sorso e si sciacquò la bocca, sentendo i denti raffreddarsi fino a fargli male. Mentre beveva, si chiese se il tipo col cappello fosse impazzito a causa della canicola. Dicono che può alterare anche i tori, che cominciano a scagliarsi uno contro l'altro e non si calmano finché non ne è morto qualcuno. I contadini giurano poi che il caldo trasforma i cani in lupi.

Avrà fatto male anche al vecchio? Ci sono più di quaranta gradi e lui lì a bere tequila, il minimo che può capitargli è di ammattire. Nella sua testa cominciò ad amplificare l'immagine dell'uomo impressa nella memoria e se lo rivide davanti molto più vecchio, enorme, muscoloso, con i baffi argentati che gli ricadevano fluenti sulle labbra, mentre sbraitava maledizioni avanzando minaccioso verso di lui. Dai suoi occhi scorreva lava ardente, nella destra teneva stretto un pugnale ricurvo, con la lama inondata di sangue. Tra un'imprecazione e l'altra sputava di bocca pezzi neri di denti, e non smetteva mai di ripetere: "Ti ho visto, hai paura". Accese l'ultima sigaretta, accartocciò il pacchetto e lo gettò in mezzo alla strada. Le parole ripetute dal vecchio lo resero inquieto. Per quale ragione avrebbe dovuto dirmi una cosa del genere? Perché era chiaro che si era rivolto a lui e a nessun altro. Se anche ci fosse stato qualche dubbio, l'intervento del barista l'aveva spazzato via: non farci caso, amico. Sì, il pazzo diceva proprio a lui. Per insultarlo, minacciarlo o prenderlo in giro, ma in ogni caso si era rivolto a Bernardo.

"Ti ho visto, hai paura." Una totale idiozia. Paura di chi o di che cosa? Erano i discorsi di un demente, secondo il barista. E per di più alcolizzato. Paura del vecchio, figuriamoci. Quegli ubriaconi lì, basta un semplice spintone che finiscono faccia a terra, poi non si rialzano più. Eppure lui non l'aveva affrontato. Bernardo sentì sotto la lingua l'acre solletico del pentimento. Invece di restare ben saldo al suo posto era fuggito, mentre le proteste del barista impedivano al vecchio di inseguirlo. Avrebbe dovuto tenergli testa con coraggio, con decisione, e pretendere delle spiegazioni. Ma qualcosa in lui si era rifiutato di prendere le idiozie del vecchio per un'aggressione. Le smorfie, le grida rauche e quel dito puntato ostinatamente contro di lui non erano che la ripetizione di una scena già interpretata molte volte nella sua vita da altri protagonisti. Gli sfilarono in testa come in un film suo padre e sua madre, i suoi insegnanti, gli arbitri di quando giocava a football americano, l'allenatore e i giocatori delle squadre rivali, i suoi superiori al lavoro, perfino Victoria. Lui non aveva mai fatto altro che voltare le spalle e ritirarsi. Da molti anni a questa parte, la sua esistenza era contrassegnata da fiacchezza, indifferenza, conformismo. O paura. O magari qualcos'altro. In fondo si vive tutti così. In questa maledetta città ciascuno ubbidisce a quel che detta la norma. Siamo tutti sottomessi, pavidi, sempre lì a cagarci sotto dalla paura. Per allontanare quei pensieri, volse lo sguardo verso la fermata del minibus.

«Porca puttana...»

«Ha perso l'autobus?»

«Questo qui è andato... ma non importa. Posso prendere quello dopo.»

«Allora si sbrighi» disse lei, sorridendo e arricciando le labbra, «sennò va a finire che dovrà restare a dormire qui da qualche parte.»

Non essendo abituato ad avere a che fare con altre donne oltre a Victoria, tardò a cogliere la civetteria. Alzò lo sguardo verso la ragazza. Il sorriso provocante non le si era ancora cancellato dal viso e sosteneva lo sguardo di Bernardo senza alcun pudore. Si sentì arrossire e ringraziò che la luce del chiosco fosse così debole. La donna doveva avere non più di venticinque anni, ma quella vita di lavoro duro, notturno, la faceva sembrare per lo meno di trenta. Aveva un bel corpo, anche se nella norma, e nei suoi lineamenti lui non trovò niente di sgradevole. Avrebbe potuto passarci un po' di tempo insieme. Magari tutta la notte. Nella zona gli alberghi non mancavano e di soldi ne aveva. Victoria non si sarebbe sorpresa se lui non fosse tornato a dormire, o se fosse arrivato all'alba: già altre volte gli era capitato, per una sbadataggine, di rimanere in città senza poter tornare a casa e lei si era mostrata comprensiva. Non gli avrebbe mai fatto una scenata di gelosia. Perché no, allora? Avanzò verso la venditrice, fermandosi davanti al banco. Lei si chinò in avanti, con le braccia incrociate sotto il busto, e appoggiò i gomiti sul ripiano, senza mai smettere di fissarlo negli occhi. I seni, gonfiati di proposito, parevano sul punto di saltar fuori dalla scollatura, e quella vista gli provocò una specie di brivido. La ragazza si era accorta del suo turbamento, del suo desiderio, e lo guardò con maggiore insistenza in attesa che dicesse qualcosa. Lui esitò, inghiottì la saliva, e l'unica cosa che riuscì a proferire con naturalezza fu: «Ha ragione. È meglio che mi sbrighi. Quanto le devo?»

Lei si tirò su poco a poco, con l'incertezza stampata sul viso, come se non capisse ciò che aveva sentito. Ma nel giro di pochi secondi riprese il controllo. Guardò l'uomo con disprezzo, mormorò una cifra e si mise a separare una pila di fette di prosciutto.

«Grazie» disse lui, lasciando qualche moneta sul banco.

«Sì» rispose lei quasi con rancore, e aggiunse: «Stia bene.»

Hai paura. Hai paura, risuonava una voce dentro la sua testa. Ti mancano le palle, vigliacco che non sei altro, stai sempre a cagarti sotto, non hai neppure il coraggio di farti una donna in un albergo, neanche se ti si offre su un piatto d'argento, mettendoti sotto il naso due tette come pompelmi già sbucciati, per farteli succhiare e strizzare e spremerne tutto il sugo. Quella voce ritmava i suoi passi, scandendo la respirazione e i battiti del cuore sempre più accelerati. Ma stavolta non era per via della stanchezza, ma per quella sensazione in cui si mescolavano il ridicolo, l'evidenza della codardia, la rabbia, la frustrazione, la voglia di scappar via a nascondersi da tutti, da quella donna, da se stesso. Se avesse avuto altre sigarette forse avrebbe potuto distrarsi. Il rumore dei suoi passi sul selciato finì per zittire la voce nella sua testa, e Bernardo provò ancora a giustificarsi, a cercare un'uscita onorevole: no, non è paura. È che non posso fare questo a mia moglie. Victoria mi sta aspettando. E io la sveglierò, perché è con lei che voglio fare l'amore. Con lei, e non con una venditrice di panini qualunque che non so neanche com'è a letto, che odore ha, e che porcherie mi può trasmettere. Sì, l'ho fatto per Victoria. Perché stanotte lavoreremo insieme alla storia che potrà tirarci fuori dalla povertà, quando ci faranno sopra un film. L'ho fatto per Victoria.

Percorrendo un tratto di strada non illuminato, alzò lo sguardo e sentì vicino a lui un rumore che non seppe identificare. Un topo o un gatto, o forse un vagabondo ubriaco addormentato in un angolo. A poche decine di metri, il minibus ronzava con il motore acceso. Dal tubo di scappamento usciva uno sgorbio di fumo biancastro, spettrale, che si dissolveva qualche metro più in alto, nell'oscurità del cielo. Un'anziana coppia salì in quel momento sul veicolo, e attraverso il finestrino lui vide che prendevano posto sul sedile posteriore. Altre persone erano già dentro, ma c'erano ancora posti liberi. Tra non molto si sarebbe ritrovato a casa, nel suo letto, allacciato al corpo di Victoria… In salvo, puntualizzò la voce nella sua testa. Bernardo reagì di scatto, offeso: in salvo da che? Non fece in tempo a darsi una risposta che dal buio di un edificio abbandonato emersero tre rapide ombre che si piazzarono di fronte a lui, tagliandogli la strada. Si fermò di colpo. Una voce giovanile, un po' stridula, gli disse in tono di sfida: «Mi dai una sigaretta, amico?»

Un tremito gli salì dalle caviglie lungo le gambe, provocandogli una violenta fitta all'inguine. Era un'aggressione, non c'era dubbio. Sennò che altro? Nella sua mente cominciarono a dibattersi le alternative: scappare, o vedere se si accontentavano di qualche spicciolo o qualunque altra cosa, o magari cercare di farli ragionare, o mettersi a gridare e chiedere aiuto come una femmina, oppure, come quando era adolescente, colpire, colpire per primo per poter colpire due volte. Tre contro uno, magari armati: non ce la poteva fare. Ma non sarebbe nemmeno riuscito a correre, con le gambe così deboli e tremanti: l'avrebbero raggiunto subito e sarebbe stato ancora peggio. L'oppressione al petto gli impediva di gridare. Non riuscendo a decidere nulla, restò lì paralizzato a fissare le tre ombre con gli occhi pieni di paura.

«Meglio tutto il pacchetto, no?» un'altra voce ruppe il silenzio durato diversi secondi.

«Le ho finite.»

Vide i passeggeri che erano dentro il veicolo affacciarsi ai finestrini per capire che cosa stava succedendo. Presto qualcuno sarebbe intervenuto. Nel frattempo le tre ombre si allargarono, accerchiandolo, e ognuna di quelle masse nere cominciò a delinearsi, acquisendo forma e anche un po' di volume. Erano ragazzi, molto giovani. Uno di loro aveva in mano un oggetto allungato. Un tubo, o una mazza. Lo stomaco di Bernardo si contrasse in uno spasmo, la bocca gli si riempì di un sapore amaro e la pressione sanguigna gli annebbiò la vista. Fuggire. Doveva forzare le gambe a muoversi. Fece un passo indietro.

«Allora prestaci i soldi per comprarle» disse la voce, mentre quello che non aveva ancora parlato si metteva alle sue spalle.

Non capiva perché aspettavano tanto, perché non gli

mollavano il primo colpo una volta per tutte. E quelli che erano sull'autobus? Si tenevano a distanza, pensando di assistere a uno spettacolo che non li riguardava. Il colmo era che la voce era comparsa di nuovo, e gli gridava dentro la testa: "La vedi la tua paura? sentila! goditela tutta, vigliacco! lo vedi come è vera? ti stai cagando sotto! stai lì a tremare invece di fare qualcosa! in fin dei conti è solo questione di qualche botta! passerà in fretta, poi ritornerai alla solita vita di sempre..." I tre giovani adesso gesticolavano, con le facce protese verso Bernardo. Lui vedeva le loro bocche aprirsi e distorcersi, per poi perdersi di nuovo nella penombra. Quasi sentiva sul viso il loro alito, ma nel giro di qualche istante le sue percezioni cessarono. I suoi orecchi e le pupille si chiusero verso l'esterno, nel tentativo di isolarlo dal mondo. Sentì solo le parole di uno di loro, che gli venne vicino per piazzargli la lama del coltello davanti agli occhi: «Senti, bastardo, smettila di fare lo stronzo e tira fuori quello che hai!»

La quindicina. L'affitto e il cibo per la famiglia. Non si mosse. Si prese il primo colpo in faccia, sulla mascella, ma senza sentire dolore, riconoscendo solo il gusto metallico del sangue che gli inondava la bocca. Poi gli mollarono un calcio tra le palle: il sapore questa volta fu più fondo, denso. Non vedeva i suoi assalitori né sentiva le loro voci. Non soffriva nemmeno. Non avrebbe osato chiamare sofferenza quella pioggia di pugni che si abbatteva sul suo corpo, costante, fitta, senza suscitargli alcuna reazione. Inerte come un pupazzo, lasciava che gli altri disponessero di lui. In fondo sarebbe passata alla svelta. Neppure i colpi di mazza che gli indolenzivano la schiena, le natiche, le gambe, riuscirono a fargli sentir male. E quando il bastone lo colpì sul cranio di striscio, quella voce che ancora mormorava ingiurie contro di lui nella sua testa finalmente tacque. Al suo posto, comparve uno stridio prolungato che poco a poco annichilì i suoi sensi, mentre gli assalitori cominciavano a ruotargli intorno a una velocità vertiginosa. Poi tutto cessò.

Era a terra, sanguinante, alla mercé dei tre giovani. Uno gli premette la punta del coltello sul collo per farlo restare immobile. Bernardo sentì il metallo gelato sulla pelle, ma era come lo stetoscopio di un dottore che gli stesse misurando il polso. Un altro gli mise un piede sul petto, mentre il terzo ispezionava le sue tasche una a una. Bernardo strinse gli occhi, ma sotto le palpebre gli scorreva una ridda di colori brillanti. Di colpo un rosso cupo gli riempì la vista. Sentì il sangue ribollirgli nelle vene, l'ira gonfiargli il petto, e crescere dentro di sé una voracità che non conosceva, o che aveva dimenticato. Ogni suo muscolo vibrava, e un rantolo ininterrotto, simile a un accesso di tosse, gli fece scaturire dalla gola un bramito animale. Le membra erano come funi sul punto di spezzarsi, i battiti del cuore gli rimbombavano nel cranio. Quando le mani di quello che gli rovistava nelle tasche incontrarono il portafoglio dove teneva i soldi della paga, liberò tutta l'energia trattenuta. Non seppe come né cosa l'avesse spinto a reagire: di colpo divenne una preda che si dibatteva dentro la rete. Senza aspettare ordini dal cervello, i pugni e le gambe si scagliarono contro gli aggressori. Con una mossa fulminea si allontanò il coltello dal collo, provocandosi un taglio alla spalla. Stavolta la ferita gli fece drizzare i peli sulla nuca, ma fu ciò che lo spinse ad attaccare chi aveva fiutato il suo denaro e stava per toglierglielo di dosso.

In un istante si rimise in piedi, e un attimo dopo si trovava in mezzo a un serrato scambio di calci, morsi, colpi e manate. E se il suo dolore era una sensazione molto remota, non era cosciente del danno provocato dai suoi calci e i suoi pugni. Un rumore sordo gli turava gli orecchi e davanti agli occhi distingueva soltanto brandelli di ombre che si muovevano rapide. Ogni tanto riusciva ad afferrare un arto, una testa, e la schiacciava con i pugni e le ginocchia, con la fronte, mordendo la carne fino a lacerarla, e poi sputava sangue dalla bocca. Non si rese conto di aver sottratto la mazza ai suoi aggressori finché non gli si indolenzirono le braccia a forza di sbatterla contro quei corpi che lo incalzavano. Ma ormai non si muovevano più. Giacevano a terra tra i gemiti, contorcendosi come pesci fuori dall'acqua. Il più vicino tentò di tirare su la testa e Bernardo sollevò la mazza al di sopra della spalla per prendere slancio. Esclamazioni di spavento giunsero ai suoi orecchi attraverso il rumore sordo, divenendo isteriche quando sferrò il colpo. Uno scricchiolio secco riempì lo spazio aperto della strada. Era finita. È vero: era stata una cosa veloce. Cercò di normalizzare la respirazione, di schiarire la vista. Gli orecchi gli si aprirono di nuovo, ma non ci fece caso.

Qualcosa brillava per terra e si accovacciò per vedere che cosa fosse. Il coltello. Allungò la mano e lo raccolse avvicinandoselo al viso. Aveva la lama tinta di sangue. Da dove si trovava guardò il ragazzo caduto ai suoi piedi. Sussultava in prossimità della morte, con gli occhi sbarrati e un'espressione di panico che il volto deforme rendeva ancora più grottesca. Gli mancava un brandello di orecchio e il naso e la mandibola gli si erano affossati nella faccia fin quasi a scomparire. Quello che era più lontano emise un gemito, scuotendosi un po', e Bernardo si avvicinò a lui. Era molto giovane, intorno ai vent'anni. Soffriva molto. Fissava il suo carnefice con un occhio solo. L'altro, rigonfio, aveva perso forma. Bernardo gli appoggiò una mano sul petto, sentendo gli spasmi del dolore lì sotto. Cercò il cuore. I battiti erano veloci e lui sentì che anche i suoi acceleravano. Tutti i suoi muscoli erano percorsi da rapide vibrazioni, che poi affluirono nel basso ventre facendogli aprire le labbra in un sorriso. Avvicinò il viso a quello del ragazzo per scrutare fino in fondo la sua unica pupilla, mentre gli affondava lentamente il coltello tra due costole, lì dove aveva udito battere il cuore. Una donna strillò e si sentirono passi e sussurri sempre più vicini. Bernardo non ci badò, continuando a fissare quell'occhio di colpo ravvivato da uno scintillio, che lui interpretò come un ringraziamento.

Quando si rimise in piedi, i mormorii della gente si interruppero. Fece un paio di passi incerti, e i dolori che aveva ignorato durante la lotta cominciarono a farsi presenti, intensi, quasi insopportabili. Camminò verso i curiosi e vide riflesso nei loro volti l'orrore che suscitava. Il minibus era ancora all'angolo con il motore e le luci accese, vuoto. I passeggeri erano scesi quando si erano accorti della rissa. Non vengono qui ad aiutarmi, ma ad accusarmi. Quegli stessi che ora lo fissavano terrorizzati erano rimasti impassibili mentre gli altri lo stavano aggredendo. Avanzò ancora qualche passo e tutti si allontanarono da lui come se fuggissero da un cane rabbioso. Si accorse allora di avere in mano il coltello insanguinato. Lo chiuse e andò avanti, senza che nessuno dicesse nulla o tentasse di trattenerlo. Arrivato all'angolo, sentì una sirena e capì che era davvero il momento di correre finché le gambe potevano sostenerlo. La gente lì presente avrebbe testimoniato il suo furore selvaggio, il suo sadismo, la sua freddezza nell'uccidere. E non avrebbe avuto importanza il fatto che la sua fosse stata soltanto una difesa.

Corse, cercando strade solitarie, schivando i passanti ancora in giro e le luci delle auto, rifugiandosi negli androni e nei vicoli quando incrociava qualcuno, per poi rimettersi a correre. Senza una meta precisa, dove lo conduceva la sorte e quella luna piena che non smise mai di seguirlo, con il suo grande occhio giallo, finché non lo vide perdersi in una specie di boscaglia, dove la vegetazione si richiuse dietro i suoi passi. Allora, sentendo lo scorrere di un ruscello, il ronzio degli insetti e i movimenti guardinghi di qualche animale, seppe di essere in salvo, dove nessuno poteva fargli del male. Cercò un rifugio in mezzo alla sterpaglia e si sdraiò per terra. Anche se sanguinava ancora, le ferite smisero di fargli male, il ricordo di quei visi pieni d'orrore smise di tormentarlo e, soprattutto, la voce dentro la sua testa ammutolì. La paura se n'era andata, per sempre.

Tre

Appena le porte automatiche gli si spalancano davanti, il calore lo investe come l'ansimo di una caverna. La luce del sole gli trapassa gli occhi, opprimendo il cervello che inizia a proiettare immagini cupe. Fa un passo indietro per ripararsi nell'ambiente fresco dell'aeroporto ancora per qualche istante. Consegna le chiavi dell'auto presa a noleggio al ragazzo che trasporta la sua valigia e lo vede gettarsi sotto quella pioggia di sole con aria tranquilla, come fosse un operaio di fonderia. Le porte si richiudono, dandogli sollievo, ma subito si riaprono, con la gente che entra ed esce. Ascolta le loro voci: parlano forte, alcuni quasi gridando e scoppiando spesso a ridere. Riconosce la cadenza brusca di quel linguaggio e un intreccio di sentimenti remoti lo invade. Eccomi di nuovo qua. Magari le cose non sono poi tanto cambiate. Il ragazzo lo sta aspettando accanto all'auto e Ramiro deve farsi forza per abbandonare l'aria condizionata. Mi scioglierò come un ghiacciolo. Persa l'antica resistenza alle temperature estreme, il suo corpo comincia a sudare all'istante. Si allenta in fretta la cravatta e si sbottona il colletto della camicia. Si libera della giacca. Dà una moneta al ragazzo e apre la portiera. Dall'auto fuoriesce un'esalazione ancora più bollente che lo fa indietreggiare. Merda, non ce la posso fare. I sedili scottano, le mani non resistono al contatto con il volante, ma non ha altra scelta: facendo uno sforzo sale in macchina e mette in moto, aziona l'aria condizionata e poi salta subito fuori. Mentre aspetta che il sistema di refrigerazione faccia effetto, si accende una sigaretta.

Sa che ci si abituerà. Aspira quell'aria che sembra provenire da una griglia sul fuoco, e intanto osserva le donne con indosso vestiti leggeri e i giovani in bermuda che entrano nell'aeroporto. Gli uomini invece sono in giacca e cravatta, o jeans e maglietta. Non so come facciano a resistere con la giacca e i pantaloni senza disidratarsi. Questa è una graticola. Per un attimo si ricorda di un gioco dell'infanzia, quando con gli altri bambini rompevano un uovo sul cofano di una macchina posteggiata al sole, per vedere come si rassodava e si cuoceva in pochi istanti, poi lo condivano con il sale e se lo mangiavano a turno con una forchetta. È tutta questione di volontà. Sarà valso a qualcosa avere vissuto qui per tanti anni. Volge lo sguardo in lontananza. I vapori che salgono dall'asfalto alzano un velo tra lui e la strada. È questa Monterrey? Una piastra rovente incollata alla tempie? Quest'odore di pietra surriscaldata? Guarda l'orologio: le due e venticinque. Si sistema dietro il volante e avvia il motore.

Il vento freddo che esce dal cruscotto gli risolleva l'animo, ma non riesce a togliergli completamente di dosso la sensazione di solitudine esistenziale che il ritorno in quella città gli provoca. Qui è iniziato tutto, ricordi? C'è poco traffico per la strada e Ramiro schiaccia l'acceleratore, mentre il suo corpo recupera benessere poco a poco. A quei tempi camminavi chilometri e chilometri per strade polverose sotto questo stesso sole. E respiravi l'aria di autobus urbani saturi di un brodo untuoso fatto di polvere, fumo, sebo emanato dalla pelle dei passeggeri e fiati caldi. Quella era la tua vita. Il morbido incedere degli pneumatici sull'asfalto lo aiuta ad allontanare quei pensieri. Avanza sulla corsia di sorpasso, superando macchine, camion, autobus, senza far caso agli edifici isolati che compaiono lungo la strada.

E ora vediamo un po' dov'è l'ufficio di questa Maricruz Escobedo. Non sarà difficile trovarlo. Deve essere nelle vicinanze del centro commerciale del Valle, nella zona più danarosa della città, quella degli hotel per uomini d'affari, dei grandi gruppi e delle società finanziarie. Andrò subito a farci un giro. Durante l'incontro al ristorante, Damián gli aveva suggerito di tenersi a distanza. Di fare una cosa pulita. All'albergo lo attende un pacchetto. Forse un fucile di precisione. O una semiautomatica. Ramiro preferisce le armi corte. Gli consentono maggiore libertà di movimento. Con il fucile dovrei salire sul tetto di un palazzo, o magari introdurmi in un ufficio vuoto a uno dei piani alti. E non sai mai se ce ne sono. Con la pistola invece posso avvicinarmi. Sì, è molto meglio, soprattutto se ci sono guardie del corpo. Oltrepassa il quartiere di Apodaca ed entra in San Nicolás. Lungo la strada l'attività è in aumento. In certi tratti si vedono folti gruppi di persone: dopo sette ore di lavoro senza interruzioni, operai, segretarie e impiegati aspettano gli autobus che li riporteranno a casa. Altri invece, che devono entrare al secondo turno, si accalcano intorno ai chioschetti di *tacos* e cibarie. Ramiro li vede muoversi sotto il sole con naturalezza, ridendo e scherzando tra di loro. Poi percorre con lo sguardo la zona industriale: fabbriche, stabilimenti di assemblaggio, centri commerciali e quartieri popolari, lì dove prima c'erano solo fattorie e terreni incolti. Cazzo, quanto tempo ci vuole perché una città scompaia e ne spunti un'altra al suo posto? Il manto stradale risplende, luccica come un fiume congelato.

L'auto scivola sull'asfalto come fosse una slitta. Ha guidato poche volte in quella città, ci pensa mentre rallenta, lasciando passare un autobus che sta sorpassando un camioncino sgangherato. Non aveva mai potuto comprarsi una macchina: il suo stipendio era appena sufficiente per spostarsi sui mezzi pubblici. L'aria fredda che gli arriva in faccia gli irrita la gola. Tossisce e chiude le bocchette del cruscotto con una manata. L'autobus rientra sulla corsia di destra e Ramiro spinge di nuovo l'acceleratore, sforzandosi di non far caso al susseguirsi di enormi cartelli pubblicitari che dalle alture vicine cercano di attirare la sua attenzione.

Sì, meglio usare una pistola. Se Damián non l'ha fatta mettere nel pacchetto, in qualche modo me la procuro. Era una pistola quella che aveva usato per portare a buon fine il suo ultimo incarico, sette mesi prima. Una piccola semiautomatica calibro 5,56 mm, facile da nascondere sotto la canottiera e i pantaloni di tela blu che per un certo periodo erano stati la sua tenuta da lavoro come lavamacchine. Su un cartellone pubblicitario, una donna in biancheria intima lancia un bacio nella sua direzione. Victoria's Secret. L'uomo designato da Damián andava sempre in giro su una Suburban, insieme all'autista e a due guardie del corpo. A Ramiro erano bastati pochi giorni per capire che il suo cliente di turno scendeva dal veicolo solo quando si trovava all'interno di spazi chiusi, autorimesse e parcheggi, come se non volesse arrischiarsi, e non a torto, ad abbandonare la protezione dell'auto blindata. Era impossibile agire a distanza. Aveva fatto sapere a Damián che la faccenda richiedeva qualche settimana in più e si era presentato sul posto con il secchio e lo straccio per lavare le auto, deciso a guadagnarsi la fiducia degli autisti, delle guardie e degli altri lavamacchine. Non era stata una cosa difficile, solo un po' lunga. Quelli lì sono gelosi del loro territorio e non lasciano passare il primo venuto. Ma dopo qualche panino e un giro di birre gli avevano ceduto un posto. I cartelloni si moltiplicano. Ora una donna matura, con l'aria di una casalinga, si porta alla bocca una *tortilla* di farina bianca, di una marca che Ramiro non fa in tempo a leggere. Poi una birra, Carta Blanca. Per due mesi si era installato nel parcheggio seminterrato di un edificio del quartiere Anzures, lustrando carrozzerie fino ad avere le mani intorpidite, puzzando di sapone da quattro soldi, con la schiena curva peggio di un contadino, ma alla fine aveva cominciato a notare che la sua presenza passava inosservata. Era diventato parte dell'arredo, come le colonne di cemento e i bidoni della spazzatura, invisibile agli occhi dei manager e di quelli che si recavano negli uffici del palazzo, e soprattutto invisibile ai guardaspalle del cliente. Erano loro i più distratti di tutti, non mi vedevano neppure quando scendevano dal suv e mi camminavano accanto con aria misteriosa, voltandosi in ogni direzione. Erano convinti di star sempre in guardia, gli mancava solo di sbavare come cani rabbiosi. Qualche volta gli avevano perfino chiesto di lavare e lucidare la Suburban. Un pomeriggio, dopo aver lustrato il suv da cima a fondo e aver ricevuto una generosa mancia, se ne era andato dal parcheggio prima del solito. Un tuo ordine e sarà fatto, Damián, questo qui è già cucinato. Allora procedi, aveva risposto Damián, e chiudiamola qui, chi paga ha fretta di vedere il lavoro concluso. Un'ambulanza gli passa accanto trascinandosi dietro una scia di grida, poi si perde in mezzo al traffico. È seguita da due volanti della polizia, con il lampeggiante che gira sul tetto senza emettere luce. Ramiro alza di nuovo gli occhi per un istante. L'insegna di Salinas y Rocha e gli autocarri Dodge lo salutano dal fianco della collina. Il giorno dopo, appena aveva visto comparire la Suburban sulla rampa di ingresso, si era avvicinato. Due portiere si erano aperte per prime ed erano scesi i guardaspalle. Lui aveva socchiuso gli occhi e annusato l'aria. Aveva sentito che il polso gli si alterava. Il suo cliente era sceso dall'auto mettendosi subito in mezzo ai suoi uomini. Ehi, capo, non la vuole una bella lavata alla macchina, oggi? Gliela faccio brillare in un attimo. Si era avvicinato ai tre con fare ossequioso, sorridente, con una gran voglia di racimolare qualche pesos, e intanto si grattava la schiena, o almeno così sembrava. Ho anche il liquido apposta per le gomme, per farle diventare belle nere. Non avevano avuto il tempo di rifiutare il servizio: la piccola semiautomatica si era staccata dalla sua cintura per eseguire in pochi secondi l'incarico di Damián, lasciando Ramiro con addosso una spasmodica sensazione di potere. *Bienvenidos a la ciudad de Nuestra Señora de Monterrey.* Il traffico è sempre più intenso e lo costringe a rallentare l'andatura. Non se l'aspettavano. Non si erano neppure resi conto da dove era arrivata la pallottola. Non c'è dubbio, con una pistola tutto è sempre più facile. Il primo semaforo rosso lo obbliga a fermarsi.

Un ragazzino sudicio e scalzo si accosta all'auto. Incolla al finestrino un giornale con grandi titoli in rosso e una foto a mezza pagina, che mostra un ammasso di ferraglie ritorte attorniato da poliziotti, soccorritori e curiosi. Ramiro sente un contorcimento allo stomaco. Accelera scansando il ragazzo e svolta all'angolo, per proseguire in direzione del centro. Quello era il suo giornale. Il quotidiano di cronaca nera del quale per anni, giorno dopo giorno, aveva corretto gli articoli. Si chiede se i suoi vecchi colleghi staranno ancora lavorando lì. Alcuni di certo. Anche se ci sarà sicuramente molta gente nuova. A quanto pare, lo stile è sempre lo stesso: titoli sensazionali e foto piene di sangue. Quello non cambia mai.

Dopo una curva, la strada si immette sulle cinque carreggiate dell'avenida Constitución, che corre parallela al fiume Santa Catarina. Ramiro si orienta ancora, anche se gli edifici lungo l'arteria non suscitano alcun riflesso nella sua memoria. Di nuovo la sensazione di solitudine si impadronisce di lui. Anche qui i mega cartelloni si moltiplicano lungo la strada. Hotel Ambassador. El Tío. Cedetel, il meglio della telefonia. Ramiro spegne l'aria condizionata e apre il finestrino. Un'ondata di vento caldo entra nell'auto, gli volteggia attorno e avvolge subito il suo corpo come un sudario. Galerías Monterrey, tutti i negozi che vuoi. Si sposta sulla corsia di sinistra. Il fiume Santa Catarina ha il solito aspetto di sempre, con il letto vastissimo ricoperto di terreno calcareo, sterpaglia e qualche campo sportivo. Una nuda distesa di pietre. McDonald's. Grupo Imsa. El Rey del Cabrito.

Mentre attraversa una sopraelevata, accende la radio. Un cantante tartaglia una canzone rap nel dialetto dei neri. Cambia stazione: rock in spagnolo. Poi una *cumbia* colombiana. Musica disco. Rock in inglese. Gloria Trevi che si sgola a occhi socchiusi. L'incandescenza dell'aria comincia a stordirlo, ma non si decide a chiudere il finestrino. Vuole abituarsi al caldo il prima possibile. Con la mano si asciuga il sudore dalla fronte e le gocce gli cadono sui pantaloni, inumidendoli. Altri enormi cartelli pubblicitari. Supermercati Soriana, la vostra spesa quotidiana. Pneumatici Michelin. Mobili Zertuche. Su un'altra stazione un annunciatore sta concludendo la sua solfa: "E adesso, cari amici, ecco a voi la compianta regina del tex-mex… Selena! Ma prima di lasciarvi, vi ricordo che sono le tre in punto del pomeriggio e la temperatura a Monterrey e nell'area metropolitana ha toccato i quarantadue gradi all'ombra". Un'altra sopraelevata. Un semaforo verde. Le trombe aprono la canzone e subito si sente la voce fiera e modulata della cantante *chicana*. Pur continuando a sudare copiosamente, la sua pelle comincia ad abituarsi alla temperatura e anche le pupille si sono assuefatte allo sfolgorio del sole. Piazza della Silla, che meraviglia. Sorteo Tec. Non appena i palazzi del centro si stagliano davanti ai suoi occhi in tutta la loro grandezza, Ramiro ha l'impressione di essere in città già da molti giorni. Monterrey gli è venuta incontro attraverso la vista, l'udito, il tatto e l'olfatto. Gli manca ancora il gusto, ma arrivato in albergo ordinerà qualche piatto locale. Bene, è tutto a posto, pensa e, lasciandosi alle spalle l'immensa piazza principale della città, svolta a destra in direzione dell'Hotel Ancira.

Come supponeva, l'indirizzo indicato sui documenti corrispondeva a un quartiere lussuoso nella zona del centro commerciale del Valle. Era riuscito senza difficoltà a trovare la strada, situata tra due viali paralleli poco trafficati e lunga appena due isolati. Lì, con la Sierra Madre sullo sfondo, si ergeva il palazzo di undici piani, ricoperto dalla base fino al tetto da una pesante scacchiera di vetro scuro. Sulla cupola di granito era esibita a grandi lettere la destinazione dell'edificio: "Gruppo finanziario del Nord". Non c'era nessuno sui marciapiedi torturati dal sole, solo un guardiano disarmato si affacciava di tanto in tanto davanti all'ingresso. L'unico verde consisteva in qualche arbusto striminzito e un paio di miseri alberelli nell'aiuola spartitraffico tra le due corsie. Non essendoci altre costruzioni abbastanza alte nelle vicinanze, il fucile era scartato. Proprio di fronte alle porte girevoli del palazzo, un caffè con ampie vetrate e una nutrita clientela si era offerto a Ramiro come un imbattibile punto di osservazione. Da uno qualunque dei tavoli dal lato della strada avrebbe potuto controllare l'ingresso del palazzo della finanziaria. Ma prima di introdurre l'auto nel parcheggio, si era aggirato nei dintorni una mezz'oretta, per perlustrare la zona.

«Ancora un po' di caffè?»

Sente le parole lontane, soffocate dal chiacchiericcio e dalla musica soporifera che pervade il locale, creando un'atmosfera da negozio di mobili. Tarda a capire che stanno dicendo a lui. Come se si risvegliasse da un letargo, distoglie la vista dalla vetrata per posarla sulla cameriera vestita con un'uniforme rosa shocking. Lei non sorride, lo interroga con espressione bovina, facendo ondeggiare il liquido nella caffettiera di alluminio. Sul fondo della sua tazza vuota, il caffè sembra ormai una macchia di inchiostro.

«Sì, mi riempia la tazza.»

La giovane inclina la caffettiera con svogliatezza e il liquido scorre in un filo esile e vaporoso. Poi si ritira lentamente, trascinando il passo e chinando la testa per schivare gli sguardi dei clienti, ormai rassegnati a essere ignorati. Un cubicolo di legno rivestito di piccoli vetri colorati è il suo rifugio. Si nasconde lì tra cestini pieni di bicchieri, griglie elettriche e brocche di vetro colme di succhi di frutta di vari colori. È stanca, poverina. Vuole soltanto essere lasciata in pace. Da quanto tempo sarà lì a sbattersi in quel bar? Ramiro guarda verso il cielo: in mezzo a un azzurro limpidissimo, il sole si rifrange in sfolgoranti vampe. Non sono ancora le sette, deve mancare un bel po' prima che quella possa andarsene a casa. E io lo stesso. Se non fosse per il caffè…

Fuma di continuo, sorseggiando quella brodaglia alternativamente fredda o bollente, con una copia di *Proceso* accanto al posacenere, aperta alla stessa pagina da un paio d'ore. Aveva comprato la rivista in albergo. Pensando che avrebbe avuto bisogno di qualcosa che gli facesse da paravento, prima di salire in camera a darsi una sciacquata era passato dall'edicola. Aveva mangiato troppo e il calore sviluppato dalla digestione andava a sommarsi alla temperatura che c'era in città, perciò non vedeva l'ora di mettersi sotto un getto di acqua gelata. Mentre tirava fuori dalla valigia un vestito pulito, aveva visto il pacchetto di Damián che lo aspettava ancora chiuso su una poltrona di cuoio accanto al letto. Ma Ramiro non aveva voglia di aprirlo subito. La sua priorità era adesso localizzare quanto prima la sua cliente, conoscerla finalmente di persona, scoprire il suo vero volto, i suoi atteggiamenti, i suoi modi di fare.

Esci Maricruz. Lasciati vedere in faccia. Voglio sapere quanto sei cambiata in vent'anni. Se la immagina al piano più alto dell'edificio, dietro una gigantesca scrivania, circondata da computer, telefoni, fax, fascicoli, dovendo sopportare il continuo assedio di segretarie, impiegati di livello più basso e investitori ingenui, incapaci di prendere decisioni da soli. Vieni fuori, perdio. Smetti di tramare intrighi anche solo per un minuto. Prenditi un po' di respiro. Ogni tanto anche il potere deve riposarsi. Perché Ramiro ora è sicuro che si tratta di una donna potente. Ha messo da parte l'ipotesi dell'adulterio e non crede più nemmeno nell'offesa di qualche spasimante. No, qui è una questione di soldi, di influenze, di grossi interessi. È per questo che ti vogliono far fuori, Maricruz. L'idea della donna che si va costruendo nella testa va ben oltre i banali attributi dei comuni mortali. Se la immagina una persona con grandi responsabilità, a cui spetta prendere decisioni che hanno conseguenze su molta gente. Una Margaret Thatcher. Sì, deve essere una donna del genere. Un'autentica figlia di puttana. Una lady di ferro.

Fa finta di leggere, ma le righe ballano e gli si intrecciano davanti agli occhi, e abbandona continuamente la pagina per sorvegliare l'ingresso della società finanziaria. Si cala nella pazienza ormai acquisita, del resto quello è il suo lavoro. E poi, tanto, dove potrei andare? A spasso per strade che già da molti anni hanno smesso di essere mie? A cercare la gente che ormai ho dimenticato? Qui è iniziato tutto, Ramiro, ricordi? No, non mi ricordo. Non vale la pena. La nostalgia genera soltanto disgrazie. Allunga la mano verso la tazza, ma all'ultimo momento si trattiene. Sente il bisogno di orinare. Un insistente solletico al basso ventre lo avverte che la vescica è piena. Un tremito gli percorre il viso. Merda, è tutta colpa del caffè e di questa maledetta aria condizionata. Cerca di trovare una posizione comoda sulla sedia. Accende un'altra sigaretta. Si concentra sull'articolo di *Proceso* che parla dei guerriglieri del Chiapas. Qualsiasi cosa per rinviare l'urgenza di andare in bagno.

Una donna compare all'interno delle porte girevoli, attirando la sua attenzione. Alta, snella, con una folta chioma color mogano. Il sole comincia a calare dietro la Sierra Madre e la luce dentro il caffè è più intensa che in strada, per cui Ramiro deve aguzzare la vista per poterla vedere bene. Porta una gonna nera, una camicetta di seta cangiante e i tacchi alti, e al collo ha diverse collane d'oro, piuttosto vistose. Ramiro tira fuori cauto dalla tasca della giacca la fotografia di Maricruz Escobedo, appoggiandola sulla rivista aperta. La donna ha attraversato il piazzale dell'edificio fino ad arrivare al marciapiede, e ora si è fermata a parlare con un uomo dando le spalle al caffè. Ramiro non perde alcun dettaglio. Potrebbe essere lei. Il corpo e i capelli sono come li immaginavo. Ma la camicetta no, di un colore così sgargiante, non mi quadra. E anche le collane sono troppo appariscenti, devono tintinnare come campanacci. No. La lady di ferro di sicuro è più sobria. Emana autorità soltanto a guardarla. E importanza. Questa tipa qui invece non sembra una importante, ma solo ricca. L'uomo prende a braccetto la donna e attraversano insieme la strada fino allo spartitraffico. Mentre i due aspettano che passi un'auto, Ramiro intravede gli occhi scuri della donna. Quando poi avanzano verso il caffè, nota anche la pelle tesa del viso, le labbra gonfiate dal collagene, le rughe sul collo. Questa qui l'hanno ricostruita tutta a mano. Ricca, rifatta, ostentata. Niente a che vedere con la lady di ferro. Si mette a ridere. Semmai sarebbe la lady di plastica.

Che vuoi farci, devo continuare ad aspettarti, Maricruz. Beve un piccolo sorso di caffè tiepido. Da quando Damián gli aveva messo in mano la busta che conteneva la foto, un'inquietudine di cui non aveva potuto rintracciare l'origine l'aveva pervaso. La conosci? Non aveva saputo rispondere. Nascondevano qualcosa quei profondi occhi verdi e il sorriso enigmatico, o forse era quel modo di mettersi in posa che lo inondava di malinconia? Quel dubbio l'aveva seguito durante il viaggio. La conosceva? Poteva anche darsi. Avevano quasi la stessa età, e da bambini o da ragazzi le differenze di posizione sociale non si notano. Magari avevano giocato per le stesse strade. La città non era tanto grande a quei tempi. Potevano essersi incrociati in un cinema, allo stadio, in chiesa, o in uno di quei balli organizzati dall'università o dal politecnico. Forse avevano avuto degli amici in comune. Ma del resto, arrivando all'aeroporto, aveva avuto la stessa sensazione di fronte alla donna dell'autonoleggio. E anche più tardi, all'albergo, con l'addetta alla reception e il fattorino che gli aveva portato la valigia. Li conosceva? Li aveva incrociati qualche volta quando viveva in città? E adesso, lì al bar, gli succede la stessa cosa osservando gli uomini e le donne seduti agli altri tavoli. Sa di non averli mai visti prima, eppure scorge in ognuno di loro qualcosa di conosciuto. È come un attestato di nascita. Un generico modo di essere, il risultato delle abitudini condivise, del clima, della musica, del modo di parlare, dei cibi. È l'impronta della geografia, Ramiro. È la città che poco a poco, nel corso degli anni, ti si imprime sotto la pelle finché non riaffiora in superficie come un tatuaggio. Ecco che cosa ho visto nella tua fotografia, Maricruz: una certa aria di famiglia. Saranno stati i vestiti, il trucco, quel taglio di capelli che si usava da queste parti vent'anni fa? O l'espressione dello sguardo. Si volta verso un gruppo di cinque donne sedute a chiacchierare al tavolo accanto al suo. Sembrano diverse tra loro, sono vestite in vario modo, le voci non hanno niente in comune, eppure Ramiro le trova così somiglianti, come se fossero tutte sorelle. Sì, deve essere questo. Il modo di fare, le espressioni del viso, la maniera di muoversi, l'intonazione della voce. Tutto ha l'etichetta Made in Monterrey. Anch'io, del resto. Tu sei di lì, aveva detto Damián, hai l'aria di uno del Nord. Ed è vero. Da qualche parte, nel corpo, devo avere impressa la stessa etichetta.

Contempla il piazzale deserto. Il sole è passato dall'altro lato del mondo. La luce intensa del bar e i vetri scuri che rivestono il palazzo rendono impossibile scorgere qualcosa all'interno della società finanziaria. I minuti si dilatano in modo esasperante. L'aria condizionata asciuga la gola a Ramiro, gli fa venire una tosse secca, la pelle d'oca. Ogni volta che le lancette dell'orologio toccano il culmine dell'ora esatta, sa che quella successiva sarà ancora più lunga. Per sopportare l'attesa, passa in rassegna il bar. I clienti, uomini e donne, sono vestiti bene, alla moda, con indosso roba di marca e monili discreti, o a volte neanche tanto. Alcuni di loro sono scesi da auto di lusso, d'importazione, nuove di zecca, altri provengono dall'edificio di fronte. Investitori, manager, qualche impiegato. Ci sono già stati diversi cambi di guardia. E Maricruz Escobedo? Osserva ancora la gente che ha intorno e conclude che la raccomandazione di Damián di comprarsi dei vestiti nuovi è stata buona. Nessuno fa caso alla mia presenza. Neppure la cameriera, che da più di un'ora mi ha lasciato con la tazza vuota. Cazzo, devo di nuovo andare in bagno.

Una volta rientrato all'albergo, dopo vari tentativi di regolare l'aria condizionata, Ramiro si spoglia seduto sul letto. Prende il telecomando e accende la televisione. Cambia un canale dopo l'altro senza trovarne uno che lo attiri. Alla fine opta per un telefilm poliziesco, ma abbassa completamente il volume. Anche se è mezzanotte passata, non ha sonno. Il nervosismo e le quindici tazze di caffè bevute una dopo l'altra hanno fatto dileguare la stanchezza dal suo corpo. Si sente solo intorpidito, con il collo teso alla nuca, e vede tutto ciò che lo circonda come se fosse immerso nell'olio.

Ma lo sforzo non è stato vano, pensa, tastando la giacca buttata sul cuscino in cerca del pacchetto di sigarette. Ne tira fuori una e l'accende ormai senza fretta, assaporando nella gola il bruciore del fumo. Poi lo ributta fuori, osservando come si intreccia al lampadario appeso al soffitto. Aveva sfruttato il tempo passato al tavolino del bar per riflettere sulla sua cliente di turno, sul ruolo che poteva avere nel mondo della finanza e sulla sua condanna a morte. Contemplando la facciata dell'edificio era giunto alla conclusione che Maricruz Escobedo doveva essere una dirigente di alto livello, con un'importanza riconosciuta non solo nell'ambito dell'impresa, ma anche in città. Una direttrice o qualcosa di simile, magari azionista lei stessa. Si merita la morte, aveva detto Damián, ma non gli aveva voluto dire il motivo. Ramiro continuava a rimuginarci, ricorda adesso, mentre osservava la cameriera dall'uniforme rosa e l'espressione bovina riprendere a poco a poco il ritmo nel lavoro, sorridendo a un cliente, poi a un altro, andando e venendo tra i tavoli con in mano il vassoio pieno di cibarie, per poi impugnare la caffettiera e rivolgersi a lui, con il viso divenuto di colpo amabile, dicendo: «Un altro po' di caffè?»

Ci voleva proprio. La sigaretta gli aveva scottato la lingua e aveva bisogno di mandar giù del liquido. Poi Ramiro l'aveva vista ritirarsi con passo febbrile, come se anche lei si fosse bevuta un'intera caraffa di caffè, mentre lui tornava a sorvegliare il palazzo e a far le sue deduzioni sulla lady di ferro. Ricicla denaro sporco. Non c'è dubbio. Dai suoi documenti risulta che ha studiato amministrazione a Monterrey e poi ha frequentato un master in finanza negli States. A Boston o a Chicago. Proprio come Damián, che coincidenza. Insomma, sa come si maneggiano i soldi. Sa come nasconderli per un certo tempo per occultarli al governo e anche come farli ricomparire. Ma ha già cominciato a esser d'impiccio a qualcuno. Di sicuro si è fatta prendere dall'avidità e si è messa a fare qualche acrobazia, per cacciarsi in tasca più di quanto le spettava. Oppure le azioni non sono andate bene e i suoi padroni ci hanno rimesso. Sia come sia, mi sa che chi ti amava non ti ama più, Maricruz. Ricordando tutte quelle congetture, Ramiro sorride. È rimasto a guardare senza farci caso lo schermo su cui, dopo un lungo inseguimento, il poliziotto riesce a braccare il criminale in una stradina chiusa da una rete metallica. Dopo una serie di minacce senza suono il delinquente tira fuori la pistola, ma prima che possa sparare ha un sussulto mentre due, tre, quattro chiazze scure gli fioriscono sul petto. Cade senza vita.

Senza aspettare il finale, Ramiro si alza dal letto. Apre

il frigobar ed esita un istante. Ha voglia di qualcosa di forte, ma domattina deve alzarsi molto presto per ricominciare l'assedio. Prende una lattina di coca-cola. Il fischio che fa quando la apre sottolinea il silenzio della stanza, smorzato solo dal fruscio del climatizzatore. Dalla finestra vede la fila di luci dell'avenida Constitución e, lì accanto, l'ampio solco del fiume Santa Catarina. Con i fari dei campi sportivi ormai spenti, il letto del fiume sembra un enorme spazio vuoto, che pare impossibile in mezzo alla città. Resta a fissarlo assorto per un po' di tempo, cercando di soffocare i ricordi che pungolano la sua memoria. Poi prende dalla poltrona il pacchetto di Damián e ritorna a sedersi sul letto.

Che strano, non pesa molto. Era convinto che ci fosse dentro un fucile di precisione, di quelli smontati in un astuccio. Strappa l'imballaggio di carta da pacchi e scioglie lo spago che tiene chiuso il coperchio. Non ci sono biglietti, né fucili, né fotografie, né dati complementari a quelli già in suo possesso. Soltanto indumenti avvolti in carta velina. Damián è proprio matto, mi ha mandato degli stracci? Toglie la carta ed estrae dalla scatola un paio di giacche, pantaloni, camice, calzini. Completi estivi di tessuto leggero a colori chiari. Forse è che non si fida di me in materia di vestiario. Non si è mai scordato da dove vengo e come mi ha conosciuto, all'ospedale, moribondo, quasi fottuto per colpa del Cóster. Più in basso, avvolte in un panno di flanella, due paia di scarpe comode, leggere, di quelle che non fanno rumore a camminare. E infine, sul fondo, una scatola larga e sottile con dentro due cravatte di seta. Il corredo completo. Ci mancano solo le mutande. Ma in un angolo c'è un pacchettino un po' più pesante. Strappa il cartoncino e compare una piccola Luger calibro 6,35 mm. Sotto l'arma c'è un biglietto scritto a macchina: mercoledì 23, dopo le 18. È tutto. Damián sa che un fucile non serve allo scopo. Questo giocattolino invece è l'ideale per far fuori la lady di ferro.

Secondo quelli che erano stati suoi colleghi al giornale, il riciclaggio dei narcodollari era iniziato in città fin dall'inizio degli anni Ottanta. Le voci sulla corruzione di banche e finanziarie erano cresciute poi col passare degli anni, tanto da diventare uno di quei segreti che circolano su ogni bocca, al bar come all'osteria, nell'anticamera degli uffici, nelle riunioni aziendali e naturalmente nelle redazioni dei giornali. I vecchi reporter di cronaca nera, abituati a sguazzare nel sangue fin dai tempi della Lega comunista, sostenevano che era proprio a causa del riciclaggio di denaro sporco che a Monterrey non c'era più stata una vera delinquenza. Una notte, durante una sbronza, il decano della sezione si lamentava della noia a cui erano costretti i giornalisti. Vedi, caro mio, se ci pensi bene, anche se tu a quei tempi eri ancora un moccioso, è da quando hanno ammazzato Garza Sada che qui non succede nulla di grosso, nulla che valga la pena di finire sui giornali, ma solo cazzate, tutta roba da frocetti, non ti pare?, come dice la canzone, *fatti fuori tutti i banditi e i ladroni*, figurati che i fatti peggiori sono stati dei sequestri, o la rivolta dei prigionieri nel penitenziario del Topo Chico, quando il funzionario Martínez Domínguez ordinò di sparare sui rivoltosi, per il resto son tutte storie di piccole frodi o altre stronzate da colletti bianchi, e che fine hanno fatto gli intrighi, i gangster, gli assassini sul serio, e quelli seriali?, porca miseria, se perfino quei rammolliti di Jalisco hanno avuto le loro belle grane, come quel tipo che massacrava di botte i vagabondi e gli accattoni a Guadalajara, sì, l'Ammazzapezzenti lo chiamavano, per non parlare di Città del Messico, quelli sono avanti a noi fin dagli anni Quaranta con il famoso Goyo Cárdenas, lo strangolatore di Tacuba, e già prima degli anni Venti avevano la banda dell'automobile grigia, ma ancora nel secolo precedente, che cazzo!, non hai letto dei banditi di Río Frío?, con dei tipacci come quelli o una banda qualsiasi in circolazione, allora sì che ti viene voglia di fare il reporter, di metterti a indagare, a collegare fili, marcando stretti i testimoni, come un detective insomma, non come qui con questi ladruncoli di merda, topi d'appartamento, borsaioli, truffatori di bassa lega, o al limite qualche stupratore arrapato, qualche assassino della domenica che accoppa un altro stronzo come lui in una botta di vita, e non bisogna neppure perder tempo a cercarli, sono gli sbirri stessi che te li mettono sotto il naso per farti scattare tutte le foto che vuoi, è proprio così, bello mio, facci caso, la delinquenza a Monterrey è solo per ragioni di pancia, di fame insomma, o per via di qualche esaltato che dà di matto perché ha visto un bel culo, poi con tutti i fattoni e gli ubriachi che ci sono in giro, o magari sono storie di gelosia o di liti tra vicini, tutti sintomi di sottosviluppo, comunque, la dimostrazione che siamo in un buco di culo del mondo, no?, e se è vero che le città si giudicano anche dal livello di criminalità, vedi Città del Messico, vedi New York o Los Angeles, qui siamo proprio messi male, pensa alle esecuzioni, alle guerre tra bande, qui a malapena succede qualcosa nei quartieri più sperduti, ed è già tanto perché in quegli altri son rimaste solo le pulci, neppure le banche rapinano più!, sembra una città di mormoni, di vecchietti, di testimoni di Geova, e tutto per colpa di quel cazzo di riciclaggio di soldi, ragazzo mio, per quei bastardi di ricconi che hanno trovato il modo per intascarsi ancora più grana, più facile di così!, gli basta fissare un appuntamento con il capo dei capi, o con uno qualunque dei suoi tirapiedi, e gli dicono: salve, amico, non ti preoccupare, ci penso io a ripulire i tuoi narcodollari, non per nulla il compare presidente ci ha venduto apposta la sua banca, e d'ora in poi scordati pure dei Caraibi, di Panama o di dove diavolo li stavi mandando, però tu in cambio fai in modo che a Monterrey tutto vada liscio, senza casini, senza scandali, e mi levi di torno i rapinatori, i sequestratori, i cocainomani e i tossici, non vogliamo più spender soldi neppure in guardie del corpo, vogliamo che le nostre donne e i nostri ragazzi possano andarsene in giro senza pericoli, mentre noi belli tranquilli ti ricicliamo i tuoi dollari, e intanto tu spargi la voce che i tuoi interessi sono qui, che i soldi che circolano nelle nostre botteguzze sono soldi tuoi, e i tuoi conti in sospeso li vai a regolare fuori dalla città, e poi lo sai anche da te come vanno queste cose, figlio mio, i delinquenti seri non sono mica scemi, non ci pensano neanche a mettersi contro i trafficanti di droga, i narcos son sempre i narcos, e così i casini veri, quelli emozionanti, succedono da qualunque altra parte meno che qui, a Città del Messico, a Tijuana, a Sinaloa, a Guadalajara, mentre qui a Monterrey tutti buoni e zitti come in chiesa all'ora della comunione, è vero o no?, mi prenda un accidente se fare l'inviato di cronaca nera qui da noi non è una vera palla, che lavoro da froci!, non ti pare, dottore?, un giorno o l'altro va a finire che morirò di noia.

Così diceva quel collega, Maricruz. E a quanto pare c'eri anche tu tra i responsabili della sua uggia. Senza volerlo, sto per fargli un favore al vecchio. Pellicer, si chiamava? No, Rubén Soto. Juan Pellicer era un altro, sì, un grande lettore di romanzi polizieschi. Sia come sia, entrambi si occupavano di cronaca nera e sarà un vantaggio per loro che io ti levi di mezzo. Non mi stupirei se proprio uno dei due ci facesse sopra un bell'articolo, attribuendo la tua morte a un regolamento di conti tra narcos. Diranno: finalmente una vera notizia. Ramiro apre un'altra coca-cola. Ha ricominciato a sudare e gira la manopola per alzare l'aria condizionata. Poi torna a letto. Ho quasi creduto che fosse stato un giorno perso. Ero sicuro che mi fosse scappata mentre ero al bagno. A ripensarci, la stessa sensazione sperimentata al bar gli attraversa il corpo, obbligandolo a stringere i denti e respirare a fondo. Non aveva potuto resistere: la pressione sulla vescica era arrivata al punto tale da fargli male e nessuna delle distrazioni che inventava riusciva a dargli sollievo. Lanciando un ultimo sguardo alle porte girevoli, si era alzato dal tavolo. Camminava teso, sentendo a ogni passo che stava per esplodere. La gente lo osservava con una certa curiosità, facendolo sentire ancor più in imbarazzo. Ma poi aveva raggiunto il corridoio del bagno senza intoppi.

Si era abbandonato a un getto lungo, copioso, scrosciante, lasciando che tutta l'ansia e la vita stessa fluissero da quel tubo sottile, fino a che uno stridio che non aveva avvertito prima era arrivato flebile alle sue orecchie. Era uscito in fretta dai bagni e, ormai con scioltezza, era tornato a lunghi passi verso il suo tavolo. Prima ancora di sedersi aveva visto un'auto staccarsi dal marciapiede di fronte, mentre a qualche metro di distanza un'altra stava appena mettendo in moto. Sul sedile posteriore c'era una donna. Ramiro aveva imprecato tra i denti. E se era lei? Me la sono fatta scappare. Aveva avuto l'impulso di uscire di corsa, ma ormai era troppo tardi: il veicolo si allontanava rapido sulla strada. Allora aveva ripreso il suo posto come se nulla fosse, aveva bevuto un sorso di caffè freddo e si era acceso una sigaretta. Doveva calmarsi, schiarire i pensieri.

Il suo orologio segnava le dieci e quaranta. Mettendosi a correre avrebbe attirato l'attenzione dei clienti, il gestore avrebbe creduto che se ne stesse andando senza pagare: avrebbe mandato tutto a rotoli. Mi è sfuggita. Pazienza. La cameriera era apparsa accanto a lui per riempirgli di nuovo la tazza, schizzando la rivista aperta con piccole gocce di caffè, ma lui non si era neppure voltato a guardarla. Sudava e fumava, scoraggiato. Cercava di districare il groviglio di alternative che gli si affollavano in testa. E se invece Maricruz non fosse stata in nessuna delle due macchine? Non aveva potuto vedere l'interno della prima e nella seconda aveva intravisto solo un'ombra. L'auto della lady di ferro è verde. C'è scritto così nel rapporto di Damián. Sì, un'Honda verde. Se lo ricordava bene perché leggendolo aveva pensato che l'auto s'intonava ai suoi occhi. Quindi era ancora in ufficio? No, per quanta energia potesse dispiegare nel suo lavoro, così era troppo. Aveva guardato di nuovo la facciata dell'edificio: un oscuro monolite. A questo punto non dev'esserci più nessuno lì dentro, neppure i guardiani.

Aveva bevuto un sorso di caffè e si era stupito sentendolo caldo sulla lingua. Aveva chiuso la rivista, del cui contenuto non era arrivato a prender coscienza nelle quasi sette ore che l'aveva avuta aperta sotto gli occhi. In copertina un politico gesticolava con aria minacciosa, promettendo a grandi lettere di farla finita con la delinquenza che flagella il Paese. Ramiro aveva chiesto il conto e si era alzato in piedi. La cameriera aveva fatto un cenno di assenso, ma in quel momento stava servendo un tavolo di otto persone. La cosa sarebbe andata per le lunghe. Tranquillo, cercando questa volta di passare inosservato, si era diretto di nuovo verso i bagni. Si sentiva ardere in viso e voleva rinfrescarsi con un getto di acqua fredda, anche per dissipare la nausea che il caffè e il tabacco avevano finito per provocargli. Che vuoi farci, Ramiro. Domani è un altro giorno, Ramiro... Mentre si sciacquava energicamente le mani e la faccia, quel nome gli era suonato vuoto. E non aveva neppure saputo riconoscere l'immagine che lo specchio gli restituiva. Quell'uomo dalle tempie canute, a disagio nella giacca di cashmere grigio e la camicia Oxford, con il collo stretto in una cravatta blu oltremare e il volto arrossato gocciolante d'acqua, non diceva niente alla sua memoria. Ma qualunque fosse l'abito che aveva indosso, già da molto tempo gli specchi gli rimandavano l'immagine di individui estranei, dai nomi privi di significato. Ognuno diverso dal precedente e sempre sconosciuti. Bernardo de la Garza... quel nome invece sembrava dirgli qualcosa. Aveva scacciato quel pensiero prima che sfociasse nella nostalgia e si era diretto verso l'uscita dei bagni, deciso ad andarsene a letto per poi riprendere l'assedio dell'edificio il giorno dopo.

Aveva aperto la porta di slancio, e mentre usciva si era trovato faccia a faccia con una donna che stava entrando in quel momento. Si era scansato per evitare lo scontro, mormorando qualche parola di scuse. Lei aveva avuto un sussulto, indietreggiando con tutto il corpo. Non si preoccupi, aveva detto. Ramiro aveva udito quella voce profonda, ferma, un po' rauca, mentre scopriva il fulgore degli occhi color smeraldo, l'ondeggiare dei capelli castani chiari e quello stesso mezzo sorriso che aveva contemplato cento volte sulla carta durante gli ultimi giorni. Era rimasto immobile, ostruendole il passo, fissandola con sguardo inebetito. Il sorriso della donna si era allora allargato. Mi permette?, aveva detto. Ramiro si era scusato di nuovo e si era fatto da parte per lasciarla passare. Lei era avanzata verso il bagno delle signore con un'andatura tranquilla, decisa, dondolando appena il corpo dentro il tailleur color sabbia. Dopo aver visto la donna scomparire dietro la porta, lui era rimasto lì per qualche istante, immobile, come se volesse impossessarsi di quel profumo che ancora fluttuava nell'aria, poi era andato a ritirare il conto che la cameriera aveva lasciato accanto alla sua tazza.

Sì. Non poteva sbagliarsi. Era la stessa della foto, con in più quella maturità che obbliga gli altri a cederle il passo. Bella, elegante, eppure discreta. Tanto che non mi ero neppure accorto quando è entrata nel bar. Ora che ci ripensa, mentre con il telecomando scorre i canali alla televisione, conclude che doveva essere entrata qualche minuto dopo che lui si era alzato dal tavolo per la prima volta. Mentre pagava il conto alla cassa, Ramiro l'aveva vista uscire dal corridoio per andare a sedersi in mezzo al gruppo di otto persone che aveva notato poco prima. Una distrazione che non commetterò più, Maricruz. Che mi ha costretto ad aspettarti fuori, con la macchina accesa, finché finalmente non è arrivato chi ti scarrozza per le strade della città. Su uno dei canali sta iniziando un film in bianco e nero. Alza il volume e la musica densa di note solenni gli risulta familiare: una promessa di suspense, colpi di scena ed emozioni facili. Un falco vola alto nel cielo in un'atmosfera di mistero. Ma quando poi sei uscita dal locale, ho potuto osservarti a piacimento, Maricruz. Il tempo non ti ha cambiata. Ti mantieni giovane, snella, flessuosa, direi quasi atletica. Quante ore passi in palestra, donna di ferro? Mentre l'autista scendeva dall'Honda verde per aprire la portiera posteriore, Ramiro aveva osservato bene anche lui. Senza uniforme, aveva indosso dei jeans e una giacca di pelle nera, malgrado il caldo. Di certo per nascondere la fondina ascellare. Autista e guardia del corpo, anche se molto giovane, poco più che venticinquenne. Li aveva seguiti a una certa distanza per diversi viali successivi. Dopo aver oltrepassato la zona dell'Ospedale universitario, avevano svoltato in direzione del quartiere Vista Hermosa. Lì lui si era fermato, e mentre faceva marcia indietro aveva visto la coda dell'Honda scomparire in una delle vie traverse. Poi aveva puntato dritto verso l'Hotel Ancira dove adesso, nel rettangolo luminoso della televisione, Humphrey Bogart conversa con una donna dalla sua scrivania di detective. Ramiro si mette a portata di mano il pacchetto di sigarette appena aperto, l'accendino, il posacenere e la coca-cola. Poi s'infila sotto le lenzuola. Domattina presto mi installo accanto casa tua, Maricruz Escobedo. È magnifico, no? Staremo parecchio insieme d'ora in poi, finché morte non ci separi.

Quattro

Mentre era immerso in un sonno agitato, attraversato da incubi e sussulti, il freddo cominciò a farsi strada nel suo subcosciente. Tutto il corpo era scosso da tremori incessanti. Con le palpebre ancora serrate, si rannicchiò con le ginocchia al petto, muovendo le spalle per trovare una posizione comoda. Certi oggetti sporgenti gli si conficcavano nella carne, impedendogli di riposare. Non voleva svegliarsi, ma l'impellenza di liberarsi da quel fastidio lo spingeva verso la coscienza. Di sicuro i bambini avevano giocato in camera, poi non avevano rimesso a posto le loro cianfrusaglie, animaletti, macchinine e pistole di plastica. Cazzo, Victoria, quante volte te l'ho detto di non lasciargli fare casino mentre sto dormendo! Portami una coperta e vieni a raccogliere i giocattoli dei tuoi figli! Specie quello che gli si piantava nello sterno. Portò la mano in quel punto e si trovò tra le dita paglia, erba secca, zolle sbriciolate. Chissà dove diavolo si sono andati a cacciare quei benedetti mocciosi, magari in qualche terreno abbandonato. Ma perché non si tolgono le scarpe, prima di salire sul letto? Sono proprio dei diavoli. Solo la loro madre riesce a tenergli testa. Ma ora con la nuova gravidanza dovrà per forza allentare la presa, così saranno liberi di combinare tutto il casino che vogliono. In casa la vita diventerà impossibile. Victoria! È un'ora che ti chiamo! Si girò sull'altro lato e qualcosa di simile a una palla da baseball gli si schiacciò contro la vita. Cambiò posizione, ma la pressione era sempre lì, come un buco sotto la pelle. Si tastò il fianco e la sensazione di toccare il fuoco lo costrinse a ritirare la mano.

Allora aprì gli occhi e la vertigine della canicola lo investì. Si scosse tutto e nello spasmo comprese che non era freddo quello che sentiva, ma dolore, il dolore accumulato per le ferite e i colpi che si era preso poche ore prima, e che solo la stanchezza e la fame avevano potuto fargli dimenticare. All'inizio non riusciva a capire dov'era, né sapeva spiegarsi che cosa ci facesse lì, in quel posto selvaggio circondato da arbusti, pochi alberi e più in là una spianata che non cessava di riverberare i raggi solari, torbidi e rancorosi, come uno specchio offuscato. Lì vicino si sentiva scorrere un ruscello. Solo quando, sfidando la luce abbagliante, trovò la forza di alzare lo sguardo e scorse in lontananza i contorni squadrati dei palazzi, capì di essere nel cuore della città, su uno degli argini del fiume Santa Catarina, tra le pietre e la sterpaglia. Un brusio di acqua corrente, confuso al rombo sordo delle auto sulla strada, proveniva dal rigagnolo rimasto dopo l'interramento del fiume. La spianata era invece un campo da calcio.

Ma dov'era tutta la gente? I campi sportivi del Santa Catarina erano sempre pieni di giocatori che correvano dietro alla palla, come se l'unica ragione dell'esistenza fosse dare calci a un pallone. Anche lui aveva giocato lì da bambino e più tardi, durante l'adolescenza, veniva spesso a fare un giro lungo il fiume, ma non gli era mai capitato di vedere le rive così deserte. Il sole. Deve essere il sole. Questa maledetta canicola ha fatto scappare tutti. Cercò di tirarsi su, ma ancora una volta i dolori, acuti, vibranti, gli strinsero i muscoli in una morsa. Il passato recente era svanito. Perché sentiva dolore? Più curioso che spaventato si ispezionò le braccia, il corpo, le gambe. Pareva che fosse precipitato giù da un burrone. Le macchie di sangue, gli squarci sulla pelle e la profusione di lividi lo fecero piombare in uno stato di sopore angoscioso. Che cosa gli era successo? Forse un incidente, un autobus l'aveva investito mentre attraversava la strada facendolo rotolare giù per l'argine del fiume. No, questi qui non sono posti che frequento di solito. Erano anni che non attraversava l'avenida Constitución, e neppure i ponti sul fiume. Si passò una mano tra i capelli e sentì sulla testa un dolore diverso. Cercava di guardarsi indietro, ma vedeva soltanto un immenso telo nero, con qualche vaga ombra che si proiettava nel buio. I miei figli. Identificò alcune ombre. I miei figli e Victoria. L'angoscia allora divenne oppressiva, incalzante, cominciò ad assumere i tratti della disperazione. Perché non sono a casa con loro?

Un lampo di lucidità gli riportò alla mente una storia che era circolata nelle ultime settimane: in certe osterie nella zona della centrale vendevano alcolici adulterati con etere, o qualche altra sostanza, per drogare gli avventori e così abbandonarli alla mercé dei borseggiatori. I malcapitati perdevano la nozione delle cose e poi si risvegliavano buttati in un fosso, o alla Croce Rossa, malmenati e ripuliti naturalmente di tutto quel che avevano addosso, senza capire che cosa era successo. Lui per l'appunto aveva corretto alcuni articoli sulla vicenda, poi apparsi sul giornale insieme alle fotografie delle vittime, con il corpo pieno di contusioni e lo sguardo assente. Avranno avvelenato anche me? Gli sforzi per ricordare qualcosa riuscirono a far emergere dal fondo della sua mente una serie di figure. Chiuse gli occhi e si tastò le membra in cerca di qualche indizio. Aveva due tagli, sulla spalla e all'altezza dell'ombelico, di sicuro provocati da un coltello; dietro l'orecchio, un gonfiore lacerato e aperto, come una rosa dai petali secchi, denunciava un forte colpo, inferto con una pietra o forse con un tubo; le cosce gli facevano male come fossero un unico livido, e sulla stoffa dei pantaloni c'erano impronte terrose di scarpe. Che fracassata di botte. Si passò la lingua sulle labbra e all'interno della bocca, avvertendo un sapore di sangue stantio, lontano nel tempo, pastoso e rappreso.

L'avevano proprio pestato per bene, con l'intenzione di fargli male. Sì, ma quando era successo? Se fosse passato tanto tempo, qualcuno l'avrebbe già visto lì per terra, e avrebbe avvertito le autorità, o chiamato un'ambulanza. Dovevano essere trascorse solo poche ore, altrimenti sua moglie lo avrebbe già cercato negli ospedali e nei distretti di polizia, o avrebbe allertato i suoi colleghi del giornale. Anche se in verità Victoria non si preoccupava tanto facilmente... E se fossero già passati diversi giorni? Il vuoto che aveva nello stomaco testimoniava un digiuno prolungato, la sete gli intorpidiva la lingua, si sentiva molto debole. Ma la cosa peggiore era che non riusciva a riportare alla luce i frammenti dispersi dei suoi ricordi. Il telo nero era sempre lì, cieco e immobile, con le sue ombre semoventi. Cambiò posizione solo per scoprire nuove sofferenze, perfino più intense delle altre: le ginocchia parevano essere state prese a martellate, così come le mani. La pelle sulle nocche era venuta via come una fodera e l'osso biancheggiava tra la carne viva. *Per lo meno mi sono difeso.* Sentì un repentino sentimento di orgoglio e le ombre si agitarono nelle profondità della sua memoria. Poi un presentimento lo spinse a controllare la tasca dei pantaloni.

I soldi della paga erano sempre lì. Ancora incredulo, li tirò fuori per contarli. Un leggero sollievo lo invase, mescolato a una crescente sensazione di smarrimento. Se non mi hanno assalito, allora che cazzo è successo?

Ma, per lo meno, i soldi che aveva in mano avrebbero risolto nell'immediato i problemi più urgenti: la sete, la fame, il dolore. Risalendo i pochi metri dell'argine, avrebbe raggiunto la strada. Dall'altro lato abbondavano le tavole calde, i chioschi di *tacos* e le trattorie, e qualche passo più in là c'era il mercato. Dopo aver mangiato, avrebbe cercato un telefono per parlare con Victoria e porre fine alle sue preoccupazioni. Così avrebbe anche potuto sapere quanto tempo aveva passato lungo il fiume. E poco a poco avrebbe recuperato anche i ricordi perduti. Si mise in piedi, ma senza riuscire a fare un passo crollò di nuovo a terra. Non sarebbe stato facile. La debolezza lo aveva fiaccato, e poi chissà quanto sangue era scorso dalle ferite. E se avesse chiesto aiuto? Ma non aveva forza sufficiente nei polmoni perché le sue grida potessero giungere dall'altra parte della strada e, anche se l'avessero udito, gli automobilisti avrebbero di certo creduto che si trattasse di qualche calciatore esaltato, poi sfrecciavano a una tale velocità che gli sarebbe stato impossibile fermarsi. E del resto le sponde del fiume sarebbero rimaste deserte finché la furia del sole non fosse diminuita. Per un istante lo pervase la sensazione di trovarsi in mezzo a una città deserta, e pensò che i ronzii che udiva là sopra, tra le corsie di Constitución, fossero prodotti dal vento che soffiava per le strade vuote. Era come essere in un brutto sogno. Di colpo ne ebbe la certezza: quello era uno degli incubi che lo tormentavano prima che il dolore lo risvegliasse. Camminava per le strade di una città abbandonata, terrorizzato, chiamando aiuto, sentendo le sue grida spegnersi e perdersi tra le crepe dei palazzi in rovina. Rabbrividì. Qualcuno avrebbe già dovuto vedermi. Allora si rese conto di trovarsi in una piccola concavità del terreno, accanto a una macchia di arbusti, sotto le fronde di un'acacia che lo proteggeva dagli sguardi provenienti dalla strada e fuori dalle traiettorie dei campi da calcio. Una stretta striscia di asfalto si allungava a pochi metri da lui, al margine degli arbusti. La pista ciclabile. Di mattina e nel tardo pomeriggio, prima del tramonto, passavano di lì uomini e donne in bicicletta, con quegli strani caschi in testa, come dei boccoli cuciti sul cuoio capelluto. Si diceva invece che di notte il posto diventasse pericoloso, una specie di zona franca in mano a bande giovanili, omosessuali, prostitute e fumatori di marijuana. Era per questo motivo che lui era lì? Magari si era andato a cacciare in qualche baldoria violenta, per poi finire incosciente sui margini del fiume. Con uno sforzo più metodico, muovendo prima una gamba e poi l'altra, e facendo leva da terra con le mani, cercò ancora di tirarsi su, ma un capogiro lo fece ripiombare di nuovo sull'erba. Serrò le palpebre, i muscoli gli si afflosciarono. Le ombre iniziarono a danzare dentro la sua testa, acquisendo forme a volte riconoscibili e altre volte sfocate, fino a che, come se cedesse poco a poco a un sereno riposo, perse i sensi.

Notte fonda. Di quello stesso giorno? Sveglio da più di un'ora, con la mente vuota, la sua percezione era tutta occupata da quel buco gigantesco che graffiava rabbioso ogni angolo delle sue viscere, succhiando i residui di energia del suo corpo. Con occhio assente, guardava senza vederla la palpitante illuminazione pubblica dall'altro lato della strada, le finestre accese degli edifici sul colle della Loma Larga, il delicato ricamo di minuscole luci che risalivano il pendio verso l'enorme antenna di un ripetitore televisivo. Sentiva alle sue spalle, a pochi metri, il rombo delle auto dirette verso il centro, a Santa Catarina, alla superstrada per Saltillo. Nel sonno i dolori erano sfumati. Restava la fame che lo rodeva dentro, con pazienza e insieme con furia, come se un topo si fosse intrufolato nel labirinto dei suoi intestini. Ma nemmeno la fame poteva strapparlo alla totale indifferenza verso il mondo a cui l'aveva ridotto la debolezza.

Un cane nottambulo gironzolava tra gli arbusti e Bernardo lo fissò con abulia. L'animale annusò nervoso la base di un cespuglio, dimenò la coda, alzò una delle zampe di dietro, diresse verso il cespuglio un breve schizzo di orina e poi avanzò a piccoli passi per qualche metro, fino a un altro arbusto dove ripeté l'operazione. Non aveva avvertito la presenza dell'uomo. *Neppure il cane si accorge di me.* Lo disse ad alta voce e l'animale girò la testa nella sua direzione, alzò in aria il naso in cerca di un odore che testimoniasse la sua presenza e scrutò tra le ombre per un istante, per poi tornare alle sue occupazioni notturne. *È come se fossi scomparso nel nulla.* A quell'idea, le labbra di Bernardo si tesero in un abbozzo di sorriso. Un elicottero sferragliava nel cielo, proprio sotto la luna piena, proiettando un fascio di luce che andava a perdersi dietro la Loma Larga. Bernardo si ricordò di quei film in cui i naufraghi si sbracciano per richiamare l'attenzione degli aerei di passaggio. *Ma sarebbe tutto inutile, sono solo un'ombra in mezzo alle tenebre.* Vide come l'apparecchio solcava l'aria dirigendosi verso il sud della città, poi fissò lo sguardo sul cane che mordicchiava l'erba, strappandone grandi quantità per poi masticarla fin quasi a strozzarsi, tra accessi di tosse e conati di vomito. Poi, conclusa l'operazione, si rotolava per terra con gusto.

Bernardo non sorrideva più. I suoi pensieri si erano di nuovo ammutoliti. Per curiosità, per un senso di impellenza, o forse per imitazione, allungò la mano e strinse tra le dita un ciuffo di erbacce. Con sforzo riuscì a strapparlo e a portarselo davanti agli occhi. Le foglie erano sudice e bruciate dal sole, piene di buchi dai contorni rinsecchiti, ma gli steli emanavano un aroma fresco, sugoso. Si avvicinò l'erba al naso. Voleva farsi un'idea di che specie fosse attraverso l'odore, ma era assurdo: le sue conoscenze in materia si limitavano alle verdure sui banchi del mercato. Per lui quella lì odorava solo di erba. La osservò di nuovo e, già meno diffidente, raschiò con le unghie la buccia di uno stelo da cui sgorgò una specie di polpa resinosa di colore chiaro. Il succo amaro e piccante gli inondò di freschezza il palato. Ne strappò subito dell'altra, portandosela alla bocca senza preoccuparsi più di scortecciarla. Dopo pochi minuti ruminava la polpa insieme a grumi di terra, foglie secche e perfino del pietrisco, che sputava via senza smettere di masticare.

Quando infine fu stanco di muovere le mandibole, i suoi sensi si erano affinati. Erano ritornati anche i dolori, ma adesso erano solo tenui segnali a testimonianza di vecchie ferite, ricordi di gloriose battaglie. Il rumore di ogni auto in transito sulla strada diventava ai suoi orecchi un frastuono che riecheggiava lungo l'argine del fiume, coprendo il bisbigliare dei ragni e il crepitio degli altri insetti. Le luci dei lampioni e degli edifici brillavano ora più intensamente, gli ferivano gli occhi. E nello stomaco sentiva adesso una sensazione di pesantezza, di sovrabbondanza. Cercò di tirarsi su, ma era ancora debole e riuscì solo ad accovacciarsi. In quella posizione, i richiami sensoriali divennero così soggioganti che tutto cominciò a rivoltarglisi dentro. La nausea lo assalì e temette di vomitare: bisognava assolutamente che ogni sostanza nutriente ingerita con l'erba fosse assimilata dal suo corpo.

Un grugnito minaccioso lì vicino lo distrasse di colpo. Dopo aver finalmente avvertito la sua presenza, il cane gli mostrava adesso due paia di canini lunghi e forti che spuntavano fuori da una pelle nera e vibrante di collera. Bernardo contrasse i muscoli fiacchi, mettendosi in guardia, pur sapendo che nelle condizioni in cui era, se il cane si fosse deciso ad attaccare, sarebbe stato una facile preda. Le dimensioni dell'animale sembravano ora maggiori di quel che gli era parso qualche minuto prima. Mentre annusava tra gli arbusti, o si rivoltava giocherellone tra le erbacce, aveva pensato che fosse un cucciolo; adesso, pronto all'attacco e con le zanne ben in mostra, la sua immagine di bestia sanguinaria gli gelava il sangue. Gli venne in mente un'unica via d'uscita: mantenere la calma. Se l'animale non percepiva aggressività da parte sua, magari si annoiava e abbandonava l'ostilità.

Anche lì c'erano dei cani. Quella reminiscenza cominciò a farsi strada nella sua memoria, come un segno appena tracciato che se ne portava dietro altri, dopo tutto non così difficili da decifrare. Ma come poteva concentrarsi su quel frammento di ricordo, su quell'estremità isolata della matassa, se il cane gli si avvicinava in larghi giri, accerchiandolo, senza smettere di grugnire e di mostrargli i canini minacciosi? Anche lì l'avevano circondato, ricordò: la sensazione di trovarsi senza via di scampo non gli era sconosciuta. Il sangue fremeva nei suoi avambracci provocandogli un tremito che non aveva niente a che fare con la paura, e riconobbe in quella vibrazione che gli saliva dalle ossa la furia che intuiva nelle fauci aperte del cane, la stessa furia che aveva sperimentato poco tempo prima, senza saper dire esattamente quando, perché non era la sua mente ma la memoria del corpo ad averne coscienza. Quando il cane si fu avvicinato a meno di due metri, le mani dell'uomo si mossero rapidamente. Tastarono il terreno lì intorno, trovarono una pietra, piccola, e la scagliarono contro l'animale.

Il proiettile lo colpì alle costole senza ferirlo, ma facendogli perdere sicurezza. Smise di ringhiare per qualche secondo e indietreggiò di un passo. Recuperò poi subito la padronanza e si scagliò stavolta in un attacco frontale a fauci spalancate, ma gli arrivò una sassata dritta sul muso che lo bloccò di colpo e lo fece rinculare tra i gemiti. Bernardo si era alzato finalmente in piedi, con in mano due pietroni ancora più grandi, e avanzava senza esitare incalzando il suo avversario. Il cane non accennava ancora a rigirarsi e darsi alla fuga. Camminava all'indietro a passi incerti, spiando le mosse dell'uomo. Una sassata lo colpì sul collo facendolo barcollare e, quando ormai aveva capito di aver perso la battaglia e si stava girando per scappare, un'altra pietra lo prese in pieno sulla groppa producendo un rumore secco, come di un ramo che si spezza. L'animale crollò a terra, poi si rialzò a fatica e si allontanò arrancando, lanciando ululati che tardarono a perdersi in quell'isola di silenzio che era il letto del fiume Santa Catarina. L'uomo era rimasto lì, in piedi, con ancora in mano una pietra, esaltato e trionfante.

«Che ti ha fatto quel povero animale? Perché ti accanisci contro di lui? Sei proprio una bestia...»

In quella solitudine, la voce scosse i suoi timpani come una scarica elettrica. Per un momento non poté capire da dove proveniva. La notte si addensava nel solco vuoto del fiume, contrapponendosi alle luci della città, e intorno a lui era tutto un impenetrabile ammasso di ombre. Aguzzò l'orecchio e riuscì a sentire il fruscio di alcuni passi sull'erba. Anzi sopra l'asfalto, si corresse un attimo dopo, e si girò verso la pista ciclabile senza mollare la pietra che aveva in mano. Non sentiva più fatica, né malessere, né nausea. L'adrenalina liberata durante il duello con il cane randagio aveva spazzato via dal suo corpo ogni traccia di debolezza. Solo la sete continuava a bruciargli la bocca e la gola, e al tempo stesso lo manteneva in guardia, come un animale che fiuta l'odore della paura. Nelle sue orecchie, il rumore dell'acqua che rotolava sulle pietre del torrente si sovrappose a quello dei passi che si avvicinavano. Con quella fonte di sollievo vicina, la sete diventò una tortura. Si stava già dirigendo da quella parte, quando la voce tornò a rompere il silenzio.

«Perché non mi rispondi, eh? Sei sordo?»

Era una voce acuta, con un'accentuata inflessione femminile e un tono provocatorio. Bernardo si arrestò, scorgendo una sagoma che emergeva dal buio: era un uomo giovane, dai capelli lunghi e la corporatura robusta, e veniva verso di lui dimenando le anche. Aprì la mano e la pietra cadde a terra, mentre lui riprendeva a camminare verso il ruscello. Il tipo gli andò dietro, ma Bernardo non gli badò. Aveva sopportato per ore e ore una sete del diavolo e adesso era deciso a placarla una volta per tutte. L'antico letto calcareo del fiume sprofondava di colpo in un pendio scosceso che portava a un argine più stretto, disseminato di ciottoli su cui rischiò di inciampare. Ma neppure in quell'alveo melmoso c'era traccia d'acqua. Dovette lasciarsi guidare dal suono, che forse qualche minuto prima la sua mente aveva amplificato, per poter trovare il rigagnolo che scorreva a stento attraverso uno squallido solco aperto nel terreno. Ormai ai suoi piedi, l'esigua superficie d'acqua scintillò, riflettendo la luce di un fanale sulla strada. Si lasciò cadere in ginocchio e tuffò la faccia nel liquido torbido.

«Ma che fai, bevi quella roba? Così ti avveleni, cazzo. Non essere idiota!»

Non ci badò. Il primo sorso sapeva di ferro ossidato, di straccio vecchio, ma la sensazione di riempirsi la bocca di umidità aveva qualcosa di paradisiaco. Bevve lentamente, a piccoli sorsi, senza smettere per un bel pezzo. Il combattimento con il cane aveva teso vari fili nella sua memoria e l'apparizione di quel tizio che non la smetteva di dire scemenze aveva scatenato di nuovo la danza delle ombre sul telone nero del suo passato. Ma se non era stato assalito, allora perché tutti quei colpi, il dolore, il sangue? E come ci sono finito in questa landa deserta in mezzo alla città? Ma non era neppure tanto deserta. Cominciava già a popolarsi. Pensò a Victoria e ai suoi figli, e uno strano dolore che non aveva nulla a che fare con quello fisico lo attanagliò di colpo. Era come una lacerazione, come se una mano invisibile e onnipotente gli strappasse via d'un solo colpo tutta l'ansia, la fretta di mettersi in contatto con loro e fargli sapere dove si trovava, lasciandolo vuoto, libero, sollevato da ogni peso. Man mano che si riempiva lo stomaco di quell'acqua sporca, riaffiorava in lui l'urgenza di fuggire e vagare da solo per quelle strade che lo avevano sedotto fin da bambino, la voglia di agire seguendo l'istinto, senza affetti né responsabilità. Continuò a bere, fino a non poter più mandar giù neanche una goccia, e prima di rimettersi in piedi si sciacquò due o tre volte la bocca per bagnarsi fino all'ultimo angolo delle gengive. Poi, soddisfatto, si alzò su a fronteggiare l'altro.

«Allora, si può sapere che cazzo vuoi?»

«Io? Niente! Passavo solo di qui… Non ci posso credere che tu non sia già morto stecchito, con tutta quell'acqua lurida che hai bevuto. Non lo vedi che è puro veleno?»

«Avevo sete, e poi è acqua di fiume, no?»

«Di fiume? Di fiume! Vuoi farmi ridere? Ah, ah… no, caro mio, è da una vita che il fiume scorre qui sotto, in un grande tubo.»

Ma da dove è uscito questo qui? Cerca qualcuno da abbordare, questo è sicuro. E tra non molto ne sarebbero spuntati degli altri. Bernardo si ricordò di un reportage che una volta gli avevano dato da correggere. La pista ciclabile del fiume Santa Catarina era il più frequentato bordello della città, diceva il cronista. Il testo era corredato da foto in cui si vedevano gruppi di uomini sorpresi a palpeggiarsi l'un l'altro, donne seminude in mezzo a loro e guardoni che si mantenevano a distanza. Ma quel brulichio di ombre doveva essere qualche centinaio di metri più in là, verso il centro. Questo qui deve essersi perso.

«Quest'acqua lurida viene dagli abusivi che occupano le case qui sopra, dove lavano i loro cenci, strigliano i loro mocciosi puzzolenti, pisciano, cacano e buttano la spazzatura. È tutta appestata. No, è un vero un miracolo che sei ancora in piedi.»

«E a te che cazzo te ne importa» fu l'unica cosa che gli venne da dire, prima di allontanarsi da lì.

«Scusa, perché mi tratti così? Io lo dico solo per il tuo bene… ma, accidenti! che cosa ti è successo?… ti hanno assalito!»

Bernardo si fermò. Sì, quella era la risposta più ragionevole. Non poteva immaginarne un'altra per spiegare la sua situazione. Eppure aveva ancora in tasca tutto il suo stipendio. Quell'incertezza stava diventando angosciante e fece un nuovo sforzo per tradurre in parole o immagini quella marea che saliva e scendeva nelle sue vene, scaldandogli il sangue fino a farlo ribollire, per poi lasciarlo di nuovo freddo un minuto dopo. Si diresse verso il pendio che fiancheggiava la strada. L'altro lo seguiva, fissando affascinato i suoi vestiti insanguinati, le ferite e il suo aspetto tenebroso.

«Guarda che roba!» esclamava girandogli intorno, esaminandolo, esasperando morbosamente il tono della voce, «Quanto sangue! Ti hanno pestato qui al fiume, vero? Devono essere stati quelli della banda dell'Indepe, giusto? Me l'avevano detto che non era sicuro venire a cercare storie da queste parti.»

«Lasciami in pace!»

«Ma io voglio aiutarti, perdio! Dai, vieni con me, ti accompagno alla Croce Rossa... o se vuoi» e lo prese per il braccio, «saliamo qui sulla strada e telefono per far venire un'ambulanza.»

Bernardo si svincolò dalla mano che lo stringeva con uno spintone. L'altro perse l'equilibrio inciampando in una pietra e cascò a terra. Batté da qualche parte ed emise un lamento.

«Vattene! Lasciami solo!» fece la mossa di prenderlo a calci, ma si limitò a buttargli addosso la terra col piede. «Non l'hai ancora capita, frocio? Smettila di rompermi il cazzo!»

Camminò in fretta per qualche metro, allontanandosi di lì, poi rallentò il passo. La sua vita, sospesa in una specie di limbo, procedeva senza impulso né direzione. Non poteva andare da nessuna parte così, senza sapere, senza ricordare. Dovevano essere stati i bulli della Indepe, no? Sì, le parole del tipo sembravano dirgli qualcosa. Può darsi. Magari mi hanno assalito proprio qua. Ma se era andata così, come c'era arrivato al fiume? Forse all'osteria l'avevano drogato per davvero? Perché era stato in un'osteria, dopo essere uscito dal cinema. A quel punto gli tornò in mente la scena dell'uomo che vendicava la morte dei genitori. Gli assassini cadevano giù uno dopo l'altro, abbattuti dalle pallottole di un revolver che non c'era mai bisogno di ricaricare. E dopo il cinema, qualche birra. La musica *ranchera* che veniva fuori dal jukebox. Che ci sia stata della droga in quello che aveva bevuto? Non era possibile, il barista apriva le bottiglie proprio davanti a lui. Un cane. Anzi, parecchi cani lo seguivano. Un'intera muta, rabbiosa per via della canicola. Rabbia.

Sete. Ancora la sete. Sentiva di nuovo quell'arsura che gli bruciava la lingua, la gola. Un ricordo giungeva da lontano alla sua memoria. Uno solo. Un'immagine isolata in grado di trascinarsi dietro tutte le altre. Era lì. La teneva per un lembo.

«Sì, vattene, bestia che non sei altro! Ecco perché ti hanno conciato in quel modo!» la voce piagnucolosa dell'altro lo seguiva. «Per andare in giro a maltrattare la gente! Come quel povero cane che hai preso a sassate senza ragione! Ti ho visto, bastardo!»

Ti ho visto. Quelle parole presero a rimbombare nei meandri del suo cervello. Un rullio lungo, sostenuto, come quello di un tamburo, che lo riportava al suo immediato passato. Si fermò di colpo, chiuse gli occhi e si portò le mani alle tempie. Io ti ho visto… ti ho visto! Sì. Hai paura, ti ho visto! Una bocca cavernosa, senza denti, si apriva immensa sotto un cappello texano, ora nitida agli occhi del ricordo. E dietro a quella apparve un'osteria quasi vuota, e la sensazione di una felicità molto lontana, come se l'avesse vissuta molti anni prima: la voce di Victoria, così calda, materna, che assentiva ed era d'accordo quando Bernardo le aveva detto che sarebbe arrivato a casa tardi, perché aveva avuto una giornata pesantissima e aveva bisogno di distrarsi un po'. Sì, amore, vai al cinema e poi beviti un paio di birre. Non preoccuparti per noi, tanto siamo qui che facciamo i compiti, vero bambini? Attraverso il telefono, aveva sentito i figli che protestavano di voler andare anche loro al cinema, ma Victoria li rabboniva ripetendo a Bernardo di non preoccuparsi. Non metterti nei guai però, va bene? Noi ti aspettiamo qui. Riattaccando la cornetta, Bernardo si era immaginato la moglie con una mano sulla pancia e il sorriso placido della donna che sa di essere incinta. Sospirò abbattuto. L'intensità di quell'evocazione gli gravava sulle spalle e dovette mettersi in ginocchio per star più vicino al suolo.

Strappò un ciuffo d'erba. Aveva voglia di tabacco. Prese un ramo secco e con quello cominciò a tracciare segni illeggibili sul terreno, mentre gli tornava davanti agli occhi lo sguardo demente dell'uomo con il cappello e il dito accusatore puntato contro di lui, per segnalarlo in mezzo a tutti gli altri: quello era il male. Come in quel modo di dire che aveva sentito alla radio, in un'edizione del programma l'*Ora nazionale*: "Il male non ha principio né fine, comincia dove lo trovi per la prima volta e poi te lo ritrovi da tutte le parti." Malgrado il suo stato d'animo, sorrise. Poi si rivide, come in un film, mentre camminava lungo un marciapiede gremito di bancarelle, di fronte alla stazione degli autobus, con tutta la gente che lo guardava e poi abbassava gli occhi, avvertendo in lui qualcosa di diverso. Aveva dato un calcio sul muso a un cane, perché da qualche parte doveva pur iniziare la distruzione. Poi si era fermato a bere una bibita per placare il fuoco che lo consumava dentro, nel tentativo di ritardare ciò che forse già presentiva come inevitabile. Masticando l'erbaccia che aveva appena strappato, pensava che era tutta colpa del destino. Sì, del destino o del caso. È sempre la stessa merda. Si lasciò cadere seduto, non potendo più sopportare il peso della successiva raffica di immagini, in cui vorticavano intorno a lui i tre corpi sfigurati, inerti, senza respiro, degli aggressori diventati vittime.

Non gli ho risparmiato nulla, si disse, tastandosi le mani una con l'altra e scoprendo le nocche scorticate e il sangue di quei ragazzi sotto le unghie: si sentiva ancora le ossa indolenzite per tutti i colpi inferti. Ricordò i suoi orecchi sordi, che si erano stappati solo al suono della mazza contro i corpi, e rivide lo scintillio di quella pupilla in cui si mescolavano terrore e gratitudine, quando aveva affondato il coltello nel petto di una delle vittime. Rivisse il piacere provato nell'uccidere: un godimento quasi orgasmico che gli aveva lasciato i muscoli molli e la pelle ipersensibile. Aveva ancora in bocca il gusto del sangue, il sangue delle sue vittime: lo assaporò con la lingua e poi sputò. Sentiva un po' di schifo, ma non rimorso, e nemmeno vergogna. Riportata alla luce la memoria degli ultimi avvenimenti della sua vita, passò di nuovo in rassegna le sue mani, le ginocchia, il corpo. Non c'è niente come uccidere un uomo. Niente. E lui era fatto per questo, ora lo capiva. L'ha capito anche il vecchio cowboy, non appena mi ha visto. Un sussulto lo fece sorridere. Non avrebbe più sopportato i legami. Niente doveva pesare sulla sua esistenza. Per un istante pensò a Victoria e ai figli, ma subito cercò di liberarsi da quel pensiero. Non sarà facile dimenticarli. Mi dimenticheranno prima loro. Il tempo l'avrebbe aiutato. Altrimenti contava sull'alcol, sulla nuova vita che avrebbe condotto, sulla distanza. Bisognava assolutamente che da ora in avanti si cancellasse dalla testa la famiglia. Ormai non gli apparteneva più. Un paio di frasi, proferite da una bocca piena di denti rotti, e un indice puntato su di lui erano bastati a relegarla in un mondo a parte. Alzò la testa e contemplò le luci del centro di Monterrey. A differenza del fiume, per le sue strade il movimento era incessante. Doveva tornare là, ma non con quei vestiti che avrebbero di nuovo attratto su di lui lo sguardo di tutti. Il male non ha principio né fine. Con slancio, già libero dal peso che qualche minuto prima gli opprimeva le spalle, si rialzò in piedi ritornando verso il punto in cui aveva udito le ultime grida di quello che l'aveva importunato.

Il tipo non era più lì. Forse era andato a cercare qualcuno più disponibile di lui. Bernardo si avviò lungo la pista ciclabile. Se non quello, ne avrebbe incontrato un altro, era solo questione di avvicinarsi a uno dei ponti. Mentre procedeva a passi leggeri, cercava di immaginarsi ciò che stava accadendo in città. La polizia lo stava cercando? Anche se tutto era accaduto nell'ombra, c'erano stati molti testimoni. La gente era scesa dall'autobus a vedere quel che stava succedendo, e la donna del chiosco dei panini poteva fornire la sua descrizione esatta. Durante la fuga si era imbattuto in due o tre passanti che avevano potuto vederlo, se lo ricordava bene. Finché poi non era arrivato al fiume. Lì aveva pensato di nascondersi in quel che di più simile a un buco era riuscito a trovare: una depressione del terreno, tra arbusti e cespugli. Ma quanto tempo era rimasto lì? Perché nessuno l'aveva visto? Se qualcuno l'avesse visto, avrebbe creduto che si trattasse di un cadavere abbandonato al sole.

Più avanti intravide un'ombra e rese i suoi passi ancora più leggeri, per non fare rumore. In lontananza si potevano intuire altre figure sfocate, che si confondevano nell'oscurità. Seguì la prima, che più che dirigersi verso un posto preciso sembrava essere lì a passeggio. Era il frocio che l'aveva abbordato poco prima. Questa volta lo osservò meglio, facendo uno sforzo per penetrare il buio. Era più o meno della sua statura, forse un po' più grasso. Faceva al caso suo. Accelerò, allungando il passo fin quasi a raggiungerlo. L'altro avvertì la prossimità di qualcuno e si voltò sorpreso.

«Ah, sei tu. E ora cosa vuoi? Non mi dire che sei venuto a scusarti.»

«No.»

«E allora?»

«Ho bisogno del tuo aiuto.»

«Vuoi che ti accompagni all'ospedale?»

«Voglio i tuoi vestiti. Te li cambio con i miei.»

«Sei pazzo? Questa tuta è nuova. E i tuoi stracci sono luridi, tutti pieni di sangue.»

«Non importa, si fa a cambio.»

«No!» l'altro alzò la voce. «Stammi lontano!»

Si sentiva ancora debole, quindi quell'uomo doveva essere più forte di lui. Nella testa gli risuonò la frase di uno dei suoi compagni di università: bisogna stare attenti ai froci, hanno la forza di un uomo e la furia di una donna. Bernardo poteva contare solo sul fattore sorpresa. Si dette un rapido sguardo intorno: non c'era nessuno lì vicino, solo in lontananza, sotto il ponte del Papa, si intravedeva un pullulare di ombre. Prese l'altro per un braccio con dolcezza, in un falso gesto di supplica, e mentre quello faceva un passo indietro per divincolarsi, gli sferrò un pugno dritto alla bocca dello stomaco. Il tipo si piegò in due con un lamento, ingoiando l'aria, sul punto di soffocare. Allora Bernardo lo afferrò per i capelli e lo tirò fuori dalla pista ciclabile, trascinandolo fino all'argine ricoperto di arbusti, dove gli eventuali passanti non avrebbero potuto vederli. L'uomo gemeva, ma non oppose resistenza. I colpi di Bernardo affondarono uno dopo l'altro in quella carne estranea, fino a che il corpo non rimase immobile, in silenzio. Si sentiva sfinito. Si riposò qualche istante per recuperare ossigeno e poi procedette a denudare il rivale.

Prima gli tolse le scarpe da tennis e i calzini. Confrontando quelle scarpe con le sue, capì che la fortuna lo assisteva. La felpa pareva un po' larga per il suo torace, ma i calzoni sembravano proprio della sua misura, ed erano nuovi, anche se si erano sporcati di terra durante la colluttazione. Sugli indumenti c'erano anche delle macchioline scure, piccoli schizzi forse provenienti dal naso e dalla bocca sanguinanti del tipo. Quando ebbe tra le mani il corpo seminudo dell'uomo, alzò lo sguardo al cielo. Non c'erano nuvole né stelle. La luna, una dea solitaria, sorvegliava da lassù i suoi movimenti senza battere ciglio. Bernardo si perse un attimo a contemplare quel volto rotondo, come per cercarvi le macchie lasciate dal tempo, le cicatrici tracciate sulla sua superficie da millenarie eruzioni. Poi abbassò gli occhi sulla sua vittima. Lì per terra, con indosso solo le mutande, sembrava un pupazzo rotto gettato via in un immondezzaio, più simile a una cosa che a un uomo.

Prima di togliersi la camicia controllò le tasche. Ci trovò solo mezzo biglietto per il cinema. Nei pantaloni invece aveva il portafoglio con i soldi della quindicina, un fazzoletto di un biancore che gli parve impossibile e il portachiavi. Lo prese ed estrasse le chiavi dall'anello, una a una. C'era quella del suo ufficio al giornale, quella dell'archivio, quella dell'ufficio del capo, e le due che aprivano le porte di casa sua. Le strinse nel palmo e poi le scagliò lontano. Caddero tra i cespugli. Raccolse gli altri oggetti e li infilò nella tasca interna dei pantaloni della tuta. Si stava a sua volta spogliando quando sentì dei passi a una certa distanza che lo misero in allarme. Allungò il collo, riuscendo a vedere che si trattava di tre uomini. Quell'immagine fece scattare un riflesso nella sua memoria e un brivido lo predispose al pericolo. Le ombre continuavano ad avanzare sulla pista ciclabile, procedendo nella sua direzione. No, un'altra volta no. Avanzò carponi lì intorno fino a trovare una pietra. Poi però ci pensò su un attimo e la lasciò ricadere a terra. Siamo nel più frequentato bordello della città. Niente di più normale.

Senza perdere un istante, prima che i tre uomini fossero abbastanza vicini da rendersi conto di ciò che stava facendo, girò il corpo che era lì a terra inerte mettendolo a pancia in giù e gli strappò via le mutande. Poi abbassò le sue fino alle ginocchia e montò addosso all'altro, mettendogli il membro tra le natiche. La sorpresa di quella pelle che si univa con tanta naturalezza alla sua lo paralizzò per un istante. La flessibilità della carne scabra e il calore che emanava gli riportarono alla mente l'immagine di Victoria in un ricordo fugace. Victoria che si contorceva di spalle a lui, ansimando di piacere, allungando le braccia indietro per attrarlo verso di lei, sempre più a fondo, per favore, non mollare, spingi, ancora un po', ti dico io quando. Sentì i passi ormai vicini e delle voci che conversavano allegramente. Allora si mise a imitare le movenze della penetrazione, soffiando, ansimando e gemendo a due voci. I passanti si misero a ridere, uno di loro mormorò qualcosa e tirarono dritto senza interrompere la passeggiata. Lui continuò a sbattere contro le natiche dell'altro finché il silenzio della notte, gremito di sussurri, non ebbe ingoiato i loro passi, mentre le ombre si richiudevano in una sola dietro i tre uomini. Allora scostò il petto da quella schiena sconosciuta e si tirò su. L'uomo sotto di lui, forse in uno stato di semincoscienza, lo trattenne per una gamba e sollevò le natiche, cercando il contatto del membro con il culo voglioso. Bernardo si scansò di scatto, come se avesse scorto una bestia velenosa, e l'erezione che irrigidiva il suo sesso prima lo sconcertò, poi gli strappò un sorriso. Stava quasi per mettersi a ridere, ma sentendo l'altro che gemeva, alzando ancor di più le natiche, la furia annullò ogni ilarità. Raccolse da terra la pietra e mollò un colpo secco su quella testa immobile.

Si mise i calzini e le scarpe da tennis. Poi i pantaloni. Si assicurò di avere i soldi in tasca e infine si infilò l'ampia felpa. Quando si ritrovò addosso quei vestiti estranei, la sensazione di essere un altro lo invase. Bernardo de la Garza era stato cacciato in un angolo senza memoria. A partire da quel momento, i ricordi sarebbero stati fantasmi sempre più trasparenti. Restò a guardare la nudità di quell'uomo buttato lì a terra e credette di intravedere un filo di sangue scorrergli giù per il collo. Sentiva ancora l'erezione sotto i pantaloni, come un ostinato ricordo di Victoria trasferito su un altro corpo. Si strofinò il membro passando la mano sul tessuto della tuta, ma le luci della città che scintillavano, invitandolo a lasciare il letto del fiume, gli fecero dimenticare subito l'eccitazione. Mentre risaliva il pendio per raggiungere la strada, si domandò se l'uomo nudo dietro le sue spalle fosse ancora vivo, o se avesse ucciso anche lui. Si rispose che in quel momento era l'ultima cosa che poteva importargli, e andò avanti per la sua strada.

Cinque

Il campo da calcio sul fiume Santa Catarina, illuminato a giorno, pare ondeggiare mentre un giocatore porta la palla verso l'area di rigore avversaria. Da una finestra della sua camera, sul cui bordo ha infilato la foto di Maricruz Escobedo, Ramiro non riesce a seguire bene le azioni, vede solo i giocatori accalcarsi intorno al pallone, che da lontano sembra una bestiola braccata, un opossum che si divincola tra i piedi dei suoi inseguitori. Il rituale cattura il suo interesse. La gente si agita sulle gradinate di cemento, ai bordi del campo altri uomini danno indicazioni ai giocatori. Ramiro si immagina lo schiamazzo della folla, le grida dei tifosi che incitano le squadre, l'esaltazione degli spettatori, mentre sente soltanto lo scorrere dell'acqua calda nella vasca da bagno. La parte bassa del vetro comincia ad appannarsi, ma riesce ancora a vedere uno degli attaccanti liberarsi dalla marcatura e andare dritto verso la porta avversaria, dove lo aspetta il portiere in angosciosa solitudine. Sulla tribuna la gente balza in piedi. L'attaccante calcia la palla che sorvola la traversa e si perde in una macchia di arbusti oltre la linea di fondo. Ramiro si mette le mani nei capelli. Che bestia che sei, ormai era fatta! Beve un sorso della birra appena presa dal frigo e si toglie la camicia sudata.

Finché i giocatori non riusciranno a localizzare la palla, la partita è sospesa. Manda giù un altro sorso, stavolta gustandoselo con calma. L'aveva desiderato tutto il pomeriggio, mentre attendeva la sua cliente nel bar di fronte al palazzo o la seguiva per le strade della città sotto il sole implacabile. Si sciacqua la bocca con la birra, come per fare un gargarismo, poi se la lascia scivolare giù per la gola. Ne ho già accumulato così tanto, che il sole ormai mi stanca. Sorride. La palla è andata persa. I giocatori fiutano tra gli arbusti e gli anfratti del terreno, vagano da una parte all'altra, ma la luce dei fari non arriva oltre pochi metri. Annoiato, Ramiro stira le braccia, sentendo scricchiolare le vertebre, e allarga lo sguardo al paesaggio notturno ancora visibile attraverso il vapore condensato sul vetro. A sinistra, si staglia all'orizzonte il profilo equino del colle della Silla, con una stola di nubi sulla sommità che disegnano la sagoma di una sella. Un po' più a destra, la Sierra Madre si estende all'infinito in un susseguirsi di cime della stessa altezza. Più vicino, subito dall'altra parte del fiume, la modesta collina della Loma Larga sembra un cagnolino ai piedi dei suoi giganteschi padroni. La città delle montagne. Ramiro rievoca quella frase che forse ha letto in uno dei cartelli pubblicitari. Decide di lasciar perdere la partita, che a ogni modo il vapore gli avrebbe impedito di seguire, e con la punta delle dita stacca la foto dalla finestra.

Sei già parecchio rovinata, Maricruz. Con tutto questo levare e mettere, stropicciarti di continuo e accarezzarti con le mani sudate. L'immagine ha perso l'originaria nitidezza e i colori sfumano verso il tono seppia delle vecchie fotografie. Le piegature sembrano cicatrici sul collo e sulle guance della donna. Solo gli occhi conservano la loro lucentezza. Quando entra nel bagno, una nube calda lo avvolge. Tasta con le mani lo specchio fino ai margini e infila la foto nella cornice. Poi chiude la porta per non disperdere il calore e, dopo essersi tolto i vestiti, si siede sul bordo della vasca con la birra in mano. Accosta il viso al getto fumante dell'acqua calda e sente i pori che si aprono come crateri, lasciando fluire via tutto, anche i brutti pensieri. Non c'è niente come il vapore per distendersi, vero Maricruz? Piace anche a te, solo che tu vai al Club Campestre. Noi invece dobbiamo ingegnarci come possiamo. Non vuole riempire la vasca, almeno per ora. Ha lasciato il tappo semiaperto per consentire un continuo ricambio di acqua, in modo che i fumi di vapore riempiano lo spazio nel minor tempo possibile. Vuole togliersi di dosso la spossatezza, l'indurimento della carne, il tatuaggio salnitroso che i raggi del sole gli incidono sulla pelle.

Aveva preso l'abitudine di sottoporsi a quel genere di terapia durante i primi mesi vissuti nella capitale. Lì lo faceva però per via dell'inquinamento, del fumo e di tutta la merda polverizzata che gli restava attaccata in ogni angolo del corpo. Gli piaceva andare ai bagni pubblici, per immergersi in quel mondo di brume in cui gli uomini sono disposti per qualche tempo a condividere con gli altri l'anonimato. Non importa se fuori di lì sono burocrati, commercianti, professori universitari, camionisti o politici di alto rango; né se arrivano ubriachi, con la sbronza della sera prima da smaltire, o se hanno passato la giornata a rovistare tra i rifiuti e ora vogliono ripulirsi prima di far visita a una donna. Lì dentro, con l'asciugamano intorno ai fianchi, camminando scalzi sulle piastrelle umide, sono tutti uguali: uomini indifesi, esausti, bramosi di un attimo di quiete. Mentre era seduto in mezzo a loro, a Ramiro sembravano poppanti con indosso il pannolino. Restava a osservarli, studiando le loro espressioni e fantasticando per ricostruire a suo piacimento le possibili biografie: così, senza nessun indizio, vedendoli con indosso l'uniforme della nudità.

Il vapore e la sudorazione si mescolano sulle sue spalle, nell'ombelico e sugli arti in una specie di denso impasto gelatinoso. Sente avvicinarsi il sollievo. Chiude il rubinetto, butta giù il resto della birra e si alza per andare a prenderne un'altra. È ancora presto, intorno alle nove e mezza. Per la prima volta dal suo arrivo a Monterrey, Maricruz Escobedo si è ritirata dal lavoro a un'ora ragionevole, il che consente a Ramiro di andare a letto e dormire almeno sette ore di fila, più di quanto abbia potuto fare questa settimana; oppure di ubriacarsi, dimenticandosi del mondo. Stappa la birra accanto al lavandino, ne beve quasi la metà tutta d'un fiato poi ritorna alla vasca. Lascia scorrere l'acqua fredda, chiude il tappo ed entra dentro. Lo sbalzo di temperatura scuote il suo corpo, facendolo rabbrividire. I pori si chiudono e la pelle si arrossa.

È che mi sto abituando troppo alla tua compagnia, Maricruz, al piacere di avere davanti agli occhi una bella donna, piena di talento, spontanea e sicura di sé. Non perdi il controllo neppure per un minuto. Si vede subito. Mai un'espressione che tradisca quello che pensi, mai una parola di troppo. Più ti conosco e più ti rispetto, lady di ferro. Ramiro l'aveva seguita per tre giorni, quasi sempre da lontano, anelando un'occasione per cogliere di nuovo il timbro della sua voce, il profumo autunnale irradiato dal suo corpo. Non ti fermi mai un attimo, dove la trovi tanta energia? E se non fosse venuta la tua famiglia a recuperarti, oggi, saresti ancora chiusa in quell'ufficio, dove ti rintani per cercare il modo di strappare un po' di denaro e di potere agli altri, non è così? Invece oggi sono venuti tuo marito e i tuoi figli: è strano, a forza di vederti sempre da sola, ero arrivato a pensare che non fossero altro che un dato astratto, un paio di righe nel dossier di Damián.

Dalla sua postazione nel caffè, Ramiro aveva visto partire l'autista con l'Honda verde e aveva pensato che andasse a eseguire un incarico, per poi tornare a prendere la padrona. Conoscendo ormai i ritmi di lavoro di Maricruz Escobedo, aveva supposto che l'attesa sarebbe stata lunga e si era messo a ingannare il tempo sfogliando le riviste che aveva con sé: due di cinema e la stessa copia di *Proceso* del primo giorno, stropicciata e macchiata di caffè. Dopo aver letto l'articolo sugli zapatisti e quello sul politico che si autoproclamava leader nella battaglia contro la delinquenza, aveva destato la sua attenzione un altro servizio sul cronico disastro ecologico della capitale. Ma poi aveva ripiegato su un articolo di una rivista di cinema sul tema della violenza nelle produzioni di Hollywood. Aveva sfogliato le pagine, mentre alzava la mano per farsi riempire la tazza. La stessa uniforme rosa shocking, ma adesso con un'altra faccia e un atteggiamento differente. La rotazione del personale del caffè non smetteva di sorprenderlo. Aveva rivisto la prima cameriera solo un'altra volta, e non aveva fatto in tempo ad abituarsi a quella nuova che ne era comparsa una terza. La clientela, invece, anche se pareva variare, si manteneva stabile. Di mattina abbondavano le donne in gruppo, che poi sparivano intorno alle due del pomeriggio, per ricomparire in coppia verso le cinque e mezzo. C'erano uomini che passavano tutta la giornata lì dentro, autisti dei dirigenti della società finanziaria e di qualche altro ufficio della zona, o investitori con parecchio tempo libero. Arrivavano presto, con tre o quattro giornali sotto il braccio, e passavano il tempo a spulciarli dal primo all'ultimo articolo, per poi andarsene all'ora di pranzo e ripresentarsi a metà pomeriggio, installandosi al loro tavolo con altre riviste o con un libro, finché a mezzanotte il locale non chiudeva. Di tanto in tanto facevano una pausa, tiravano fuori il cellulare o si dirigevano al telefono nel corridoio dei bagni, e con voce misteriosa davano ordini e fissavano appuntamenti. Poi ritornavano al loro posto per proseguire la lettura.

Con la tazza di nuovo colma, Ramiro si era immerso nelle testimonianze degli attori di quel film sull'assassino seriale che uccideva le sue vittime seguendo l'ordine dei peccati capitali. L'aveva visto al cinema un paio d'anni prima e non gli era parso niente di che. I pazzi, i fanatici e tutti quelli che perseguivano un fine nei loro atti criminali non erano di suo gradimento. Uccidevano in modo sistematico, per costrizione, ignorando che cosa sia l'emozione di spegnere una vita. Non provavano pena né piacere: il loro agire non prevedeva sensazioni intense. Lui preferiva quelli che erano consapevoli di essere soltanto degli assassini. Tuttavia, lo sviluppo della trama gli era parso interessante, con quell'investigatore di polizia nero, solitario e colto, che collegava i fili del delitto basandosi sui libri che per decine di anni aveva divorato, passando le notti insonni nella biblioteca pubblica. Ramiro aveva apprezzato soprattutto il movente nella scelta delle vittime: apparentemente innocenti, ma che in realtà meritavano di essere eliminate dal mondo. Quella sera, nella sala del cinema, Ramiro si era identificato con il detective: anche lui era un tipo solitario e soffriva di insonnia, solo che passava le nottate a guardare film polizieschi o western. Leggeva di rado, e quando lo faceva preferiva i romanzi di Marcial Lafuente, i noir americani, al limite qualche libro di David Toscana. Le vittime del pazzo del film erano un uomo disgustoso che viveva solo per ingozzarsi, una prostituta simbolo della lussuria, una donna votata alla vanità, un tossicomane sprofondato nell'apatia. Nessuno di loro poteva paragonarsi alla lady di ferro, salvo forse l'avvocato che sacrificava gli altri alle sue brame di ricchezza. L'avidità. Vedi, Maricruz?

Anche tu saresti finita tra le grinfie di quel tipo. Non l'avresti scampata.

No, non l'avresti scampata. Ripete la frase adesso, con il corpo immerso nell'acqua fredda, ripensando a come il giorno prima è stato a pochi metri di distanza da lei durante il pranzo. Vedendo l'Honda verde entrare nel parcheggio del ristorante El Mirador, aveva capito che quella era la sua occasione. Il locale era grande e piuttosto frequentato. Così aveva aspettato che il maître la conducesse dove la stavano aspettando, poi si era presentato a chiedere un tavolo. Lo avevano fatto passare nel giro di cinque minuti, facendolo accomodare in fondo alla sala, vicino al muro accanto ai bagni. Aveva scelto la sedia che gli permetteva di sorvegliare senza intralci il tavolo a cui era seduta Maricruz, in compagnia di due uomini, uno anziano e l'altro della stessa età di lei. Aveva dato una rapida occhiata al menù e aveva ordinato spezzatino di capretto, filetto e un whisky come aperitivo. Poi aveva acceso una sigaretta e, più che la donna, si era messo a studiare i due che erano con lei. Avevano l'aria di essere imprenditori, o politici, o entrambe le cose, visto che a Monterrey le due attività si confondono. In ogni caso davano l'idea di essere tipi avvezzi al potere e al denaro. I loro volti non gli erano sconosciuti e Ramiro aveva provato a immaginarseli dieci anni più giovani, cercando di rintracciare qualche indizio nella memoria. Credeva di aver visto qualche volta la foto del più anziano sul giornale per cui lavorava. Sì, gli inviati lo intervistavano spesso per conoscere la sua opinione su fatti di politica o economia. Di sicuro era il presidente di qualche organo politico, o di un'associazione padronale. Non so più il tuo nome, vecchio, ma so che sei uno di quelli che contano, qui a Monterrey. Identificare l'altro era più difficile. Ramiro aveva preferito concentrarsi di nuovo sulla donna: non avrebbe avuto tante altre occasioni di osservarla da vicino.

Nei primi minuti Maricruz era rimasta in silenzio, attenta a quel che dicevano gli uomini, anche se una lieve ruga sulla fronte segnalava che stava ripassando e correggendo le argomentazioni che di lì a poco avrebbe esposto. Il suo viso manifestava interesse, ma non allegria. Talvolta, specie se gli altri scoppiavano a ridere dopo una battuta, abbozzava un sorriso, che appariva forzato agli occhi di Ramiro. Le sue mani si muovevano poco e lentamente, in contrasto con l'energica gestualità del vecchio che, preso dall'entusiasmo, sembrava raccontare le sue imprese di gioventù a un pubblico rapito. Quando arrivò il pranzo, la lady di ferro si portava alla bocca piccoli bocconi discreti, senza perdere una parola della conversazione. Dava l'impressione di mangiare controvoglia, eppure mangiò tutto ciò che aveva nel piatto. Infine gli uomini avevano chiesto un digestivo e lei un caffè e un bicchier d'acqua. Dopo che le avevano servito il caffè, aveva preso la parola. Parlava con fluidità e sicurezza. Quando il brusio della sala scemava, Ramiro riusciva a captare qualche parola o una frase isolata. Gli piaceva quel tono di voce in cui si mescolavano la misurata pacatezza della maturità e un certo impeto di passione giovanile. Maricruz fissava l'anziano e i suoi occhi verde smeraldo brillavano intensamente, come a volerlo convincere della bontà delle sue argomentazioni. I due uomini la ascoltavano senza battere ciglio. Incantati dalle sue parole, o dalla sua bellezza, avevano dimenticato il liquore nei bicchieri: la loro attenzione si concentrava sulla bocca della donna, come se da lì sgorgassero parole sacre. Senza sentire ciò che diceva, a pochi metri di distanza, Ramiro la fissava anche lui affascinato. Vedeva le sue labbra muoversi e sentiva un fluido che gli scorreva sotto la nuca e lo faceva tremare tutto. Così come i due uomini, non riusciva a staccare gli occhi dal volto di quella donna che a un certo punto aveva tirato fuori un portadocumenti con dentro delle carte e aveva cominciato a mostrarle al vecchio, segnalandogli con una matita le parti salienti. Tutta presa dal suo discorso, Maricruz inclinava la testa e i suoi occhi verdi restavano fermi sui fogli. La fissità della sua concentrazione si allentava di tanto in tanto in un sorriso ironico, mentre con la mano nervosa indicava le parti più importanti del fascicolo. Ramiro l'aveva vista allora alzare un braccio per rassettare con le dita l'acconciatura impeccabile. Con i capelli in perfetto ordine e il fulgido viso abbronzato, quella donna, intenta a illustrare ciò che conosceva a menadito, stava sfoderando tutta la sua ambizione. Dopo aver finito di esaminare le carte, l'uomo aveva sorriso soddisfatto di ciò che aveva letto, o forse lieto di potersi perdere di nuovo negli occhi verdi di Maricruz Escobedo.

Ramiro aveva avuto un moto d'invidia. Avrebbe dato qualsiasi cosa per poter esser lui vicino alla lady di ferro e poter percepire la sua voce e il suo alito accanto all'orecchio, sentendo il suo profumo penetrargli nel naso fino a impregnargli il sistema nervoso. Si rende conto solo adesso della violenza di quel desiderio, e si chiede da quanto tempo non va con una donna. Sono già parecchi mesi, cazzo. Sarebbe ora di pensarci. Gli torna di nuovo in mente il detective nero del film e si paragona a lui. Ci assomigliamo. Entrambi chiusi nel nostro mondo, sempre soli, isolati dalla gente, con l'unica differenza che siamo su lati opposti della barricata. Pensa che forse non sarebbe una cattiva idea sfruttare la serata libera per procurarsi un po' di compagnia. Lì vicino, a pochi passi dall'albergo, c'è un locale notturno dove ha visto un giro di donne. Alcune anche belle. Ma nessuna come te, Maricruz.

Chiude gli occhi e la rivede alzarsi dal tavolo, suscitando l'ammirazione dei presenti, per poi dirigersi verso il bagno seguita da una serie di sguardi maschili. Era passata accanto a Ramiro senza neppure voltarsi. Aveva lasciato l'anziano e il suo collega da soli a rivedere le carte, ben sapendo che la sua assenza era necessaria per poter giungere a un accordo. Di ritorno dal bagno, si era fermata a salutare i commensali di un altro tavolo, prima di tornare al suo posto. Ramiro aveva indugiato con lo sguardo su quella lunga schiena che si stringeva alla vita, per poi riallargarsi nel delta di un sedere rotondo, non molto pronunciato ma evidente sotto le pieghe della gonna. Gli uomini al tavolo si erano alzati dalla sedia e l'avevano accolta con qualche complimento. A quanto pare gli affari ti vanno bene, Maricruz. Sei tra le fortunate che nascono con tutte le carte in regola per trionfare nella vita. È incredibile come ti adorano tutti, come si arrendono subito, pronti a sottostare ai tuoi disegni. Mentre l'anziano firmava i documenti, Ramiro aveva chiesto il conto. Gli occhi di Maricruz, intenti a seguire i segni tracciati sul foglio, tutt'a un tratto si erano persi in un punto indefinito. Forse non vedevano più nulla, erano rivolti verso l'interno. Le vetrate del Mirador convogliavano i raggi del sole in un ventaglio di diversi colori, e Ramiro aveva creduto di vederli tutti riflessi negli occhi vuoti della donna. Non era riuscito a capire se si stava rivolgendo ai compagni di tavola, ma vedendola muovere le labbra aveva avuto l'impressione che stesse parlando a qualcuno dentro di lei, forse a se stessa. Poi l'anziano le aveva restituito i documenti firmati e lei li aveva rimessi subito nella cartellina. Ramiro era rimasto di proposito, per fare in modo che fosse lei a uscire per prima dal ristorante, dirigendosi verso l'Honda verde dove la aspettava l'autista. Una lady di ferro, non c'è dubbio. Eppure come ti sei intenerita davanti ai tuoi figli, Maricruz. Si vede proprio che li adori. Chi l'avrebbe detto.

Il sole cominciava a declinare, lasciando posto a quell'atmosfera brumosa in cui è impossibile dire se è ancora giorno o se è già caduta la notte. Si erano accesi i lampioni e i vetri dell'edificio riflettevano debolmente i fasci di luce sul piazzale. Ramiro continuava a leggere accanto alla vetrata. Si interrompeva soltanto quando il passaggio di un'auto lo obbligava a distogliere lo sguardo dalla rivista, per il tempo necessario a verificare che non si trattasse dell'Honda verde. Era poi sprofondato in una specie di letargo da cui contava di uscire all'apparizione di Maricruz o del suo autista. Ma vedendo una station wagon con i vetri scuri che stava posteggiando dall'altro lato della strada, un presentimento l'aveva messo allerta. Dall'auto era sceso un uomo che, dopo aver lanciato un rapido sguardo verso l'ultimo piano del palazzo, si era appoggiato al cofano e si era portato il cellulare all'orecchio. Poi aveva infilato la testa nel finestrino, come per informare qualcuno dell'esito della chiamata. Le portiere allora si erano aperte ed erano scesi due bambini, tra i nove e i dieci anni, che si erano messi subito a correre e a inseguirsi per il piazzale. Ramiro aveva acceso una sigaretta, scrutando l'uomo: sui cinquantacinque anni, di bell'aspetto, con i capelli castani scuri, il fisico atletico, giovanile. I pantaloni e la camicia erano eleganti, formali, probabilmente si era tolto la giacca e la cravatta e le aveva lasciate in macchina. È lui. Non c'è ombra di dubbio. Il suo aspetto si intona perfettamente a quello di lei. L'uomo si rivolgeva ai bambini, forse raccomandando loro di stare attenti. Ogni tanto lanciava un'occhiata alle porte girevoli, poi fissava di nuovo i piani alti. Il guardiano dell'edificio si era affacciato fuori e l'aveva salutato amichevolmente. Ramiro aveva pensato a Damián, paragonandolo all'uomo della station wagon: i modi di fare di quest'ultimo sembravano il prodotto di una meticolosa educazione e di una lunga pratica di convivenza sociale. Aveva sorriso. Malgrado le somiglianze, c'erano tra i due certe sottili differenze che ne denunciavano la diversa origine. Ramiro non avrebbe potuto indicarle con precisione, ma le avvertiva chiaramente. Ciò che in Damián faceva parte del suo stesso essere, in quell'uomo si doveva al calcolo, all'apprendimento. E lo stesso per Maricruz. Sono fatti allo stesso modo. Si nota in loro un eccesso di consapevolezza nei modi di fare, di atteggiarsi. Mancano di spontaneità. Anche quando parlano o sorridono è chiaro che si sforzano di identificarsi con quelli che vorrebbero essere. Ricordando il pranzo al Mirador, si era reso conto che lì quell'elemento gli era sfuggito, forse perché era troppo affascinato dalla donna. È vero, il suo fascino funziona come uno scudo che impedisce di vederla come realmente è. Arriva a quella conclusione mentre si friziona la testa, con il corpo immerso nell'acqua fredda, sentendo il profumo immaginario di Maricruz Escobedo mescolarsi alla schiuma dello shampoo. Per sciacquarsi la testa lascia scivolare il corpo immergendosi completamente nell'acqua, e resta lì sotto per un po' trattenendo il respiro.

C'era del rispetto nel silenzio della donna, mentre ascoltava le chiacchiere del vecchio imprenditore. Osservandola con un po' di attenzione, chiunque poteva rendersene conto. Non sono dello stesso livello, si muovono su piani diversi. Per l'anziano, così come per il giovane che lo accompagnava, Maricruz era lì in qualità di impiegata, una persona pagata per offrire i suoi servizi. E non importa se apparentemente era lei a condurre il gioco, a dominare la materia. I soldi appartengono a loro. Essendo una semplice consulente, occupa un posto subordinato, e lei lo sa. Perciò ascoltava in silenzio, con deferenza, nervosa, in attesa che il magnate le accordasse il permesso di esporre le proprie argomentazioni. E nel farlo, malgrado la superbia e la sicurezza di chi sa la lezione a memoria, nei suoi occhi e nelle sue parole era latente la paura di sbagliare, la certezza che se commetteva un errore, anche minimo, quel vecchio, che era l'autentica incarnazione del potere, non avrebbe più voluto saperne di lei. Sì, la sua era sempre una recita. E per lui lo stesso. Ramiro rievoca di nuovo l'immagine dell'uomo sul piazzale che cammina impaziente intorno al veicolo. Loro sì, sono alla stessa altezza. Li accomuna lo sforzo, l'ambizione, le origini. I vari ruoli che interpretano giorno dopo giorno. Hai troppe maschere, Maricruz Escobedo. E reciti in modo diverso a seconda delle circostanze. Te ne accorgi? In fondo anche io e te siamo fatti allo stesso modo.

I bambini invece non avrebbero avuto bisogno di tutto quello sforzo, né di tanto autocontrollo per disimpegnarsi a quei livelli. Se ne era reso conto appena li aveva visti. Fin da adesso frequentavano altri bambini delle classi alte, e in futuro si sarebbero mossi in quell'ambiente con assoluta naturalezza. Era stato per un po' a osservare i loro giochi e i loro inseguimenti. Si erano nascosti dietro la targa di granito con su scritto "Gruppo finanziario del Nord", poi erano saltati via correndo ed erano andati ad assillare il guardiano con grida e risate. Anche da lontano, la somiglianza di quei visi infantili con la foto che gli aveva dato Damián era notevole: soprattutto gli occhi chiari, ma intensi, che contrastavano con quelli scuri del padre. Nel loro sorriso c'era tutta la bellezza e l'enigma di Maricruz. Due bambini molto belli, non poteva essere altrimenti. Forse ancora un po' femminili, ma sarebbero cresciuti. Presto avrebbero assomigliato al padre. Educati per il comando, poteva facilmente immaginarseli in un futuro invidiabile, saldi nel procedere, autoritari nel parlare, con un master all'estero, un'azienda propria a Monterrey, sposati a una rampolla dell'aristocrazia cittadina e con dei figli identici a loro, se possibile ancora più belli, destinati a perpetuare all'infinito la stirpe, il potere e la ricchezza. È per questo che vostra madre sta mettendo a repentaglio la sua vita, bambini. Perché tra qualche anno possiate entrare in serie A e non uscirne mai più. Allora sarete voi ad assumere una consulente, bella, sì, ma inferiore, che saprà come gestire l'eccesso di liquidità che dovrete nascondere al fisco. Era rimasto a osservarli per qualche minuto. Qualcosa gli diceva che la telefonata dell'uomo era diretta alla moglie, e che lei si sarebbe affrettata a venir via dall'ufficio.

Si strofina la pelle con l'asciugamano e la sensazione di benessere che lo percorre dalla testa ai piedi gli strappa un allegro grido di piacere. Prende di nuovo in considerazione la possibilità di vestirsi e uscire dall'albergo. Raramente esce, anche quando non sta lavorando. Nemico del rumore e degli assembramenti di gente, preferisce la tranquillità di una stanza chiusa, con la televisione come unica breccia verso l'esterno. E poi le temperature estreme di Monterrey lo spaventano, convincendolo che la cosa migliore è restare in un ambiente climatizzato. A che scopo uscire? Fuori non ci sono che fastidi, seccature, malumori. Qui c'è un letto, film alla televisione, birra e sigarette. Sta meglio qui, da solo, lontano dagli uomini.

I primi mesi passati nella capitale li aveva vissuti in un'irrequietezza costante. Ci ripensa mentre cammina nudo per la stanza e cerca di rinfrescarsi, esponendo il corpo alla corrente dell'aria condizionata, fino a che i peli non gli si rizzano sulla pelle. Poi prende le sigarette e un'altra birra. La scandalosa lentezza del traffico lo esasperava, il trambusto che c'era ovunque in città lo manteneva in un perenne stato di depressione, da cui si risollevava solo con ricorrenti scoppi d'ira. Lo infastidivano gli accattoni, i venditori di qualsiasi cosa, i vecchi, gli indios con le loro fameliche famiglie al seguito, i farabutti che facevano la posta agli angoli delle strade. Come se non bastasse, lo smog, il fumo e tutta la merda che fluttuava nell'aria gli irritavano gli occhi e la gola, lo facevano sentire sporco, dentro e fuori, gli incendiavano il cervello a tal punto da rimpiangere le settimane in cui era vissuto nella discarica dei mercati generali, prima di decidersi a passare la frontiera. Non esagerare, lo rimproverava Damián, è questione di abitudine. È che io qui non ci resisto. Di notte non dormo. Se sono tra la gente ho solo voglia di scappare, di andar via da qui. Ma quello è per via della tua coscienza, non dar la colpa alla città. E se continuava a lamentarsi, Damián lo prendeva in giro, lo chiamava paesano, provincialotto, indio appena sceso dalle montagne.

Aveva cambiato appartamento cinque o sei volte e non si era mai sentito del tutto a suo agio. Aveva abitato nel quartiere Roma, alla Condesa, a Navarte, e alla fine aveva affittato un vecchio studio nel centro storico, a un paio di isolati dalla piazza del Zócalo, dove il rarefarsi della gente dopo il tramonto aveva reso più sopportabile la sua esistenza. Damián da parte sua lo aiutava lasciandolo in pace per lunghi periodi, mandandolo a chiamare solo quando c'era del lavoro per lui. Così Ramiro passava il tempo libero in lunghe maratone di cinema, che a volte iniziavano prima di mezzogiorno. Rivedeva i film anche tre o quattro volte, imparava a memoria i dialoghi, le sequenze, le inquadrature, perfino le basi musicali. Lasciava la sala dopo l'ultimo spettacolo, e da lì s'infilava nel primo bordello che trovava nei paraggi. Poi ritornava al vecchio palazzo dove abitava, camminando per strade solitarie, e si chiudeva nella sua stanza dove non dava tregua a videoregistratore e televisione, finché le prime luci dell'alba e i rumori mattutini, ancora lontani, lo avvisavano che doveva dormire un po'.

Un giorno, mentre si stava affrettando per arrivare in tempo a una matinée, aveva ricevuto una chiamata del capo, che gli dava appuntamento all'Ópera, a pochi passi dal suo appartamento. Ci era andato un po' controvoglia, conoscendo il posto: un'osteria chiassosa, frequentata da politici e turisti, dove di rado si riusciva ad avere un tavolo senza aspettare per lo meno mezz'ora. Aveva trovato Damián seduto a bere insieme a uno sconosciuto. All'inizio non aveva saputo come reagire, fino a quel momento si erano visti sempre da soli. Ma il capo l'aveva salutato come al solito, l'aveva invitato a sedersi con loro e gli aveva presentato il dottor Fedro Guillén. I due erano presi in una discussione di politica ed ecologia e per diversi minuti Ramiro era rimasto in silenzio, manifestando disinteresse, ma sentendosi nervoso per la presenza dell'estraneo. Non sembrava un medico. La faccia sanguigna, i capelli radi che gli lasciavano scoperta l'ampia fronte e il pizzetto gli davano un'aria da intellettuale, da critico sornione, che i jeans, la giacchetta di pelle e le scarpe con la suola di gomma accentuavano. Con la sua voce forte, briosa, la più acuta di tutta l'osteria, interrompeva di continuo Damián per prenderlo in giro e poi mettersi a ridere. L'aveva osservato bene. Non sembrava uno che facesse il loro mestiere, tanto meno che fosse lì per commissionare un lavoro. Era un uomo felice, non c'era dubbio, di quelli che non hanno nulla a che spartire con il mondo di Ramiro e il suo capo. Ma allora che ci faceva lì? Quando alla fine il dottore si era messo a raccontare una barzelletta dopo l'altra, imitando la voce di un giapponese, un gringo e un cubano, e provocando in Damián delle risate che non gli aveva mai sentito prima, Ramiro era arrivato alla conclusione che quel tipo e il suo capo erano amici fin dall'adolescenza, o addirittura fin dall'infanzia. L'aveva appurato quando il dottor Guillén aveva interrotto le sue imitazioni per alzarsi e andare in bagno: Damián gli aveva spiegato di averlo incontrato lì, dopo mesi che non si vedevano, e non aveva potuto rifiutare di bere un bicchiere con lui. Non sa niente delle nostre faccende. E poi è un asso per le barzellette. Tu perché non ridi? Il dottore era tornato al tavolo e per mezz'ora Ramiro era rimasto lì a vederli piegarsi in due dalle risate.

Di punto in bianco, in una breve pausa tra battute e opinioni politiche, Damián si era rivolto a Ramiro e senza alcun preambolo aveva cominciato a fargli domande sui soldi che aveva guadagnato con lui. Li sto mettendo da parte, ho aperto un conto in banca. Me lo immaginavo, aveva detto Damián, ma non hai mai pensato di spenderli in qualche modo? Sì, solo che non ne ho ancora avuto bisogno. Che ti avevo detto, aveva proseguito Damián rivolgendosi adesso al dottor Guillén, è proprio un pidocchioso, non per nulla è di Monterrey. Ramiro si era sentito a disagio, non riusciva a capire il senso di quell'interrogatorio e delle canzonature di Damián, tanto meno davanti a un estraneo. La verità era che lui non ci pensava nemmeno ai soldi. Appena riceveva l'assegno o i contanti dalla mano del padrone, versava tutto sul conto e poi ritirava al bancomat quel poco che gli bastava per vivere. Non si preoccupava mai di controllare il saldo, gli interessi, né i prelievi mensili: non gli importava. La sola cosa che sapeva è che ne aveva a sufficienza per andare avanti un bel pezzo. Il fatto è che Fedro sta vendendo una casa, aveva detto Damián, e siccome è in un posto non molto lontano da qui, ho pensato che ti sarebbe potuta interessare. Così puoi andartene via da questa città che non sopporti, e al tempo stesso resti qua a portata di mano. Conosci Cocoyoc?

No, a quei tempi non conosceva Cocoyoc, ma adesso gli manca. Soprattutto la tranquillità di quella zona residenziale immersa nel verde, dove le case restano vuote dal lunedì al venerdì, e lui può godere del silenzio interrotto solo dal cinguettio degli uccelli, dal frinire di qualche insetto o dal raspare degli scoiattoli sul tronco degli alberi. Gli mancano anche le lunghe passeggiate nei dintorni, le gite sui colli o nei paesi vicini, respirando quell'odore di erba bruciata dal sole, di frutta fresca e di messi appena raccolte.

Disteso sul letto con gli occhi chiusi, ancora nudo, sentendo che sta quasi per addormentarsi tronca il flusso dei suoi vagheggiamenti. Si tira su di scatto e controlla l'orologio sul comodino. È presto. C'è ancora tempo. Per cosa? Ha dimenticato le sue intenzioni di poco prima e si mette a camminare per la stanza stropicciandosi la faccia nel tentativo di recuperare l'idea perduta. Stavo per fare qualcosa. Cos'era? Pensaci, Ramiro. Alla fine si dà per vinto e va verso la finestra. La partita di calcio lungo il fiume Santa Catarina è finita già da un pezzo: il campo è ora deserto, buio, non conserva neppure il ricordo degli uomini che poco prima vi correvano. Non c'è traffico sull'avenida Constitución, solo di tanto in tanto un'auto sfreccia a tutta velocità, per poi scomparire in lontananza. Ramiro si scosta dal vetro, apre il frigo per tirar fuori un'altra birra, ma quando l'ha in mano si rende conto che non gli va, che il gusto amaro del malto gli dà la nausea. Per sentire in bocca un altro sapore, prende un succo di frutta e lo beve in mezzo alla stanza.

Lo specchio sul muro gli restituisce l'immagine del suo corpo nudo. Non guarda la faccia, la vista gli cade sul membro che si nasconde pietoso in mezzo al pelo pubico. Istintivamente si copre, portandosi le mani tra le gambe, ma a vedersi in una posa così pudica, con la bottiglia di succo che gli spunta dal pube, si sente ridicolo e lascia subito ricadere le braccia lungo i fianchi. Si avvicina allo specchio, si esamina, si gira per vedersi di profilo, assume diverse posizioni. Sebbene conduca un'esistenza quasi sedentaria, ha ancora qualche muscolo forte, ben visibile, poi non è ingrassato, e ha mantenuto una certa flessibilità. Nudo, senza travestimenti che offuschino la sua percezione, scorge nell'immagine riflessa certi tratti davvero suoi, che da quando ha memoria può ricordare, anche se sono così comuni che potrebbero appartenere a migliaia di uomini. Quel che invece non lo soddisfa è quel sesso schiacciato, rattrappito, ricoperto di pieghe simili a larghi anelli. È da un bel po' che non lo vede in tutta la sua estensione. Maledetto arnese inutile. A che mi servi? Lo sdegno gli riporta alla mente il ricordo dei bagni della prigione, dove i carcerati si facevano la doccia uno a fianco all'altro, spiandosi tra di loro, chi con curiosità e chi con lussuria, e lui si imbarazzava a vedere da vicino membri più grandi del suo, certe volte in erezione, i cui proprietari squadravano quello di Ramiro con una smorfia di scherno. È così, non mi servi neanche a far bella figura. Getta la bottiglia vuota nel cestino e ritorna verso il letto, dove si sdraia accendendosi una sigaretta.

Adesso si ricorda: aveva pensato di andare in un locale notturno, è quella l'idea smarrita. Ne aveva visto uno a pochi passi dall'albergo, tutto tappezzato di rosso, avvolto nella penombra, con le prostitute seminude che si mostravano attraverso la porta. Kan Kun si chiama, credo. I procacciatori di clienti appostati sul marciapiede gli avevano promesso una buona bevuta, musica, ballo e ragazze disponibili. Ma soppesando la possibilità di concedersi quello svago, una sensazione di pigrizia ha cominciato ad afferrargli i muscoli, al punto da fargli rinunciare subito ai suoi propositi. Da qualche anno a questa parte gli succede spesso: al momento di uscire, trova sempre più invitante la televisione o il cinema. Che ti succede, Ramiro? Quanti mesi sono che non assaggi carne di donna? Datti una mossa, sennò va a finire che diventi frocio. Si esamina il membro abulico e sorride con malinconia. Poi ripensa alla pista ciclabile del fiume Santa Catarina, al suo incontro con quel tipo a cui rubò i vestiti, e smette di sorridere. Scuote la testa. No, lui non ha niente a che fare con quella gente lì.

Ma è vero, il sesso lo attira sempre di meno. Lui attribuisce la svogliatezza all'età, e al generale disinteresse verso tutto ciò che lo circonda. Un tempo non ero così. Sorride di nuovo e il suo sorriso prende una vena nostalgica, come quello di una vecchia gloria che rivive le sue imprese passate. Al suo arrivo a Città del Messico, quasi dieci anni prima, era stato un frequentatore assiduo di cabaret, case da tè giapponesi, saloni per massaggi, centri estetici e postriboli di ogni tipo e categoria. Per mesi aveva ripartito energie e denaro tra il cinema e le puttane, in parti uguali. Tuttavia, a metà del secondo anno, aveva cominciato ad avvertire i primi segnali di saturazione. Lo annoiava l'ambiente notturno della capitale, e le scopate veloci lo nauseavano. Per un po' di tempo aveva accarezzato la fantasia di far uscire dal giro qualcuna di quelle donne, oppure di farsi un'amante fissa, ma non ne aveva mai trovata una che rispondesse alle sue aspettative. Poi si era trasferito a Cocoyoc e per via della distanza le sue incursioni nei bordelli erano diminuite fino a una al mese, o giù di lì, anche se già da allora preferiva il cinema o i film in cassetta. Più avanti, dopo un minuzioso esame di coscienza, si era confessato che se continuava a cercare compagnia femminile ogni quattro settimane era più per abitudine e partito preso, per una sorta di affermazione di sé, o una disciplina assurda che si era imposto, e aveva deciso che a partire da allora l'avrebbe fatto solo quando ne avrebbe avuta veramente voglia.

Vedi, Maricruz, tutti pensano che la vita di un assassino sia qualcosa di eccitante. Niente di più falso. Che sia segnata dai piaceri che si comprano con il denaro facile: ragazze a profusione, alcol a fiumi, baldorie, orge, lussi. Ma la realtà è un'altra. Chi l'avrebbe mai detto che quello che sta per ucciderti è un tipo così noioso? Anche se forse il mio celibato si deve al fatto che di bellezze come te non se ne trovano in nessun bordello. Femmine della tua eleganza, delle tue maniere, non sono comuni. Ramiro si sforza di rammentare le ultime donne con cui è stato, ma si dissolvono in una bruma prima che la memoria possa afferrarle. Cerca allora di rievocare le immagini mentali che gli suscitano eccitazione sessuale, ma non vi trova niente che richiami la figura di Maricruz Escobedo. In tutte appaiono invece tratti che lui identifica con quella che è stata sua moglie. Non c'è nulla da fare. La verità è che sul piano sentimentale sono un conservatore. Un marito fedele, in fondo. Un borghesuccio di merda. Più passano gli anni e più assomiglio a mio padre e a mio nonno. Qualunque cosa faccia, sarò sempre lo stesso.

Quel moto di moralismo lo fa di colpo sprofondare nei dubbi dell'inizio, quando aveva saputo che avrebbe dovuto uccidere una donna. L'ordine di Damián troncava alla radice tutti i suoi codici. Era come fare del male a Victoria, la madre dei suoi figli. Lui l'aveva dimenticata, è vero, o almeno così credeva, ma la foto di Maricruz Escobedo, le istruzioni del capo, la città, i dati contenuti nel fascicolo erano stati un potente richiamo alla sua memoria, costringendolo ad ammettere che lei esisteva ancora, che magari aveva continuato a vivere nella stessa casa e ad aspettare il suo ritorno. Ora, mentre cerca l'accendino tra le lenzuola, comprende che quel vuoto allo stomaco che lo accompagna fin dal momento in cui è sceso dall'aereo, ha nome, volto e identità. Accende la sigaretta e aspira una boccata di fumo, come se fosse un antidoto contro la memoria. Cerca di pensare a qualunque altra cosa, ma appena si forma un pensiero nella sua testa, Victoria si interpone a cancellarlo. Non potrà liberarsi di lei tanto facilmente, lo sa. E ancor meno adesso che ha visto Maricruz Escobedo nel ruolo di madre, insieme ai suoi bambini.

Era venuto buio da qualche minuto e l'uomo continuava a seguire annoiato le corse dei ragazzi sul piazzale. Ramiro dal canto suo non perdeva un dettaglio, distoglieva lo sguardo solo per bere un sorso di caffè freddo, sempre più torbido in fondo alla tazza. Si era distratto un attimo per chiamare la cameriera e, quando aveva ripreso a seguire la scena, i bambini stavano correndo sfrenati verso le porte girevoli. Eccola che arriva, era l'ora. Uscendo sul piazzale, la lady di ferro si era trasformata nel suo opposto: i tratti del viso si erano dapprima addolciti, per poi aprirsi in un largo sorriso che le aveva teso le labbra fino a metà delle guance, scoprendole tutti i denti. La rigidità del suo portamento era svanita di colpo. Aveva alzato le braccia, agitandole in aria, gridando frasi facilmente immaginabili. Ramiro, sorpreso, aveva sorriso a sua volta quando il più piccolo dei bambini era saltato tra le braccia di Maricruz e lei gli aveva riempito la faccia di baci, stringendolo a sé e facendo una mezza giravolta sui tacchi. Il più grande si era fermato a breve distanza dalla madre e dal fratello. Sembrava geloso, o imbarazzato da tante effusioni, ma si notava l'emozione che la donna gli suscitava. Maricruz allora aveva lasciato andare il più piccolo e aveva cercato di abbracciare l'altro, che era corso via da lei. Così era iniziato un inseguimento in cui la madre fingeva di raggiungere i figli, che subito riguadagnavano terreno. Attenta, Maricruz, con quei tacchi è pericoloso. Un passo falso e finisci per terra. L'uomo non si era mosso né dava segno di volersi unire al gioco. Appoggiato al cofano, di spalle a Ramiro, era impossibile dire se la scena lo divertisse o se ne fosse invece spazientito. Di certo non sei il tipo da entusiasmarti per le esplosioni di tenerezza materna, Ricardo. Ricardo ti chiami? Ti devono piuttosto dare fastidio, le tolleri per pura condiscendenza, vero? Le consideri poco virili per te, e poco degne di una donna del livello di tua moglie. Alla fine Maricruz, tenendo i figli per mano, si era incamminata verso l'auto. Aveva il viso acceso, alterato dall'eccitazione. Ma aveva salutato il marito con un'espressione acida, evitando il contatto, mentre apriva la portiera posteriore per far salire i bambini. Neanche un bacio, Maricruz. Neppure una parola gentile. Non siete più in buoni rapporti? Non mi stupirebbe affatto. Prima che l'auto si mettesse in moto, Ramiro aveva visto la donna tornare a essere di ferro, nel suo atteggiamento verso l'uomo: era salita in macchina in completo silenzio, girandosi di spalle al marito per chiacchierare con i bambini durante il viaggio.

È identica a Victoria. Lo stesso amore traboccante di fronte ai figli. La stessa tenerezza isterica. Sono tutte così? Ramiro non ricorda simili manifestazioni da parte di sua madre, quando era bambino. L'unica cosa che riesce a evocare è la disciplina fredda e inflessibile, le istruzioni quotidiane, i rimproveri, le lagnanze presso suo padre e, all'arrivo di lui, i castighi, le cinghiate. Certo erano altri tempi. Forse, se non fossero morti così presto, le cose sarebbero cambiate. Si alza dal letto, stavolta svogliatamente perché il corpo si è ormai adattato al materasso, e va verso il bagno. Orina. Toglie la foto dalla cornice dello specchio e ritorna in camera dove apre un cassetto, tira fuori un paio di boxer e se li infila. Coperta la nudità, si muove con maggior sicurezza. Sistema la foto sullo scrittoio, in modo che sia visibile dal letto, e si distende di nuovo. Vederla insieme ai figli ha mutato la sua opinione su Maricruz Escobedo. Non avrei mai immaginato simili sentimenti in te, lady di ferro. Mi hai dato un colpo basso. Dritto allo stomaco. Proprio ora che mi stavo abituando all'idea di farti fuori, mi accorgo che a quanto pare mi sono sbagliato sul tuo conto. Come se tutto a un tratto si fosse umanizzata, la sente vicina, quasi una persona cara. Ma non bisogna ingannarsi. Tutto ciò non cambia nulla. O sì? Ramiro guarda l'immagine della donna per un istante: non può sostenere lo sguardo di quegli occhi color smeraldo. Ma subito si accorge dell'assurdità della situazione. È in imbarazzo davanti a un pezzo di carta, che ridicolo. Ti stai intenerendo un'altra volta, Ramiro. Il fatto che questa femmina abbia dei figli non è niente di nuovo. Lo sapevi già. E se la famiglia significa qualcosa, o rappresenta un ostacolo, in ogni caso dovrebbe esserlo per lei, non per te.

In precedenza, solo un'altra volta i dubbi l'avevano paralizzato in modo simile: quando Damián gli aveva ordinato di eliminare un politico di secondo piano. In teoria è andato in pensione già da una decina d'anni, gli aveva detto Damián. Non occupa nessun posto, nessuno lo interpella, la gente se l'è dimenticato. Vive in una casetta a Tepoztlán, senza personale di servizio, senza guardie del corpo, sua moglie a volte è con lui, ma la maggior parte del tempo si trova nella capitale. Ramiro era poi venuto a sapere che, dall'anonimato e senza mai uscire dal suo buco, il vecchio manovrava ancora un mucchio di fili. A lui si dovevano molte morti, politiche o meno. Secondo quanto si diceva, non si era mai fatto scrupoli quando si trattava di togliere di mezzo i suoi oppositori. Ma purtroppo adesso era lui a dar fastidio. Dopo essersi accordati sulla data, Damián gli aveva assicurato che il lavoro non presentava difficoltà. Sorprendilo di notte, quando se ne sono andati tutti i galoppini e i leccapiedi. E se per caso ci fosse anche la moglie, non farti problemi e togli di mezzo anche lei. Qualche dubbio? No, Damián, nessun dubbio. Sarà fatto come dici tu. Se in fondo è facile ammazzare qualsiasi cristiano, tanto più un vecchietto che non si può più nemmeno muovere.

Questo era quello che credeva. Non avrebbe mai immaginato che trovandoselo davanti gli sarebbero tremate le gambe. La moglie quel giorno era in città e Ramiro forzò la serratura della porta che dava sul cortile posteriore. Procedeva senza troppe precauzioni, sicuro che il vecchio, mezzo sordo, non poteva sentire i suoi passi. L'avrebbe trovato a letto e gli avrebbe inflitto la morte nel sonno. Un semplice lavoro di routine: entrare, sparare, uscire. Ma non era andata così. Appena Ramiro aveva localizzato il corridoio che portava alla camera da letto, la luce accesa e dei rumori precipitosi lo avvisarono che le cose non stavano andando per il verso giusto. Varcando la soglia si trovò di fronte l'anziano in pigiama, già in piedi, che frugava tra i vestiti con le mani infilate dentro un cassetto. Poi udì uno schiocco metallico. Non muoverti, vecchio bastardo. Stai fermo lì sennò ti faccio fuori subito. Il politico lo guardò dritto in faccia, con gli occhi fuori dalle orbite dal terrore, pieni di lacrime. Cercava di dire qualcosa, ma la sua bocca senza denti si muoveva senza emettere suono, lasciando scorrere densi fili di bava. Il corpo curvo, artritico, scosso da una trepidazione senza fine, sembrava sul punto di spezzarsi. Doveva avere più di ottant'anni. Quando cominciò a gemere, Ramiro aveva ormai perso la disinvoltura con cui era entrato in casa, e tutto il piacere con cui di regola portava a termine gli incarichi di Damián. Si chiese se sarebbe stato capace di uccidere un essere così indifeso. Il tremito dell'anziano aveva contagiato anche le sue gambe. Maledisse Damián per l'ordine ricevuto, imprecò contro se stesso per il mestiere che faceva e contro il vecchio per il ruolo di vittima che incarnava. Senza smettere di puntargli contro il revolver, lo studiò per qualche secondo. La decrepitezza dell'altro lo disgustava, e al tempo stesso gli suscitava compassione. Doveva essere un vero supplizio essere vivo a quell'età. La paura della morte deve essere atroce, se uno si aggrappa con tanta cocciutaggine alla poca vita che gli resta. Ramiro vide in quel relitto umano il suo stesso futuro, e di colpo lo assalì la rabbia. Fece scattare il fermo del revolver. L'altro mormorò con voce stridula una preghiera. Poi implorò pietà e Ramiro abbassò l'arma indeciso. Allora il vecchio, con un'agilità insospettabile, tirò su una pistola e sparò. Lo strepito fu assordante e continuò a echeggiare per qualche attimo. Per via della sorpresa, Ramiro tardò a comprendere di non essere ferito, ma prima di poter reagire sentì un altro sparo e un altro ancora. L'ottuagenario, con il corpo eretto e la mano ferma, socchiudeva un occhio per affinare la mira. Si erano scambiati i ruoli. Il quarto colpo bruciò la carne di Ramiro vicino alla spalla e gli fece a mollare il revolver. La morte gli strizzava l'occhio da dietro le spalle del politico, e seppe che in un attimo gli sarebbe saltata addosso. Guardò il vecchio, le cui labbra si piegavano in un sorriso, e preso da una vertigine se lo immaginò con il cappello in testa e gli stivali da cowboy, con l'enorme indice diventato adesso la canna della pistola. Ti ho visto, si sentì riecheggiare in testa. Sarebbe morto di certo, se non fosse che al suo aggressore si inceppò l'arma e non poté sparare la quinta pallottola. Premette sul grilletto una volta e un'altra ancora, e più il clic si ripeteva a vuoto più ricominciava a tremare in tutto il corpo, con il terrore negli occhi e la bocca che si apriva di nuovo in un tentativo di supplica. Con le sue deboli forze scagliò la pistola contro Ramiro che la schivò con facilità, abbassandosi e approfittando del movimento per raccogliere da terra il revolver. Ma non sparò subito. Voleva restituire al vecchio gli attimi di angoscia che quello gli aveva inflitto, fargli sapere che le cose rientravano sui giusti binari, e che sarebbe stato Ramiro a uccidere lui. Mai aveva provato tanto odio per una delle sue vittime. Puntò l'arma e fece qualche passo avanti, vedendo la mascella dell'altro disarticolarsi mentre univa le palme delle mani sul petto. Adesso le pagherai tutte, bastardo. No, non mi ammazzi. Per quel che ha più caro al mondo, per l'amore di sua madre. Di sicuro anche i tuoi nemici dicevano così a quelli che avevi mandato ad ammazzarli, no? Ramiro appoggiò la canna tra le rughe della fronte del vecchio, che cominciò a emettere un pianto sommesso, acuto. Sparò. Il corpo dell'anziano balzò all'indietro, schizzando di sangue una parete vicina, poi cadde a terra con le membra ritorte, come se gli si fossero disarticolate. La cosa migliore che potrebbe succedermi è morire giovane, e non arrivare mai a questo punto. Sparò ancora una volta sopra il cadavere e continuò a farlo finché non ebbe esaurito tutta la carica del revolver, come se dopo il vecchio volesse uccidere anche i propri fantasmi, e il futuro che gli si presentava colmo di orrori, e quel passato che di quando in quando tornava a turbargli il sonno. Quella era stata la prima volta che non aveva provato piacere a togliere la vita a un uomo.

Stavolta mi hai davvero sorpreso, gli disse Damián due giorni dopo, con il giornale in mano. Bastava ucciderlo, non occorreva ridurlo a un colabrodo. Sì, certo. Anche se per poco non era lui a farmi la pelle. Erano al Nivel, un'osteria a due passi dalla cattedrale che brulicava di bevitori pomeridiani. Damián tirò fuori di tasca una busta bianca. Sono in contanti, stai attento ai ladri, qui in giro ce n'è parecchi. Ramiro la prese, la soppesò e soddisfatto se la infilò sotto la cintura. Poi la compri la casa di Fedro? Sì, sono già stato a fare un giro da quelle parti. Il posto mi è piaciuto, anche il quartiere. Siamo rimasti d'accordo di trovarci lì domani. Con questi soldi completo la cifra. Damián lo guardò un po' divertito, poi si mosse sulla sedia con impazienza, ansioso di congedarsi. Ma prima di alzarsi in piedi, lo fissò negli occhi. Dimmi una cosa: perché l'hai ammazzato con tanto accanimento? Ramiro ci pensò per un attimo. Non lo so. Non sono sicuro. Forse è perché non mi piacciono i vecchi.

È vero. Non gli piacciono. Gli ricordano come sarà lui un giorno. Gli fanno capire che la solitudine, l'inabilità e l'isolamento potrebbero essere la sua condanna futura. E a differenza di quando era a Monterrey, dal momento in cui è venuto a vivere a Città del Messico se li trova davanti dappertutto. Sulla metro, per la strada, buttati sulle panchine dei parchi e delle piazze, all'ingresso dei palazzi. Sono ovunque, con le mani tremanti, il passo stanco, la schiena ritorta come una gruccia e in faccia quell'espressione di perpetuo terrore, di vulnerabilità, che i continui mutamenti della città suscitano in loro. Sì, l'età li piega, li vince, li isola completamente. E non è lo stesso desiderare di stare da soli che esserlo per forza. Ramiro ripensa a queste cose mentre ascolta l'apparente silenzio dell'albergo e al tempo stesso avverte i confusi rumori della notte che filtrano dalla finestra. Sprofondato nel torpore della stanchezza, mentre la sigaretta abbandonata si consuma nel cimitero di cicche del posacenere, si confessa che vorrebbe trovarsi ora nella vera quiete, quella autentica, della sua casa di Cocoyoc.

Per lo meno è servito a qualcosa far fuori quel relitto. Ne è valsa la pena. E poi ormai stava rubando l'ossigeno agli altri. Io invece così mi sono messo su la mia casetta. Appena l'aveva vista, aveva capito subito che era fatta proprio per lui. Discreta, bianca, con il tetto di tegole rosse: né troppo grande né troppo piccola, con un giardinetto davanti e un altro più spazioso sul retro, con la piscina. Era la casa che Ramiro avrebbe costruito per sé, né più né meno. Il dottor Guillén, con il solito sorriso stampato in faccia, gli aprì la porta metallica, che a Ramiro parve il portale di un tempio, l'ideale per lasciar fuori il mondo e i suoi problemi. Entrarono in casa. C'erano un salottino e un tinello non molto grandi, la cucina, tre camere, i bagni. Le stanze erano arredate con mobili rustici, oggetti ornamentali e quadri raffiguranti paesaggi, animali, divinità africane e preispaniche. In giro c'erano libri, dischi, giocattoli e altri oggetti personali del dottore e della sua famiglia. Senza dire nulla, Ramiro passò da una stanza all'altra, apprezzando i fasci di luce e gli odori di erba e di terra che filtravano dalle finestre. Poi, tornato in sala da pranzo, si sedette al tavolo di legno grezzo e restò a contemplare il giardino, mentre il proprietario si attardava a far qualcosa in una delle camere. Uno scoiattolo spuntò allora dal terreno incolto che costeggiava la casa e avanzò a piccoli salti verso la piscina, inclinandosi verso l'acqua per bere. Quello spettacolo gli trasfuse nel corpo una sensazione di placidità mai provata prima, e quando il dottor Guillén si sedette accanto a lui, Ramiro tirò fuori dalla sua valigetta un mazzo di banconote. Le mise sopra il tavolo. Ci sono tutti, dottore. Li conti, se vuole. Non c'è bisogno, basta che mi dici quando pensi di trasferirti qui. Ramiro si voltò di nuovo a vedere il giardino, la piscina, poi lasciò vagare lo sguardo sui muri. La sua emozione era intensa, impaziente. Sorrise al dottore. Oggi stesso. In realtà non rientro con lei in città, rimango qui. Ma… io ho bisogno di qualche giorno per portarmi via i mobili e le altre cose che ci sono in casa. Non porti via nulla, dottore. Le compro tutto. Voglio la casa così com'è, con questi quadri, i libri, il vasellame e gli elettrodomestici. Si porti via solo i vestiti. Per tutto il resto stabilisca un prezzo.

Aveva ben chiaro che non si stava comprando solo un terreno e un fabbricato, ma un'intera vita. Una vita estranea, certo, ma sempre meglio del proprio vuoto. Dopo averci pensato su per un lungo momento, ed essersi ritirato in una stanza per discuterne al cellulare con la moglie, il dottore disse una cifra molto alta. Ramiro estrasse dalla valigetta un altro mazzo di soldi, lì contò, mise da parte qualche banconota e consegnò il resto al proprietario. Certo che sei venuto preparato! Sì, l'affare mi ha interessato fin da quando ho visto il paese. E ora la casa è mia. Prese in mano le chiavi e la cartellina con tutti i documenti. Il dottore voleva fare qualche battuta, ma Ramiro si sentiva così felice che non gli prestò attenzione. Come se fosse stato sempre lui l'anfitrione, accompagnò il dottor Guillén nelle camere, lo guardò impacchettare i vestiti e lo aiutò a sistemare le borse nel portabagagli. Poi l'auto imboccò la strada per uscire dal paese e Ramiro rientrò in casa. Chiuse la porta. Respirò a pieni polmoni quell'odore nuovo, suo, che l'avrebbe accompagnato da allora in avanti. Poi si mise a esaminare i libri e i cd, ne infilò uno nello stereo e quando iniziò la musica andò in cucina e tirò fuori piatti, pentole e posate dalla credenza. Quindi svuotò il frigo e si mise a preparare il pranzo con cui avrebbe celebrato l'avvenimento.

Mezzo addormentato, Ramiro sente la pelle delle guance tendersi in un sorriso. Si gira nel letto e accomoda la testa sul cuscino. Perché mai andare in giro quando uno è padrone di una casa come quella? Non è proprio il caso. Fuori ci sono solo scocciature. Sta cominciando a delirare, se ne rende conto in uno degli ultimi sprazzi di coscienza, ma non gli importa. Proverà ad addormentarsi pensando alla sua casetta in campagna... I giorni successivi all'acquisto, Ramiro li aveva trascorsi in lunghe passeggiate nei dintorni, cercando di orientarsi, di imparare a memoria le strade del paese, ogni angolo del quartiere, le abitudini dei vicini. Arrivava in fondo a quelle camminate esausto e contento di ritirarsi tra le pareti di quelle stanze ammobiliate e arredate da qualcun altro. La proprietà appena acquisita gli conferiva una falsa personalità che non aveva niente a che vedere con lui. Ma era solo questione di abituarsi, di adattarsi alla novità. Lo sapeva. Non potendo contare su un'esistenza propria, niente gli impediva di installarsi nella casa o nella pelle di chiunque altro. I travestimenti erano fatti per lui.

Continua a pensare a Cocoyoc finché senza rendersene conto la sua mente inizia a mescolare idee e ricordi. Vede l'amabile volto di Maricruz Escobedo venirgli incontro sospinto da una brezza angosciante. Il sorriso autoritario di Damián. Il sole nero che getta una pioggia di lava sulle strade di Monterrey. Un gruppo di vagabondi seduti intorno a lui, che gli raccontano delle storie tentando di accattivarsi la sua simpatia. Bambini che lo insultano gridando, accusandolo di un crimine che non ha commesso. Poi di colpo le immagini, le voci, le sensazioni e i movimenti scompaiono e Ramiro sprofonda in un letargo angoscioso, opprimente, come se fosse caduto in un pozzo di acque stagnanti.

Sei

Aveva perso la nozione del tempo fin dalla notte in cui, ubriaco di alcol e cemento, tormentato dal ricordo ancora fresco di Victoria, incalzato dal lampeggiante di una pattuglia che lo perseguitava col suo bagliore intermittente, aveva cercato rifugio in un vicolo. Era avanzato correndo nell'oscurità, senza badare a dove metteva i piedi, ed era inciampato in qualcosa che assomigliava a un sacco della spazzatura. Era caduto, battendo la testa per terra. Sicuro che la pattuglia lo stesse seguendo, aveva cercato di tirarsi su, ma il sangue che gli sgorgava dalla fronte gli aveva velato la vista con una nebbia rossa. Si era portato la mano alla ferita e aveva toccato il liquido tiepido. Non sentiva dolore, solo un senso di sorpresa per quella nuova bocca che gli si apriva in un macabro sorriso sotto l'attaccatura dei capelli, sbavando una saliva pastosa di un rosso vivo. Aveva tentato di nuovo di alzarsi sulle sue gambe ed era stato allora che aveva visto i corpi: sparsi sul terreno, alcuni inerti, altri che sembravano contorcersi, gemendo e mormorando preghiere incomprensibili in mezzo ad atroci sofferenze. Il buio, la vista annebbiata e gli stracci che avvolgevano i corpi non gli consentivano di scorgerne i volti, ma l'odore di putrefazione e il rantolo dei loro respiri gli avevano fatto comprendere che quello era un luogo di espiazione, di castigo: un posto riservato ai demoni e alle anime che hanno ormai abbandonato il mondo degli uomini.

Allora, invece di rimettersi in piedi, si era disteso, sistemandosi tra due corpi, aspirando i loro umori tiepidi, invocando un sonno che facesse finalmente svanire i volti della moglie e dei figli, che gli si paravano davanti a ogni passo. Aveva passato giorni e giorni a bere senza mangiare niente, aveva vagato per le strade inseguendo la smemoratezza, ma ogni volta che era sul punto di afferrarla, gli spettri familiari lo assalivano di nuovo per ricacciarlo nel rimorso. Forse in quel vicolo la compagnia dei suoi simili poteva dargli conforto. Si era addormentato, e a partire da quel momento il tempo sarebbe trascorso per lui come fosse un solo giorno e una sola notte, lunghissimi e identici, con il loro monotono carico di fame, caldo, stanchezza e abulia.

Adesso, seduto tra una fila di baracche e un'immensa discarica, vedeva attraverso il riverbero della luce il viavai dei raccoglitori di rifiuti, che frugavano tra la spazzatura con i loro sacchi sulle spalle. Era primo pomeriggio. Alto nel cielo, il sole dispiegava tutta la sua potenza arroventando l'immondizia, fondendola fino a trasformarla in un lago le cui onde brunite si agitavano senza tregua. L'odore dei rifiuti si acuiva nell'aria, aggredendo i nervi con esalazioni pungenti. Lui inclinò la testa per guardare oltre i raccoglitori e il prurito cominciò a prenderlo alla nuca, provocandogli un fastidioso brulichio sulla pelle che lo spinse a grattarsi con foga, fino a impregnare le unghie di un siero vischioso. Il bruciore, ravvivato dallo sfregamento, finì per scuoterlo dalla sonnolenza e ci mise qualche istante a capire dove si trovava. All'inferno. Dove altro poteva essere? Si tastò la faccia e non la riconobbe per via della barba, cresciuta liberamente come un cespuglio rinsecchito. Gettò un'occhiata ai suoi vestiti macchiati di unto e patacche nere, alle scarpe da tennis dalla cui suola spuntavano le dita dei piedi. E non riuscì a trovare niente di familiare neppure in quelle mani coperte di lividi e bolle. Sospirò con rassegnazione. Non poteva riconoscersi, anche se qualcosa dentro di lui gli assicurava che i frammenti dei ricordi sarebbero poco a poco risorti.

Aguzzò lo sguardo per mettere a fuoco le sagome indistinte che si aggiravano sopra la montagna di spazzatura. Vedendo in loro lo stesso colore nerastro degli stracci che aveva addosso, lo stesso groviglio peloso sul volto, lo sguardo vagante in uno spazio senza memoria, l'inerzia dei movimenti, tutto ciò che era ormai divenuto la realtà della sua vita, seppe che quelli erano i suoi simili.

Uno dei raccoglitori gli sorrise, e anche lui sentì i muscoli facciali distendersi in una smorfia che gli scopriva i denti. Il prurito riprese a ribollirgli sulla nuca, ma stavolta riuscì a trattenere l'impulso delle mani. Non doveva grattarsi. Aveva solo bisogno di un po' di alcol o di acquavite, per attenuare il bruciore. Aveva fatto così negli ultimi giorni. Oppure qualcuno l'aveva curato? Ricordava tra le nebbie della mente una tenerezza brutale, aspre carezze sopra la pelle escoriata, la carne viva messa allo scoperto, tra calde risate e sguardi di conforto. Una donna di certo. Una donna che non c'era più, che se n'era andata sul cassone di un camion che l'avrebbe portata lontano, fuori dalla città, o forse ancora più in là, fino a un'altra città, a Laredo. Sì, a Laredo.

Anche lui voleva andarsene. Si sentiva ancora dentro, nel petto, quell'impulso di fuga sospeso, inconcluso. Doveva essere stata quella la sua intenzione quando era ancora nelle condizioni di decidere il suo destino, mentre girava per le strade in cerca di un anfratto in cui nascondersi dalle pattuglie di polizia e dai militari. Aveva vagato per terreni abbandonati, tra edifici in rovina, lungo letti di torrenti non ancora cancellati dall'urbanizzazione. Perfino nei cimiteri. Aveva convissuto per una settimana con tre cadaveri rinsecchiti dentro una cripta ed era rimasto rinchiuso lì finché i cani da guardia, fiutando la sua carne fresca, non si erano appostati notte dopo notte accanto alla porta, latrando come indemoniati a ogni minimo rumore. Per fortuna il guardiano non era mai venuto a vedere, forse era sordo. Ripensandoci, si rallegrò di avere ancora qualche barlume di memoria.

Poi una sera, all'imbrunire, quando non avevano ancora sciolto i cani, aveva approfittato per uscire dalla cripta e dal cimitero, dissimulando la sua presenza tra gli ultimi dolenti di un funerale. Dal casottino dell'ingresso, il becchino l'aveva guardato con un'espressione di stupore e sospetto, come se avesse scorto un ladro di tombe. Poi aveva ripreso il suo vagabondaggio per la città, con due sole ossessioni nella testa: sfuggire alla polizia e passare la frontiera. Fece uno sforzo per chiarirsene la ragione: aveva raccolto un giornale strappato che il vento trascinava in un parco, datato diverse settimane prima. Era il suo giornale, sì. Un articolo firmato da qualcuno che lui conosceva parlava dello scandalo che stava tenendo la città in uno stato di paranoia, a causa del brutale crimine in cui erano rimasti uccisi tre giovani. Nel testo veniva anche data una vaga descrizione dell'assassino. A partire da quel momento, vedeva ovunque sguardi inquisitori, gente pronta ad accusarlo in agguato dietro a ogni angolo, agenti che lo squadravano da capo a piedi, passando in rassegna la statura, il colore dei capelli, la corporatura, scrutando i suoi vestiti in cerca di tracce di sangue, con il sospetto sempre stampato in viso e l'olfatto di segugi all'erta, che morivano dalla voglia di acchiapparlo alla minima distrazione. Era meglio sparire. Prendere la strada del Nord. Andare a Nuevo Laredo e, una volta arrivato laggiù, saltare di là del fiume e chi s'è visto s'è visto. Se l'era ripetuto decine di volte, eppure era ancora lì, in una discarica sperduta in un angolo di Monterrey.

Si avviò con passo pesante verso i raccoglitori. Il calore si rifiutava di aprirgli un varco attraverso cui far passare il corpo, facendolo avanzare con difficoltà. Nella discarica, i gas liberati dai rifiuti parevano in ebollizione e gli uomini fluttuavano dietro una pellicola vibrante. Si fermò. Non sapeva perché si era mosso. Chiuse gli occhi. Come ci sono arrivato qui? Grondava sudore in ogni parte del corpo, sul collo, sotto le ascelle, tra le natiche. Victoria. Erano settimane che non si ricordava di lei, e questa volta poté scacciare subito la sua immagine. La testa gli ardeva, crepitava sotto il sole come se centinaia di insetti stessero scorrazzando tra i suoi capelli. Nuevo Laredo. Doveva andarsene di lì. Origine e destino, le immagini si succedettero nella sua mente vertiginose, fugaci, senza dargli tempo di identificarle con chiarezza, di dar loro un nome, anche se poteva riconoscerne frammenti isolati: un cappello texano, due bambini che alzavano le braccia, tre ombre in movimento, una bocca sdentata, il lampeggiante con le luci rosse e blu, i cani, il fiume, un uomo nudo, una donna invitante, ancora ombre, sangue, fiotti di sangue, il sole che cuoce il suo cervello a fuoco lento. Basta. Smettetela per pietà. Aveva la bocca secca.

«Che fai, Chato? Ne vuoi un sorso?»

Aprì gli occhi e la luce gli ferì le pupille. Stava quasi per cadere a terra, ma facendo un passo indietro riuscì a mantenere l'equilibrio. Quella voce gli suonava cara, il suo tono caldo gli portava da lontano qualcosa di familiare. Ma per quanto spalancasse gli occhi guardandosi intorno non vedeva altro che quella luce accecante che lo isolava nel vuoto. Abbassò lo sguardo a terra, fissandosi i piedi. La sua ombra si allungava sul terreno, vibrante, e di colpo si trasformò nell'immagine di un uomo nudo che si contorceva al suolo sollevando per aria le natiche semiaperte. Era scosso dalle risate e si premeva con forza la nuca, da cui scorreva un fiotto di sangue. Vattene. Strinse le palpebre per cancellare quella visione e le mantenne così per un minuto o due, finché le risate non svanirono. Poi non capiva più perché era circondato da tanto silenzio. Dov'era finita la discarica piena di raccoglitori? E le risate della donna? Perché c'erano delle donne: le aveva sentite. Un formicolante desiderio d'altra carne gli salì su per le cosce. Poi una sensazione di freddo. E infine la voglia di scappar via correndo.

«Ehi, Chato, ascoltami!»

«Lascialo perdere» intervenne una voce femminile, «che quello è già andato.»

Sì, c'erano delle donne. Femmine allegre, forti, protettrici. I loro corpi tiepidi erano lì pronti ad accoglierlo, per riempirlo di carezze, di baci e strofinii che avrebbero accresciuto il solletico che gli percorreva l'inguine e gli induriva i testicoli. A quel punto, degli occhi sereni acquisirono consistenza nel suo ricordo: due occhi grandi, spalancati, con le ciglia rade e senza sopracciglia. Victoria. Le tre sillabe danzarono nella sua testa e volle evocarne la voce, ma era un'immagine senza suono. Victoria era come congelata in una figura che sbiadiva sempre di più in un angolo del suo passato. Al suo posto c'era un'altra donna a cui non uscivano parole di bocca e che perciò, con un bastoncino, scriveva Laredo sul terreno macchiato di sangue. Di chi era quel sangue? Sentendo dei passi, aprì gli occhi.

«Non vuoi sciacquarti la bocca, amico?»

Una sagoma scura si stagliò contro lo sfondo di luce e poco a poco andò acquistando volto, tratti e un'espressione amichevole. Era l'uomo che un'eternità prima lo aveva salutato da sopra il monte di spazzatura. Gli sorrideva con i denti sconnessi, offrendogli una bottiglia trasparente. Stava parlando con lui. Era lui il tale Chato, non importava se in altri tempi aveva avuto un nome diverso. La bottiglia risplendeva come se concentrasse dentro di sé tutta la luce del sole e lui allungò il braccio per afferrarla, ma invece di bere se la portò alla nuca. Versò un po' del contenuto sulle escoriazioni, scuotendosi tutto per il dolore.

«Ehi, fermo! Non sprecarlo!»

L'alcol gli ardeva sulla pelle, per poi perdere rapidamente intensità, svanendo in uno sfrigolio che in pochi secondi mise fine al prurito e al bruciore. Il Chato strinse i denti fino a farli stridere, poi lanciò un urlo animale e guardando l'altro con furia gli restituì la bottiglia.

«Tieniti pure la tua merda!»

Adesso l'aveva riconosciuto, nella repentina lucidità che il dolore gli aveva trasmesso. Era Efraín, uno degli abitanti della discarica, che negli ultimi giorni gli stava sempre appresso come un cane fedele. E riconobbe anche la donna, qualche passo dietro di lui: la chiamavano la Maga. Aveva un aspetto decrepito, con i capelli ritti e arruffati, lo sguardo acuto e il mento sporgente e pieno di macchie. Quei due passavano le giornate dietro al Chato, lo seguivano da tutte le parti come se l'avessero eletto loro capo. Specialmente il tale Efraín, che lo accudiva con servile sottomissione, attento a soddisfare ogni suo desiderio o necessità. Gli procurava il cibo, riservandogli i migliori bocconi, se dormiva vigilava sul suo riposo e quando si svegliava era lì pronto a offrirgli un sorso di *mezcal* o quello che era riuscito a racimolare, sempre ai suoi ordini. Lei si teneva un po' più a distanza, eppure il Chato ricordava le sue premure, il tepore del suo corpo vicino, il suo sguardo gentile e il suo silenzio. No, quella non era la Maga, era la Muta. Dov'era la Muta, adesso? Dovevano andarsene insieme. Sì, lei lo avrebbe portato via dalla città, dal Paese, di là dal confine. Ma non la vedeva lì in giro. E di chi era quel sangue sparso per terra? Smise di tormentare la sua memoria quando si accorse che Efraín non si era ripreso la bottiglia e ce l'aveva ancora in mano lui.

«Dai, amico, fatti un goccio. Vedrai come ti risolleva.»

«Se non vuole bere, fattela ridare» intervenne la Maga senza avvicinarsi. «Così ne resta di più per noi.»

Il Chato le puntò addosso uno sguardo tra l'indifferente e il curioso. Il suo tono era ostile, come se fosse stufa delle smancerie di Efraín. Sentendosi osservata, lei abbassò gli occhi. Il Chato cercò di capire, ripercorse le scene sfuggenti, sbiadite, che la mente gli metteva a disposizione, e non ne trovò una sola che gli venisse in soccorso. La Maga teneva gli occhi a terra e il Chato seppe che tra di loro era in corso qualcosa di incomunicabile, come una notizia soppressa dalla censura. Tuttavia intuì che, più che di ostilità, si trattava di paura. Quella donna lo temeva. Ma perché?

Senza staccare gli occhi da lei, si portò la bottiglia alle labbra e bevve un piccolo sorso. Ancora quel fuoco che ora gli corrodeva il petto, il ventre. Dentro di lui ci fu un'esplosione che riverberò nel cervello. Poté mettere insieme i frammenti di un'immagine, di una scena completa, disordinati, che si sovrapponevano in una profusione di riflessi e di luci. Schegge dei giorni passati che gli precipitavano addosso, gli mordevano il ventre e si rivoltavano nelle sue budella, mentre continuava a fissare il viso della Maga, angosciata per l'alcol che stava finendo. La memoria è nascosta nelle viscere, pensò di dire ad alta voce dopo aver bevuto un altro sorso, ma non aprì bocca perché una nuova ondata di ricordi lo stordì, portandogli stavolta odori agri, dolciastri, aromi teneri come la carne dei pezzenti che si cuoce al sole sotto i loro stracci. E dopo gli odori erano venute le sensazioni tattili, aspre, ma di una consistenza soda, carnosa, palpabile. Straccioni, raccoglitori di rifiuti, vagabondi, invalidi, qualche mendicante: esseri che sedevano in cerchio intorno a lui, di notte, alla luce di un falò. Dicevano di essere amici suoi, ma lui non li riconosceva. La Maga lo guardava ormai esasperata. Lui sorrise e si portò di nuovo la bottiglia alla bocca per provocarla, rapito al tempo stesso dallo spettacolo che si dipanava dentro la sua testa: musica, ritmi, accenti diversi, voci, frasi isolate, sussurri, stagnanti come acqua sporca attraverso lo scorrere dei giorni. Sentiva anche un frastuono crescente, fragoroso, e lo strepito di un motore. Era impossibile non sentirlo, era inutile tapparsi le orecchie. E alla fine il silenzio. Non i rumori vivi, ma quelli morti. Allora, in quell'improvvisa quiete interiore, i frammenti presero la forma di un unico ricordo che lo inondò di rabbia, di malinconia: la Muta se n'era andata via da sola. Si era arrampicata sul cassone di un camion della spazzatura, per farsi portare fuori dalla città. I vapori che gli salivano da dentro lo fecero tossire, finché gli occhi non gli si riempirono di lacrime. Bevve un altro sorso, stavolta più breve e si sciacquò le gengive. Lui l'aveva vista la notte prima che partisse, e aveva visto la tristezza e il dolore nel suo sguardo. Era tutto ciò che poteva ricordare.

«Ti ha fatto bene, vero?» Efraín sembrava contento. «Io lo sapevo, lo sapevo. Ora sì che sei di nuovo tu, caro il mio Chato.»

E gli dette una pacca sulla spalla. Poi lo prese a braccetto, dirigendosi verso l'ombra di un'enorme acacia. La Maga li seguiva, sempre parecchi metri più indietro. Il Chato si lasciò guidare senza opporre resistenza. Lo sprazzo di lucidità che gli aveva dato l'acquavite aveva ceduto il passo a una placidità brumosa che lo faceva muovere come un automa. Rimase immerso nei suoi pensieri, in una sorta di irrealtà. Perché quella tristezza negli occhi della Muta nel salutarlo? E il sangue? La macchina della sua memoria procedeva a sbalzi, cigolava, a tratti si inceppava.

«Guarda, Chato, che cosa ho qui» Efraín frugava nella sua sacca. «L'ho tenuto da parte per te, per farti vedere che ti sono grato.»

Era un panino, con le fette di pane duro e il prosciutto rinsecchito, come se fosse rimasto sulla piastra per troppo tempo. Una volta che l'ebbe tra le mani, il Chato provò una sensazione dimenticata, un misto di ripugnanza, tristezza e autocommiserazione. Volle restituirlo a Efraín.

«No, amico, è per te. E non pensare che l'abbia raccolto tra i rifiuti. L'abbiamo comprato con i soldi che ha raggranellato la Maga sulla strada. Anche se non mi credi, te l'ho messo da parte perché sapevo che poi ti avrebbe fatto piacere. È ancora buono, non puzza nemmeno, senti.»

Glielo mise sotto il naso. In effetti non aveva un cattivo odore. Aveva ancora un leggero aroma di carne e grasso che gli stimolò la salivazione. Quanto tempo sarà stato in quella sacca? Una settimana? Di più? Lo addentò, e nel farlo i suoi denti intorpiditi si destarono dall'ozio con un certo fastidio. Il pane secco recuperò un po' di morbidezza e sapore al contatto con la saliva, e il prosciutto, che pareva un pezzo di cuoio, si lasciò triturare dai molari, sprigionando un sugo che gli suscitava reminescenze di epoche migliori. Man mano che mangiava, il suo corpo liberava sostanze che lo predisponevano al piacere. Un fremito, un leggero solletico, brevi scariche elettriche intermittenti sotto la pelle. La mente persa nel vuoto evocava momenti gradevoli. Si mise a ridere, allegro, come un bambino che si compiace dei suoi giochi solitari, volgendo lo sguardo al paesaggio intorno a sé.

La discarica era lì, con le sue eterne curve e il suo immane orrore del vuoto, spandendosi ogni giorno di più lungo i lati, se si potevano chiamare lati quelle propaggini amorfe che ricadevano dall'interno verso i bordi, mangiandosi poco a poco ma incessantemente lo scarso terreno che restava libero, gli angusti corridoi, gli spiazzi in cui era ancora possibile stendersi a terra a riposare. Come un tumultuoso pantano di colori squillanti, brontolii sotterranei e odori, infiniti odori che stordivano la percezione al punto da annullarla, una profusione di effluvi, aromi, esalazioni e pestilenze di ogni tipo, la discarica si alzava in centinaia di onde, creste, picchi, per poi declinare in depressioni, avvallamenti, gole e brecce, sempre stracarica, premendo in uno sforzo vano contro la recinzione di blocchi di cemento, che la separava dai mercati generali come una frontiera invalicabile: una muraglia tra il regno dell'abbondanza e il deposito degli scarti. E sopra a questo cumulo di miasmi, in mezzo a questa foresta nana e schifosa, in cui la maggior parte del tempo i pericoli restavano occulti ma sempre pronti a venir fuori alla minima distrazione, si aggiravano i raccoglitori di rifiuti, come avventurieri in febbrile esplorazione, procedendo a passi cauti, con gli occhi attenti al luccichio, al colore diverso, gli orecchi allerta per scappar via in caso di minaccia, il naso pronto a fiutare il commestibile, rimuovendo il suolo con un'asta di ferro o un bastone, facendo crollare i mucchi più piccoli, cercando il miracolo del cartone asciutto, l'alluminio di alto valore, ferri vecchi non troppo ossidati, vestiti ancora utilizzabili, frutta non del tutto putrida, barattoli scaduti ancora chiusi, e qualunque cosa potesse essere facilmente recuperata o venduta.

A pochi metri di distanza, c'erano le baracche fatte di tavole di legno tarlato, giornali, pezzi di compensato e lamiera, costruite forse dagli scaricatori del mercato per tenersi l'amante o i figli a portata di mano, prima che la spazzatura occupasse tutto lo spazio disponibile. O forse erano state tirate su dopo, dai primi raccoglitori che erano venuti a installarsi nei pressi della loro fonte di lavoro e di cibo, quando ancora i topi, le serpi, le tarantole, i millepiedi e altri insetti velenosi non si erano impadroniti di ogni angolo a disposizione. Ora restavano per la maggior parte del tempo deserte, dato che durante il giorno la temperatura e la puzza che c'erano dentro erano insopportabili, e di notte si riempivano di scorrerie, stridii, graffiare di unghie e del terrificante rosicchiare di piccoli denti sulle tavole putride. Le porte delle baracche si aprivano in un nero sbadiglio, invitando a un al di là pieno di incertezza che uomini e donne preferivano evitare. Le attraversavano solo quelli che, in preda all'urgenza sessuale, non potevano aspettare che calasse la notte per accoppiarsi ed entravano in una catapecchia per fornicare lì in piedi e poi tornarsene fuori in fretta, oppure ci finivano dentro gli ubriachi, che però di solito scappavano via urlando dopo pochi minuti, con il panico stampato negli occhi.

«Vero che ti ha fatto bene? Ti è anche tornato il colore.»

Il Chato assentì, sonnolento, senza interrompere la contemplazione del paesaggio né il filo delle sue idee. Perché quest'uomo si preoccupava tanto per lui? Perché tutti lo guardavano sempre con rispetto, con curiosità? Forse perché lui era diverso? Perché presentivano che il suo passaggio tra di loro sarebbe stato fugace, come era accaduto per quella coppia di amanti? Qualcuno gli aveva raccontato quella storia, che aveva lasciato un vivido ricordo tra gli abitanti della discarica. Forse era stata la Muta, per mezzo di gesti ed espressioni del viso, aiutandosi con il bagliore cangiante delle sue pupille. O Efraín. Oppure la Maga, che ricordava molto più loquace di adesso. O forse gliela avevano riferita tutti insieme, seduti in cerchio in una notte tranquilla, propizia per le storie e le leggende, mentre la bottiglia di acquavite passava di mano in mano.

Sì, era stata una sera che erano tutti insieme, e ciascuno aggiungeva un frammento, un dettaglio, qualcosa che aveva visto coi propri occhi e sentito coi propri orecchi: erano un uomo e una donna, gli avevano detto, ma non erano raccoglitori, erano dei vagabondi, di quelli che vanno in giro sempre ubriachi e sballati, no?, degli accattoni insomma, nessuno li ha sentiti arrivare, o ha mai saputo da dove erano usciti fuori, noi era già da un bel pezzo che eravamo andati, no?, io invece li ho sentiti, aveva detto una voce, ma nessuno ci aveva badato, e quando sono arrivati erano già insieme, aveva continuato quello che chiamavano il Profe, sono sorti dal buio, senza che nessuno li notasse, come anime in pena in cerca di ristoro, come apparizioni, proprio come te, maledetto Chato!, ehi, lo aveva interrotto un altro, non dirgli maledetto!, lui non è mica come te, idiota!, perché tu sì, maledetto Efraín?, dai, smettetela, lasciate raccontare il Profe, vai avanti Profe, insomma quella notte sono arrivati senza far rumore, si sono buttati per terra e si sono subito addormentati, ma poi all'alba, aveva continuato un'altra voce, la femmina ci ha svegliati tutti da quanto ansimava, no?, porca puttana!, sembrava che stesse affogando, accidenti a lei!, per poco non ci resta secca!, aveva proseguito Efraín, il fatto è che prima ha cominciato a squittire come un topo, piano piano, senza troppa voglia, ma poi si è messa a gridare come un'ossessa, svegliando anche chi era ancora nel mondo dei sogni, ehi, ma quelli lì stanno scopando?, mi ha chiesto quel deficiente del Moncho, che non lo vedi da te, stronzo?, guarda!, e sì, il tipo se la stava montando di brutto, quella, proprio qui in mezzo a noi, e non la smetteva di pompare, come un mulo carico, e di darci dentro, aveva detto un altro che soprannominavano il Calote, poverina, sembrava una cagnetta in calore, di quelle che non sanno far altro che star ferme e guaire e gemere e alzare su il culetto quando un cagnaccio gli salta addosso... poverina?, cagnetta?, aveva ribattuto la Maga in tono di burla, quanto sarai scemo, quella zoccola era al settimo cielo!, non ti ricordi come alzava su le gambe e poi si accasciava tutta per prenderlo meglio dentro, e un altro aveva continuato, sì cazzo, e ti ricordi come dimenava le chiappe, come se ce le avesse sulla gratella, e non sentiva neanche i sassi per terra, e il Chato si era voltato verso la Muta, che prima sorrideva, ma poi aveva abbassato lo sguardo imbarazzata e si guardava i piedi, e poi?, come poi? poi niente, aveva detto il Calote, hanno continuato a scopare come Dio comanda mentre noi stavamo tutti lì come dei guardoni, con la bava alla bocca, con il tipo che non mollava e noi lì a fissare le sue chiappe pelose andare su e giù, su e giù... ma come niente?, aveva ribattuto Efraín, i compagni qui piano piano hanno cominciato a strusciarsi, a mettersi le mani nei pantaloni, a impugnare la verga, e quel bastardo del Moncho era già lì che palpava una tetta alla mia signora, e dai, era la più vicina!, e poi tu neanche te la filavi, idiota come sei... e allora perché non vai a palpargliela a quella puttana di tua madre, culattone?, basta, piantatela!, gridò la Maga, così non si finisce mai di raccontare la storia al Chato, sì dai, andate avanti, no?, li aveva incitati il Chato, mentre sentiva il caldo tocco della Muta sulla sua coscia, vicino al membro, ma quando poi si era girato a guardarla lei teneva ancora gli occhi a terra, insomma, aveva cercato di riprendere il filo il Profe, quando quella troietta stava ormai perdendo la voce a forza di gridare, il tipo si stanca, come se avesse finito le batterie e gli si fosse ammosciato, così smette di pompare, e allora i compagni qui mettono su una faccia come a dire di volergli dare una mano, giusto?, ormai non ne potevano più dall'arrapamento, eh sì, aveva detto Efraín, e il primo è stato il Butterato che si è fatto avanti a palpare una gamba alla femmina, vero, Butterato?, ma lui non aveva risposto e in quel breve silenzio la Muta aveva sfiorato il membro del Chato, per poi ritirare subito la mano, lui non l'aveva guardata perché era intento a seguire la storia ora per bocca del Moncho, solo che il Calote lo stava anticipando, aveva addirittura già la verga di fuori, e bella tesa, eeeh!, non dirmi che ti era venuta voglia!, come sei stronzo, ho voglia di farmi tua sorella!, e allora?, chiese il Chato, ti hanno fatto spazio, Calote?, col cazzo, Chato, non mi hanno nemmeno cacato, io ero già lì che volevo darci dentro, solo che il tipo non le si è levato di dosso e quando lei mi ha visto lì ben armato e pronto a fare il cambio di guardia, si è messa ad accarezzargli la nuca al tipo, e a dirgli cose all'orecchio, a incitarlo insomma, e io non ho avuto altra scelta che farmi da parte… lo vedete?, era intervenuta la Maga, voi credete d'essere tanto cazzuti, tanto tosti, ma se non siamo noi donne a pensarci non vi si rizza nemmeno, idioti come siete… come no, maledetta Maga!, vieni qui e lo vedi, aveva detto il Moncho, è che ci voleva un cambio di pilota, aveva proseguito il Profe, per far ripartire la macchina, perché quando lui si è girato e si è sdraiato per terra ce l'aveva ancora ritto, no?, allora lei gli è montata in cima, il tipo le ha tirato via i vestiti a strattoni e hanno ricominciato di nuovo, e allora sì che non si sono fermati più fino a morire, e voi siete rimasti lì a godervi lo spettacolo?, hai detto giusto, Chato, a bocca aperta come rincoglioniti, aveva ribattuto la Maga, come se non avessero mai visto una scopata in vita loro... io non l'avevo mai vista, aveva confessato il Calote, e stavano lì a strusciarsi e strusciarsi il cazzo fino a che non sono venuti, e poi hanno continuato a strusciarselo per venire ancora, sembravano tutti impazziti, neanche i cani io li ho mai visti così arrapati, aveva concluso la Maga, a me mi sta venendo voglia di tirare il collo al gallo un'altra volta, aveva detto il Moncho ridendo, mentre si sfregava in mezzo alle gambe, e allora levati di torno, stronzo!, aveva gridato Efraín, che qui nessuno le vuole vedere le tue schifezze!, sei proprio sicuro nessuno?, aveva ribattuto ironico il Moncho, sorridendo alla Maga, e alla fine quei due che hanno fatto?, li aveva interrotti il Chato per evitare lo scontro, i tipi avevano con sé colla da sniffare e mezcal, aveva risposto il Calote, e quando hanno finito di scopare ce l'hanno offerto anche a noi, così a forza di alcol ci è passato l'arrapamento e siamo finiti belli gonfi, come adesso insomma, no?, e poi niente, sono diventati compagni nostri, e basta, sono rimasti nei paraggi per una settimana o giù di lì, Chato, ma io credo che non gli andava tanto giù questa cosa della spazzatura perché una mattina all'improvviso non c'erano più.

Quella notte, quando ebbero finito di raccontargli la storia, il Chato aveva cercato accanto a sé la mano della Muta. Si sentiva eccitato, intenerito. Le loro dita si erano intrecciate, mentre gli altri si allontanavano per dormire o si stendevano lì dov'erano e subito cominciava il concerto dei russatori. Aveva aspettato di essere sicuro che nessuno avrebbe potuto sentirli e poi aveva baciato il viso della sua compagna, senza ottenere risposta. Dormiva con un sonno così profondo che doveva essersi addormentata già da parecchio tempo. E ora che la Muta se n'era andata, il Chato era rimasto a contemplare i rifiuti tra cui lei passeggiava di solito, ammirandone i colori come se stesse attraversando un giardino.

Era stata lei la prima ad avvicinarsi a lui. La rivedeva ancora nelle nebbie di quella notte in cui era arrivato alla discarica. Sfinito, agitato, aveva aperto le palpebre più volte nel buio, per trovarsi davanti al viso quegli occhi curiosi, con le ciglia rade e senza sopracciglia, che vegliavano su di lui, proteggendo il suo riposo. Si era risvegliato dopo un giorno, assalito dal terrore nel sentire che qualcosa di freddo, ispido, peloso, annusava la ferita sulla sua fronte, e non aveva smesso di gridare finché la donna, armata di un bastone, non aveva alzato su per la coda il cadavere di un ratto con la testa maciullata, per dimostrargli che non aveva più nulla da temere.

Aveva provato per lei una gratitudine profonda, come un orfano che dopo molti anni trova protezione. Liberarsi da se stesso, affidare la sua volontà a questa donna che a gesti gli ordinava di girare il corpo per esaminarne le ferite, era un sollievo voluttuoso. Dopo averlo palpato da ogni parte, dopo aver strizzato la pelle per far venire fuori il pus e avergli recato sollievo con abili dita, la Muta aveva esaurito le sue riserve di acquavite per disinfettargli le ferite aperte. Poi si era seduta al suo fianco. Gli aveva sorriso complice e per diversi minuti, emozionata, aveva messo in scena una sofisticata chiacchiera fatta di gesti e moine che lui non aveva saputo decifrare. L'unica cosa che riusciva a capire era che per qualche ragione era risultato simpatico alla Muta. L'aveva poi vista frugare tra i suoi stracci e tirar fuori una banana nera, flaccida, che gli voleva offrire per fargli recuperare le forze. Lui l'aveva respinta con dolcezza, spiegandosi a gesti, e aveva infilato la mano nella tasca dei pantaloni, dove aveva ancora gli ultimi spiccioli. Glieli aveva dati. Magari con quelli avrebbe potuto comprare qualcosa di meglio da mettere sotto i denti. La Muta aveva colto le sue intenzioni. Era scomparsa attraverso un passaggio nascosto dietro le baracche ed era tornata dopo un po' con un sacchetto di carta macchiato di unto e una bottiglia. Quando ebbero finito di mangiare, erano già buoni amici.

Poco a poco, con il lento scorrere dei giorni e delle notti, il Chato si era via via familiarizzato con il linguaggio di cui si serviva la Muta per dispiegare davanti a lui narrazioni interminabili. Aveva perfino imparato certi segnali per poter rispondere in silenzio alle domande. Si era abituato alla compagnia di quella donna ed era venuto a conoscenza della sua storia. Lei stessa gliel'aveva raccontata con le mani, il corpo, le espressioni del viso e i mille modi che aveva di agitare quelle palpebre senza ciglia. Quando voleva comunicare qualcosa di difficile, si aiutava con una bacchetta e scriveva per terra parole smozzicate e frasi sconnesse. Certe volte piangeva. Altre volte, furibonda, si alzava in piedi e cominciava a scagliare pietre e bottiglie contro la recinzione del mercato. Due o tre volte aveva anche avuto degli attacchi di ilarità, durante i quali il fischio che le usciva dai polmoni, la bocca spalancata e gli occhi sul punto di schizzar fuori dalle orbite la facevano sembrare agonizzante.

Il Chato aveva capito, o creduto di capire con l'aiuto dell'immaginazione, che la vita della sua compagna era stata una costante caduta verso il basso. Aveva avuto un'infanzia di povertà, anche se normale, come dimostrava riferendosi al padre e alla madre con un sorriso nostalgico, stringendosi le braccia al petto. Non era nata muta, dato che aveva frequentato una scuola regolare, poi aveva lavorato durante l'adolescenza. Doveva aver svolto diversi lavori, il Chato era riuscito a identificare il ticchettio della macchina da scrivere, il viavai della scopa sul pavimento, la lavatura di stoviglie. Poi a un certo punto era apparso un uomo con due facce, di angelo e demonio, nei cui confronti gli occhi della Muta esprimevano passione, allegria, paura e odio. La volta che, a modo suo, glielo aveva raccontato, un rantolo sordo le vibrava nella gola. Gesticolava, sputava. Poi aveva preso ad agitare le braccia con violenza, gli occhi le si erano riempiti di lacrime e si era messa a correre lungo i margini della discarica. Aveva raccolto una sbarra e con quella si era messa a bastonare i sacchetti della spazzatura fino a sventrarli. Quando poi era tornata accanto al Chato, tentando di normalizzare la respirazione, nei suoi occhi fremeva un dolore antico. Non importava che cos'era successo in realtà. Lui la capiva. Glielo aveva fatto sapere con una carezza alla nuca. La Muta aveva proseguito il racconto. Quando aveva iniziato a fare la puttana aveva già perso la parola. Alcuni clienti si approfittavano di quel fatto per picchiarla, torturarla e soddisfare i loro perversi piaceri, e se lei cercava in qualche modo di accusarli, tutti la deridevano. Afflitta da un'incurabile sfiducia verso gli uomini, bisognosa di protezione, mutilata e inutile per qualsiasi cosa, un giorno aveva scelto la via della strada, aspettando la morte che Dio avesse voluto mandarle. Ma da quando era comparso il Chato, aveva sentito che la vita poteva ricominciare. Però non a Monterrey, no. In qualche altro posto più umano, più amabile. Andiamo via di qui, va bene? Sì, andiamocene, Muta. E invece lei adesso aveva deciso di partire da sola.

«Non ne hai altri, Efraín?» la voce della Maga era supplicante.

«No. Questo era l'ultimo. Per quello l'ho dato qui al compare.»

«E noi?»

«Dai, non rompere le palle! Vai a vedere quel che trovi sul monte. Stamattina hanno svuotato un camion intero.»

L'espressione di rancore che deformava il volto della donna svanì quando incontrò lo sguardo del Chato, che lei non riuscì a sostenere, girandosi per andare verso gli altri raccoglitori. Efraín cercò un posto per sedersi a fianco del Chato, gli offrì una cicca, se ne mise un'altra tra le labbra e si tastò il corpo finché non trovò una scatola di fiammiferi. Si misero a fumare. Si passarono anche la bottiglia, bevendo a piccoli sorsi. Quando ormai l'alcol era quasi finito, Efraín tutto a un tratto si mise a ridere. Prima piano, con un risolino acuto da anziano, poi scoppiò in grandi risate, agitando le gambe al colmo della felicità. Il Chato non ne aveva voglia, ma non poté fare a meno di contagiarsi, e a vedere la frenesia del compagno rise anche lui. Non sapeva a che cosa attribuire quell'ilarità, ma era sicuro che l'altro avrebbe cominciato a parlare non appena gli fosse passato l'attacco di risa.

«Non l'hanno ancora trovato» disse alla fine, col respiro affannoso. «È ancora lì bello tranquillo dove l'abbiamo lasciato, il bastardo.»

«Di che parli?» chiese il Chato, che stava ancora ridendo.

«Gli abbiamo trovato un ottimo posto. Non salterà mai fuori.»

«Non ti capisco» il Chato ormai sorrideva appena.

«Se lo devono essere già spolpato i topi. Sì, ormai ci saranno rimaste solo le ossa.»

«Le ossa di chi, si può sapere?»

«Ma del Moncho! O te lo sei già scordato?»

Il Chato volse lo sguardo verso il monte, la parte più alta della discarica, là dove era ormai impossibile che arrivassero i camion. Il grande ammasso di imballaggi, rottami, sacchetti di plastica, cartoni e frutta e verdura in putrefazione si alzava per parecchi metri verso il cielo, in mezzo a un incessante ronzio di insetti. Era una zona pericolosa, in cui i rifiuti non erano stati pestati e restavano mobili, formando cavità e tunnel dove i ratti scorrazzavano liberamente. La Maga diceva che lassù più di un raccoglitore si era rotto una caviglia o una gamba, per aver messo un piede in fallo: bisogna stare attenti quando ci si arrampica sul monte, se uno fa qualche scemenza è fottuto. Restò a osservare pensieroso la montagna dei rifiuti, poi piantò su Efraín uno sguardo freddo che prima era d'incomprensione, e che poi poco a poco divenne di rabbia.

Sì, se lo ricordava, anche se avrebbe preferito di no. Le immagini cercarono di nascondersi di nuovo in qualche meandro del cervello, ma invano: una parte di esse era emersa in superficie ed era ormai a portata di mano: un frammento sfocato, confuso, eppure identificabile: il Moncho: la morte del Moncho: il cadavere del Moncho: e perciò la fuga della Muta: per l'orrore che sentiva ad averlo accanto: per non voler stare in compagnia di un assassino capace di uccidere con una facilità che la inorridiva: senza furia, senza passione, con il sangue freddo di chi ha acquisito l'abitudine di infliggere agli altri la morte. Il Moncho… un tipo sempre arrapato, che passava il tempo a ronzare intorno alle donne. Soprattutto la Maga, non perdeva mai occasione di infastidirla. Il Chato ci aveva fatto caso per la prima volta il giorno che un gruppo di raccoglitori si era presentato lì in cerca di un posto dove lavorare. Li chiamavano gli zingari, perché andavano di discarica in discarica senza mai stabilirsi da nessuna parte. Restavano in una zona tre o quattro giorni e, quando non vedevano più prospettive, ripartivano il giorno dopo. Insieme al gruppo c'era una vecchia di ottant'anni, che era tutta pelle e ossa e non smetteva mai un attimo di grattarsi la testa. Essendo l'unica femmina del gruppo, il Moncho aveva iniziato subito a starle dietro. Ma se sembra sua nonna, aveva commentato il Chato al Calote. Non ha importanza, gli aveva risposto il Calote, per quel bastardo lì una femmina è sempre una femmina, non gliene frega niente se ha cinque o cent'anni. Per lui liscia o grinzosa è la stessa cosa. Il Chato non ci aveva più badato, ma quando il gruppo dei raccoglitori se n'era andato, il Moncho era rimasto triste per parecchi giorni, come un fidanzato piantato in asso, senza smettere di raschiarsi la testa con le unghie per via dei pidocchi e le lendini. E poi? Poi l'aveva ammazzato, non si ricordava bene come né perché. E non che avesse voluto dimenticarlo, è che quel ricordo non aveva alcun interesse per lui. Erano cose che sbiadivano da sole nella sua memoria. Perdevano consistenza rapidamente, perché durante le ultime settimane gli erano diventate così familiari come quel che si portava alla bocca o il posto dove dormiva.

«Neppure i compagni l'hanno visto?»

«Anche se lo vedono, fanno finta di nulla. Secondo la Maga, non ci si avvicinano neppure da quella parte, perché puzza ancora di più del solito. E poi col solleone che fa, mi sa che neanche i topi...»

«E la Maga?»

«È ancora scossa, anche se non sa che sei stato tu.»

«Di sicuro se lo immagina.»

«Be', sì» Efraín scoppiò di nuovo a ridere, «l'hai fatto fuori con una facilità incredibile! Non ti è costato nessuno sforzo!»

È vero, non gli era costato niente. E non aveva avuto dubbi, non ci aveva pensato su due volte. Il Moncho si meritava di morire, e ciò gli era bastato. Non si era nemmeno arrovellato a scegliere il modo per farlo. Qualunque cosa ci fosse a portata di mano andava bene, qualcosa con cui colpire, o da affondare nella carne, o per strangolare. E il monte era pieno di oggetti utili, contundenti, flessibili, appuntiti. Qualunque cosa sarebbe servita allo scopo. Fin dalla notte dell'aggressione, il ricordo insistente del vecchio cowboy dell'osteria gli aveva insegnato che non c'è uomo su questa terra che sia senza colpa. Tutti, per una ragione o per l'altra, meritano di morire. Perché allora non doveva meritarselo quell'animale in calore, che nella vita non cercava altro che un culo di donna, di uomo, di vecchia o bambina a cui attaccarsi? L'aveva visto mettersi la mano sulla patta mentre spiava la Maga. E forse prima dell'arrivo del Chato aveva perseguitato anche la Muta. E prima? Nessuno sapeva perché fosse finito a fare il raccoglitore, ma doveva avere alle spalle una storia torbida, come tutti gli altri. Certe volte l'aveva sentito vantarsi delle sue imprese. Me la sono fatta, me la sono fatta. Quelle erano le sue parole più frequenti. Di sicuro era un maledetto violentatore. Ho fatto bene. Ho liberato il mondo, e questi compagni, da uno scorpione.

Quella notte, attraverso i fumi della sbronza, aveva sentito un pianto a pochi passi di distanza. Si era tirato su di scatto con l'immagine dei suoi figli che gli balenava nella memoria. Ma l'aria della notte, il buio e il tanfo ribollente della discarica avevano subito cancellato i visi infantili, riportandolo a quel sopore indifferente che ormai dominava la sua vita. La Muta russava accanto a lui, e quel pianto? Aveva aguzzato l'orecchio e aveva distinto un singhiozzo che si perdeva tra il ronzio delle mosche e i rumori sotterranei dei topi in mezzo ai rifiuti. Era stato colto dalla curiosità. Aveva fatto qualche passo in direzione del punto in cui sentiva il singhiozzo, ma lì intorno le ombre erano al loro posto, immobili, e i rumori e gli odori erano quelli di sempre. Aveva continuato ad avanzare per pura inerzia. Aveva risalito i primi strati di spazzatura ma si era presto fermato: di notte, quello era il territorio dei roditori e delle altre bestiacce, e diventava pericoloso per l'uomo. Stava già tornando verso la Muta quando aveva sentito di nuovo il singhiozzo, lì sotto, quasi ai suoi piedi, e poi un pianto roco e spasmodico. Confuso in mezzo alla spazzatura, un raccoglitore stava lì buttato a pancia in giù, con la faccia affondata tra i rifiuti. Il Chato l'aveva scosso col piede e il pianto si era fatto più rumoroso, come quello di un bambino isterico.

«Che cazzo ti prende, stronzo?» aveva chiesto, senza sapere chi fosse.

«Eh? Chi è?»

«Si può sapere che hai? Perché strilli così?»

«Chato?» l'altro tirava su col naso, «sei tu, Chato?»

Si era voltato e, malgrado il buio, il Chato aveva riconosciuto Efraín in quel volto imbrattato di sudiciume.

«Sì, sono io. Sei sbronzo, amico, e di sicuro hai fatto un cazzo di incubo. Senti, levati di lì, sennò i topi e gli scarafaggi ti mangiano vivo. Vai a cercare la Maga.»

Efraín allora era scoppiato in un pianto acuto, accompagnato da singulti e sospiri che avevano finito per snervare il Chato, che si era avvicinato al frignone, l'aveva scosso per le spalle e gridandogli piantala, maledetto frocio!, gli aveva mollato un paio di ceffoni e poi l'aveva rimesso in piedi afferrandolo per i vestiti. Efraín si era azzittito. Si era lasciato strattonare e condurre ai margini dell'immondezzaio. Una volta rimesso piede sulla terraferma, il Chato aveva ordinato: «Forza, vai a spassartela con la Maga. E smettila di frignare, se mi svegli un'altra volta fai una brutta fine.»

«È che me l'ha fottuta, Chato!»

«Chi ti ha fottuto che?»

«Il Moncho, mi ha fottuto la Maga.»

«E tu di sicuro l'hai lasciato fare, idiota come sei.»

«No! La Maga è la mia donna e io ci tengo a lei. È lui che se l'è presa con la forza.»

«E perché non gli hai dato una scarica di botte? Perché non l'hai ammazzato, eh?»

«Ma lui è più giovane di me!» aveva ricominciato a piangere, pieno di vergogna. «È più forte! Non potrei mai farcela!»

Da lì la disperazione, l'impotenza. Il Chato aveva provato pena per lui. L'irritazione contro Efraín era scomparsa. Aveva cercato di trasferirla sul Moncho, ma non ci era riuscito: non aveva nulla contro di lui, quella era la femmina di un altro. E poi, si era detto, nessuno può prendersi con la forza una donna altrui. La Maga stava col Moncho di sua volontà, era quello che voleva, non c'era dubbio. Ma al Chato stavano cominciando a tremare le braccia, si sentiva correre per le membra quel solletico insistente che già conosceva e che di colpo si era tramutato in un'intensa onda di calore. I muscoli delle gambe gli si erano contratti come se stesse per mettersi a correre. Doveva agire. Se la Maga si metteva col Moncho, Efraín si sarebbe andato a buttare tra i rifiuti per lasciarsi morire. Non avrebbe saputo fare altro. La colpa era della donna, sì, però anche l'altro aveva voluto fare il bastardo. Il solletico nelle braccia del Chato si era trasformato in tensione, mentre chiedeva: «Dove sono andati?»

«Laggiù, lungo il muro, dall'altro lato delle baracche.»

«Andiamo.»

C'era da attraversare un tratto di discarica e il Chato si era avviato a grandi passi, senza badare a Efraín, che via via era rimasto indietro. Mentre risaliva gli strati dei rifiuti, i suoi passi scricchiolavano come se stesse calpestando bruchi e chiocciole, inciampava in lattine e bottiglie, affondava in pantani vischiosi graffiandosi i piedi con chiodi e schegge di vetro. Più volte aveva percepito la fuga di qualche animale in mezzo alla spazzatura, ma non faceva caso a nulla. La sua mente era vuota e lasciava che il corpo si governasse da solo, mosso dal puro istinto, da un impulso originato non sapeva dove.

La fioca luce di uno dei magazzini dei mercati generali arrivava a illuminare debolmente l'angolo tra il muro e le baracche. Si intravedevano per terra delle ombre. Di sicuro erano la Maga e il Moncho. Ma prima di scendere giù dalla discarica, il Chato aveva sentito un rumore dalla parte del monte. Si era fermato. I passi lenti di Efraín risuonavano alle sue spalle, ancora piuttosto distanti. Aveva scrutato attraverso il buio e, con un po' di sforzo, era riuscito a scorgere contro il muro un'ombra, che cresceva avanzando verso di lui. Gli era sembrato strano perché nessuno dopo il tramonto andava a raccogliere rifiuti nella discarica, e ancor meno sopra il monte. L'ombra veniva verso di lui di fronte, mentre Efraín gli era dietro: i passi di entrambi crepitavano sempre più vicini, e il Chato di colpo aveva avuto la sensazione di essere accerchiato. Si era messo di traverso, per tenerli sott'occhio tutti e due e aveva intoppato con il piede in una bottiglia. Smuovendola, un tintinnio metallico aveva turbato il silenzio della notte.

«Chi va là?»

Sembrava la voce del Moncho. Al Chato era parso strano che se ne andasse in giro per la discarica se era venuto lì a farsi la Maga. E lei dov'era? Per un attimo gli venne il dubbio che l'avesse ammazzata, che fosse salito sul monte per seppellirla. Ma aveva subito scartato l'idea. Il Moncho sarà anche stato un porco libidinoso, ma non era il tipo da ammazzare qualcuno. In realtà aveva più l'aria della vittima che del carnefice. I passi da un lato e dall'altro si erano interrotti allo stesso tempo. Quello che veniva dalla parte del monte si era schiarito la voce e aveva sputato fuori uno scaracchio. Sì, doveva essere il Moncho. Il Chato si era accovacciato e aveva affondato le mani nell'immondizia umida. Schifezze, cartone ammuffito, una cassetta di legno… la bottiglia. Era grande, cilindrica, forse di una birra da un litro. Con le dita ne aveva percorso i contorni. Era intatta, sì. Poteva andar bene. E il tintinnio metallico?

«Chi va là, ho detto.»

«Sono io, il Chato.»

Accanto alla bottiglia c'era un pezzo di metallo, sottile, lungo, rugoso. Una sbarra, di circa un metro di lunghezza.

«Maledetto Chato, che ci fai qui?»

«Sto cercando un posto dove cacare. E tu, che stavi facendo sul monte?»

«No, non lo so. Stavo dormendo e poi mi sono ritrovato qui, e allora anch'io mi son messo a cacare. Hai qualcosa con te?»

Adesso discerneva con chiarezza la sua figura corpulenta, coi capelli dritti sopra la testa a uovo, le spalle strette che ondeggiavano da una parte all'altra per la sua andatura goffa. Aveva un braccio torpido, fermo lungo il fianco, mentre l'altro si agitava in aria mentre camminava, in un'oscillazione marziale. L'aveva squadrato da capo a piedi. Non è messo tanto bene il tipo, si era detto. È proprio un povero idiota. Il Moncho era arrivato a due metri di distanza. Adesso veniva avanti piano, come un sonnambulo. Il Chato, cercando di contenere gli spasmi dell'eccitazione che lo stava travolgendo, aveva aspettato che l'altro si avvicinasse ancora un po'.

«E la Maga, dov'è andata?»

«A farsi fottere. E poi a te che te ne importa?»

Aveva potuto intravedere lo scintillio nei suoi occhi, prima di assestargli la prima sprangata in testa. Il metallo aveva schioccato come una frusta e un accordo di corda di chitarra aveva sparso le sue vibrazioni nell'aria. Il Moncho non aveva gridato, e neppure dato un gemito, si era solo portato alla testa la mano flessibile balbettando parole sconnesse. La seconda frustata aveva tagliato l'aria e il colpo l'aveva preso in piena faccia, sotto l'orecchio. Ma neanche allora aveva emesso un lamento. Era caduto di spalle nel pantano di rifiuti, con un rumore floscio, come fosse un sacco pieno di viscere. Il corpo era scosso da convulsioni e dalla bocca usciva un suono simile al cigolio di una porta. Il Chato non aveva voluto avvicinarsi a vederlo in faccia. Con la sbarra in mano, come fanno i ciechi quando saggiano il terreno prima di mettere avanti i piedi, aveva percorso il busto dell'altro. La giacchetta sfilacciata che quello aveva indosso gli aveva reso più difficile l'operazione, ma alla fine era riuscito a individuare l'incavo tra due costole. Aveva impugnato la sbarra e aveva scaricato su di essa tutto il suo peso, fino a sentire come la pelle e la carne si squarciavano per far spazio al metallo, mentre il Moncho emetteva un sospiro che andava a confondersi agli ansimi di soddisfazione del Chato.

Tirandosi indietro, si era accorto che Efraín era lì accanto a lui. Non poteva distinguerne bene il volto, ma avvertiva la paura nella sua voce: «L'hai infilzato al suolo!»

Il Chato aveva sentito una fitta alle spalle e alle gambe. Aveva sonno. Adesso voleva soltanto andare a sdraiarsi accanto alla Muta.

«Lo sotterri tu.»

«Io, da solo?!» aveva protestato Efraín, smorzando però subito il tono. «E dove?»

«Fai un buco nel monte» e intanto si era incamminato,

«e quando l'hai sotterrato, vai a cercare la tua maledetta donna, hai capito?»

«Sì.»

Era tornato accanto alla Muta e si era buttato per terra. Com'è stancante tutto questo. La spossatezza gli attanagliava le membra, la schiena, la vita, e nella sua testa volteggiavano centinaia di immagini disperse, appartenenti a una memoria estranea. Andate via, lasciatemi in pace. Ma alcune di esse persistevano, continuando il loro volo incerto, irregolare, provocandogli sensazioni strane, sentimenti impossibili da identificare. Appartenevano a Bernardo de la Garza, non al Chato. Adesso ne era più che mai sicuro, non c'era possibilità di ritorno. Aveva chiuso gli occhi e il sonno era calato su di lui, scendendo a spirale, fino a posarsi sulle sue palpebre. Aveva trascorso così qualche minuto, o forse qualche ora… Riaprendo gli occhi, aveva contemplato il crepitio delle stelle che si muovevano lente ma incessanti in un cielo senza luna né nuvole. Le immagini del passato erano scomparse. Ora non era altri che il Chato, un vagabondo privo di nome, di biografia e di avvenire che si aggirava insieme alla sua compagna ai margini di un immondezzaio. Si era lasciato sprofondare nel silenzio che lo attorniava. Il peso dell'assenza, della libertà, gli risultava ora grato. Si era voltato su un fianco cercando una posizione più comoda e, prima di ricadere nel sonno, aveva scorto nella penombra, accanto a lui, gli occhi della Muta, spalancati, che con una freddezza vitrea nelle pupille lo fissavano come fosse un estraneo.

Non l'aveva mai più rivista. La mattina seguente il Profe gli aveva assicurato che la Muta si era arrampicata su uno dei camion mandati dal Comune per impedire che i rifiuti traboccassero fuori dell'area. È stato prima dell'alba, l'ho vista io. Che ci vuoi fare, amico. Non servirebbe a niente aspettarla, e nemmeno cercare di rincorrerla. Se n'è andata perché non voleva aver più nulla a che fare con me. Era questo che dicevano i suoi occhi. Il filo dei ricordi fu interrotto da Efraín, che ricominciava a ridere da solo a qualche passo da lui, mentre la Maga ruminava il suo rancore con la mente persa nell'infinito. Quei due erano rimasti a occupare il posto dell'altra. Ma non ne riempivano il vuoto, non potevano neppure mitigarlo un po'. No, io ho bisogno della mia donna. Perché la Muta era la sua donna, anche se non l'aveva mai toccata per rispetto alla sua avversione per gli uomini.

Bevve l'ultima goccia dell'acquavite di Efraín e scagliò via la bottiglia. Non voleva romperla, ma render conto a quei due della sua rabbia, del suo disprezzo verso di loro. Efraín, con un sorriso subdolo sulle labbra, lo guardò con la coda dell'occhio e non disse nulla. La Maga aggrottò il viso in una smorfia di disgusto. Un rancore denso fluttuava nell'aria del crepuscolo. I raccoglitori sospendevano la loro attività, ignari di quel che stava accadendo tra loro tre, e cominciavano a ritirarsi. Alcuni canticchiavano soddisfatti, altri avanzavano a testa bassa, delusi.

«Vediamo se domattina me ne procuro un'altra boccia» Efraín sembrava felice, «e per stanotte ce la passano i compagni.»

«È colpa tua se se n'è andata...» mormorò il Chato.

L'altro finse di non aver sentito. Si mise a giocherellare con dei fili d'erba. La Maga si accese in viso: era tanto che aspettava quell'accusa. Ci fu una pausa lunga, carica di tensione. Efraín, davanti allo sguardo penetrante del Chato, non ebbe altra scelta che ribattere: «Hai detto qualcosa?»

«Ho detto che è colpa tua se se n'è andata.»

La Maga stavolta sorrise maligna, un po' sorpresa. Si voltò per mettersi di fronte a loro: non voleva perdersi alcun dettaglio. Efraín si girava di qua e di là evitando di guardare in faccia il Chato.

«La Muta? No, Chato. Io non ho fatto nulla, davvero. Se è per quello...»

Un'altra pausa, ancora più lunga. Alcuni raccoglitori che stavano venendo dalla loro parte avvertirono la pesantezza dell'atmosfera e preferirono ritirarsi. L'inseguirsi degli sguardi era divenuto insopportabile: la Maga li squadrava entrambi, il Chato fissava Efraín ed Efraín guardava il cielo, implorando aiuto.

«Chato, non ti incazzare. Stammi a sentire, se quel che ti mette in questo stato è che ti va di farti una scopata, c'è lì la Maga. Te la presto per tutto quello che vuoi. Te la regalo, anzi.»

«Maledetto fetente» le mascelle della Maga si bloccarono in una smorfia di rabbia, «è così che mi vuoi bene.»

Forse per le parole della donna, o per la stanchezza accumulata a cui non poteva più sottrarsi, il Chato sentì l'ira defluirgli poco a poco nelle vene con lo scorrere del sangue. Il vile discorso di Efraín lo inebetiva, la sua spudorata codardia, quel terrore di rischiare la pelle che lo spingeva fino al punto di offrirgli il corpo della sua donna. Scosse la testa in segno di diniego. Sbadigliò. Ormai non sopporto più stare qui. Un giorno o l'altro me ne vado via anch'io. Era ormai tempo. Lo sentiva perché il vuoto che gli si agitava nello stomaco era cresciuto a dismisura dalla partenza della sua compagna, e minacciava di traboccare come i rifiuti della discarica. Prendo anch'io la strada per Laredo. Voglio vedere chi me lo impedisce. E con un po' di fortuna magari la ritrovo lì.

«Sì, meglio così» aveva detto a voce alta.

«Come hai detto?», Efraín aveva la voce rotta, «non ho capito.»

«Che presto me ne vado da questo letamaio. Sennò un giorno di questi ti ammazzo, stronzo.»

Si sdraiò sopra un fascio di erba secca e, contemplando il cielo, riconobbe in una nube la sagoma della Muta, le sfilacciature degli stracci che aveva addosso, i capelli, gli occhi senza ciglia né sopracciglia. Strinse i pugni e, sentendo che la Maga si stava alzando in piedi per allontanarsi, ripeté: «Sì, dovrò ammazzarti, Efraín. Te e la tua cazzo di femmina.»

Sette

Va a finire che mi scappa. Quello lì è un diavolo, alla guida. Ramiro spegne la radio da cui provengono le stridule note di un *narcocorrido*, tira fuori il fazzoletto e con quello spanna il parabrezza. Procede maldestramente attraverso il collo di bottiglia provocato dal traffico turbolento della zona universitaria. È l'ora in cui impiegati, segretarie e dirigenti affollano le strade con le loro monovolume, in cerca di ristoranti, o diretti a casa per mangiare con la famiglia. Ci deve essere stato un incidente. Sennò non si spiega. Cento metri più avanti, l'Honda verde schiva gli ostacoli, sorpassa i veicoli che l'accerchiano da ogni parte, procede rapida a zigzag, approfittando dei varchi che si aprono nelle traverse contigue, scatenando i clacson e le imprecazioni di chi deve frenare di colpo per non sbatterci contro. Piove su Monterrey. La città si è coperta di una cappa grigia, acquosa, strana per i suoi abitanti abituati all'assedio del sole, all'aria calda e cristallina, all'asfalto sempre asciutto. La pioggia tamburella sui tendoni dei camion, ostacola la visibilità, rende il suolo scivoloso: sconvolge il traffico. Ogni tanto una fila di auto recupera l'andamento abituale, ma solo per qualche istante, per poi rallentare di nuovo la marcia come se fosse un corteo funebre. Ramiro sbatte le mani sul volante, agita le ginocchia, si piega in avanti per vedere meglio. Sulle corsie opposte il traffico è rarefatto, invidiabile. Devo raggiungerla. Bisogna assolutamente che non mi scappi.

A differenza di Ramiro, che perde sempre più terreno, l'autista di Maricruz Escobedo, facendo sfoggio di destrezza, approfitta di ogni distrazione dei conducenti intorno a lui per guadagnare qualche metro, imbucarsi in una fila più scorrevole o tentare una fuga in avanti, svicolando sulla corsia di emergenza per superare tre o quattro auto e poi tornare in carreggiata. Se arrivano in cima al viadotto, sono fregato. Non potrò più sapere da che parte sono andati. A meno che non proseguano verso Santa Catarina. Davanti a lui si profila la sopraelevata, che pare il pendio di una collina, su cui normalmente camion e auto salgono e poi ridiscendono dall'altra parte come su una montagna russa. Ma adesso, per via della lentezza, danno l'impressione di arrancare su per la salita palmo a palmo, tra mille difficoltà, ansimando e tremando per lo sforzo. Ramiro fa appena in tempo a formulare quel pensiero che l'imbottigliamento pare sbloccarsi di colpo. Le auto intorno a lui riacquistano poco a poco velocità, quaranta, cinquanta chilometri all'ora. Attraverso la cortina di pioggia e il viavai dei tergicristalli, scorge l'Honda verde a un'estremità della strada: gli manca ancora qualche centinaio di metri per imboccare la sopraelevata. Può farcela a recuperare la distanza. Accelera, spegne l'aria condizionata e apre il finestrino, sentendo l'umidità della pioggia bagnargli la pelle.

Non è abituato a guidare, tanto meno a correre in mezzo a un traffico così intenso, ma deve assolutamente riuscire a raggiungere l'auto della donna di ferro. Ogni volta che cambia corsia, le gomme perdono aderenza, e se lo fa bruscamente il veicolo scodinzola come se fosse un camion col rimorchio. Sente gli insulti arrivargli attraverso la cappa di pioggia, ma non ci bada. Concentrato nella guida, riesce a scansare i veicoli lenti, finché a un certo punto una corsia deserta si apre davanti a lui, invitandolo a sfrecciarvi a tutta velocità. È la volta che li raggiungo. Schiaccia a fondo l'acceleratore, vedendo con la coda dell'occhio le auto che rimangono indietro. Le gocce lo colpiscono in piena faccia ma non gli importa. L'Honda verde ha già iniziato la salita, ma ormai ben poca distanza la separa dal suo inseguitore. Arriva in cima al viadotto e poi sparisce dall'altro lato. Il motore dell'auto di Ramiro ruggisce. Quando gli mancano solo pochi metri per raggiungere a sua volta la sommità, un camioncino gli chiude la strada costringendolo a frenare. Le gomme prima pattinano sull'asfalto come sull'olio, poi s'impuntano al suolo. Ramiro manovra il volante cercando di riprendere il controllo, ma è inutile: per qualche istante la strada, gli altri veicoli, gli edifici, la città intera gli girano intorno in una sorta di vertigine, poi tutto s'arresta in un infrangersi di vetri rotti e metalli ritorti. Il suo corpo si scuote. Porca troia, mi è sfuggita. Riesce a pensare solo quello. Il cuore gli batte sfrenatamente e davanti agli occhi gli si intrecciano luci colorate. Non è ferito. Non sente neppure dolore. Me la sono fatta scappare, cazzo. E chissà se la ritrovo.

Aspettando che il ritmo cardiaco si normalizzi, si schiarisce le idee. Non è nulla, Ramiro. È solo un incidente. Non c'è stato sangue. Hai l'assicurazione. Nel caso intervenga la pattuglia, basterà dar la colpa al camioncino che ti ha chiuso la strada, alla pioggia, all'asfalto bagnato. I documenti dell'auto sono in regola. Magari ci sarà da chiamare l'agenzia di assicurazione, è solo questione di star dietro a un po' di pratiche. La cosa principale è vedere contro chi hai sbattuto, e che cosa è successo a quell'altro. I tergicristalli si sono immobilizzati e Ramiro scruta fuori attraverso la pioggia per scoprire di aver sbattuto contro una macchina vecchissima, un modello di fabbricazione risalente a trenta o quarant'anni prima, con la carrozzeria in ferro massiccio, dura, come quella di un carro armato. Meno male. Non gli ho fatto neanche un graffio. Ma perché il padrone non è sceso? I due veicoli sono fermi sulla corsia più a destra, un po' fuori della carreggiata, quasi in cima al viadotto. Il traffico è ancora intenso e gli automobilisti si voltano a guardarli, impazienti o curiosi, con un'espressione di compatimento o di scherno. Bastardi, hanno anche il coraggio di ridermi dietro. La pioggia a tratti perde forza, come se le nubi avessero esaurito le loro ultime riserve. Vedendo che l'altro guidatore non compare, Ramiro decide che la cosa migliore è togliersi dalla strada, scansando l'auto sul bordo per non intralciare il traffico. Gira la chiave e la macchina ronfa debolmente, affaticata, rifiutandosi di mettersi in moto. Ci mancava solo questo... Mentre ci riprova, sente sbattere una portiera davanti a lui.

In piedi accanto al suo catafalco, sotto la pioggia battente, un uomo grande e grosso lo sta osservando. Ha la camicia aperta in fondo, da cui spunta fuori una pancia con l'ombelico arrossato, come se il tipo fosse stato a grattarselo mentre decideva se uscire sotto l'acqua o restare nell'auto al riparo. La pioggia scrosciante gli incolla i capelli alla fronte, gli liscia i baffi, lo inzuppa dalla testa ai piedi, facendolo sembrare un pachiderma indifeso. L'uomo però avanza verso Ramiro con aria insolente, in atteggiamento di sfida, intimandogli a gesti di scendere dall'auto. Con tutte le arie che si dà, il grassone gli fa scappare un sorriso.

«Ah, ridi! Ti fa così ridere il tuo scherzetto?»

Mi fai ridere tu, ciccione. Invece di dirlo, Ramiro si accende una sigaretta e aspira a fondo, sapendo che appena scenderà dalla macchina la pioggia la spegnerà. Fissa l'altro sereno, fingendo di non sapere di che cosa stia parlando. Sei solo un pallone gonfiato, grassone. Ti piace sbraitare e minacciare, e sul più bello mi sa tanto che cali le brache. O no? Ma poi torna al problema principale. Dove sarai finita, Maricruz? Devo risolvere subito questa faccenda, per vedere se poi riesco a rintracciarti. Allunga il collo per tentare di valutare il danno fatto alla carrozzeria dell'altro, ma con la pioggia è impossibile capirlo. Intanto il grassone perde la pazienza.

«Allora, stronzo, scendi o no?!»

«Fatti più in là.»

Il grassone si scansa, senza abbandonare l'atteggiamento di sfida che comincia già a essere irritante. Ramiro apre la portiera e butta la sigaretta sotto l'acqua. Appena posa un piede a terra, una violenta scarica di gocce gli crolla sulla testa, le spalle e la schiena, finendo per inasprirgli l'umore. I suoi vestiti diventano pesanti, sente l'acqua scorrergli addosso a ogni movimento. Senza aspettare l'uomo, cammina verso l'altra auto per verificare il danno, mentre il sibilo delle macchine che sfrecciano sulla strada a meno di un metro da lui lo riporta al tempo in cui faceva il lavavetri alla pompa di benzina, e a quando lavorava come facchino sul ponte alla frontiera. Quell'epoca ormai è passata, Ramiro. Oggi sei a Monterrey, sotto un diluvio, incagliato in cima a un viadotto per colpa di questo maledetto grassone che non ti lascerà andar via se non gli dai dei soldi per aver ammaccato il suo ferrovecchio.

«Non è successo nulla.»

«Eh, cazzo, e tutti questi vetri per terra? Ti si è rotto perfino il portapacchi. E guarda, guarda il paraurti di dietro come si è storto!»

«Sì, certo, ma questi sono i danni alla mia macchina. La tua non ha avuto nulla.»

«Come no? Guarda che botta che mi hai dato. Questa strisciata qui non ce l'avevo. E il paraurti non era così ammaccato.»

«Non prendermi per il culo, quel graffio lì è ossidato. E se anche avessi battuto nel tuo paraurti, non si vedrebbe neppure l'effetto, da tanto che cade a pezzi.»

«Infatti.»

«Infatti che?»

«Spero che tu abbia l'assicurazione.»

L'acquazzone si è smorzato. Da qualche minuto soffia una brezza leggera, fresca, che diventa più pungente per lo sfrecciare dei veicoli lungo la strada, sferzandogli la pelle con aghi gelati. All'altro pare invece non importare nulla: socchiude gli occhietti e resta lì fermo, in attesa di una risposta. Ramiro reprime un fremito di rabbia e cerca di essere conciliante.

«Senti, l'assicurazione io ce l'ho, ma la tua macchina non ha avuto nulla. E questo è quel che dirà l'impiegato dell'agenzia, quando vedrà come stanno le cose.»

«Voglio sentirlo dire da lui.»

«Togliamoci di qui.»

«No. Bisogna aspettare la stradale.»

E si pianta davanti a lui con le braccia incrociate, guardandolo dall'alto della sua smisurata statura, forse convinto di infondere timore. Ramiro si appoggia al cofano della sua auto. Le gocce che gli cadono sulla testa calano d'intensità fino a divenire solo un lieve fastidio. Se non fosse per il vento freddo e per quest'energumeno... Lancia un'occhiata al grassone, ed è come se si trovasse di nuovo di fronte al Cóster, quel pazzo d'un gringo che per poco non lo ammazza quando era nel carcere di Nuevo Laredo. Sì, era quasi della stessa stazza. Solo con meno lardo e più muscoli. Quella volta lì l'ho scampata per un pelo. In una successione di lampi, gli tornano in mente le scene della sua lotta con il gringo, le grida dei prigionieri, i colpi, il sangue, il dolore. È stato il peggiore scontro della mia vita. Poi torna a osservare il tipo che resta lì piantato accanto a lui, ostentando impassibilità. No, questo qui non vale niente. La sua è tutta chiacchiera, tutta fuffa. Un maledetto pachiderma con una macchina fabbricata nell'anno della sua nascita. Nient'altro. E pensa di vedersela con me. L'ira che gli va crescendo nelle viscere si intensifica quando scopre un risolino sulla faccia del padrone del catafalco. È sul punto di esplodere, ma gli si para davanti l'immagine di Maricruz Escobedo. Aspira l'aria fresca per controllarsi.

«Eh, chissà dove sarà a quest'ora...»

«Che hai detto?»

«Che la stradale non arriverà mai...» e poi aggiunge rassegnato «è meglio che sistemiamo le cose tra noi.»

«Giusto. Dillo tu.»

«Di quanto credi che sia il danno?»

I neuroni dell'uomo cominciano ad affannarsi, facendogli scendere il sudore dalle tempie. Fissa Ramiro che viene verso di lui tirando fuori di tasca il portafoglio bagnato, anche se ormai ha smesso completamente di piovere. Cerca di indovinare quanto denaro l'altro ha con sé, e quanto può riuscire a spillargli. Calcola il valore del suo vestito, delle scarpe. Lancia un'occhiata all'auto. Alla fine alza gli occhi al cielo.

«Non so. Forse... un migliaio di pesos, no?»

Appena stringe nel pugno le banconote, non nasconde la sua contentezza. Per un istante Ramiro crede che l'uomo stia per abbracciarlo, per profondersi in ringraziamenti. Il grassone invece non dice nulla, monta in macchina e sparisce, sferragliando scandalosamente. Hai vinto la lotteria, oggi, bastardo. Mi hai preso proprio per il culo. Solo, sul margine della strada, sotto i primi raggi di sole che rompono la coltre delle nubi, Ramiro si mette a rimuginare, mugugnare e ripetere a voce alta tutta una sequela di imprecazioni e improperi con cui cerca di sfogarsi, di scaricare la rabbia, la delusione e la malasorte per aver perso le tracce di Maricruz Escobedo.

Maiale schifoso, vaffanculo! Lo grida più volte, e anche se l'ingiuria a forza di ripeterla perde l'impeto iniziale, continua a imprecare sbattendo le mani contro il volante, sul cruscotto. Poi quando il vento gli soffia sul viso il suo fiato torrido, comincia a prendere a pugni le bocchette dell'aria condizionata, che non funziona più per via dell'impatto. Dopo il temporale, la città è diventata una pentola a pressione. Il sole ha subito asciugato le pozze accumulate nelle depressioni dell'asfalto, ma il vapore è rimasto sospeso a poca distanza dal suolo, rendendo l'atmosfera soffocante e impedendo all'umidità di evaporare dai vestiti di Ramiro. Lui non accende la radio, ha l'impressione che se lo facesse il calore aumenterebbe. Ripensa alla successione degli eventi e ora scaglia la sua rabbia, senza troppa convinzione, contro l'anonimo guidatore del camioncino che ha provocato l'incidente. Spero che ti schianti, figlio di puttana. Se non c'eri tu a chiudermi la strada, ora non sarei qui a cuocere nel mio brodo e a girare senza meta, sprecando benzina e consumando le gomme a vuoto.

Senza accorgersene, poco a poco ha smaltito l'attacco di furia, fino a diluirlo del tutto. E poi, ora che ci ripensa, non gli importa più tanto di aver perduto le tracce della sua preda. La ritroverà. La sua ansia durante l'imbottigliamento era dovuta all'eccesso di zelo che da qualche anno lo porta ad adempiere alla lettera le istruzioni del capo. Diventerai il suo amante più geloso, dovrai starle sempre attaccato, senza mai perderla di vista, aveva detto Damián. E io un alunno obbediente. Sorride, e alza lo sguardo per guardarsi intorno. La statua di bronzo di un politico, robusto e con gli occhiali spessi, domina il paesaggio dall'alto del suo piedistallo. È Fidel Velázquez, il buon pastore degli operai. Cazzo, sono finito qui un'altra volta. Un po' più lontano, anche se sfocata dalla distanza e dal sole riverberante, scorge la gobba del viadotto su cui è avvenuto lo scontro. Gira alla prima traversa, avventurandosi per una serie di strade strette che non gli dicono nulla, non è una zona che frequentava quando viveva in città.

Scoprendosi all'improvviso senza occupazione, è preso dall'irrequietezza. La libertà gli gorgoglia nelle vene mentre guida per quei quartieri sconosciuti, che tuttavia sente cari: modeste casette pitturate in toni pastello, bambini che giocano a calcio e sorridono sudati al suo passaggio, vecchi cancelli in ferro battuto, anziani che riposano su sedie a dondolo sotto le verande all'ombra, ragazzi e ragazze seduti intorno a stereo accesi a tutto volume, che diffondono per la strada imprese di pistoleri o una *cumbia* sonnambula. Il fremito che sente nelle vene diventa una fitta d'ansia quando comprende che il pomeriggio di Monterrey gli si apre davanti in tutte le sue possibilità, come non gli capitava più da dieci anni. Può parcheggiare la macchina e scendere a fare un giro, bersi una bibita in un chioschetto qualunque, ripercorrere le strade di un tempo o tornare nei posti della città che gli piacevano di più. Maricruz Escobedo è scomparsa dall'orizzonte. E anche Damián. Non desidera più andare a rinchiudersi nella sua stanza dell'Hotel Ancira. Per la prima volta dopo tanto tempo, si sente padrone di sé.

Per qualche minuto rimane immerso in un'inerzia contemplativa. Il tracciato della strada gli indica la rotta. Guida senza meta, sorridendo nel vedere come trascorre la vita di quartiere in un pomeriggio qualsiasi, finché all'improvviso un aroma vegetale si spande nell'aria. Si è addentrato in una via ampia, transitata, al cui margine sono allineati rimorchi di tir, autocarri, camioncini. I marciapiedi pullulano di operai appena usciti da lavoro, chioschi di *tacos*, tavole calde, rivendite di bibite e snack. Dal lato opposto, suddivisi in blocchi, gli enormi empori dei mercati generali servono gli ultimi clienti del giorno. Sentendo leggeri palpiti nella memoria, Ramiro percorre la strada come un automa per addentrarsi in una delle viuzze che danno accesso ai magazzini del mercato. Con una stretta allo stomaco sfila davanti alle cataste di frutta e verdura, agli sguardi non più molto svegli di inservienti e compratori, ai bidoni di granaglie, alle lunghe torri in cui stanno impilati i vassoi delle uova. Arriva fino in fondo, arrestandosi ai piedi di un muro di blocchi di cemento. Dall'altro lato del muro c'è il deposito degli scarti, la sua discarica.

Efraín, la Maga, il Profe, il Calote, il Moncho. Nomi e soprannomi cadono come monetine nel vuoto della sua mente, mandandogli echi che si trasformano in immagini e aneddoti. Ramiro stringe con forza le dita sul volante. La Muta. Che ne sarà stato di lei? Magari è riuscita a saltare di là dalla frontiera. Oppure sarà sempre in giro per altre discariche, in altre città. Fa marcia indietro per uscire dal mercato, ma una volta rientrato sulla strada principale decide di girare intorno per cercare la strada di accesso alla parte posteriore. Quello è stato un bel periodo della sua vita. Il migliore, forse. Nessuno che mi diceva che cosa fare. Non c'erano rimbrotti, né orari, né responsabilità, né polizia. Non doveva rispondere a chiamate né andare ad appuntamenti o sorvegliare qualcuno. E lei si occupava di me, in silenzio. Come prima aveva fatto Victoria, senza silenzio. Entra nel vicolo dove era approdato una notte di dieci anni prima: ora ha un aspetto diverso, spazioso, sgombro, pavimentato e pulito.

E lì in fondo, al posto della discarica, ci sono locali commerciali, fast food di pollo fritto e hamburger, lavanderie automatiche, negozi di articoli da regalo, boutique e mercerie. Al centro, un giardinetto con altalene e giochi in cui bambini chiassosi giocano e si divertono. E nello spazio prima occupato dalle baracche cadenti e tenebrose, negozietti di artigianato, ceramica, articoli in pelle e merce contraffatta. Ramiro aspira quell'aria pulita cercando di rinvenirvi traccia della putredine di un tempo, poi scruta negli angoli, ma vede solo un bidone pieno di sacchetti della spazzatura in fondo al corridoio principale. Qualcosa che assomiglia a una necessità, a un richiamo insistente, lo costringe a spegnere il motore e scendere dalla macchina. Va verso un uomo seduto davanti a una rivendita di merce contraffatta.

«Si è preso una bella botta, eh?» il tipo indica il cofano dell'auto, «se vuole le procuro il fanale e il portapacchi, glieli trovo a poco.»

«Grazie, ma ci sta già pensando il mio meccanico.»

Riuscendo a muoversi con scioltezza, si accorge che i suoi vestiti si sono asciugati, solo tra le pieghe è rimasta un po' di umidità. Si appoggia a un palo e tira fuori il pacchetto di sigarette. Ne accende una. Ne offre un'altra all'uomo, che declina l'offerta con un gesto gentile. Restano in silenzio per qualche istante.

«Qui prima c'era una discarica…»

«Se la ricorda? Eh, caro signore, era un secolo fa.»

«Dieci anni.»

«Forse anche di più... Ormai non se ne ricorda più nessuno. Io sì, perché sono del quartiere, sto qui un po' più avanti, vicino al Penyrriel» poi resta pensieroso, cercando di ricordare. «Un giorno arrivarono quelli del Comune e ripulirono tutto. Quello lì era un focolaio di infezioni, per via dei topi e delle malattie. E poi gli abitanti del quartiere si lamentavano perché dicevano che la discarica attirava delinquenti di ogni tipo, sa com'è, drogati, alcolizzati, straccioni, vagabondi, e col fatto che dicevano di star lì a raccogliere i rifiuti, nessuno gli diceva nulla. Ma non si creda, facevano delle cose tremende, violentavano perfino le vecchie, e ci furono pure degli omicidi.»

«Non mi dica.»

«Proprio così, quando vennero le ruspe a portare via tutta la spazzatura ci trovarono dentro dei cadaveri. Fu uno scandalo. I giornali dissero che era opera dei sicari del narcotraffico, che facevano le loro esecuzioni da un'altra parte e poi venivano a buttare qui le loro vittime. Sia come sia, la polizia fermò parecchi raccoglitori e li interrogarono per un bel pezzo. Ma poi non se ne seppe più nulla.»

«E li rilasciarono?»

«Non so se li lasciarono andare tutti. Si sentirono raccontare molte storie. Poi quando si tratta della polizia, non si può mai essere sicuri di nulla. Qualcuno disse che li avevano torturati e che uno di loro, non mi ricordo come lo chiamavano, si prese la colpa dei morti, ma nessuno credette che potesse essere stato lui. Comunque lo misero dentro lo stesso, e non se ne è più saputo nulla. Quasi tutti gli altri sparirono subito dalla circolazione. Forse si trasferirono in qualche altra discarica fuori città. Alcuni restarono per un po' nei paraggi, a chiedere l'elemosina o a lavare i vetri agli incroci. Capitava poi di trovarli buttati negli androni, con la bava alla bocca e gli occhi vitrei, a farfugliare scempiaggini. Lei sa com'è, quella gente lì non campa molto, con tutte le schifezze che si mettono dentro.»

Come se fosse stato a rievocare la sua storia personale, l'uomo fa una pausa di silenzio, meditabondo. Ramiro estende lo sguardo per quello spazio che non significa più nulla per lui, e sente che qualcosa gli si sta rompendo dentro. Due bambinetti giocano su uno scivolo proprio dove si ergeva il monte di rifiuti, con le sue trappole sotterranee e i suoi roditori voraci. Il volto della Muta irrompe tra i suoi pensieri e Ramiro chiude gli occhi. Intuisce che da ora in poi il giardino, i bambini e il centro commerciale toglieranno vigore al suo ricordo. Cazzo, tanto sforzo per recuperare il passato ed ecco che cosa trovo. Come potrà più immaginare la sua discarica dopo aver visto le nuove forme, la luce che penetra fino all'ultimo anfratto, i colori puliti e brillanti? Non volevo andarmene, ma restare qui insieme agli altri. Insieme a lei. Vivere in un mondo a parte, come una pianta da ombra. Senza chiedere nulla, senza desideri. Ma purtroppo non è andata così. Butta a terra la cicca e la sbriciola con la suola delle scarpe. Torna a guardare il giardino poi lo cancella dalla sua esistenza voltandogli le spalle, per lasciare tutto nascosto in quell'angolo in cui accantona i rifiuti della sua vita passata.

Va verso il negozio con aria distratta e si mette a curiosare tra la mercanzia. Pensa di dover comprare qualcosa, qualunque cosa, per giustificare la sua presenza nel centro commerciale. Videoregistratori e televisioni non gli interessano, solo una valigetta di legno attira la sua attenzione. Al suo interno, sono esposti degli articoli da campeggio. Ramiro pensa che qualcosa potrebbe essergli utile nelle sue escursioni nei dintorni di Cocoyoc e passa in rassegna borracce, coltellini, bussole e coltelli a serramanico. Ce n'è uno a scatto, che pare esser stato messo accanto agli altri per errore. Lo prende in mano per esaminarlo da vicino. È simile al primo che ha impugnato in vita sua: di cattiva qualità, con il manico di plastica nera non rifinita e un grezzo pulsante di bronzo. Lo preme e la lama spunta fuori, lunga e sottile, poco affilata. Le intaccature rivelano un uso prolungato. Che ci fa qui, accanto ai coltelli nuovi? Sulla punta la lama diventa più acuminata per una specie di depressione, e lì è ben affilata. La saggia con il polpastrello per verificare che affonderebbe facilmente in qualunque pelle. Non ha mai comprato un coltello. Quelli che ha usato qualche volta non erano suoi. E ne ha avuti altri per le mani che non gli sono serviti a nulla. Lo rimette al suo posto. Poi ci ripensa e decide di mostrarlo al commesso.

«Questo qui quanto costa?»

Quando riattraversa il vicolo per uscire sulla strada, il sole è in bilico sulla sommità della cordigliera. Tra poco scomparirà dall'altra parte. Con la mente svuotata, Ramiro si mette in fila nel traffico e si lascia guidare dal flusso per qualche minuto. Che cosa ti aspettavi, Ramiro? Che il posto fosse rimasto identico a come l'avevi lasciato? Se hai imparato qualcosa da questa visita alla città, è che il tempo non si ferma. Sconvolge ogni cosa, la altera, la imputridisce. Non ha fatto lo stesso con te? Quando arriva a un semaforo rosso, lo assaltano i venditori di giornali, gli accattoni, i bambini che vendono gomme da masticare. Un vagabondo gli getta sul parabrezza uno straccio appiccicoso che lascia una scia di schiuma sul vetro. Si mette a sfregare con foga, poi si arrampica sul cofano e continua a sfregare, sorridendo a Ramiro dal suo remoto mondo di solventi e alcol. Il Profe! È il Profe!

«Profe?!» lo interpella Ramiro, dandogli qualche moneta.

«Quale Profe, cazzo?»

«Come ti chiami, amico?»

«Sono il Campione e questa è la mia strada. Forte, eh?»

Riprende la marcia, continuando a guardarlo nel retrovisore ancora per qualche metro. Non possono essere sempre gli stessi. Quella gente lì non campa molto. Le parole dell'uomo del centro commerciale gli risuonano in testa, finendo per seppellire quel barlume di memoria. Verso est la mole del colle della Silla si tinge poco a poco di un colore acceso, e Ramiro prende in quella direzione. È vero, quella gente non campa. Un giorno ne muore uno, il giorno dopo un altro. O c'è chi gli dà una mano a morire. Le case cascano giù da sole, oppure le demoliscono. Lì una famiglia emigra e sparisce. Perché non dovrebbe essere così per le città e i quartieri? Anche quelli subiscono il logorio del tempo, no? Tutto si distrugge. Nel giro di un anno, o magari di pochi giorni, davanti alle porte girevoli della società finanziaria, chi sta lì ad aspettare l'uscita di Maricruz Escobedo si troverà di fronte un'altra faccia, diversa, indifferente al suo saluto. O semplicemente il vuoto. E sarà inutile che la cerchi in palestra, al ristorante, a casa sua. Semplicemente non ci sarà più. Neppure il ricordo permane. Ma non bisogna stupirsene. E tanto meno intristirsi. Sarebbe sprecare tempo ed energie in oziosi sentimentalismi. Malgrado questi pensieri, Ramiro è invaso da quel malessere che da qualche giorno attribuisce alla nostalgia e che lo spinge a continuare a guidare. Ora sa dove sta andando, anche se non ce l'ha ben chiaro in mente. Aggirerà il colle della Silla per entrare nella zona di Ciudad Guadalupe, e da lì percorrerà i quartieri dove ha trascorso la sua infanzia, la sua adolescenza e la sua vita di uomo sposato e padre di due figli: i luoghi della preistoria.

Qualche giorno prima, mentre seguiva a distanza la donna di ferro nel suo giro di affari, era passato davanti a quello che era il suo giornale. Due giornalisti si erano affacciati sulla porta in quell'istante e lui aveva riconosciuto il più robusto dei due. Miguel Manríquez, l'Orso. Era stato il suo capo nella sezione bozze: un infallibile inventore di titoli. L'uomo aveva fissato lo sguardo prima sull'auto, poi su chi c'era al volante, come se gli risultasse familiare. Pareva quasi che stesse per salutarlo. Come se si reincarnasse in lui un vissuto estraneo, Ramiro aveva sentito un'angoscia momentanea, la stessa di quando arrivava tardi a timbrare il cartellino e il capo lo riceveva con espressione severa, indicandogli senza dire una parola gli articoli da correggere. Per quella distrazione aveva rischiato di perdere di vista l'Honda verde e, anche se aveva corretto subito la rotta, per un bel po' era rimasto assorto a pensare a quegli anni. Aveva ricostruito con l'immaginazione i volti dei colleghi, i loro caratteri, ricordando alcune frasi che ripetevano spesso. Aveva rievocato aneddoti, discussioni, scherzi. Infine aveva sospirato, sentendosi sollevato perché ancora riusciva a recuperare episodi che credeva perduti, che invece erano archiviati in qualche posto a portata di mano, dove però erano rimasti fino ad allora occulti.

Ma adesso, mentre guida per strade irregolari e oblique, profumate d'erbe e di zagara, che nella sua infanzia rappresentarono il perimetro delle sue prime scoperte, l'assedio a cui sono sottoposti i suoi sensi provoca in lui curiosità piuttosto che nostalgia. Ramiro guarda le case, i cortili, i giardinetti e i negozi come se fosse per la prima volta, come se avesse davanti agli occhi la location di un vecchio film. Il campo da football americano dove con altri adolescenti aveva imparato a misurarsi con il dolore fisico. La chiesa in cui era andato tante volte la domenica. In quell'edificio c'erano le scuole medie del quartiere. Lì invece un tempo non c'era nulla, solo un terreno nudo. Registra i cambiamenti con naturalezza, come se osservasse l'accumulo di polvere sopra una pila di vecchie riviste, senza dolore, senza tristezza, così come molti anni prima, appena sposato, aveva accettato l'annuncio della morte dei suoi genitori, in un incidente d'autobus durante una vacanza: sereno, pronto a non rimpiangerli, sicuro che la loro perdita non avrebbe condizionato in nulla la sua esistenza.

Là ci si ritrovava con gli altri bambini a giocare a biglie. In quel parco un giorno mi persi. Man mano che si avvicina a quella che era stata la sua casa, le immagini più antiche e quotidiane cominciano a perdere nitidezza. In quella fase stava ancora attaccato alle sottane di sua madre. Si sforza di spremere il succo della memoria e di metterlo in relazione con ciò che vede. Sì, lì viveva la signora Juanita, che a volte si occupava di me. La tortilleria, la bottega, il negozio della sarta. Quello era l'asilo. A quell'angolo scendeva dall'autobus il papà quando tornava dalla fabbrica. Quel magazzino lì era un negozio, chissà di che cosa. Rallenta la marcia fino a spegnere il motore quando giunge all'altezza della sua vecchia casa: tre stanze pitturate di rosa, senza giardino, una sola finestra sul davanti, e la porta metallica dipinta di nero. Una dimora da operaio, in affitto, mantenuta grazie alla misera paga. La costruzione gli sembra troppo precaria e angusta. Come abbiamo fatto a starci dentro? Tenta di rievocare la voce di suo padre, qualche canto della madre, ma riesce solo a visualizzare espressioni serie, fosche, avvolte in un silenzio funebre. Non sa nemmeno stabilire se è nato tra queste quattro mura o se si erano trasferiti lì quando era molto piccolo. Ma in realtà non gli importa. La prossimità della casa paterna non gli suscita alcuna reazione. Accende il motore e accelera, ma un'altra casa, un po' più grande, che non ha mai visto prima, lo induce a fermarsi di nuovo. È un edificio semplice, simile a tutti gli altri di quella strada, eppure lì c'è qualcosa che trascina Ramiro indietro, direttamente all'infanzia. Che strano. Sono sicuro che prima non c'era. E allora? Il cuore comincia a battergli con violenza, si sente prudere i palmi delle mani, come se il sudore non trovasse sbocco. Intrigato, forzando i meccanismi della memoria, Ramiro ispeziona i dintorni della casa, segue passo passo i ricordi nitidi, rivede se stesso, un bambino che cammina sul marciapiede, saltando su un piede solo, canticchiando dalla contentezza per i giochi che lo aspettano. Sente contrarsi lo stomaco. Sì, ecco: qui c'era un terreno abbandonato. E come se di nuovo si ritrovasse all'età di dieci anni, a giocare tra gli arbusti e le erbacce, torna a imbattersi nella scoperta della morte.

Non l'aveva sentito arrivare. Quando alzò gli occhi dai suoi giochi, l'uomo barcollava tra i sacchetti della spazzatura che i vicini buttavano tra i cespugli. Crollò a terra proprio davanti alle ginocchia del bambino e nel cadere schiacciò i castelli di fango, il sentiero tracciato in mezzo alle erbacce, le macchinine di latta. Il tonfo ammutolì i grilli e le cicale, e per qualche istante il silenzio li avvolse entrambi. Il bambino avrebbe voluto correre via, attraversare la strada per andare a gettarsi tra le braccia protettrici della madre, ma le gambe non risposero ai suoi comandi. Non riuscì neppure a mettersi in piedi, a staccarsi da quel corpo tremante di rantoli. Vedeva il sangue sgorgare a fiotti, gli occhi spalancati che per un attimo incontrarono i suoi prima di cercare il cielo, il volto scomposto, alieno. Non aveva mai visto niente di simile e un impulso interiore gli impose di vederlo fino in fondo. Il bambino contemplava l'agonia dell'uomo e l'uomo contemplava una nuvola solitaria. Entrambi con lo stupore della prima volta, entrambi con la certezza che sarebbe stata l'ultima.

Scorse in quelle pupille sul punto di spegnersi lo scintillio della supplica, l'assurda speranza. Lo toccò: la sua pelle ardeva, e ritrasse la mano timoroso. Dal buco sul petto veniva ormai fuori appena un rivolo di sangue. Il bambino comprese che era da lì che irrompeva la morte, e allora si sentì debole, indifeso, abbandonato. Il respiro dell'uomo divenne acuto, sibilante. Aprì la bocca come se volesse mordere l'aria. Poi restò inerte. Lo scintillio andò spegnendosi poco a poco nelle sue pupille. Il bambino per un po' di tempo non poté muoversi. Poi dalla sua gola scaturì un gemito rauco. Le guance gli si coprirono di lacrime. Non piangeva per l'uomo: piangeva perché in quell'istante seppe che, un giorno, anche lui sarebbe morto.

Quello è stato il mio primo morto. Ramiro fuma con avidità e schiaccia l'acceleratore, senza voltarsi a guardare di nuovo il posto dove un tempo c'era il terreno abbandonato, ricordando che quella notte non tornò a casa. Sì, il mio primo morto e la mia prima fuga. Tre giorni di completa libertà. La vista della morte dell'uomo, sovrapposta all'intuizione non ancora ben chiara della propria, lo spinse a vagare per ore, solo, in silenzio, timoroso senza saperlo, finché nel centro della città non incontrò un gruppo di ragazzini vagabondi che vivevano sotto un ponte. Uno di loro, della sua stessa età, cominciò subito a provocarlo, suscitando in lui uno scoppio d'ira in cui poté sciogliere tutta la paura, il risentimento e il dolore accumulati in quelle ultime ore. Fu una lotta dura, senza vincitori né vinti, che valse al piccolo fuggitivo come lettera di presentazione nel gruppo. Ne venni fuori malconcio, zoppo e sanguinante, come il cavallo bianco di quella canzone, ma in compenso mi lasciarono unire a loro. Ramiro sorride, e un brivido di orgoglio gli corre sulla pelle. Il sole perde lucentezza, il traffico si riversa nelle strade, ma lui non se ne accorge, tutto preso ad assaporare quel flusso di ricordi sfumati nella distanza.

Si unì alla banda. Percorse insieme agli altri del gruppo posti prima insospettati, per via della sua reclusione nella prigione familiare. Monterrey divenne allora uno spazio aperto, infinito, pieno di novità e avventure. Per mangiare, lavorava caricando i cesti delle signore al mercato, o chiedeva l'elemosina agli automobilisti agli incroci. Non riservò mai un pensiero a suo padre o sua madre, l'emozione del nuovo riempiva la sua mente istante per istante. Conobbe la notte e i suoi angoli misteriosi, l'alba e i suoi movimenti lenti. Dormiva all'addiaccio, andava dove lo portavano i piedi. A chi volle ascoltarlo, raccontò di aver visto morire un uomo con un buco nel petto, e a forza di ripeterla, quell'esperienza andò perdendo il carattere terribile di una rivelazione, per trasformarsi in un semplice aneddoto, simile a quelli degli altri bambini di strada. Più tardi seppe che l'uomo era morto per una pugnalata, ma era lo stesso: il sangue, l'agonia, gli ultimi tremori che aveva visto in lui non avevano più importanza, gli parevano ormai banali quanto quelli di un cane messo sotto da una macchina per la strada.

Furono tre giorni e tre notti, che adesso rievoca come fossero stati anni. Il mondo fuori dai muri della sua casa lo travolse in un vortice di sensazioni, e a ogni giro la vertigine lo faceva crescere, gli mostrava la falsità della sua vita precedente. Ma quando ormai si stava abituando a quella sua nuova condizione di uomo libero, indipendente e felice, una notte si trovò la strada sbarrata da lampeggianti che gettavano nel buio un bagliore rosso e azzurro. Prima di rendersi conto di che si trattava, un poliziotto lo afferrò con violenza per un braccio e un altro gli illuminò il viso con una torcia elettrica, mentre confrontava i suoi tratti con quelli di un'immagine raffigurata su un foglio. Sì, è questo qui. Alla fine ti abbiamo beccato, stronzetto. Lo caricarono sul cellulare, e mentre si allontanava vide alcuni compagni della banda che ridevano, sbeffeggiandolo, mentre altri lo guardavano sollevati perché si stavano portando via solo lui. A casa sua madre piangeva, malediceva e poi ringraziava il Signore per aver recuperato suo figlio; suo padre invece aspettò che i poliziotti si ritirassero per dare libero sfogo alla sua furia, agitando in aria un cinturone con la fibbia di bronzo. Le peggiori botte della mia vita. Ramiro sorride con una certa amarezza, ma divertito. I lividi sulle gambe, la schiena e le chiappe mi durarono per quasi un mese. Aveva davvero la mano pesante, papà. E sì che non servì a molto: la voglia di andarmene via mi restò impressa sulla pelle per sempre.

Un cane enorme attraversa la strada di corsa e Ramiro schiaccia il freno con tutti e due i piedi. Stavolta la strada asciutta consente alle gomme di inchiodarsi sull'asfalto e l'animale si salva per un pelo. Cazzo, idiota d'un cane. Lo vede vacillare sulle quattro zampe, con la lingua di fuori e la coda ritta, e pensa che raramente ha visto un cane di quelle dimensioni. Sembra un cavallo. Proprio come quell'altro. Lo strombazzare di un clacson dietro di lui lo strappa ai suoi pensieri. Accelera, guardandosi intorno per orientarsi. Cerca con gli occhi le montagne. Essendo ormai calato il sole, il colle della Silla, irregolare, solcato da rughe, dossi, caverne e protuberanze irte di arbusti, pare una gigantesca zolla sul punto di sgretolarsi sopra i quartieri sdraiati ai suoi piedi. Sono molto lontano dall'albergo. E da Maricruz Escobedo. Non ha più pensato a lei da ore, e adesso si chiede se la donna di ferro sarà rientrata a casa, da suo marito e i suoi figli, o se sarà ancora lì a tramare imbrogli per conto dei suoi investitori. Ha guidato tanto che gli fa male la schiena, eppure l'idea di scendere dalla macchina non lo alletta. E neppure il programma di film polizieschi della tv dell'albergo lo attrae. Annoiato, preferisce continuare a monitorare il traffico, che certe volte è scorrevole e altre si intensifica fino alla follia, e proseguire il suo giro, andando dove lo conducono le strade, o il caso, svoltando agli angoli che gli suscitano un presentimento, come allora, come quella volta che scappò dal recinto familiare per vagare a suo piacimento per il mondo. E poi, in quel guidare senza meta, sente che sta incontrando di nuovo una città che gli sembrava sempre più estranea. Perciò accende la radio, per impregnarsi delle sonorità ascoltate fin da bambino, per vibrare allo stesso ritmo degli automobilisti con cui divide la strada. Gli accordi isterici e ascendenti di una chitarra elettrica introducono un pezzo rock e Ramiro cambia stazione. Bolero. No. Una canzone romantica. Tanto meno. Classica strumentale. Neppure. Musica *ranchera*, Cuco Sánchez. Può andare. Ma continua a girare la manopola fino a imbattersi nell'attacco di un *narcocorrido*.

Una macchina nera
targata Ciudad Juárez
vederla è un gran mistero
in giro per le strade,
l'auto e chi la guida
chissà da dove viene.

Il figlio di Camelia. Alza il volume, e immediatamente la noia si trasforma in frenesia. I battiti del cuore accelerano al ritmo della musica, tamburella con le dita sopra il volante, canticchia le parole. S'infila in una strada a più carreggiate e approfitta dello scarso traffico per accelerare a fondo, immaginando di vivere sulla propria pelle i versi della canzone. Perché no? A questo punto qualcuno potrebbe comporne una su di me. Magari proprio Los Tigres del Norte. Oppure la potrei scrivere io. Come quel film che non ho mai fatto. A un tratto, guidato da un impulso, abbandona la via principale imboccando una strada solitaria e male illuminata, senza abitazioni, con dei camion posteggiati lungo i bordi. Agli angoli, gruppi di giovani con delle birre in mano scrutano il passaggio dell'auto di Ramiro con sguardo torvo. Da queste parti non c'erano zone industriali. Adesso non so proprio più dove mi trovo. Scorge più avanti una strada ben illuminata e si dirige in quella direzione. Lungo il tragitto riconosce un'officina meccanica rimasta da dieci anni al suo posto, poi una serie di abitazioni e alla fine il guscio in rovina di una scuola. È lì che insegnava Victoria. Ferma l'auto, accende una sigaretta e abbassa il volume della radio.

Con i vetri in frantumi, la pittura scrostata e i sacchi neri ammucchiati davanti alla porta, l'edificio pare esser stato devastato da un terremoto. Ramiro s'immagina i cortili interni risuonare dei passi barcollanti e malinconici di drogati che trascinano la loro inquieta ombra, i corridoi infestati di vagabondi e ubriachi, lì dove prima correvano i bambini sopra mosaici rilucenti. S'immagina un festino di topi nell'aula di Victoria. Cos'è successo qui? Com'è potuto cambiare tanto? Merda. Se fossero passati cent'anni potrei capirlo, ma sono solo dieci.

Un attacco di tristezza lo assale e cerca di reprimerlo con un tiro di sigaretta, ma è inutile: il dubbio che anche altre cose si siano deteriorate tanto quanto la scuola gli si pianta nel cervello. Pensa alla sua vecchia strada, alla sua casa. E lei? Sarà invecchiata pure lei? S'immagina allora una Victoria con i capelli irti e canuti, le borse sotto gli occhi, le zampe di gallina che si ramificano dalle palpebre fino alle tempie, il doppio mento cascante e la carne abbondante e flaccida. No. Grassa no. Non è possibile. Un'ombra di delusione incombe su di lui. E la sua gravidanza? Ci sarà davvero stata? In tal caso suo figlio avrebbe proprio la stessa età di quando lui scappò di casa. Gli altri invece sono cresciuti, sono adulti ormai. Lancia un'occhiata ai riflessi di luce che brillano sulla strada. Sono vicino. A pochi minuti da casa. Perché no? Aspira a fondo la sigaretta e rimette in moto.

Fiancheggiando i margini del quartiere, nota che ci sono stati abbastanza mutamenti da disorientarlo. Ora tutte le strade sono asfaltate e a nessuna manca l'illuminazione, in alcune sono stati messi perfino i semafori. Abbondano le insegne luminose, i piccoli centri commerciali, i supermercati, i locali che servono *tacos* alla brace, le catene di fast food, i video club. Non è più lo stesso quartiere. Quanto progresso. Ci sono perfino delle banche. Però malgrado l'urbanizzazione e il fervore commerciale, la zona ha un'aria di deterioramento e abbandono che contrasta con quel travestimento di modernità. Ramiro non riesce a spiegarsi bene in che senso, ma gli pare che tutto sia lì a corrompersi da un'eternità. Nell'aria c'è un odore di ferraglia, polvere, fumi di scarico. Da ogni parte risuonano le strida metalliche di musiche vicine o distanti, vivaci o malinconiche, accompagnate da voci stonate. I cancelli, i pali della luce e perfino le macchine sono ossidate. L'asfalto è pieno di buche dai bordi frastagliati. L'erba e le siepi nei giardini, gialle e rinsecchite, denunciano un abbandono definitivo. Le case sono le stesse di dieci anni prima e anch'esse mostrano i segni del passare del tempo. Ramiro se ne rende conto mentre guida lentamente per quelle vie dove prima andava soltanto a piedi, ritardando di proposito il momento di imboccare la strada in cui viveva.

Quando infine vi entra, una banda di ragazzetti intenti in una partita di calcio in mezzo alla strada lo costringe a rallentare fin quasi a fermarsi. Incitati dalle bambine che si sgolano a fare il tifo, inseguono la palla correndo verso due pietre che fungono da porta, ma appena si accorgono della presenza dell'auto sospendono la partita, scansandosi ai lati. Ramiro attraversa l'ipotetico campo da calcio a passo d'uomo, osservando i bambini con curiosità, e un'ondata di sangue gli sale alla faccia quando incrocia lo sguardo di uno che gli assomiglia. Che sia lui? Lo scruta con attenzione. Il colore dei capelli, il modo di sorridere, le mani nervose. E poi deve avere una decina d'anni. Le sensazioni gli si rivoltano dentro, mischiandosi a un sentimento strano, nuovo, che non riesce a definire e che gli spezza il respiro. Non sa se fermarsi del tutto e scendere dall'auto o accelerare per andarsene via da lì. Sta per schiacciare a caso uno dei due pedali quando i lineamenti di una bambina della stessa età catturano la sua attenzione: è uguale a Victoria. L'espressione, il naso, l'ovale del viso. Sì, non c'è dubbio. È proprio lei. Mosso allora da un presentimento passa in rassegna tutti gli altri bambini e bambine, scoprendo qui un'attitudine, lì una maniera di aggrottare la fronte, il contorno delle labbra o il disegno delle orecchie, qualcosa che li identifichi con Victoria o con la sua propria immagine. Tutti i bambini si assomigliano. Ramiro respira a fondo. Non farti ingannare, Ramiro. È la luce fioca, le ombre, il nervosismo. Potrebbe essere uno qualunque di loro. O nessuno. Non sai neppure se esiste. Non ne avrai mai la certezza. E si riavvia verso la casa di Victoria, a metà dell'isolato.

Forse non vivono più lì. Magari hanno cambiato casa da anni, stanchi di aspettare il tuo ritorno. In fin dei conti, sei uscito una mattina per andare al lavoro e non sei più ritornato. Non è così? Ma la rassicurazione interiore non serve a nulla: arrivato davanti alla casa, una serie di spasmi concitati gli scuote il petto, rendendogli la respirazione affannosa.

L'angoscia gli fluisce nelle vene artigliandogli le spalle e le ginocchia. Accende un'altra sigaretta. La luce dell'ingresso lampeggia un po', poi si stabilizza, Ramiro osserva la pulizia del piccolo giardino, con l'erba tagliata e un roseto nell'angolo. Ridente, con i muri imbiancati, l'abitazione suggerisce in ogni angolo la cura di una mano femminile. Dietro le tende si avverte del movimento. Ramiro si concentra, vuole rammentare l'interno, i mobili, l'arredamento, i dettagli perduti. C'erano due camere minuscole, una saletta e la cucina. Nient'altro. Un letto a castello nella stanza dei bambini, una scrivania... Interrompe la rievocazione vedendo il contorno di una figura proiettata contro la tenda. Una testa rotonda orlata di riccioli sopra un corpo massiccio. Si muove e gesticola, conversando con qualcuno. Non può essere Victoria. Lei aveva i capelli lunghi. Era magra. Oppure no? Fa uno sforzo, ma l'immagine della moglie che conserva nella memoria non è affatto nitida. Ha serbato piuttosto delle percezioni di altro tipo: il suo odore, la temperatura dei suoi piedi, il senso di protezione dei suoi abbracci. Ha smarrito il suo volto, il suo aspetto. E se invece è sempre stata così? Il dubbio comincia a ronzargli nel cervello facendogli venire la nausea. Non mi ricordo com'era. È questa la verità. Nell'attimo in cui la donna alla finestra solleva le braccia robuste allungandole verso le tende, come se avesse avvertito una presenza in strada, Ramiro schiaccia il piede sull'acceleratore e si allontana.

Non servi a niente, memoria. Tanto è tutto un inganno. Attraverso lo specchietto retrovisore guarda per l'ultima volta la casa che dieci anni prima ha scelto di dimenticare, sicuro che adesso la seppellirà davvero per sempre insieme a tutto ciò che c'è stato e che c'è dentro. Arrivando alla fine della via, svolta in cerca della prima strada che vada verso il centro di Monterrey. Le ruote dell'auto stridono, suscitando le imprecazioni di un gruppo di giovani ammucchiati sul retro di un furgone ad ascoltare musica intorno a un cartone di birre. Uno di loro si alza in piedi e prendendo la mira lancia contro l'auto una bottiglia vuota, che però si infrange sull'asfalto. Ramiro inchioda furibondo. Vuole scendere per far pagare la bravata allo spaccone, ma scoprendo che quel volto di vent'anni assomiglia a quello che lui ha visto nello specchio quella mattina, rimette subito in marcia. E se fosse uno di loro? La domanda risuona nella sua testa, mentre percorre a tutta velocità le strade ora deserte, sentendo sulla pelle folate ardenti che paiono venire dritte dall'inferno, contemplando le masse livide dei colli all'orizzonte. Non importa. No, non importa se era uno di loro. Tutto ciò appartiene al passato, e non si può più tornare indietro. È finita. Quella risposta lo fa sentire leggero, libero da qualunque peso, e continua ad accelerare in direzione del centro, dove gli edifici squadrati stanno lì immoti sotto la luce giallognola dei lampioni, finché l'urlo di una sirena e un paio di luci dietro di lui non lo riscuotono. Porca troia. Non l'ho vista. Accosta la macchina. Tira fuori il coltello di tasca e lo nasconde sotto il sedile. Prepara le carte di circolazione.

«Hai fretta, amico?»

Allora si rende conto che, oltre all'eccesso di velocità, ha un solo fanale davanti per via dell'incidente. Non vuole avere problemi. Tira fuori dal portafoglio le ultime banconote e le consegna all'agente, insieme alla patente e ai documenti dell'auto. Il poliziotto lo guarda annoiato, prende i soldi e se li mette in tasca, poi restituisce a Ramiro le sue cose.

«Sistemi subito quella luce, signor Mendoza. Altrimenti la fermeranno di nuovo. E vada a dormire, ha l'aria stanca.»

Quando la pattuglia lo lascia solo, Ramiro alza lo sguardo verso il cielo, dove la luna butterata sembra un teschio. È proprio vero, ufficiale: sono stanco. Pensa a Maricruz Escobedo, a Damián, al fatto che domani dovrà proseguire il suo lavoro. Ha i nervi carichi di tutte le emozioni rivissute durante il giorno e, ovunque volga lo sguardo, si imbatte in immagini fantasmatiche. Esausto, si passa il palmo della mano sulla fronte. Quando gira la chiave per mettere in moto l'auto, il letto della sua stanza d'albergo è l'unica cosa che occupa la sua mente. Sì, vado a dormire.

Otto

Non aveva ancora percorso il primo chilometro che l'asfalto gli bruciava già sotto le piante dei piedi. Cazzo, se l'avesse previsto quando l'autista del camion gli aveva detto che lui si fermava lì, ed era uscito con il pesante veicolo fuori dalla carreggiata per posteggiarlo accanto a un casottino. «Vado a trovare una che sta qua sotto. Tu resta qui. Anche così ridotto e con la puzza che fai, qualcuno che ti carica lo trovi: questa è la strada per la frontiera, tutti passano di qua in un modo o nell'altro.» Ma lui voleva portarsi avanti, guadagnare qualche chilometro, non gli importava se ciò avrebbe significato sputare sangue sotto quel sole del diavolo. Non poteva star lì fermo ad aspettare.

Vedere le montagne spaccate, gli altissimi canaloni che gettavano la loro ombra sulla strada, l'aveva incoraggiato. Lo attirava l'idea di camminare là, di penetrare nel ventre squarciato della montagna. In qualche modo era come tornare nel grembo materno, che si apriva generoso e pronto a riceverlo. Il passo del Mamulique: il tratto più pericoloso della strada per Laredo. Un varco assassino che, con i suoi profondissimi burroni, alla minima distrazione inghiottiva in un attimo veicoli e passeggeri, come assicurava la leggenda.

L'aveva già attraversato tempo addietro: ne era sicuro, anche se non ricordava quando né con chi. Aveva già visto prima quelle conformazioni rocciose, le grandi moli di pietra grigiastra, il volto butterato delle montagne, i pendii ricoperti di cespugli rinsecchiti, le sinuosità della carreggiata. E aveva sempre desiderato calcare coi propri piedi quel suolo su cui tanti avevano trovato la morte, sentire sul viso l'alito di quel vento abituato a trascinare per il deserto le ultime grida di agonia dei moribondi.

Quel che però non aveva immaginato era il castigo che il sole riservava agli incauti che osavano mettersi in cammino per quei paraggi, né la piastra rovente in cui si trasformava l'asfalto nelle ore meridiane. Per non bruciarsi i piedi, scese dalla carreggiata per camminare sull'erba al lato della strada. Ma era un'erbaccia gialla, rinsecchita e nodosa, che graffiava. Si fermò, bevve due sorsi dalla bottiglia che aveva riempito d'acqua alla pompa di benzina e percorse con lo sguardo i due lati della strada. Da quando era sceso dal camion e aveva preso a camminare, non era passato nessun veicolo che andasse nella sua direzione. Aveva incrociato solo un furgoncino e un autobus a lunga percorrenza che però andavano verso Sud, diretti a Monterrey o alla capitale, o ancora più giù. Non c'era neppure un alito di vento. Si lasciò andare a un lamento, bevve un altro sorso d'acqua e alzò lo sguardo verso l'alto. Non vide che un cielo vuoto, con al centro la grande palla di fuoco intenta ad arrostirlo. Neppure una nube. Si asciugò il sudore dalla fronte e qualche goccia gli scivolò dalla mano verso l'avambraccio, per poi evaporare all'istante. Non c'è altro da fare, devo andare avanti. Riprese il cammino.

Il camionista gli era stato subito simpatico. Oltre a lasciarlo insaponare i vetri della cabina e dargli in cambio qualche moneta, gli aveva chiesto di andargli a comprare bibite e panini, mentre lui controllava la pressione delle gomme. Il Chato aveva subito obbedito: la mancia che gli aveva dato era generosa. Quando poi era tornato con le cibarie, l'uomo gli aveva detto di prendersi una coca-cola e, aprendo il sacchetto di carta, gli aveva offerto anche un sandwich con prosciutto e avocado. Il Chato l'aveva guardato con interesse: anche se a prima vista aveva un'aria burbera, in realtà era un bonaccione, un brav'uomo che si era bruciato tutta la vita sulla strada. Doveva avere intorno ai cinquant'anni: bruno, con la pelle rovinata dalla continua esposizione al vento e alla polvere delle strade, con una pancia gonfia da bevitore di birra, il sorriso parco e gli occhi stanchi. Prima che l'autista risalisse sul mezzo, il Chato si sentiva già abbastanza in confidenza da chiedergli: «Senti, capo, da che parte vai?»

Il tipo, già con un piede sul predellino, si era arrestato. Aveva esitato un istante, come se volesse ignorare la domanda, ma alla fine era sceso di nuovo a terra e si era girato verso il Chato, con gli occhi che brillavano divertiti e la bocca piegata in una smorfia che voleva essere un sorriso. Aveva risposto con un'altra domanda: «E tu da che parte vai?»

«Io da nessuna parte. Ma avere un passaggio fino a Laredo, sarebbe fantastico.»

«Fino laggiù non ti ci porto, ma ci vado vicino.»

«Grande, allora andiamo.»

Non gli era venuto neppure in mente di chiedergli dove l'avrebbe portato, era subito corso all'angolo vicino ai bagni dove teneva le sue cose ammucchiate dentro una borsa di tela, se l'era buttata in spalla ed era salito in cabina.

«È tutto qui il tuo bagaglio?» il camionista scrutava il fagotto squallido e bisunto.

«Sissignore, partiamo pure.»

Mentre metteva in marcia, il camionista aveva avuto un moto di ribrezzo. Si era voltato verso il Chato per vedere da dove provenisse il tanfo che l'aveva assalito. Poi dal disgusto era passato alla burla e aveva esclamato, con una smorfia di scherno: «Cazzo, come appesti! Da quant'è che non ti fai un bagno, amico?»

«Non lo so... Se vuoi, scendo.»

«No, lascia stare. Ormai è andata. Tra un po' mi ci abituo.»

L'espressione dell'uomo l'aveva costretto a pensare a se stesso, dopo settimane che non lo faceva più. Non sapeva di emanare un odore così forte: tra i compagni di discarica gli umori corporali passavano inosservati, e poi per strada, agli incroci, con il traffico di Monterrey, il caldo e l'inquinamento, nessuno aveva avuto occasione di lamentarsi di lui. Ma se puzzava così tanto, che aspetto poteva mai avere? Si era guardato le unghie, lunghe e spezzate, incrostate di una pasta gommosa fatta di unto, terra, sudiciume, sudore e altri cento ingredienti. I vestiti pieni di buchi e di strappi si tenevano insieme per miracolo. Lo stesso per le scarpe da tennis. Senza avere il coraggio di dare un'occhiata allo specchietto accanto al finestrino, aveva cercato di immaginarsi la sua faccia: la barba incolta e ispida, ridotta a un cespuglio nodoso, i denti coperti di melma, gli occhi affossati, le occhiaie violacee, le cicatrici. Faccio schifo: schifo e paura. Aveva sorriso, e per un impulso automatico aveva alzato le spalle: la cosa non gli dispiaceva. Il suo anfitrione doveva essere o un tipo molto coraggioso, o uno di quelli sempre in cerca di compagnia, di un orecchio rassegnato ad ascoltargli ripetere le sue avventure di strada. Aveva sbirciato nella sacca per controllare le sue cose: un contenitore di plastica con dentro dell'acqua, mezza bottiglietta di acquavite di canna, un pacchetto aperto di Delicados, dei *tacos* avvolti in carta gialla, un rompighiaccio, pochi spiccioli e un paio di banconote spiegazzate. Era tutto ciò di cui aveva bisogno nella vita. Aveva sorriso soddisfatto e aveva tirato fuori il pacchetto per offrire una sigaretta all'autista.

«Ne vuoi una? Solo che non ho fiammiferi.»

«Ce l'ho io. Mi chiamo Arturo, ma mi chiamano il Negro.»

«Piacere, Negro» e gli aveva stretto la mano, «me invece mi chiamano il Chato.»

«E il tuo nome...?»

«Niente nome.»

«Come? Un nome ce l'avrai pure.»

«E invece non ce l'ho» si sentiva spiritoso, di ottimo umore. «E poi a che servono questi cazzo di nomi? Solo per bollare una persona, e far dire agli altri "Ah, certo, quel tizio lì è figlio del tale, nella sua vita ha fatto questo e quello", e così è facile tenerlo sotto controllo, no? Sai già quel che ti risponde, come reagisce, che cosa pensa, che tipo è. È vero o no? Solo a questo servono, i nomi. Sono come la marchiatura delle vacche. Quando te l'hanno fatta non ti si leva più. Non mi piacciono i segni sulla pelle, e neppure i tatuaggi. Se uno deve distinguersi, meglio con un vestito, no?, così quando ti sei stufato lo cambi e fine del discorso.»

«Eh, certo...»

«Sissignore, Negro. È proprio così.»

«Non c'è che dire, Chato, mi hai lasciato senza parole» aveva risposto il Negro, lanciandogli un'occhiata. «Però, porca puttana, devi ammettere che hai la pellaccia piena di segni, poi ti ci vorrebbe proprio un vestito al posto di quegli stracci, non credi?»

«No, be', se è per quello...» e il Chato si era risolto a restare zitto per tutto il resto del viaggio.

Mentre avanzava metro dopo metro lungo la strada, contemplando quel paesaggio desertico sempre uguale a se stesso, ma che a volte mutava di colpo sotto i raggi del sole che parevano dissolverlo, il Chato si chiedeva come mai non se ne fosse andato prima dalla città. C'era qualcosa a Monterrey che lo teneva prigioniero, come una mosca su una superficie appiccicosa, in una perpetua agonia che gli suscitava una costante ansia di fuga, ma che al tempo stesso lo immobilizzava. Pura indolenza, pura apatia. L'ombra di un avvoltoio che volava in circolo sopra i rilievi lo distolse da quel pensiero. Tirò fuori una sigaretta, ma poi si ricordò di non avere fiammiferi con sé e la rimise nel pacchetto. Un camion proveniente dalla frontiera gli sfrecciò davanti a tutta velocità e lui si girò per vederlo perdersi giù per la discesa. In quell'istante si rese conto che stava procedendo in salita, verso il punto più alto della montagna. Ecco perché. Era da un po' che percepiva uno scricchiolio alle giunture, e i morsi della stanchezza dietro le cosce. Ma continuò ad avanzare.

Se n'era andato dalla discarica quando l'angoscia per l'abbandono della Muta si era tramutata in collera, in voglia di prendersela con quelli che erano stati i suoi compagni. Con Efraín, che non lo lasciava in pace un momento, mentre la Maga aveva dispiegato contro di lui una sorda guerra di dicerie, tese a pregiudicare la considerazione che fino ad allora i raccoglitori gli avevano riservato. Le voci sulla scomparsa del Moncho erano presto dilagate, e lui non aveva dubbi su chi fosse stato a spargerle. Il Chato non si preoccupava per le chiacchiere degli abitanti fissi dell'immondezzaio, sapeva che la loro discrezione era inviolabile. Ma gli zingari, i barboni girovaghi e i mendicanti che capitavano da quelle parti di tanto in tanto discorrevano dell'accaduto con quel misto di esagerazione e fantasia attraverso cui le notizie morbose si trasformano in leggende, dando vita a storie che ognuno di loro contribuiva ad accrescere con nuovi dettagli. Ben presto una di quelle versioni sarebbe arrivata agli orecchi pericolosi della legge, o della stampa, e allora sarebbe ricominciato l'assedio delle pattuglie e dei lampeggianti alle sue calcagna. Eppure il Chato non si decideva ad andarsene, finché una notte, durante le chiacchiere in cerchio con la boccia dell'alcol che passava di mano in mano, la Maga, credendolo addormentato, aveva buttato là che quella del Moncho non era la prima scomparsa misteriosa.

No, il Moncho non è stato il primo, da un po' di tempo stanno succedendo cose strane, non vi pare?, cazzo, che intendi dire?, vi ricordate di quel biondo capitato un mese o due fa, con una sacca piena di pezzi di acciaio inossidabile? sì, certo, era intervenuto il Calote, quel tizio che giurava che con l'acciaio sarebbe diventato ricco... come si chiamava?, non l'ha mai detto a nessuno, aveva risposto il Profe, io non so di chi cazzo parlate, aveva protestato una voce roca e avvinazzata, ma non lo chiamavano il Piattola?, no, non si chiamava così, ma come no?!, sì, perdio!, gliel'aveva messo il Butterato, un po' perché era bianco come un cencio, e poi perché così aveva un nome peggio del suo, ah, cazzo, era quello a cui piaceva farsi guardare mentre pisciava, e roteava il pisello per fare dei cerchi in aria con la pipì!, sì, proprio lui!, e allora che c'entra?, aveva chiesto la voce pastosa, be', di sicuro anche quello l'hanno fatto fuori, ma dai, Maga, che cazzo t'inventi!, aveva protestato Efraín, il tipo se n'è andato via e basta, figurati a chi gli importava di fargli la pelle a quello lì!, diavolo d'una Maga, come sei maligna, aveva detto il Profe, se quello era un tranquillone, che motivo c'era di farlo fuori?, sia come sia, aveva assicurato la Maga, da qui non è uscito, e tu come fai a esserne sicura?, aveva chiesto il Calote, sennò perché avrebbe abbandonato qua la sua sacca con l'acciaio, che doveva tirarlo fuori dalla povertà?!, cazzo, davvero?, sissignore, se non mi credete chiedetelo al Butterato, lui l'ha visto il Moncho che andava a vendere l'acciaio… è vero, Butterato?, aveva chiesto il Profe, non me lo ricordo, non fare l'idiota, stronzo!, ma perché, voi non vi ricordate che un giorno il Moncho è arrivato qui con un botto di tequila?, secondo voi, con che l'ha comprata?, con quello che gli hanno dato per l'acciaio!, e non l'ha neanche fatta girare, quel fetente, sissignore, non ce ne ha dato neppure un goccio, il bastardo, avrebbe dovuto dividere il bottino, no?, sicuro!, e sarebbe bastata a farci prendere una bella sbronza a tutti quanti, che pezzo di merda!, sì, meno male che l'hanno levato di culo, quel pidocchioso, speriamo che gliel'abbiano fatte pagare tutte… ora basta, finitela, ormai è acqua passata!, la Maga aveva azzittito le proteste ritornando al tema che le interessava, quello che vi sto dicendo è che l'hanno ammazzato!, gli hanno tirato il collo, qui, nella discarica… se l'è meritato, lo stronzo!, aveva detto la voce rauca ormai quasi spenta, ma no, non il Moncho, sto parlando del biondo, del Piattola!, ah, ma allora dev'essere stato il Moncho, per fottergli l'acciaio, aveva concluso il Profe, certo!, era intervenuto il Calote, e poi il fantasma del Piattola è tornato dall'altro mondo per vendicarsi… no, idiota, che tiri fuori?, sei proprio fulminato!, aveva ribattuto la Maga, il Moncho si è solo preso l'acciaio che era rimasto senza padrone, il Piattola l'ha ammazzato qualcun altro, il Moncho non era un assassino!, finiscila, Maga, aveva detto Efraín, tu lo difendi perché quello stronzo ti stava dietro, ma era pur sempre un bastardo!, il Moncho non ha ammazzato il biondo!, si era messa a gridare la Maga, esasperata, né il biondo né nessun altro!, e allora, il Calote non riusciva quasi più a parlare, chi è stato secondo te?, non lo so, non lo so, piagnucolava la Maga, isterica, io me lo immagino e basta!, e penso che ve lo immaginate anche voi!, a me m'importa un cazzo, aveva concluso il Profe buttandosi giù a dormire, ma ne ha già ammazzati due, e continuerà ad ammazzarne altri!, se lo meritavano quelli stronzi, aveva detto la voce roca ormai mezzo addormentata, ma non potete lasciarlo continuare, dovete fare qualcosa!, stai zitta una buona volta, Maga!, aveva ordinato Efraín, non vedi che nessuno ti dà retta?

A partire da quella notte, alcuni raccoglitori avevano iniziato a guardare il Chato con una certa diffidenza, gli rivolgevano parola solo lo stretto necessario, fingevano di essere occupati per stargli alla larga. L'odio della Maga lo seguiva ovunque. La sua ansia di vendetta era manifesta, quando piantava su di lui gli occhi arrossati dall'alcol, quando Efraín la mandava a offrirgli un *taco*, quando bevevano tutti insieme in silenzio al calar della sera. Non cercava di nascondere la sua avversione, anzi faceva il possibile perché il Chato se ne rendesse conto, perciò gli stava sempre intorno, qualche passo dietro a Efraín, sempre allerta.

Se non me la squagliavo, di sicuro dai e dai quella lì ci sarebbe riuscita a convincere gli altri a farmi la pelle. O magari ci provava lei con le sue mani. Il Chato cercava con gli occhi l'avvoltoio che era scomparso nel cielo, lasciandosi andare ad altri venti. E tutto per aver fatto fuori il Moncho, per far piacere a Efraín poi. Come un disco di rame, il sole si trascinava dietro il pomeriggio calando giù sulle montagne, brunendo le rocce, rimbalzando sul nastro d'asfalto, per poi lambire la pelle del Chato in una carezza rude e rovente. Tirò fuori la bottiglia e bevve di nuovo, reprimendo la tentazione di svuotarsela sulla faccia. Maledetta Maga. Tanto odio per averla liberata da quel bastardo. Ma sarà stato solo per quello? O magari anche per il primo morto? Quel Piattola che non aveva neanche un amico, di cui nessuno si ricordava. Neppure lui, del resto. Perché l'ho ammazzato? Fece un breve sforzo per ricordarselo, ma non era neanche in grado di rievocare la sua faccia, il corpo o il suono della sua voce nella memoria. La pigrizia mentale diventò così invincibile che si aggrappò a un ricordo nitido, più vicino: Efraín.

Ritrovandosi libero dall'ombra del Moncho, Efraín si era trasformato al tempo stesso nel servo del Chato e nel despota della sua donna. Se il Chato dormiva, azzittiva chi osava parlare forte o produrre qualunque rumore. Diverse volte aveva preso a schiaffi la Maga perché era scoppiata a ridere o a piangere. In un'occasione aveva perfino fatto a botte con due accattoni ubriachi fradici che si erano messi a berciare una canzone *ranchera*. Lo schiamazzo della rissa aveva svegliato il Chato. Efraín, diventato una furia, con il sangue che gli scorreva sul viso per i colpi ricevuti, non aveva smesso di accanirsi contro i due uomini finché questi non erano scappati via per il vicolo. Poi era tornato orgoglioso e sorridente dov'era il Chato, come se si aspettasse di ricevere una pacca sulle spalle a mo' di ricompensa. Dopo averlo visto battersi a quel modo, il Chato non capiva perché Efraín non avesse affrontato il Moncho. Sapeva picchiare, e picchiare duro; e sapeva incassare le botte. E allora? Ci aveva riflettuto per diversi giorni e alla fine aveva concluso che Efraín non era un debole, ma un codardo, e che le sue esibizioni di coraggio si manifestavano solo quando era sicuro che il Chato era lì alle sue spalle, pronto ad accorrere in suo aiuto in caso di vero pericolo. Come un cane da guardia, di quelli che si fanno avanti solo in presenza del padrone. Ma di quelli lì non ti puoi mai fidare. Un giorno o l'altro ti si ribellano contro.

Un colpo di clacson lungo e acuto lo fece quasi sobbalzare. Senza rendersene conto, era risalito sull'asfalto e stava camminando sulla carreggiata. Ebbe appena il tempo di scansarsi nella cunetta, inveendo contro l'auto che sfrecciava a tutta velocità. Il conducente suonò di nuovo, stavolta in risposta all'imprecazione e il Chato, infuriato, si mise a fargli dei gestacci in modo che l'automobilista potesse vederlo nello specchietto retrovisore, continuando a gesticolare finché l'auto non si rimpicciolì e poi scomparve in lontananza. Lui restò al centro di un silenzio interminabile, un rumore blando che riverberava al sole, come quello che scaturiva dalla gola della Muta.

Dopo che se n'era andata, l'aveva rimpianta come mai aveva rimpianto nulla prima di allora. Di notte si svegliava credendo di sentire la carezza del suo respiro, e aprendo gli occhi vedeva tra le ombre il suo sguardo umido e tranquillo. Ma accanto a lui non c'era nessuno. Allora il Chato sentiva che le vene del collo gli si gonfiavano fin quasi ad asfissiarlo e passava le ore a ricordare i tratti della donna, l'allegria che gli suscitava il solo fatto di averla accanto, il riso silenzioso che emanava dalle sue labbra per qualunque motivo. Per tanti giorni lei era stata sempre al suo fianco, come poi aveva fatto Efraín, ma le sue attenzioni erano prive del servilismo e dell'abiezione dell'altro. La Muta stava bene in compagnia del Chato, era in sintonia col suo modo di stare al mondo. Non cercava la sua protezione, benché sapesse di potervi contare. C'era tra loro uno scambio reciproco, piacevole e alla pari. Lei aveva curato le sue ferite quando era arrivato, lui faceva tutto il possibile per procacciarle il cibo. Lei gli procurava l'alcol, lui non permetteva a nessuno di darle fastidio. Spesso lei vegliava sul suo sonno di notte e lui cercava il modo di farla contenta di giorno. Una relazione molto affettuosa. Quel pensiero fece scattare una scintilla nella sua mente, illuminando l'immagine del primo morto nella discarica e proiettandola nella sua memoria. È per quello che l'aveva ammazzato, perché dava noia alla Muta! Continuava a non ricordare la faccia o la voce o nient'altro di quel Piattola, ormai stecchito. Ricordava però gli occhi e l'espressione della Muta prima e dopo averlo fatto, e ciò gli bastava.

La spossatezza cominciava ormai a vincerlo quando arrivò a un ponte. Si sedette. Bevve ancora dell'acqua e contemplò il precipizio. Là sotto, in mezzo al canyon, un'auto ridotta a un rottame finiva di marcire al sole. Dovevano essere cinquanta metri di salto, e il Chato si chiese se qualcuno fosse mai sceso giù a recuperare il corpo del conducente. Suppose di no, e immaginò dietro al volante uno scheletro bianchissimo, prima scuoiato dagli avvoltoi, sbranato dai coyote poi ripulito dai vermi. Così come il Moncho e quell'altro pezzente. Solo che di loro se n'erano occupati i topi. Alzò lo sguardo e il fulgore del sole, nerissimo, gli trafisse gli occhi. Strinse le palpebre e per vari istanti il cranio gli si riempì di onde di un azzurro incandescente, che vibravano e strepitavano come le fiamme di un falò. Mancavano ancora parecchie ore al calar della notte. Al buio sarebbe stato quasi impossibile che qualcuno lo caricasse, eppure desiderava che il sole sparisse subito dall'altro lato del mondo. Gli restava solo mezza bottiglia d'acqua e forse non sarebbe riuscito a continuare a razionarla. Se almeno avesse avuto un fiammifero…

In realtà quel tipo non aveva neppure molestato la Muta. Ma era chiaro che la metteva a disagio. Lo sguardo di lei si adombrava se lui compariva insieme agli altri raccoglitori a spartirsi la bottiglia. Diventava nervosa, impacciata, rovesciava l'alcol mentre beveva, o restava assente, mentre la sigaretta si consumava tra le sue dita, finché la brace non le bruciava la pelle costringendola a scuotere la mano con violenza. Il Chato all'inizio non l'aveva notato, ma con il passare dei giorni aveva cominciato a rendersene conto: il buon umore della Muta si estingueva non appena arrivavano i raccoglitori che chiamavano gli zingari, e la sua bocca tornava a curvarsi in un sorriso quando alcuni di loro si allontanavano. Chi era che la turbava in quel modo? Aveva cercato di domandarglielo, ma la Muta non aveva capito o aveva fatto finta di non capire: non era mai riuscito a strapparle un'indicazione chiara. Allora, senza che lei se ne accorgesse, si era messo a sorvegliare le sue reazioni. Sì, era proprio così: la sua donna si trasformava quando comparivano gli zingari e gli altri straccioni di passaggio nella discarica. Il Chato aveva smesso di bere per qualche giorno, adducendo un mal di stomaco, con l'intento di restare lucido. No, non si trattava degli zingari né dei pezzenti che passavano di lì, ma di uno con lo sguardo più torvo degli altri. Nessuno sapeva da dove era venuto, nemmeno quelli che erano arrivati con lui. Poiché non aveva detto come si chiamava, i raccoglitori gli avevano affibbiato vari soprannomi, ma nessuno aveva avuto successo, finché un giorno il Butterato aveva dichiarato che un tipo lentigginoso e sudicio come quello non poteva che chiamarsi Piattola. E quello era rimasto il suo nome da quel momento in poi, anche se lui non se ne dava per inteso. Al Chato non piaceva quel suo modo di guardare di sbieco, e dopo aver constatato che era lui la causa dell'inquietudine della Muta, aveva sancito la sua condanna.

Una sera, quando la bottiglia aveva iniziato a girare di bocca in bocca, il Chato aveva fatto finta di bere con i compagni ma si era mantenuto sobrio, toccando appena l'alcol allungato con la gazzosa e fumando una sigaretta dopo l'altra senza dire una parola. Alcuni dei raccoglitori avevano perso rapidamente la lucidità, facevano due o tre passi traballanti poi crollavano in un angolo, cominciando subito a russare, o si accucciavano al loro posto per non muoversi più fino al giorno dopo. Il Chato fingeva di seguire i discorsi incoerenti di quelli che resistevano ancora svegli, mentre scrutava con la coda dell'occhio l'intruso. Il tipo non gli piaceva, questo era certo. Ma non lo detestava neppure. Mezza addormentata, la Muta gli si era adagiata sulle gambe e di lì a poco era sprofondata in un sonno pieno di gemiti e sussulti. Allora il Chato era stato preso dall'ira. Se la sua donna soffriva nel sonno, si doveva alla presenza di quel maledetto Piattolone. Doveva assolutamente liberarla da lui. L'aveva guardato. L'altro continuava a bere. Si era alzato più volte per andare a pisciare nella discarica e ogni volta che aveva finito si girava scrollandosi il pisello davanti a loro come se lo stesse offrendo, non alle donne presenti ma alla spazzatura, o alla notte. I raccoglitori ridevano di quello spettacolo e lo incitavano a prolungarlo. Il Chato no, ma quell'esibizione non gli dava neppure fastidio. L'unica cosa che non sopportava era di vedere la Muta così inquieta.

Gli ultimi raccoglitori ancora svegli si erano arresi uno dopo l'altro e, essendo quasi finito l'alcol, il Piattola si era alzato di nuovo in piedi. Sembrava che stesse cercando un posto dove dormire. Procedeva a zig zag per via della sbronza e la sacca sulle sue spalle tintinnava a ogni barcollamento. Il Chato l'aveva seguito con lo sguardo. Si aspettava che si ritirasse in un angolo, ma l'uomo invece era salito sul monte di spazzatura e la sua figura aveva cominciato a perdersi nel buio. Il sacco sulle sue spalle sembrava una gobba e di tanto in tanto oscillava come un batacchio. È il momento buono. Con delicatezza, il Chato aveva scansato la testa della Muta dalle sue gambe per accomodarla al suolo, sopra un cartone. Accertatosi che non si fosse svegliata, le aveva accarezzato i capelli con dolcezza e si era alzato. Aveva dovuto fare un paio di flessioni con le ginocchia per dissipare il molesto formicolio che gli percorreva i muscoli delle gambe, intorpidite per l'immobilità. Senza sapere perché, aveva mormorato un vado a pisciare rivolto ai corpi inerti dei raccoglitori, e si era incamminato sulle tracce dell'altro lasciando un vuoto tra le ombre riunite in cerchio. Ma mentre si arrampicava sulla coltre di spazzatura aveva perso l'orientamento. Aveva alzato gli occhi al cielo. Non c'era luna, né stelle. La notte serrata non gli permetteva di vedere più in là di due o tre metri. Era andato avanti alla cieca, tastando a ogni passo il terreno malfermo con la suola delle scarpe, finché un gorgoglio non gli aveva indicato la direzione da seguire. Si era avvicinato con cautela, fermandosi solo quando i suoi occhi avevano individuato nel buio la sagoma del Piattola. Assorto in se stesso, con il cervello affogato in una pozza d'alcol, il tipo canterellava una *cumbia* agitando il membro in aria come fosse la bacchetta di un direttore d'orchestra. Non l'aveva sentito arrivare. Il Chato gli era saltato addosso, gli aveva stretto il braccio destro alla gola mentre con il sinistro faceva pressione, mantenendosi ben saldo sulle gambe e contrastando gli sforzi dell'altro per liberarsi. Aveva sentito lo scampanellio dell'acciaio che scivolava fuori dalla sacca, poi il lamento strozzato della sua vittima, che si confondeva alla sua respirazione accelerata. Il suono successivo, uno scricchiolio molle, aveva fatto afflosciare il corpo del Piattola, che era caduto in ginocchio. Non mi schizzare, figlio di puttana, era stato l'unico pensiero del Chato, ricordandosi di colpo che il pisello dell'altro penzolava ancora fuori dai suoi stracci. Aveva continuato a stringere quel collo per un po' di tempo, allentando la presa solo quando aveva sentito scricchiolare un'altra serie di ossa. Allora l'aveva mollato e il cadavere era piombato giù insieme alla sacca dell'acciaio inossidabile. Il Chato aveva guardato di nuovo verso l'alto. Adesso una luna minuscola pareva un'unghiata sferrata contro il nero volto del cielo. Mancava ancora qualche ora prima dell'alba. C'era tempo. Aveva trascinato il corpo fin dove la discarica confinava con la recinzione dei mercati generali, ma prima di nasconderlo lì, ci aveva pensato meglio e aveva deciso di ritornare dagli altri. Devo sistemarlo in profondità, si diceva. Così ci pensano i topi a ridurlo a uno scheletro, il bastardo. Era uscito dalla discarica ed era andato a sedersi accanto alla Muta. Le aveva sfiorato le guance con tenerezza mentre canticchiava una canzone sottovoce.

«Dov'è che andavi, Chato?» gli aveva chiesto Efraín con voce strascicata, sonnolenta.

Lui aveva sorriso. Si era guardato intorno per assicurarsi che gli altri dormissero, belli sbronzi.

«Sst, non far rumore. Ora te lo dico. Non c'è più nulla da bere?»

Un vecchio autocarro arrancava a gran fatica su per la strada, scatarrando rumorosamente. Gli sbuffi di fumo che uscivano dal fumaiolo insudiciavano l'azzurro del cielo, spandendo nell'aria un tanfo di olio bruciato. Una volta arrivato al ponte avrebbe dovuto rallentare ancora di più la marcia. Il Chato dapprima lo guardò con indifferenza, ma poi l'urgenza di arrivare a Laredo lo ridestò e facendosi forza si disse: questo qui mi carica. Si mise in piedi. Le ginocchia scricchiolarono e un crampo fugace gli attraversò le cosce. Non prestò attenzione al malessere, che però si tradusse in una smorfia che il Chato cancellò subito dal viso, mentre allungava il braccio con il pugno chiuso e il pollice alzato. Il camionista lo scorse qualche metro prima di entrare sul ponte. Fece di no con la testa e fissò lo sguardo sull'asfalto.

«Dammi un passaggio, amico! Vado fino a Laredo!»

Non ottenne risposta. Lo scoppiettare della marmitta copriva qualsiasi suono. Il camionista non si girò neppure a guardarlo. Il cassone del camion gli passò davanti con un tremito da vecchio decrepito, procedendo molto lentamente, ma senza dar segno di voler rallentare. Allora cercò di corrergli dietro, ma le sue gambe acconsentirono a fare solo qualche breve passo. Non fare lo stronzo, amico, fermati, disse tra sé e sé, mentre sentiva ruggire il motore. Il clacson risuonò una volta e il camion si allontanò con una lentezza esasperante. Il Chato mormorò una maledizione e riprese a camminare: doveva assolutamente sgranchirsi le gambe e andare avanti ancora un po', almeno qualche chilometro, per arrivare a un punto di sosta o a un ristorante o a un semplice casotto o al benzinaio successivo, per poter sperare che qualcuno lo prendesse a bordo. Il sole a quell'ora ardeva ormai a fuoco lento sull'orizzonte, come una brace che non ha ancora finito di consumarsi e il paesaggio, sotto quella luce rossastra, sembrava meno desolato. Poi tra poco sarebbe iniziata la discesa della costa e la camminata sarebbe divenuta più blanda.

Dopo quella notte, la Muta era cambiata. Era diventata più allegra, più fiduciosa: non si faceva prendere dal nervosismo né era assediata dagli incubi notturni. E rivolgeva al Chato sguardi pieni di tenerezza. Quando gli era accanto, lo toccava con una certa audacia, permetteva che i loro corpi si accostassero, e a volte osava perfino accarezzarlo. Lui si era chiesto più volte se si fosse accorta di qualcosa, ma era improbabile. La Muta era addormentata quando il Chato era andato a sistemare l'altro. A meno che Efraín… Efraín lo aveva aiutato a occultare il cadavere sul monte. Aveva cercato di rifiutarsi, ma il Chato lo aveva tirato su per i capelli e lui non aveva avuto altra scelta che seguirlo. «No, Chato, non puoi chiedermi questo. Tu non hai idea di quanti maledetti topi ci sono lassù, sembrano conigli quei bastardi. Guarda! Che ti dicevo, se lo stanno già mangiando!»

Nella semioscurità l'immagine era ancora più grottesca: quattro o cinque ombre nere, enormi, che passeggiavano sopra il cadavere. Andavano di qua e di là, poi all'improvviso si immobilizzavano, tremando, sforzandosi di tirar fuori qualcosa rimasto intrappolato nella carne. Il Chato si era messo a prenderli a calci e l'aria si era riempita di strilli acuti, mentre altri topi rispondevano al richiamo dei loro compagni in lontananza. Efraín era terrorizzato.

«Oddio, ora vengono tutti qua! Ci mangeranno vivi!»

«Inizia a scavare. E stai zitto una buona volta!»

Non era stato facile, ma dopo aver scavato per quasi un'ora erano arrivati al punto in cui i rifiuti si pressavano in un unico strato pantanoso, una sorta di compost, e lì avevano buttato il corpo. In meno di un minuto un paio di topi vi erano di nuovo sopra. Un altro invece aveva affondato i denti nella caviglia di Efraín, che era scappato via gridando verso la terraferma. Il Chato allora si era messo a mani giunte a rovesciare spazzatura sopra il cadavere, per poi abbandonare anche lui il posto prima che si riempisse di roditori. Non aveva più visto Efraín fino al giorno dopo, quando lui e la Muta l'avevano svegliato molto allegri, offrendogli uova crude che si erano procurati chissà dove.

Da quando era iniziata la discesa i veicoli gli passavano accanto a maggior velocità. Non rallentavano neppure alle curve. Razza d'idioti, ci credo che poi finiscono in fondo al canyon. Adesso a salire su a fatica erano i camion provenienti da Laredo. Autobus pieni di donne, di quelle che passano di continuo la frontiera per i loro piccoli contrabbandi.

Tir carichi di merce contraffatta, o magari di armi. Alla fine di una curva lunga più di un chilometro, lo attendeva un'enorme delusione: aveva sperato di scorgere sulla pianura al margine della strada un villaggio bianco, con punti sosta per gli automobilisti, locande, zone ombreggiate e acqua, molta acqua da bere e per bagnarsi la testa, il petto, le gambe. Un paese ospitale, con la piazza piena di panchine all'ombra degli alberi. Ma la speranza si tramutò nel grido del suo sangue incandescente, quando scoprì che la strada si allungava in una retta infinita: chilometri e chilometri di discesa fiancheggiata da terreno nudo, senza una triste casa, senza un essere umano in vista. Sospirò, sentendosi mancare. Immaginò che se nessuno lo caricava avrebbe passato il resto della vita camminando per quel deserto. Sarebbe sopravvissuto? Di lì a poco avrebbe finito l'acqua. La suola delle sue scarpe da tennis presto sarebbe stata ridotta a brandelli, e le vesciche lo stavano ammazzando. Aveva con sé ancora un po' di cibo, e sigarette, ma senza fiammiferi. Vide in lontananza dei cavalli che mordevano le erbacce cresciute accanto all'asfalto. E se fosse arrivato a Laredo a cavallo? Ma non aveva mai cavalcato, non avrebbe saputo come fare. Le sue gambe si flettevano per pura inerzia, ormai abituate a muoversi senza posa. Da quant'è che cammino? Da tutta la vita.

Un passo. Un altro. Un altro ancora. Un inciampo. L'equilibrio un po' difficoltoso in discesa. Altri passi, passi lunghi, falcate. Andava avanti con il vuoto in testa per non consumare energie con il pensiero, e tuttavia il sangue in combustione gli proiettava nella mente i ricordi sempre identici delle sue camminate, tutte ugualmente spossanti, tutte interminabili. Povero Chato, eri finito nella discarica dopo aver camminato per tutto il giorno, e i giorni prima, forse anche per settimane, vagando senza meta per le strade della città. L'unica cosa che desideravi era un po' di riposo, un angolo dove buttarti senza attirare l'attenzione degli altri. Un posto fresco, all'ombra, come le braccia della Muta. E guardati adesso, di nuovo lì a camminare, passo dopo passo, consumandoti le ginocchia, i polpacci, le piante dei piedi. Ed è sempre camminando che eri arrivato al fiume un po' di tempo prima, ti ricordi? Dopo una lunga camminata in cui volevi scordarti dei tre bambocci che avevi ammazzato. E dal fiume eri uscito muovendo pure quelle stesse gambe, che ormai non ne possono più, vero? Sì, è l'ora di fermarsi da qualche parte. Come prima. Perché ci dev'essere stata un'epoca in cui vivevo con calma, un tempo di tranquillità. No, non me lo ricordo. Ricordo solo i miei piedi che pestano il selciato. E quello che non è nella memoria non ha importanza. Sono un uomo in transito. Nient'altro che un viandante. Non c'è rimedio. E mentre avanzo sotto il nero bruciante di questo sole, grondo di luce e lascio il mio odore di animale stanco nell'aria del deserto. Il calore affina le mie orecchie. Tutto si sente. Il suono del vento nero che sta per cadermi addosso. La fuga scandalosa dell'orizzonte. Il bollire della sabbia. Il crepitare della vampa nel cielo. Allucinante, cazzo.

I veicoli gli sibilavano accanto veloci, investendolo con raffiche di vento che lo facevano barcollare e lo costringevano a lottare per tenersi dritto. Non gli veniva nemmeno più in mente di stendere il braccio. Ora scendeva molto più rapidamente, e non sudava quasi più. Mi sarò disidratato? Estrasse dalla sacca la bottiglia d'acqua. E anche i *tacos*. Li divorò precipitosamente, quasi senza respirare, poi scagliò la carta al deserto. Una brezza impercettibile la trascinò via facendola rimbalzare sulla sabbia, finché non andò a infilzarsi tra i rami spinosi di un albero annerito. L'odore del grasso finirà per attrarre i coyote. Si attaccò alla bottiglia e mandò giù due sorsi. Mentre beveva si accorse che il deserto non ha odori. Certo, qui niente marcisce, né ristagna. Le cose rinsecchiscono o evaporano, per questo non hanno odore. Che differenza con quel pantano. Lì tutto appesta, perfino i pensieri. Qui invece tutto è chiaro, trasparente. Una repentina nostalgia per la discarica gli fece comprendere che non avrebbe mai potuto abituarsi a un posto così pulito. Aveva bisogno di chiaroscuri, di fetori, di umidità che filtra negli angoli, di colori variopinti. No, qui non potrei mai vivere. Cercò di sputare, ma la sua bocca era piena di un impasto secco che gli si incollava alle gengive.

I cavalli erano sempre più vicini. Erano degli animali magri, vecchi, svogliati, con le costole sporgenti sotto la pelle come quelle dei bambini affamati. Solo uno, che trottava lontano dalla strada, si mostrava giovane e forte, con il pelo brillante e l'energia che gli sprizzava da ogni poro. Il Chato si immaginò di montarlo, senza sella, correndo al galoppo verso il Nord, e quell'immagine gli piacque. Scoppiò a ridere. Il sole mi provoca di nuovo allucinazioni. Anche se non sarebbe una cattiva idea. Non cavalcarlo, ma andargli dietro. Si vede che è una bestia forte. Deve sapere dove trovare acqua e cibo. Magari i suoi padroni vivono in un piccolo ranch qui vicino. Un camion con il clacson spiegato lo strappò alle sue divagazioni. Passando, investì il Chato con un violento getto d'aria che lo sospinse indietro, ma senza farlo cadere. A seguire ne veniva un altro, poi un altro e un altro ancora. Un intero convoglio che avanzava a tutta velocità, strombazzando in modo isterico tra i grugniti e gli sbuffi dei motori. Il Chato trasalì e un presentimento lo spinse a girarsi verso i cavalli. Mentre i più vecchi si allontanavano dalla strada, il puledro giovane e brioso nitrì sonoramente raccogliendo la sfida, si alzò sulle zampe posteriori, poi partì al galoppo. No, fermati. Fermatevi, non lo vedete? Ma il cavallo era già in mezzo alla strada.

Uno degli ultimi camion del convoglio lo investì. Il rumore secco fu soffocato dai motori e dai clacson e il Chato assistette allora, incredulo, a una strana scena: il puledro girava su se stesso come una trottola che sta esaurendo l'impulso, prima sulle gambe posteriori, poi sulle natiche, per due o tre secondi, il tempo che ci mise a raggiungere con quelle evoluzioni il margine della strada. Lì cadde su un fianco per poi rotolare verso il piano desertico. Il camion l'aveva preso in mezzo al corpo, colpendogli la testa e una delle zampe anteriori. Il Chato non capiva come aveva fatto a non decapitarlo. I veicoli proseguirono la loro marcia e nel giro di pochi secondi non furono che una fila di bagliori metallici in lontananza. I piedi del Chato si mossero controvoglia, ma dopo un po' di passi recuperarono il solito ritmo. Un irrigidimento dei muscoli gli opprimeva la schiena, il petto, la gola. Voleva raggiungere il puledro, anche se non poteva far più nulla per la sua vita.

Come se avessero fiutato un grave pericolo, gli altri cavalli si dispersero verso il fianco di una montagna. Subito apparve il primo avvoltoio, volando in ampi cerchi alto nel cielo. Vedendolo, il Chato si domandò che razza di olfatto dovevano avere quegli uccelli per avvertire tanto prontamente l'odore dell'agonia. Neanche i giornalisti sono così rapidi. Sorrise, ma il sorriso gli richiamò in bocca un sapore di bile. Presto sarebbero arrivati anche i coyote, gli sparvieri. Niente di più appetitoso di una carogna. E si ricordò dei topi sopra il cadavere.

Il puledro non era morto. Il suo corpo si scuoteva, come se cercasse di ricomporsi dopo l'impatto. Il Chato cominciò ad avvicinarsi e tra gli arbusti rinsecchiti, dove prima avevano mangiato gli altri cavalli, trovò grandi cumuli di sterco fresco. Se la saranno fatta addosso assistendo alla morte del giovane puledro? Certi animali reagiscono così. Gli agnelli piangono quando sentono l'odore del sangue di uno di loro. E i cavalli? Perché no? Intravide l'animale agonizzante dall'altro lato della strada e attraversò la carreggiata, seguendo le tracce di orina, sterco, pelle e pezzi di carne sanguinante. Senza dubbio era l'odore di quelle spoglie ad attrarre gli avvoltoi. Man mano che si avvicinava, notò che una respirazione spasmodica torturava il corpo straziato dell'animale. La puzza era sempre più intensa. È questa la morte? Rovesciare fuori tutto quel che è dentro e diffondere odori nauseabondi? Come mai prima in tutto il giorno, desiderò di avere in mano un fiammifero per dissipare quel fetore con il fumo del tabacco. I suoi morti non avevano quell'odore, di questo era certo, o forse non se lo ricordava. Sentendo i suoi passi, l'animale lanciò un nitrito simile a una risata rauca che fece accapponare la pelle al Chato. Con lo stomaco sconvolto dal disgusto e dalla pena vide come, pur con la colonna vertebrale fatta a pezzi, il puledro si ostinava a cercare di rimettersi in piedi. Ma riusciva solo a muovere la testa e le zampe davanti: la metà posteriore del corpo era un fardello immobile. Le costole sporgevano fuori, tra la carne viva, e il Chato poté vedere le schegge delle fratture esposte alla vista. È più morto che vivo. E lotta ancora. Guardati i denti rotti, la lingua troncata in due. Perché non ti arrendi una volta per tutte? Non lo vedi come soffri? Si mise in ginocchio accanto alla testa dell'animale. I loro sguardi si incontrarono e il Chato fu investito dai ricordi. Fin da bambino aveva imparato a riconoscere l'ultima luce in fondo agli occhi di un moribondo. Ma scacciò quel pensiero perché ora le cose erano diverse: il luccichio delle enormi pupille del cavallo, nere come la pece, rivelava una sofferenza atroce, ben lontana da quel sollievo che il Chato aveva avvertito nello sguardo di alcuni uomini sul punto di spegnersi. Il fatto è che tu non capisci che stai per morire. È assurdo. Come puoi credere il contrario. Allungò un braccio e lo toccò. Il cavallo agitò la testa come se quel contatto moltiplicasse i suoi dolori. Ritirò la mano piena di sangue. Una sensazione di angoscia gli si ficcò nel petto, avrebbe voluto gridare, sfogare la sua impotenza, la sua rabbia, la sua compassione, ma un grosso nodo gli ostruiva la gola. Su, bello. Si girò dall'altra parte e si rimise in piedi. Respirò a fondo fino a normalizzare il respiro. Guardò il sole che ormai toccava l'orizzonte, poi alzò gli occhi verso il cielo, dove parecchi avvoltoi erano sopraggiunti per unirsi al primo nel suo volo circolare.

Non poteva lasciarlo così. Quando si fosse allontanato, gli uccelli sarebbero calati sulla preda e avrebbero cominciato il loro festino. A loro non importava che il cavallo non fosse ancora morto. Così ai dolori che lo torturavano si sarebbero aggiunte le beccate, gli squarci nelle viscere. Gli avrebbero strappato gli occhi. Infilò la mano nella sacca e tirò fuori il rompighiaccio. Glielo avrebbe piantato nella nuca. Aveva visto fare così nelle corride di tori. Impugnò l'arma e si girò, ma l'animale era immobile, con la testa abbandonata al suolo, la lingua di fuori come se leccasse la terra. Esaminò il corpo: gli spasmi erano cessati. Guardò di nuovo verso il cielo e stavolta gli uccellacci gli sembrarono una moltitudine. Tastò la testa inerte con il piede. Stava per andarsene, ma poi pensò che forse aveva solo perso i sensi. E se si fosse svegliato mentre lo stavano divorando? Ricordò il suo risveglio nella discarica, già un bel po' di tempo addietro, con i topi che annusavano le sue ferite, e risentì sul corpo il panico che aveva provato. Allora, senza perdere tempo, si accovacciò accanto all'animale e con un solo colpo gli affondò il rompighiaccio nel cranio fino all'impugnatura. Lo ritirò fuori e, per essere sicuro, lo conficcò altre due volte. Nessuno dei colpi fece muovere l'animale: era proprio morto.

Si allontanò abbattuto, stanco per quel tumulto di emozioni. Non pensava più a niente. Quando arrivò sul margine della strada, si rese conto di avere ancora il rompighiaccio in mano. Lo ripulì con la stoffa della sacca prima di rimettercelo dentro. Non aveva fatto più di dieci metri quando una croce d'ombra che si allungava sull'asfalto lo avvertì della discesa di un avvoltoio. Si girò verso il cadavere. Non uno, ma due uccellacci necrofagi, già a terra, avanzavano verso il corpo a piccoli balzi, come se interpretassero la loro parte con un misto di indolenza e timidezza. Quasi immediatamente ne arrivarono altri due ed ebbe inizio una danza di morte. Aspettò che il più affamato si facesse avanti a becchettare le viscere del cavallo e scagliò la prima pietra con rabbia. Lo mancò. Si avvicinò di qualche passo e raccolse un'altra pietra, più grande. La sassata prese in pieno il corpo dell'avvoltoio, che però non fece altro che svolazzare pigramente un po' più in là, a qualche metro dal cadavere, e da lì ricominciare la sua tragica danza. Gli altri intanto banchettavano sul ventre del cavallo. E altri ancora continuavano a scendere giù. Non si sarebbero rialzati in volo neppure se il Chato li avesse presi a bastonate. Qualsiasi sforzo sarebbe stato inutile. Si rimise in marcia e attraversò la strada.

Se non arrivo subito a un posto abitato, o se non mi carica qualcuno, sarò io il prossimo pasto di quei maledetti uccelli. O dei coyote. La notte sarebbe presto calata del tutto e la distesa deserta si andava riempiendo di rumori e di ombre. Gracchiare d'uccelli, trilli, sibili, gridi di civette. Gli arbusti, gli alberi anneriti, le rocce e i cactus facevano sembrare i pendii tutto attorno delle cupe schiene ricurve.

A tratti il Chato aveva la sensazione di essere osservato. I piedi gli dolevano fino alle lacrime. Le vesciche spaccate buttavano fuori un siero rossiccio e subito altre gli si formavano sui talloni. Non avrebbe resistito ancora per molto. Chissà, forse il suo destino era di finire lì la sua vita, a metà strada in quella landa deserta, senza arrivare mai a Laredo. Prese in considerazione l'idea di fermarsi, raccogliere dei rami secchi per accendere un fuoco e passare lì la notte, ma poi si ricordò che non aveva fiammiferi. Niente da fare, non resta che andare avanti.

Si era messo in viaggio con l'intenzione di passare la frontiera alla prima occasione. A nuoto, se necessario. Poi avrebbe preso verso l'interno degli Stati Uniti, o ancora più lontano, verso il Canada o l'Alaska. Aveva sentito parlare di navi attrezzate per la pesca dei granchi. Era anche disposto a vivere di caccia in mezzo a un bosco. L'importante era muoversi, andar lontano. Non arenarsi in un posto. Ma prima doveva passare la frontiera. Avrebbe fatto qualsiasi lavoro, per procurarsi un po' di soldi. Si sarebbe comprato dei vestiti, ormai era stufo di quella tuta e quella felpa che un tempo avevano avuto un colore definito, di quelle scarpe da tennis straziate dalle sue unghie e che ormai cadevano a pezzi. Si sarebbe fatto un lungo bagno per togliersi di dosso tanto sudiciume. Da quanto tempo non si guardava allo specchio? Si sarebbe tagliato i capelli e fatto la barba. Se riusciva ad arrivare.

Quando ormai i raggi del sole illividivano solo la parte bassa dell'orizzonte e il Chato andava avanti a piccoli passi da invalido, avanzando di pochi centimetri alla volta, dei fanali gli illuminarono la schiena. Non si voltò, ormai abituato a essere ignorato dai conducenti. Fissò lo sguardo nella sua lunghissima ombra, che si protendeva sull'asfalto davanti a lui. Era la sagoma distorta di un uomo che arrancava con un sacco sulle spalle e la testa irsuta, come quella di un vecchio leone. Questo non sono io. Questo gobbo zoppo non sono io. Il veicolo che lo illuminava fece lampeggiare i fanali una, due volte. Ma neppure stavolta si girò a guardarlo. Sentiva rombare un motore grosso e rumoroso. Un camion, concluse, mentre si portava alla bocca la bottiglia d'acqua per bere l'ultimo sorso. Man mano che si avvicinava, il camion rallentava l'andatura. Il Chato mise la mano nella sacca e impugnò il rompighiaccio. Non mi freghi, ti frego prima io. Si voltò quando ormai la cabina gli stava passando di fianco.

«Ma guarda quel diavolo d'un Chato! Sali su, amico!»

Anche se nella cabina c'era la luce accesa, ci mise qualche secondo a riconoscerlo. Era Arturo, il Negro. Si era lavato e cambiato i vestiti ed era pieno di buonumore. Ma il mezzo sorriso gli svanì dalla bocca quando vide salire su il Chato.

«Porca troia, sembri più morto che vivo, amico. Non dirmi che te la sei fatta tutta a piedi, da dove ti ho lasciato fino a qua!»

«Tu cosa credi?»

«Cazzo, se sapevo che nessuno ti dava un passaggio ti avrei detto di aspettarmi sul camion.»

«Ormai è andata.»

«Devi essere distrutto. Fatti una dormita.»

Il Chato chiuse gli occhi. Il bruciore dei piedi, i muscoli doloranti, tutto il suo malessere parve svanire di colpo appena appoggiò la nuca allo schienale. Si lasciò trascinare dal vuoto della sua mente finché non sentì di trovarsi lontanissimo, ma un desiderio insoddisfatto lo riportò alla realtà. Percorse la cabina con lo sguardo mentre infilava la mano nella sacca. Scoprì quel che cercava sul cruscotto e disse al camionista: «Passami i tuoi fiammiferi, capo. Per favore.»

Nove

Sente degli aghi gelati premergli nelle costole, sui talloni, sotto le piante dei piedi. Si rigira. No, un'altra volta no, cazzo. Si gira di nuovo e adesso ha una crosta di ghiaccio incollata sui fianchi. Cerca di strapparla via con le unghie, la strofina con i palmi delle mani. È inutile, non riuscirà mai a togliersela di dosso. Sta ancora dormendo? Sì, dev'essere così. Questa lastra trasparente sopra cui fluttua in mezzo a un lago di silenzio non può essere reale. E nemmeno quegli occhi minacciosi sulla riva, braci dorate in mezzo alla nebbia, che paiono in attesa che una corrente acquatica lo trascini verso di loro. Perché l'acqua si muove, lo percepisce malgrado la quiete apparente: scorre sotto la lastra con una dolcezza costante che è qualcosa di diverso dalla semplice inerzia degli elementi. Il suo corpo intorpidito dal freddo non è in grado di scegliere la rotta: giace supino in balia delle intenzioni degli altri, della natura, di quel che dispongono per lui le pulsioni del paesaggio. Quelli che lo sorvegliano lo sanno, perciò socchiudono le palpebre dall'emozione poi le riaprono, concentrando in sé la luce. Non c'è cielo sopra la sua testa, non ci sono stelle, nuvole, uccelli. Solo uno spazio incolore, profondo fino all'infinito, in cui si confondono la notte e il giorno, e i punti cardinali. Il vento è immobile, o non esiste. Eppure la lastra di ghiaccio continua ad avvicinarsi alla riva, conducendolo dove pupille brillanti, agitate e ansiose, attendono il suo approdo.

Andate via. Lasciatemi in pace. L'angoscia comincia a gonfiargli il petto, vibra nelle ossa e nei muscoli, tendendoli fino a fargli male. Gli penetra nella testa e gli annebbia la vista. Tutto diventa nero. Le vene del collo e delle mani si ingrossano e ribollono. Finiranno per scoppiare come un palloncino troppo gonfio, e i brandelli della sua carne si disperderanno nell'acqua: sospinti dall'esplosione toccheranno terra e allora gli artigli, i canini, i molari, le gole e gli stomaci che aspettano in agguato dietro le braci degli occhi, abbandonando il rifugio della nebbia, si faranno avanti ad annusare l'ultimo aroma della sua vita. Sarà lui il loro cibo, lo sa, glielo dice quella sensazione di impotenza che lo trasforma in una preda alla mercé delle bestie carnivore. Anche se ormai ha capito, o si è ricordato, che si tratta di un incubo, il solito incubo che lo tortura e cerca di divorarlo all'arrivo dell'alba, mentre l'insonnia lotta per prendere il sopravvento: la sequenza di immagini il cui esito finale resta sempre avvolto nel mistero, ma che lui intuisce prima di svegliarsi: un festino selvaggio dove un sangue incolore si mescola all'acqua e al fango della riva, finché lo scintillio degli occhi vigilanti emerge dalla nebbia, mostrando dietro di sé anatomie amorfe che divorano le spoglie, poi finiscono per sbranarsi tra di loro. Ha immaginato quel finale molte volte senza mai arrivare a verificarlo. I cambi di scenario del sogno lo confondono. A volte tutto ha luogo in un ambiente desertico, in cui il sole è così basso e intenso da dissolvere la sabbia in un oceano di fuoco e gli occhi, ora tizzoni neri di carbone, lo sorvegliano nascosti dietro cactus, alberi secchi e fichi d'india. In altri casi la scena si svolge tra le spaccature di una montagna, o in una profonda grotta. Oppure nella foresta, o nel mare. Quel che non cambia mai è l'immobilità del suo corpo, lo sguardo vigile dei guardiani affamati, l'angoscia crescente. Finché alla fine, come adesso, rivoltandosi con violenza tra le lenzuola, ritorna di colpo alla realtà, sentendo i propri gemiti, il respiro accelerato, lo stridore dei denti, e si ritrova seduto sul letto.

Non è possibile. Mi ero appena addormentato. Non riconosce i rumori della stanza al buio, la vastità del materasso, il freddo, la finestra che come su una tela mostra la luna scortata da una stella solitaria su uno sfondo blu. Gli si confondono in testa altri risvegli di epoche diverse e per qualche minuto non riesce a separare le idee reali dalle allucinazioni provocate dal sogno. Io sono quello che dorme adesso in questa stanza, o sono invece l'uomo in fuga in mezzo ai campi, lungo il letto di pietre di un fiume secco? No, sono un viandante stanco che alla fine ha trovato rifugio al fianco di altri viandanti. Cazzo, mi guardo dentro e tutto è sempre uguale e al tempo stesso diverso. È mio questo pensiero, o di Bernardo o del Chato o di Genaro o di Ramiro? Di chi è questa voce che sussurra dentro la mia testa e mi impone pensieri estranei? Una risata riecheggia nel silenzio della stanza e il suo timbro gli suona strano. Ride ancora, cercando di riconoscere la sua voce, ma non riuscendoci tace. Respira affannosamente, spaventato. Non sono io. No. Sono l'altro che bisbiglia sempre accanto a me. Non lo sento quasi mai. Solo in occasioni come queste, quando decide di farsi vivo. Io sono quello che tace, anche se l'ira s'infiamma dentro di me, quando arriva la fame di morte. Sto zitto e ascolto e guardo chi mi abita. Io non ho memoria, lui sì. Perciò sarà ancora lì quando io sarò morto...

Ma non morirò. È solo un sogno, un messaggio delle ombre. Sì. E se morissi nel sogno, sarebbe una morte vacua, irreale. Si sfrega gli avambracci, sentendo i palmi delle mani irradiare onde di calore. Non è nulla. Il solito incubo. Vorrà dirmi qualcosa? Non si è ancora svegliato del tutto, ma tra le ombre che la sonnolenza sparpaglia nella sua mente trapela un ottimismo panico. Ricorda che prima del sogno ricorrente ne sognava un altro, piacevole, in cui si rivede felice, in compagnia di una donna dalla pelle bruna, il sorriso caldo, gli occhi grandi e umidi, verdi. Malgrado ciò respira a fondo, emettendo un lungo sospiro. Si strofina gli occhi e, dopo una fugace danza di scintille colorate, la vista gli si schiarisce. Nel vano della finestra distingue adesso, due palmi sotto la luna e la stella solitaria, un disegno d'ombre tratteggiate col carboncino, l'immagine d'un enorme bruco, una cordigliera: la Sierra Madre Orientale. Sì, è la cresta del Chipinque. Sono in albergo. Senza accendere la luce, ricostruisce nella mente l'arredamento della stanza. Guarda verso lo scrittoio e, pur non distinguendo bene, sa che lì sopra c'è la fotografia sgualcita di Maricruz Escobedo, il portafoglio con i documenti che lo identificano come Ramiro Mendoza Elizondo, e il coltello che ha comprato nel negozio di merce contraffatta. Più in là, sul comò, sotto una pila di vestiti, giace la Luger che gli ha inviato Damián. Damián, Maricruz, Ramiro, Monterrey… persone e luoghi gli si chiariscono in un lampo e la pressione gli si sgonfia nel petto. Dopo aver definito le sue attuali circostanze, si sforza di recuperare almeno qualche frammento isolato del sogno precedente all'incubo. Salvo l'immagine di quella donna che, pur se sconosciuta, ha per lui un'aria familiare, tutto il resto si è dissolto dalla sua mente. Ricorda, ricorda Ramiro. Non arrenderti. È lì quello che cerchi. Sforzati, fai lavorare il cervello.

Si gira su un fianco e si allunga verso il comodino dove tasta con la mano la cornetta del telefono, una lattina, il posacenere sporco, il pacchetto di sigarette. Prende una sigaretta e la accende, restando abbagliato dal fulgore del fuoco, mentre cerca di rievocare il volto sfocato che qualche attimo prima rideva con lui nel suo subcosciente. Sto mischiando tutto: Maricruz Escobedo, Victoria, la Muta, e chissà quali altre ancora. Perché? Che hanno a che vedere queste donne l'una con l'altra? Non sono neppure sicuro di averle conosciute, di ricordarmele bene. Com'erano gli occhi di Victoria? Grandi, rotondi, castani, con le ciglia arricciate. O questo era almeno quel che diceva lei, e io l'ho registrato così fin dal principio. E magari ci ho creduto a forza di ripetermelo, come ho creduto o immaginato la sua figura snella, la sua tenerezza sconfinata, la sua avvenenza, e ora ne dubito dopo aver visto quella sagoma grassa dietro la finestra di casa sua. E la Muta? Aveva davvero quello sguardo così buono che conservo nella memoria? Forse è soltanto la proiezione dei miei desideri, delle mie mancanze. L'unica che in realtà conosco è Maricruz. Allora perché mi si mescolano tutte e tre nel sogno? È vero, hanno vissuto nella stessa città durante la stessa epoca, però appartengono a mondi diversi, di quelli che non arrivano mai a sfiorarsi tra loro. Maricruz ai più alti livelli, al servizio di quelli che contano. Victoria a livello di base, con i lavoratori, tra i poveri che vogliono smettere di esserlo ma non ci riescono. E la Muta nell'inframondo, con quelli che stanno più giù di tutti, circondata dai rifiuti degli altri. E l'unico punto di contatto tra le tre sono io, anche se loro non lo sanno.

La nicotina comincia a fare effetto e le idee gli fluiscono nella testa con maggior naturalezza. Il fumo del tabacco traccia arabeschi argentati nell'oscurità, evoluzioni rapide e capricciose che s'intrecciano poi fuggono verso la finestra, sospinte dalla corrente d'aria che proviene dalle bocchette del condizionatore sul soffitto. Ecco da dove arrivava quel maledetto freddo. Mi sono dimenticato di abbassare l'aria condizionata. Scosta le lenzuola e si alza dal letto. Localizza a tentoni la manopola sul muro e la gira al massimo, poi schiaccia l'interruttore. L'apparecchio sospende il suo fruscio, dando luogo a una densa calma interrotta solo di tanto in tanto dagli scricchiolii dell'edificio, dallo sbattere di qualche porta lontana e dalla debole eco di una musica di incerta provenienza. Ormai uscito dal torpore, Ramiro cerca nel frigobar una lattina di coca-cola, poi ritorna a letto. Ha bisogno di sommare gli effetti del tabacco e della caffeina: solo così potrà fronteggiare la condanna dell'insonnia.

Perché in notti come questa la lucidità e la memoria paiono schiacciarci, poi quando davvero vogliamo pensare e ricordare sembrano nascondersi? L'insonnia è ingannevole, invece di ricordi e realtà ci offre invenzioni. Il silenzio fallace e la mancanza di distrazioni ci gettano in faccia semplici menzogne travestite da verità. Monterrey addormentata? Niente affatto. Finge di riposare, ma nelle sue fondamenta, nelle sue cloache, nei suoi sotterranei si rivolta più desta che mai. Ti conosco, maledetta città, simuli calma e tranquillità quando invece ti agiti sotto il selciato, e dietro ai muri strilli, salti e sprofondi, stringi i tuoi abitanti e li opprimi, mentre tu ti dilati per arrivare ovunque a divorare innocenti e sprovveduti. Sei piena di malvagità, di artifici che ti servono a sviare gli incauti, parli tante lingue diverse, moduli ogni intonazione, sai quando usare il silenzio, dissemini per le tue strade pianti, sorrisi, risate e grida isteriche, per infondere paura o allegria tra la folla che brulica in te. Ti travesti da paradiso, da spazio di libertà, e alla fine passi tutta la vita a meditare vendetta contro di noi che giorno dopo giorno ti calpestiamo con la suola delle nostre scarpe… Sì, la città ci odia per averla trasformata in quel mostro che è, perciò la sua falsa calma si riempie sempre di bisbigli, di rumori, di strepiti sordi: pianto e stridor di denti. Sono i demoni che abbiamo generato: a Monterrey, a Città del Messico, da ogni parte; perfino a Cocoyoc, dove si potrebbe pensare che le cose stiano diversamente. Durante il giorno ogni luogo è saturo di rumore: voci, suoni stridenti, ticchettii, movimenti, ognuno di essi facilmente identificabile. Ma quando poi cade la notte o l'alba si avvicina, il silenzio farneticante di miraggi sonori, di crepitii sotterranei, comincia a frugare nei buchi del mondo, nelle nostre fessure, risucchiando in superficie tutto quel che dovrebbe restare occulto, quello che abbiamo sepolto a forza di volontà e impegno, a forza di viltà o indifferenza… non è così, Maricruz?

Sennò come si spiega che io ricostruisca in sogno il volto di una donna che ha i tuoi occhi, alcuni tratti di Victoria e la bocca sorridente e silenziosa della povera Muta con cui ho vissuto qualche settimana, in quella specie di paradiso in mezzo alla spazzatura? Solo queste vibrazioni maligne che emanano dal silenzio fallace possono esserne responsabili: opera dei demoni che abitano il nostro subcosciente, o no? Da quale altra parte possono venire gli incubi, le angosce notturne, la disperazione che ci stringe il petto? Di certo succede anche a te, Maricruz Escobedo: anche tu devi essere accerchiata da creature demoniache. Le tue notti sono un inferno di sussurri, e le tue insonnie una ragnatela di domande senza risposta. Ma poiché sei una donna intelligente, saprai che chi se ne intende sostiene che i sogni non hanno logica, né tempo, né prospettiva, che le loro sequenze sono assurde, eppure non smettono di parlarci di ciò che ci portiamo dentro: paure, nostalgie, aneliti, e anche speranze estinte e progetti stroncati. C'è qualcosa di più terribile dei piani non portati a termine? Divengono fantasmi e ci incalzano notte dopo notte, con il loro ululare sordo. Ti ricordi ancora i tuoi, Maricruz?

Io ho presente i miei. Se l'uomo fosse ciò che desidera, o per lo meno una parte di ciò che ha desiderato in passato, se potesse realizzare le sue aspirazioni, io sarei un cineasta, uno sceneggiatore che dà vita a famosi pistoleri, eroici combattimenti, prodezze, invece di vivere dentro questo pessimo film diretto dall'assurdo. Oppure mi sarebbe piaciuto essere un vagabondo, con il cielo per tetto, e le vie e le strade sempre aperte sotto i miei passi all'infinito. E forse in un certo senso lo sono. O se non io, quello che mi accompagna. O magari essere te, Maricruz: l'espressione del desiderio di chiunque. Dicono che si invidia e si brama ciò che si ha sempre sotto gli occhi. E ho te sotto gli occhi, lady di ferro, e perciò vorrei mettermi al tuo posto. Ti guardo, ti odoro, ti tasto, ti assaporo. Ti parlo a qualunque ora del giorno. Non importa se tu non mi ascolti: io continuo a parlarti e so chi sei, e attraverso di te mi impossesso della bellezza e della pazzia. E tuttavia non posso essere cineasta, né vagabondo, né te, Maricruz. Le mie tre aspirazioni sono impossibili e perciò i sogni che in qualche modo me le ricordano sono spaventosi. La contemplazione del vero volto, dell'aspetto reale della nostra anima, quello che si mostra al nostro sguardo mentre dormiamo, è il supplizio più grande. O no, Maricruz Escobedo? In questo sono in vantaggio su di te: ormai sono abituato ad affrontare i miei fantasmi, già da tempo ho imparato che è un gioco in cui ci tocca recitare la parte dei protagonisti e dei testimoni allo stesso tempo. Se uno interpreta soltanto il ruolo principale, è perduto: per questo mi metto dalla parte di chi guarda, dello spettatore, e anche quando i sentimenti mi si agitano dentro, cerco di assistere divertito al susseguirsi delle mie allegrie e dei miei orrori, e forse proprio a ciò si deve che ne sia sopravvissuto. Invece tu mi sa tanto che vuoi continuare a essere sempre la protagonista, come in tutti gli altri aspetti della tua vita. Non hai capito che a voler tenere sotto controllo sogni e incubi ottieni soltanto che l'inferno sia tangibile, una vera tortura. Lo so: sei una donna decisa, fin dall'adolescenza hai preso il destino per le corna, dirigi tutto tu stessa; ma quando si tratta di sogni, la volontà è di troppo, Maricruz. Se cerchi di indirizzarli, le conseguenze possono essere terribili. Non si può che subirli, e armarsi di pazienza: verrà sempre l'alba a dar loro fine.

L'urlo di una sirena rompe la quiete notturna e Ramiro si sente rizzare i peli sulla nuca. Anche se si perde in lontananza sull'avenida Constitución, i fasci di luce rossa e ambra arrivano a proiettare i loro bagliori sul vetro della finestra. La brace della sua sigaretta è un tizzone sul punto di spegnersi e la schiaccia nel posacenere. Ne tira fuori un'altra dal pacchetto, l'accende e si rimette a fumare. Le sirene cantano alla morte, lo sapevi Maricruz? La attraggono. Sono di malaugurio. La gente si fa il segno della croce nel sentire quella cantilena, pensando di scongiurarla, ma non serve a nulla: in ogni caso qualcuno morirà. E questa sirena, non starà forse chiamando proprio te? Ti resta poco tempo, due giorni e un certo numero di ore, sufficienti affinché gli incubi ti tormentino per l'ultima volta, e tu possa terminare il computo delle tue frustrazioni. Che cos'è che ti fa soffrire di notte, lady di ferro? Come vorrei conoscere i tuoi terrori e sommare questa conoscenza a quel che già mi hai mostrato della tua vita. Avrei il tuo ritratto completo.

Anche se forse non ne ho bisogno. Posso immaginarti,

vederti con precisione così come sei adesso: sdraiata supina sull'immenso letto che dividi con tuo marito, con gli occhi aperti, al buio, fissando il soffitto mentre passi in rivista i tuoi successi degli ultimi giorni e ti prefiguri i successivi, senza indovinare che non potrai realizzare i tuoi piani. Morirai mercoledì pomeriggio, in base alla sentenza di Damián. Tu non lo sai e io ancora non ne comprendo la ragione, ma così sta scritto e non si può cambiare. Forse ne avverti un presentimento in quest'istante, mentre finisci di definire gli affari che proporrai nei tuoi prospetti d'investimento, calcolando la fetta che toccherà a te. Ma se non promettono guadagni, i presentimenti non ti interessano. Per te valgono quanto la sorte, i gradini che calpesti nel salire sempre più in alto, l'aria che respiri e la gente a cui ti appoggi. Sono lì per servirti, non per ricevere la tua attenzione. Non ti importa neppure di tuo marito, che sai che ti tradisce con una donna più giovane, anche se tu non lo consideri un tradimento: in fondo ti solleva l'idea che lui viva la sua vita a parte e che ti lasci in pace. Perciò qualche ora fa, arrivando a casa dal ristorante in cui avete cenato dopo la messa, come ogni domenica, lo hai visto accompagnare i bambini nella loro stanza mentre tu ti chiudevi nel tuo studio a pianificare la settimana. Dopo aver aspettato il tempo sufficiente perché si addormentassero, sei poi andata a contemplarli dalla porta. Una volta in camera, dove l'uomo attendeva il tuo arrivo già a letto, ti sei limitata a fissarlo con freddezza e a spogliarti davanti alla sua indifferenza.

Sono anni che non c'è più alcun legame tra voi, e né tu, né lui ve ne lamentate. Vi limitate a partecipare insieme alle occasioni mondane, sorridendo agli obiettivi dei fotografi e adulando i potenti allo stesso modo. Ma quando vi trovate soli ritornate alla vostra distanza, una distanza sana, che vi permette autonomia di movimento e la libertà di dedicarsi ciascuno alle proprie cose. Che ironia. A modo vostro siete una coppia felice, perfetta. Cioè siete fatti l'uno per l'altra. No, Maricruz? Non c'è amore tra voi, è innegabile, ma nessuno dei due potrebbe vivere con un altro tipo di persona. Eppure, quando tu sarai morta, alla veglia funebre lui simulerà un amore straziato, si commuoverà per i suoi figli divenuti orfani e tornando a casa si sentirà felice di sapersi padrone di tutto in tua assenza. Non che tu te ne lamenti, lo so, né sospetteresti mai che sia lui a pagarmi per la tua morte. Tu reagiresti allo stesso modo se le cose stessero al contrario, ma non per questo saresti capace di farlo togliere di mezzo. La vita di qualcuno è così. La vostra. Forse se io fossi rimasto accanto a Victoria mi sarebbe successo lo stesso. È la lunga convivenza che provoca l'allontanamento, non è così, Maricruz? Perciò adesso, nel tuo letto, abbandonata all'insonnia, non uno dei tuoi pensieri è rivolto a tuo marito, ai tuoi figli, né a nessun altro, ma solo a te stessa. È naturale. Anch'io impiego le ore di veglia a pensare a me, a ciò che ho fatto, o non ho fatto, o che farò. Pensare a te rientra nella terza categoria: ti ucciderò, pertanto prima devo possederti, conoscerti a fondo, immaginare ciò che lasci fuori dalla mia portata.

Non faccio così con tutti, no. Il fatto, ormai dovresti saperlo, è che non ho mai ucciso una donna. Capisci? È qualcosa di nuovo nella mia vita, è come un battesimo, un'iniziazione. La chiusura di un ciclo e l'inizio di un altro. Non importa se apparentemente non cambia nulla. Cambierò io, lo so. Magari è la volta che recupero l'entusiasmo, il gusto per la vita e per la morte che mi si è un po' assopito, da qualche anno a questa parte, per via dei preparativi, dei calcoli, della rigidità a cui mi costringe il mestiere. Il mestiere. Sì, così lo chiamavano in prigione. Uccidere per mestiere. Che ne è allora del caso e dell'incertezza? E dove sta il piacere? È proprio vero, me lo sono ripetuto fino alla noia per anni: non c'è niente come uccidere un uomo. Sentire l'odore del sangue altrui, percepirlo sulla propria pelle: provarlo sulla punta della lingua è la più grande conquista. Ma non è lo stesso uccidere chi si sceglie o farlo per ordine di qualcun altro. Ormai mi sto stancando, Damián. Essere civilizzato non fa per me. Forse te ne sei reso conto, perciò mi hai mandato di nuovo qui, per farmi riprendere slancio con la lady di ferro. Uccidere una donna. Va bene. Però prima devo conoscerla, appropriarmene, avere ben chiaro chi è prima di distruggerla. Voglio sapere tutto di te, Maricruz Escobedo.

Dimmelo, a che cosa pensi in questa tua penultima notte? Ramiro si strofina gli occhi. Per qualche minuto consente alle idee di svanire dalla sua mente, lasciandola vuota. Poi si raffigura il viso al tempo stesso ironico e autoritario di Damián. Sei tu che vuoi vederla morta, capo? O davvero qualcuno ti ha incaricato di farla sparire? Non so perché, ma ho l'impressione che in quest'ordine ci sia qualcosa di personale. Mi sbaglio, Damián? Ormai lo so, a te non caverò di bocca mai nulla. Eppure non riesco a levarmi l'idea dalla testa, fin da quando mi hai dato i suoi documenti, spiegandomi le tue ragioni perché fossi proprio io. La foto. L'hai scattata tu, vero Damián? Per quello Maricruz lì appare così giovane: è proprio come l'hai conosciuta a Chicago, quando studiavate là tutti e due. Accende un'altra sigaretta e la prima boccata gli graffia la gola, causandogli colpi di tosse che gli fanno vedere scintille colorate, obbligandolo a mandare giù un sorso di coca-cola e ad asciugarsi le lacrime sotto le palpebre. No. Il capo non mi dirà niente. È impenetrabile. Perciò ricorro a te, Maricruz, alla tua trasparenza. Frugo nei tuoi sentimenti di questa notte. Lasciami indovinare... Davanti all'imminenza della morte, come vuole la tradizione, rievochi ciascuno dei momenti decisivi della tua vita. O sbaglio? Ti aiuto io. Sono bravo a costruire biografie e la tua la porti scritta in quel viso senza rughe, in quegli occhi verdi dal cupo splendore, nel tuo corpo da ginnasta, le tue scarpe discrete e i tuoi completi di sartoria, la tua auto, le tue espressioni, le tue reazioni, e se non bastasse la vai scrivendo anche per queste strade e questi luoghi di Monterrey che attraversi ogni giorno. Come vedi, Maricruz Escobedo, sei trasparente come un vetro per me, e non credo di sbagliare alcun dettaglio.

Cominciamo dalla tua infanzia: è trascorsa nella stessa casa dove vivi adesso. La casa l'hai pagata con i tuoi primi stipendi e commissioni, facendo di tutto per convincere tuo marito a indebitarsi insieme a te con un mutuo a trent'anni. Ma avevi una potente ragione: quella è la villetta che tuo padre ha tenuto in affitto per tutta la vita, con la speranza di arrivare un giorno a esserne proprietario. Al vecchio è mancato il tempo, è arrivata prima la morte, e sua figlia come omaggio postumo ha deciso di realizzare il suo sogno. È stato l'ultimo slancio sentimentale della tua esistenza, lady di ferro, anche se bisogna riconoscere che tuo padre se lo meritava. Non eri forse la sua diletta? Ti ha adorato ancor prima di conoscerti, ti ha vezzeggiato fin da neonata, ti ha sempre amato senza condizioni, come non ha mai più fatto nessuno. E tu hai acquistato la casa in suo onore, ignorando le pressioni di tuo marito che preferiva cercare un appartamento di lusso nel quartiere San Pedro Garza García, dove vivono i ricchi. Devo ammettere che la prima volta che ti ho seguito fin là, vedendo aprirsi il portone elettrico per far passare l'Honda verde, mi ha stupito che tu vivessi in una casa costruita più di quarant'anni fa. Farà parte dell'eredità del padre o del suocero, ho supposto. Il quartiere è in una zona abbastanza cara, ma nemmeno tanto. Per quanto ricordo, è abitata in gran parte da famiglie dal cognome arabo o ebreo. Tu Escobedo, lui Treviño. Non torna. Potendo comprare liberamente, come tutti quelli che appartengono alla cosiddetta cultura dello sforzo e del lavoro, alla classe media con aspirazioni di ricchezza, l'avreste cercata in un altro quartiere. E anche nel caso di aver ereditato la casa, l'avreste subito venduta per investire il denaro secondo le vostre pretese sociali. Così, dopo averci pensato un po', ho dedotto che doveva esserci una ragione sentimentale. Ne ho avuto conferma una sera quando, passando davanti alla casa, sono riuscito a vedere la vecchia targa di bronzo con su scritto il nome del signor Nicolás Escobedo, ancora affissa accanto alla porta principale. Signore! Non ingegnere né avvocato e neppure dottore, come ormai è mezzo Messico. No. Solo signore. Chissà che vergogna ti avrà dato quel titolo così umile, nell'adolescenza e in gioventù. O mi sbaglio?

Vedi, Maricruz, quanto il tuo ambiente può raccontarmi di te? Tuo padre era un semplice lavoratore, laborioso e tenace, di quelli che a forza di sacrifici e dedizione riescono a installare saldamente la propria famiglia nella classe media. Di tua madre ti ricordi poco, o meglio non ti piace ricordarla. La disprezzi in segreto per essersi accontentata del ruolo di semplice donna di casa, impiegata domestica agli ordini del marito. Non capisci come, essendo bella, e magari anche intelligente, poté scegliere di rinchiudersi tra quattro mura per dedicarsi all'umiliante lavoro che qualunque servetta avrebbe fatto per pochi spiccioli. Per fortuna morì presto. Vero, Maricruz? Sarebbe stata una zavorra nella tua ascesa sociale. Non avresti potuto presentarla alle tue amicizie, ai tuoi capi, ai tuoi investitori senza arrossire del suo eterno grembiule, del fazzoletto sotto cui nascondeva i capelli in disordine, delle sue mani da contadina e quel modo di parlare così tipico della campagna del Nord, e non della città. Il cancro o un infarto o la stanchezza se la portarono via ancora giovane. Tu la piangesti, perché così si usa, ma nel più profondo di te ti sentivi sollevata. E poi con lei era scomparsa la tua unica rivale nell'affetto di tuo padre, che invece ebbe il buon gusto di non morire sino a che non ebbe finito di pagarti gli studi, quando ormai non avevi più bisogno di lui. Giusto? Di lei ti ricordi a volte con una certa nostalgia, che però subito allontani per passare a pensieri pratici. Non c'è nulla di più potente, per acquietare la coscienza, di un lavoro ben retribuito. È la genuina filosofia di Monterrey. Il denaro guarisce tutto, anche i rimorsi. No?

Lui invece lo ricordi con gratitudine. E ne hai ben donde. In effetti si rompeva la schiena per dare alla sua piccola l'opportunità di entrare in una scuola esclusiva, dove potesse frequentare gente di alto livello, per esempio le figlie dei suoi capi. Lezioni bilingui, uniformi eleganti, molte attività extra per completare la formazione degli alunni. Fosti felice tra quella gente, ma scoprendo come e in quali case vivevano le tue compagne cominciò a nascere dentro di te quel risentimento che fin da allora è stato il motore che ha guidato le tue azioni. Ti ricordi? Posso vederti da bambina, Maricruz, con la bocca e gli occhi spalancati, ammirando l'enorme porta di mogano intarsiato e vetri piombati della villa della prima compagnuccia che ti invitò a casa sua. I vasti giardini disseminati di alberi e fiori, la piscina, le stanze grandi come metà di casa tua, l'esercito di servitù. Perché? Perché lei vive così e io no? Posso immaginarmi la scena così bene che riesco perfino a sentire la nausea che ti provocò l'invidia. Anch'io l'ho patita tante volte. Ma è grazie all'invidia che uno impara a destreggiarsi in mezzo agli altri. E la bambina che sei stata, mentre ostentava allegria, spensieratezza e cameratismo, ed era tutta sorrisi e moine, quel pomeriggio decise che quando fosse cresciuta avrebbe avuto molto denaro e potere, e una casa come quella per sé e per i suoi figli. E proprio ora che ci è quasi arrivata, spunta dal nulla un assassino a impedirle di realizzare il suo sogno.

Insomma ti rendesti conto che c'erano altri modi di stare al mondo, diversi da quelli che vedevi in casa tua. Tu non volevi ricalcare il modello tradizionale, quello di tua madre, quello dell'abnegazione, e decidesti di diventare una professionista, di dedicarti a studi che ti aprissero la strada della ricchezza. È curioso: ti è successa la stessa cosa che a Damián, solo in un altro tempo e a un diverso livello. Ma naturalmente non saresti andata all'università pubblica: l'azienda dove lavorava tuo padre offriva borse di studio ai figli degli impiegati. Che azienda era, Maricruz? La vetreria, la fonderia, il tabacchificio, o la fabbrica della birra? Sono queste quelle che premiano con l'educazione dei rampolli coloro che hanno tenuto in schiavitù per decenni. O magari non ti dettero nessuna borsa di studio e il povero Nicolás Escobedo si indebitò fino al collo purché sua figlia potesse entrare al politecnico di Monterrey, dove secondo lui si raccoglieva il fior fiore non solo della città, ma dell'intero Paese. Così, nel giro di quattro anni, avrebbe ottenuto il prestigioso titolo e, bella com'era, magari anche un fidanzato pieno di soldi, con un padre ricco e potente, che l'avrebbe tirata fuori per sempre dalla povertà offrendole la vita che meritava. Vado bene, Maricruz, o è meglio tornare indietro? In realtà non è difficile capire il vecchio, qualsiasi padre normale farebbe l'impossibile per i suoi figli. Il problema è che non tutti i padri conoscono bene il grado di avidità dei figli, né hanno a disposizione i mezzi per aprir loro del tutto la strada. E tuo padre non ti conosceva tanto bene. Non immaginò mai che l'ambizione, sommata a un cammino accidentato lungo strade sbarrate per te fin dalla nascita, ti avrebbe condannata a un inferno di frustrazioni. Per fortuna lui non lo venne mai a sapere. La vita reale è molto più bastarda dei piani e delle aspirazioni. Non è vero? Una volta entrata al politecnico, ti rendesti conto che le tue vecchie amichette erano ormai giunte a quell'età in cui l'origine e l'appartenenza contano davvero qualcosa. Così cominciarono i confronti, le umiliazioni. Scendendo dall'autobus, o dalla tua malandata Volkswagen, le vedevi parcheggiare le loro auto ultimo modello; i loro vestiti erano più cari e sempre diversi; parlavano di feste al Club Campestre, a cui tu non eri stata invitata, e di vacanze all'estero, quando tu era già tanto se passavi un fine settimana fuori con tuo padre, a McAllen o a Laredo, perché lo stipendio del vecchio bastava appena per i libri, la retta dell'istituto e le altre attività della sua principessa. Come alimentavi il tuo risentimento durante i mesi di ozio, non lo ricordi? Con il passare del tempo l'invidia si trasformava in rancore, la frustrazione in ribellione. E i ragazzi ricchi? Non notavano la tua bellezza? Certo che la notavano, Maricruz. Una bella ragazza sognatrice e arrivista che apre le gambe ogni volta che le dicono una parola gentile, credendo che si stiano interessando davvero a lei, attira sempre l'attenzione dei giovani che hanno voglia di divertirsi un po'. Così finisti a letto con tre o quattro di quei giovanotti, che ti usarono come deposito di sperma. Scusa l'espressione, lady di ferro, non me ne viene in mente nessun altra. Scoparono con te finché non furono stufi, prima che tu ti rendessi conto che era impossibile che lasciassero per te le loro vere fidanzate, quelle in possesso di nomi altisonanti e grandi fortune, a cui davvero avrebbero unito le proprie vite. Magari qualcuno di loro è adesso il direttore della finanziaria per cui lavori, o uno dei tuoi clienti, o peggio ancora: il padrone della società. È così, Maricruz Escobedo, la vita è una cosa schifosa e non ci si può fare nulla.

Lo sbattere di una porta nella stanza accanto rompe brutalmente il silenzio e strappa Ramiro dai suoi pensieri. Cazzo, mi ha spaventato. Sarà quasi l'alba? Nella finestra c'è ancora la tela blu, anche se la luna e la stella solitaria sono andate a ornare altre cornici. Solo il bruco interminabile della sierra è rimasto lì in basso, nitido, come se l'assenza degli astri gli avesse lasciato il posto d'onore. Il posacenere è stracolmo, ma la fiacchezza impedisce a Ramiro di alzarsi a svuotarlo. Accende un'altra sigaretta. Tende l'orecchio ai rumori della città. Un uccello mattiniero canta a intermittenza. Una moto parte a tutto gas in qualche strada deserta. Non si sentono ancora voci. Ramiro intuisce che l'alba si avvicina rapida su Monterrey. Il ricordo di altri risvegli all'alba sotto il cielo notturno comincia a farsi strada nella sua memoria, ma lo scaccia con una boccata di fumo. No, adesso no. Non voglio distrarmi. Cerca una posizione comoda e fissa lo sguardo sulla parete. In un attimo torna a tracciare in quello spazio vuoto i lineamenti di Maricruz Escobedo: a poco a poco si definiscono, acquisiscono colore e movimento, finché non c'è più differenza tra la sua immagine mentale e la fotografia che giace sullo scrittoio. Sorride, facendole un cenno di saluto.

Non ti rimase altra scelta che studiare, con impegno, con disciplina, quasi con disperazione. In quelle notti tuo padre dormiva e tu restavi sveglia, come adesso, imparando a memoria le lezioni dei tuoi libri e alzando gli occhi al soffitto di tanto in tanto per proiettarvi quel futuro pieno di meraviglie che hai appena adesso cominciato ad assaporare, e che io sto per stroncare. Le tue chance di un matrimonio vantaggioso erano naufragate, e visto che non eri più disposta a recitare la parte della puttanella dei figli di papà, cancellasti anche la possibilità di mantenere con loro relazioni amichevoli. Per anni vivesti reclusa, cercando con fervore di laurearti col massimo dei voti, unico modo per ottenere una borsa di studio post-laurea all'estero. Già allora la cerchia dei tuoi compagni si era ristretta a quelli come te: borsisti, studenti di famiglie modeste che a volte neppure mangiavano pur di pagare la retta dell'istituto, specializzandi dell'università statale. Forse è tra di loro che conoscesti quello che adesso è tuo marito, e fin da quegli anni ebbe inizio tra di voi una competizione cordiale e spietata che non si è ancora conclusa. O forse fu negli Stati Uniti, durante i tuoi studi di specializzazione. Perché in effetti i tuoi sforzi furono coronati dall'opportunità che tanto anelavi e che per te rappresentava l'ingresso in paradiso. Tre anni a Chicago, Maricruz, ti trasformarono in ciò che sei adesso: una tigre della finanza, una volpe dal fiuto infallibile per i movimenti di mercato, una femmina tutta d'un pezzo pronta ad assumersi rischi e prendere decisioni importanti: una donna di ferro. Sì, fu Chicago a trasformarti...

Il flusso dei pensieri si arresta di colpo. Guarda la finestra cercandovi un po' di luce e trova soltanto il profilo del Chipinque, che guadagna consistenza contro un cielo sempre più pallido. Non albeggia ancora, ma il suo sguardo, abituato al buio, distingue le sagome dei mobili dentro la stanza. Dove ha studiato Damián, lady di ferro? Anche lui a Chicago? Si alza dal letto, va allo scrittoio, prende la foto e cammina verso la finestra. Nella penombra, l'immagine di Maricruz Escobedo è una macchia confusa, ma Ramiro non ha bisogno di luce per vederla nitidamente. Tu e lui vi conoscete, avete avuto qualcosa a che fare l'uno con l'altra? È possibile. Ritorna verso il letto, dove raccoglie il posacenere per svuotarne il contenuto nel cestino. Poi va nel bagno. Mentre orina, ripensa all'espressione del suo capo nel consegnargli la busta con i dati e la fotografia. Tristezza, apprensione, inquietudine. Sì, non sembrava contento di dargli quell'ordine. Se lo merita, ha detto. Anche se poi ha aggiunto: fai un lavoro pulito, così è più facile per tutti. Apre il rubinetto del lavabo, si bagna le mani e si sciacqua il viso per scacciare via il sonno. Per un attimo pensa di mettersi sotto la doccia, ma abbandona l'idea: non ha ancora finito di delineare la sua cliente.

Tornato a letto, lascia da parte Damián e fissa lo sguardo sulla Sierra Madre per riprendere il filo dei pensieri da dove l'ha lasciato. Tre anni a Chicago. Sarà andata così? Si sdraia di nuovo sul letto. Prende il pacchetto e se lo gira tra le mani per un po' senza tirar fuori sigarette. Ma anche se è così, non deve importarmene nulla. Sono qui solo per eseguire un ordine. Ed è quel che farò. Ma poi che cosa ti è successo dopo il ritorno a Monterrey con il tuo titolo postlaurea? Come sei stata accolta? Povera Maricruz, che brutta epoca ti è toccata. Già lo sospettavi, ma te ne sei resa conto del tutto solo quando hai dovuto fare anticamera dopo anticamera per ottenere un impiego in linea con le tue aspettative. Quel bel titolo, la specializzazione ottenuta con il massimo dei voti, che tanto sforzo ti era costata, non ti avrebbe aiutato a emergere dalle fila di chi sta al servizio di quelli che hanno davvero in mano il denaro e il potere. Malgrado le convinzioni di tuo padre, hai sperimentato sulla tua stessa pelle che di questi tempi lo studio non apre nessuna porta, né serve a farsi strada. Non ti pare uno scherzo di pessimo gusto? Meglio essere fannulloni, o delinquenti fin dall'inizio: meglio il denaro facile, che in fin dei conti è l'unico a cui possiamo aver accesso noi comuni mortali. Non credi?

Tu però hai resistito ancora per qualche anno. Confidavi nei valori tradizionali, benché le delusioni ti stessero togliendo poco a poco la benda dagli occhi. Ti ci è voluto un bel po' di tempo per finire di convincerti che né la tua intelligenza, né la bellezza, né la preparazione e, trattandosi di Monterrey, neppure il tuo sesso ti avrebbero impedito di restare una semplice impiegata, con lo stipendio fisso e magari anche premi e commissioni, ma costretta a lavorare sodo solo perché fossero gli altri a diventare ricchi e potenti. Certo, offerte in cambio del tuo corpo non ti mancavano. Quelli che contano in questa città, come da ogni altra parte, sono un branco di arrapati che non si fanno scrupoli a offrire denaro, prebende, e magari anche posti direttivi nelle loro imprese pur di spassarsela per una notte in compagnia di un'impiegata bella e seducente. Ma questo l'avevi già vissuto quando studiavi al politecnico, e già da allora sapevi che quelli non mantengono mai del tutto le loro promesse. Fatto sta che, più o meno faticosamente, sei riuscita ad arrivare a un livello dirigenziale grazie ai tuoi meriti. Così, col passare dei mesi, gli anni e i lustri, il tuo avanzamento è giunto al limite massimo. Le possibilità si sono pian piano esaurite, per tua disperazione, davanti ai tuoi occhi. Non è una merda la vita? Che strada ti restava? Fingevi di rassegnarti, così come a suo tempo aveva fatto tuo marito. Non per nulla avete ricevuto un'educazione cattolica, e le monache e i preti e il catechismo non si stancano di predicare l'umiltà e la pazienza a chi è fottuto dalla vita. Entrambi, tu e tuo marito, eravate saliti a un livello sociale ed economico più alto di quello dei vostri genitori, il che era già un successo. Anche se tu non potevi ingannarti, Maricruz, già da molto tempo avevi identificato la crosta di risentimento che ti graffiava la pelle e ora la sentivi crescere, indurirsi e allargarsi sempre di più, quando vedevi passarti per le mani i milioni di cui sono padroni i potenti della città. Pessima scelta, quella di lavorare in una società finanziaria, per chi è roso dall'invidia e dall'avidità. Non ci hai mai pensato? Nel consegnare i conti ai tuoi clienti, ti sembrava inconcepibile che ci fossero persone con tanto denaro, mentre tu non avevi neanche la possibilità di realizzare uno dei tuoi sogni, dei tuoi aneliti, che erano dello stesso ordine di grandezza di quelle somme.

Allora sono sorte le fantasie pericolose. La tua immaginazione tesseva scene in cui Maricruz Escobedo sfilava per le strade a bordo di auto lussuose, carica di milioni, gioielli, pellicce, lussi; scialacquando a capriccio. Ti capisco, sai, lady di ferro. Il proibito, l'irraggiungibile, è un pungolo che non ci lascia in pace. Io non ho mai desiderato grandi somme di denaro, ma sai quante volte ho immaginato di uccidere prima di avere il coraggio di farlo? All'inizio uno ride di certe idee. No, non farò mai una cosa del genere. Sono pure fantasie. Poi, se il desiderio persiste, cerchiamo delle giustificazioni. Il fatto è che in realtà sto creando un film. Un giorno o l'altro mi metto a scriverlo. Non sarò io a uccidere ma i miei personaggi, e loro appartengono al mondo della finzione. Ma alla fine uno finisce per vivere davvero uno dei ruoli che ha immaginato: il peggiore, quello che aveva relegato al margine per non identificarsi. Io non sono l'eroe, anzi: sono l'assassino. Non capita qualcosa di simile anche a te, Maricruz? Sì, certo. Tu ti sei prefigurata un futuro da milionaria, da gran dama, da principessa, e finirai presto per essere nient'altro che un cadavere prematuro. Ma questo era impossibile prevederlo. All'inizio tutte le fantasie sono meravigliose, no?

Dopo aver giocato con la tua immaginazione, un giorno ti sei sorpresa a studiare il modo di far diventare i sogni realtà. Non ti sei neppure resa conto di quando hai iniziato ad analizzare le possibilità, a fare prove mentali di operazioni rischiose, trasferimenti su conti inesistenti, compravendite illecite di azioni. In fondo è così facile. Lo fanno tutti. Questione di usi e costumi, Maricruz: quello che fanno tutti non può essere davvero sbagliato. Dopo aver soppesato i probabili risultati di una scommessa di tale entità, il tuo entusiasmo è andato aumentando. Ti vedo, lady di ferro, davanti allo schermo di un computer, mentre ti mordicchi le unghie, ti rigiri sulla sedia nervosa, ripetendoti che sì, sì, è fattibile, basta solo un po' di coraggio, bisogna avere le palle. E tu ce le hai sempre avute più di tanti uomini. O sbaglio? Non per nulla sei una donna di ferro. Eri stanca della tua passività, atterrita di fronte alla prospettiva di una vita che prometteva di ripetersi sempre identica una mattina dopo l'altra, un pomeriggio dopo l'altro, fino alla decrepitezza; non ne potevi più dell'onorabilità appresa nella casa paterna. E soprattutto ne avevi fin sopra i capelli di quella paura che abbonda tra la gente comune e che per qualcuno di noi finisce per essere asfissiante, facendoci esplodere. Io e te siamo uguali, nella vita. Non è vero, Maricruz Escobedo? Senza averlo ancora ben chiaro in mente, ormai eri determinata. Ti ci voleva solo la piccola spinta di una persona che venisse a proporti un affare concreto.

E un giorno qualunque, qualcuno per cui un tempo eri stata trasparente, come lo sei per me adesso, si è fatto avanti con la proposta. Doveva essere un tipo di quelli abituati a muoversi a diversi livelli, con molti contatti politici, e legami con le grandi organizzazioni del traffico di droga. Un tuo conoscente, ma abbastanza vicino da saper leggere sul tuo volto l'ambizione combinata alla mancanza di scrupoli. Un ex collega di studi, uno dei tuoi clienti abituali, magari un vecchio fidanzato della tua epoca di Chicago. Damián? Non ha importanza. L'importante è che ti ha sussurrato all'orecchio un margine di profitto impossibile da rifiutare, ti ha offerto i suoi contatti con chi ha urgenza di riciclare narcodollari, e ti ha anche messo a disposizione la sua consulenza per portare le operazioni a buon termine. Allora hai sentito, lady di ferro, che quella crosta di risentimento che ormai non ti permetteva quasi più di muoverti si stava sgretolando, come se un flusso di acqua balsamica l'avesse ammorbidita di colpo. Ma a quel punto ti è sorto qualche dubbio, qualche timore. Certo, si trattava pur sempre della seduzione del diavolo, Maricruz, del frutto proibito, quello dell'albero della conoscenza e della ricchezza che il serpente offrì a Eva nel paradiso terrestre. Ricordi? Il passo l'avevi imparato a memoria al catechismo. L'hai riconosciuto? Non ne dubito. Nessuno che come noi ha assaporato quel frutto l'ha fatto inconsapevolmente. Che cosa pensavi in quell'istante? Che se l'avessi morso saresti divenuta uguale a quegli dei che avevi invidiato fin da bambina? Sì, finalmente avresti potuto essere come loro.

È vero, non hai accettato subito l'offerta. Ti sei finta sorpresa davanti a tanta sfacciataggine, anzi offesa, restia, e poi di fronte all'insistenza, senza dare una risposta, hai lasciato intendere che ci avresti pensato su. Non molto, dato che dentro di te avevi già deciso fin dal primo istante. In seguito, nel ricevere il primo assegno delle tue nuove commissioni, sei stata travolta da quella sensazione di potere, di impunità, a cui avevi aspirato da così tanti anni. Ci sono arrivata. Ce l'ho fatta. Sono ricca. Il mondo è nelle mie mani. Alla fine erano serviti a qualcosa gli studi all'estero, vero Maricruz? Le relazioni che tuo padre aveva sperato di offrire alla sua bambina finalmente si rivelavano utili. Tuttavia, non appena assaggiato il frutto proibito, quando ormai era impossibile tirarsi indietro, l'errore si è mostrato chiarissimo, schiacciante davanti ai tuoi occhi: non saresti stata una dea. Avresti avuto denaro, sì, e molto, ma saresti rimasta tra le fila di chi sta al servizio dei potenti. Avevi solo cambiato padroni, Maricruz, ma la tua condizione restava la stessa. L'hai compreso quando hai visto che la crosta s'induriva di nuovo, stavolta con spigoli più spessi e taglienti. Il risentimento tornava a rivolgersi contro di te e ti restava solo una possibilità: mordere la mano dei tuoi committenti, rubare loro un po' di quello che possedevano in sovrabbondanza. Arrischiarti ancora un po' di più per far sì che, se non tu stessa, almeno i tuoi figli potessero vivere senza ceppi, liberi di volare alto. Il coraggio non ti manca, non ti è mai mancato. Sai di esser fatta di una pasta ben superiore a quella degli altri. Anche adesso, mentre insegui il filo dei tuoi pensieri sul soffitto della camera, se volgi lo sguardo al tuo fianco puoi sentire solo disprezzo verso l'uomo che divide il letto con te. Lui non ha avuto la determinazione di giocarsi il destino. Tu sì. E perciò, come ogni condannato a morte, spendi le tue ultime ore a fare un bilancio della tua vita. Vedi che ormai non hai segreti per me? La nostra somiglianza mi permette di conoscerti nei minimi particolari, anche se tu non sai nulla di chi si occuperà di cancellarti dal mondo. Posso dominarti tutta in un solo sguardo, come da qui posso dominare questo letto di pietre, questo fiume Santa Catarina pieno di ricordi. Sta venendo l'alba, Maricruz. Alzati. Così non avrai più sogni, né incubi. Devi andare in palestra per scaricare le tensioni, gli umori che ti avvelenano, poi in ufficio a tramare e mercanteggiare con i valori che ti affidano i tuoi clienti. Corri in città e vivi il tuo penultimo giorno...

Ramiro allunga lo sguardo fino alla cima più alta della Sierra Madre, dove un sole giallo sta gettando i suoi primi raggi. Poi lo abbassa sull'avenida Constitución. Il traffico comincia a essere costante in entrambi i sensi. Si scorgono alcuni podisti alle estremità del letto del fiume. Le strade di Monterrey si vanno popolando poco a poco. Aspira una boccata dalla sigaretta che tiene tra le dita e la getta nel cestino senza spegnere la cicca. Una luce diffusa, ancora grigia, filtra nella stanza. Tira fuori un succo d'arancia dal frigobar e, mentre lo sorseggia, ripensa ancora alla sua cliente. Ora gli sembra strana la sua affinità con lei, gli suscita una sensazione nuova, come se in qualche modo loro due fossero legati già da molto tempo. Abbandona la bottiglietta sopra il televisore, lo accende e il frastuono di una sparatoria irrompe nel silenzio. I telegiornali non sono ancora iniziati. Prende il telecomando e passa in rassegna i canali verificando che la maggior parte delle reti trasmette ancora film per insonni. Decide di spegnere l'apparecchio e si avvia controvoglia verso il bagno, dove accende la luce solo per ritrovarsi davanti, nello specchio, il volto pallido e segnato dalle occhiaie di un uomo stanco, invecchiato. Si siede sulla tazza del water, ma vedendo che è inutile si rialza in piedi. Che fare del tempo vuoto dell'alba? Un bagno. L'acqua gli ha sempre fatto l'effetto di resuscitarlo. Alzati e cammina, Lazzaro. Mentre si avvicina alla vasca, il sorriso di Damián danza di fronte al suo sguardo, distorcendosi e allargandosi in una risata muta che si burla di lui. Chiude gli occhi. Li riapre e gli appaiono adesso le pupille color smeraldo della donna. Gli dei ti hanno condannato alla sofferenza e all'invidia per tutta la tua vita, Maricruz Escobedo. Poi Damián ti ha condannato a morte. E tocca a me toglierti dalla sofferenza. Speriamo che uno dei due ci guadagni qualcosa.

Dieci

Aprì il rubinetto e i rumori intorno a lui cominciarono a dissiparsi. Fischi, grida, sbattere di porte metalliche, colpi di tacco e risate si fusero per un attimo in un unico rumore mentre si metteva sotto la doccia, poi svanirono. I pesanti fiotti di acqua fredda si abbattevano sul suo corpo come frustate, ma invece di fargli male fugavano il prurito delle escoriazioni, l'ardore delle bruciature, lo sciacquio viscido e molesto delle vesciche non scoppiate. Poco a poco il getto d'acqua soggiogò il cespuglio ribelle dei suoi capelli e le setole della barba. Poi ammorbidì le croste di sangue e sporcizia, aprendo la strada allo strofinaccio che mise a nudo il tono rosato e terso della pelle nuova. Ancor prima di prendere in mano il sapone, scoprì cicatrici sconosciute. Da alcune lesioni vecchie o recenti stillavano gocce di sangue che subito si diluivano nell'acqua. Da quant'era che non mi lavavo? Da quella volta al fiume. Ma non conta, non mi sono neppure spogliato. Ai suoi piedi si accumulava una pozza fangosa, sanguinolenta, da cui emergevano dita armate di unghie ritorte. Per forza ho distrutto le scarpe, sembro uno sparviero. O un avvoltoio di quelli del Mamulique. Poi me le taglio. Si strofinò con vigore ogni arto, il viso, la testa, con l'urgenza di tornare pulito, senza far caso ai lamenti della carne viva né ai gemiti delle infezioni quando strappava via la pellicola che le ricopriva. Dopo qualche minuto, a forza di strusciare, cominciò a riconoscere quell'odore neutro che da tanto tempo non aveva più sentito. Rimettendo la testa sotto l'acqua per sciacquarsi la schiuma, si sorprese nel sentire i capelli, di nuovo docili e lisci, cadergli fin sotto gli occhi.

Rimase ancora per qualche minuto sotto la doccia, sciacquandosi la bocca nel tentativo di soddisfare una sete di anni, mentre lanciava intorno a sé sguardi fugaci. Gli altri avevano finito di lavarsi ed erano alle prese con gli asciugamani. Alcuni fissavano sfacciatamente la nudità dei loro vicini, indugiando sulle natiche o sul fallo, sorridendo sardonici. Saranno froci. Me l'avevano detto che qui abbondano. Devo stare in guardia. Chiuse gli occhi girando in su la faccia per godere di quella pioggia artificiale. Per ora non gli interessava chi aveva intorno: erano uomini come gli altri. Volevano passare per duri, lì tutti nudi, come se si sentissero più maschi con la verga per aria, mentre in realtà erano tesi dalla vergogna per quei loro corpi squallidi, indifesi. Meglio concentrarsi nel piacere dell'acqua cristallina, nell'aroma dell'umidità, nella freschezza che intiepidiva il sangue dentro le vene.

«Ti piace l'acqua, eh?»

Aveva sentito bene, ma non volle prendersi il disturbo di rispondere. Non gli importava di fare amicizie, né di parlare con nessuno. C'era tempo. Aprì il rubinetto al massimo per aumentare la pressione del getto e si riempì la bocca in una serie di gargarismi che lo colmarono di piacere.

«Sto parlando con te, bastardo!»

Te la sei cercata, figlio di puttana. E si girò sui talloni, flettendo il braccio per mollare un colpo rapido. Riuscì a malapena a trattenere nell'aria lo slancio del pugno.

«Dai... provaci se hai il coraggio, stronzo!»

Era una guardia. Giocherellava con il manganello tra le mani fissandolo con aria di sfida, come se aspettasse il minimo pretesto per scaricare la sua rabbia su di lui. Gli altri uomini si stavano già mettendo in fila, così senza dire una parola lui si diresse verso il suo asciugamano.

«Ah, e vorresti pure asciugarti... in coda, forza! Tutto bagnato, così ti si attacca meglio il disinfettante! E vediamo se ti si leva di dosso la scabbia!»

Si accodò senza nessuna fretta in fondo alla fila. Non era irritato. Sapeva che le cose dovevano andar così, lì dentro: centinaia di film mostravano questo tipo di scene carcerarie. Dopo la doccia, la fumigazione, poi la consegna delle uniformi. E a seguire il battesimo di sputi e ceffoni lungo la via verso la cella assegnata. C'era qualcos'altro? La fila di uomini cominciò a muoversi con lentezza, obbedendo alle grida del secondino. Anche lui vuole sembrare uno tosto, ma in realtà muore di paura. Un giorno o l'altro, uno di questi qui lo fa fuori per puro sfizio. Vedendo gli uomini che aveva davanti, associò la scena a un altro genere di film. Sembriamo ebrei che vanno verso la camera a gas. Si sentì un po' imbarazzato dalla vista d'insieme: una profusione di cicatrici, costole in rilievo per via della fame, colonne fuori squadra, natiche flosce e pance rotonde. Soprattutto le pance, come se si trattasse di un gruppo di donne incinte. Facciamo pietà. Abbassò lo sguardo e andò avanti.

Il disinfettante si rivelò una specie di talco che si spandeva in una nube intorno al corpo, impregnava la lingua di un sapore amaro, tappava le fosse nasali fino all'esasperazione e bruciava come carboni ardenti sulle ferite. Ma gli bastarono un paio di minuti per sentire come metteva fine al crepitare delle infezioni sulla pelle e, oltre al sollievo immediato, si immaginò la morte di quella legione di bestiacce invisibili che lo tormentavano ormai da mesi. Poi lo spinsero in un'altra stanza dove ricevette la sua uniforme e più tardi fu convocato davanti a una scrivania. Un grassone con il berretto in testa e la camicia macchiata di chiazze di sudore gli recitò una tiritera imparata a memoria, di cui non capì una parola, e alla fine gli disse il numero della sua cella: 287D. Con indosso dei pantaloni color cachi, una maglietta bianca e delle scarpe abbastanza vecchie, anche se della sua misura, si diresse verso un portone dietro cui si vedeva solo lo scintillare del sole.

«Márquez!»

Il movimento che c'era fuori lo sorprendeva: i prigionieri giravano per il cortile in totale libertà. Fumavano. Giocavano a calcio o a dadi. Quasi nessuno aveva indosso l'uniforme. Allora è così che vanno le cose nel carcere della Loma.

«Genaro Márquez! Fermatemi quel bastardo...»

«Ehi, tu! Dove credi di andare?» l'agente che controllava l'accesso al cortile gli sbarrò la strada. «Non ci senti? Il capo ti sta chiamando!»

Se n'era dimenticato. Genaro Márquez era il nome che aveva dato quando l'avevano arrestato le guardie di frontiera, e con quel nome l'aveva registrato anche la polizia messicana. Era stato il primo che gli era venuto in mente. Non gli piaceva, ma adesso doveva tenerselo. I passi pesanti del capo carceriere lo misero in guardia. Si girò di lato.

«Sei sordo, stronzo, o pensi di prendermi per il culo?» aveva il manganello alzato, come se stesse per colpirlo.

«Non ho sentito.»

«Allora sei sordo» esitò, abbassando lentamente il manganello. Poi cambiò tono: «Domani mattina ti presenti qui per vedere quando inizia il tuo processo.»

«Va bene.»

«Ora vai. E rispondi quando ti chiamo.»

Proprio come avevo detto: muore di paura. Genaro lo guardò allontanarsi. Quello lì non va avanti molto. Varcò la soglia, avanzando verso il sole. Il cortile brulicava di detenuti. Sembrava impossibile che ce ne stessero dentro così tanti. Più in là, oltre un corridoio che passava sotto un edificio che di sicuro ospitava delle celle, si vedeva un altro spazio aperto, anch'esso gremito di gente. Le costruzioni intorno al cortile, più che edificate, parevano esser state buttate una sull'altra senza nessun ordine. Apparivano fragili, mal progettate e palesemente insufficienti a contenere la popolazione carceraria. Era subito ovvio che non c'era alcun sistema di numerazione, per cui Genaro non sapeva da che parte andare. 287D. Chiese la direzione a una guardia che conversava animatamente con un gruppo di carcerati.

«L'edificio è quello là, entra nel corridoio che va da un cortile all'altro e prendi le scale a sinistra. Non mi ricordo se è al secondo o terzo piano.»

«Sei appena arrivato?» gli domandò uno dei detenuti.

Genaro non rispose.

«I soldi ce li hai?»

Non rispose neanche stavolta, e fece per andarsene.

«Fai pure il sordo, ma se non hai soldi non trovi neanche posto.»

Anche le scale erano piene di uomini, seduti lì ad ammazzare il tempo. Salì senza far caso agli sguardi di curiosità. Sul pianerottolo due detenuti si palpeggiavano con le bocche incollate, mordendosi con furia. Passò accanto a loro e neppure se ne accorsero. Arrivato al secondo piano, avanzò lungo il corridoio cercando la sua cella. Il pavimento di cemento grezzo, pieno di macchie, i muri divisori non imbiancati, nudi. Il posto era impregnato di un tanfo che era un misto di orina, sudore, umidità, tabacco, marijuana e merda. Peggio che nella discarica. Lì per lo meno si trattava di frutta e verdura. Sentì crescergli la nausea. Il caldo lo opprimeva, succhiandogli l'acqua dal corpo e facendolo ansimare. Nelle celle, strette, senza finestre, c'erano letti a castello per quattro detenuti. Ma in una contò nove uomini distribuiti tra il pavimento e i letti. Nessuna porta aveva numero, almeno all'esterno. Quando trovò una cella con un uomo solo, sdraiato su una branda, entrò.

«Dov'è la 287D, amico?»

«E chi lo sa...»

«Questa qui che numero è?»

«E chi lo sa...»

Tentò in un'altra e poi un'altra con lo stesso risultato, finché alla fine un tipo rapato a zero, con indosso un gilet di pelle nera e le braccia coperte di tatuaggi, senza ascoltare quello che gli diceva, gli chiese: «Hai una sigaretta, amico?»

«No.»

«Sei nuovo, vero?»

«Sì, sto cercando la mia cella.»

«È quella che vuoi, bello. O meglio, quella dove ti fanno stare. Tutte le stanze sono piene.»

«Mi hanno dato un numero.»

«Non conta un cazzo. Magari non esiste nemmeno. Meglio che ti sistemi dove ti lasciano fare.»

«E dov'è che mi lasciano fare?»

«Dipende... Perché ti hanno messo dentro?»

«Perché sono stato un coglione.»

«Be', questo si sa» il tipo sorrise, mostrando i denti d'oro, «ma che cosa hai fatto?»

«Ho ammazzato un figlio di puttana.»

L'uomo guardò Genaro da capo a piedi, lentamente,

come se dubitasse della veracità delle sue parole. Si grattò la pelata pensieroso. Poi mostrò di nuovo la dentatura dorata e si mise la mano nella tasca del gilet. Tirò fuori delle sigarette americane e un accendino. Se ce le aveva, perché me le ha chieste? Genaro scrutava a sua volta i tatuaggi sulle braccia dell'altro: dalla Madonna di Guadalupe e crocifissi con iscrizioni latine, fino a coltelli insanguinati e donne nude. Dopo aver buttato fuori la prima boccata di fumo, l'uomo domandò: «Ne hai ammazzato solo uno?»

«Per uno mi hanno messo dentro.»

L'altro si alzò dalla branda, fece qualche passo verso la porta, e quando fu vicino a Genaro scosse il pacchetto con un movimento breve e rapido verso l'alto, facendo uscire fuori fino a metà una sigaretta. Genaro accettò, piegando in avanti la testa per raggiungere la fiamma dell'accendino. Il tabacco impregnò subito le sue fosse nasali, liberandolo dal tanfo della cella.

«Anche se può sembrare strano, qui non ce ne sono tanti di killer.»

«Io non sono un killer.»

L'altro lo fissò incuriosito.

«Quasi tutti quelli del mestiere stanno nell'altro edificio, in fondo al cortile grande. Ma chi sta lì non va avanti molto: o li tirano fuori alla svelta o crepano, ci restano qualche mese al massimo. Magari è lì il numero che cerchi.»

«Allora ci vado.»

«O se vuoi puoi restare qui.»

Genaro guardò il tatuato, cercando di intendere il suo gioco. Questo qui vuole qualcosa. Ma non arrivava a capire che cosa. Percorse con lo sguardo la cella, soppesando l'invito. Tra i due letti a castello c'era un tavolo con sopra dei fogli, lettere, uno spazzolino spelacchiato e un pezzo di sapone. All'incrocio delle assi di legno, tra le gambe del tavolino, una pila di riviste porno e una bibbia. Accanto al tavolo, sul pavimento, uno stereo. Le brande erano senza materassino, con sopra neanche una coperta, anche se col caldo che faceva era inutile. In un angolo, la piccola tazza del cesso, grumosa e piena di incrostazioni. Una cella per niente attraente, ma di sicuro uguale a tutte le altre.

«Quanti siete a vivere qui dentro?»

«Soltanto quattro, è tra le più comode.»

«Allora non c'è più posto.»

«Nelle altre stanno peggio. Qui almeno non dormiamo uno sopra quell'altro.»

«Ma così non mi tocca un letto...»

«Sì, ti tocca. Lo tolgo a uno dei miei uomini. Qui sono tutti sotto di me.»

«Io non sono sotto a nessuno.»

«Diavolo, amico! Lo so. Tu sei mio ospite.»

Genaro riprese a fumare. L'insistenza del tipo gli pareva sospetta. Che cosa vorrà? Passò in rassegna le pareti, imbrattate da disegni di donne con enormi tette, minacce, una poesia illeggibile. Perché di sicuro vuole qualcosa da me. Pensandoci bene, tutti abbiamo bisogno degli altri. Magari vuole protezione. O che io uccida qualcuno. Non lo so. Vide una piccola siringa per terra, circondata da batuffoli di cotone insanguinati, cicche rollate a mano. Qui c'è per lo meno un tossico, e dall'odore anche dei fumatori d'erba. E se andassi nell'ala degli assassini? Quelli del mestiere, aveva detto il pelato. Se li immaginava già: brutti ceffi, attaccabrighe, di quelli che mettono mano al coltello alla minima provocazione, sempre pronti a dimostrare chi è il più duro. E si ricordò per un attimo la faccia del tipo sul ponte internazionale. Per questo li fanno fuori subito. Sorrise. Solo a pensare di convivere giorno dopo giorno con uomini del genere, cominciò a vedere con altri occhi la cella. Dovrei sempre stare in guardia. No, che palle. Meglio qui, è più tranquillo. All'odore si sarebbe abituato, poi di sicuro era lo stesso in tutto il penitenziario. Del resto a qualcosa doveva pur servirgli aver vissuto in una discarica.

«Se mi dai un letto, rimango.»

«Affare fatto» l'altro non poteva nascondere la soddisfazione. Gli tese la mano, dicendo con affettata fierezza: «Io sono Porfirio Reyes Menchaca.»

«Genaro...» il cognome gli sfuggiva, ma se lo ricordò all'ultimo secondo, «Genaro Márquez.»

Era arrivato da un paio di settimane a Nuevo Laredo e non conosceva che il ponte internazionale, intorno a cui girava mattina e sera per trovare il modo di passare la frontiera. Riusciva a malapena a sopravvivere aiutando le donne che facevano contrabbando a trasportare i loro sacchi attraverso il ponte poiché, visto com'era conciato, ben poche accettavano i suoi servizi. Malgrado ciò, quando veniva buio aveva racimolato qualche pesos per comprarsi un *taco* e mettere da parte poco a poco quello che poteva costargli il passaggio. Di notte si allontanava di qualche isolato fino alle rovine di un vecchio cinema. Dormiva lì, insieme a un gruppo di ragazzetti vagabondi che gli destavano al tempo stesso simpatia e rimpianto, e in compagnia di contadini e operai senza lavoro, venuti in città con le sue stesse intenzioni. In una notte di insonnia condivisa, dopo avergli offerto una Delicados, uno di quegli uomini gli parlò di un coyote che si faceva pagare cento dollari a testa per far passare gruppi di clandestini sulla sponda gringa del fiume, poi una volta di là li faceva salire su un camioncino sicuro diretto a San Antonio.

L'uomo aveva appuntamento con il tipo due giorni più tardi, nel parco del Viveros, al tramonto. Dovevano trovarsi in una radura tra i cespugli, dopo la zona dei barbecue, prima che scendesse la notte.

«E se venissi anch'io, il tipo avrà qualcosa da ridire?»

«Mah… non credo. È un altro centone per lui. I soldi ce li hai?»

«Tutti ancora no, ma in due giorni finisco di metterli insieme.»

Per quanto si mostrasse gentile con le grassone che attraversavano il ponte trascinando scatole e sacchi legati insieme, il suo aspetto continuava però a metterle in fuga. Soltanto quelle che non vedevano lì intorno un altro mulo a disposizione si arrischiavano a chiamarlo, non senza mostrare diffidenza e fare smorfie di repulsione. Con così poco lavoro, quando andò all'agenzia di cambio con i suoi biglietti stropicciati e le sue monete, gli dettero solo ottantadue dollari. Ma quando se li ritrovò in mano si sentì stranissimo, potente: gli sembrava che con quel denaro avrebbe potuto fare qualsiasi cosa. Represse la tentazione di prendersi una sbronza o andare dritto nella zona a luci rosse a festeggiare l'avvenimento con musica e donne. Poi però tornò in sé: pur essendo per lui una gran fortuna, non arrivava a coprire la quota del coyote. Rientrato nel cinema, tra le poltroncine sfasciate e i pezzi di intonaco e di soffitto che disseminavano di ostacoli il pavimento, mentre osservava le ombre dei bambini che inalavano la colla nei sacchetti di plastica, si risolse a tentare la sorte. Sì, non c'è peggiore battaglia di quella che non si combatte. Chissà, magari il tipo è uno in gamba e mi dà una chance. Radunò tutte le sue cose e le infilò nella sacca. Basta che mi faccia passare il fiume, anche se non mi porta a San Antonio è lo stesso. Una volta di là andrà tutto liscio. Il suo entusiasmo crebbe all'immaginare che, passato dall'altra parte, avrebbe potuto incontrare la Muta per le strade di una qualunque città. Pianificava i posti da visitare: Houston, New York. No, meglio la California. Sì, Los Angeles, Hollywood. Così potrei realizzare il mio sogno. Scrivere sceneggiature, vivere di cinema. A un tratto si accorse che viveva già nel cinema, e si sentì ridicolo. Sorrise. Poi tornò serio e s'incamminò a grandi passi verso l'uscita. Si mise in strada senza far molto caso alla bambina prostituta che conduceva per mano un grassone ubriaco verso l'oscurità delle rovine.

Il parco era molto grande, con attrezzature per bambini, vialetti, boschi e perfino un lago. Costeggiava il fiume Bravo su uno dei lati. Una volta lì, dovette camminare per un bel po' lungo la riva, tra coppiette che cercavano intimità tra la vegetazione e gruppi di studenti che avevano marinato la scuola, finché non si imbatté in un gruppo di uomini e donne acquattati tra le frasche. Riconobbe il contadino con cui aveva parlato due giorni prima e si diresse verso di lui.

«Sono in tempo?»

«Allora sei venuto...»

«È già arrivato quello che ci porta di là?»

«Poco fa un amico suo è venuto a dirci che il tipo verrà verso le undici di sera. Ha detto di aspettarlo qui senza fare rumore, per non farci sentire dai gringos dall'altra parte.»

«Fino alle undici? Ma se non è ancora buio...»

«Così ha detto.»

E a partire da quel momento si chiuse in un silenzio impenetrabile, seduto sopra l'erba, guardando nella direzione da cui si sentiva scorrere il Bravo. Erano dodici uomini, tutti intorno ai quarant'anni, e tre donne giovani. Sembravano nervosi, trepidanti, allerta al minimo rumore, ma al tempo stesso sereni, rassegnati a quel che li aspettava. I primi minuti senza fare niente furono esasperanti. Fumò una sigaretta dopo l'altra, scrutando il buio che si andava addensando intorno a loro. Quando la notte fu scesa completamente, si mise a passare il tempo identificando i rumori: il fruscio dell'acqua nel fiume, il rombo dei motori in lontananza, magari sulle strade dall'altro lato, il canto di un uccello notturno, latrati, guaiti, frinire di cicale, risa di donne nei giardini limitrofi. Poi pensò ai clandestini accanto a lui, sul cui volto aveva visto l'espressione decisa di chi deve guadagnare dei soldi per mandarli alla propria famiglia. Intuì i loro luoghi d'origine, le loro condizioni di vita, l'aspetto delle loro donne, dei loro figli. Era già un po' che aveva finito il pacchetto di sigarette quando sentì dei passi che si avvicinavano. Emersero dall'ombra due tipi vestiti con camicia a quadri, jeans, stivali e cappello texano. Quello che sembrava il capo parlò per primo.

«Sono questi?» la voce, acuta e nasale, tradiva la sbronza. «Sei sicuro che hanno la grana?»

«Sì, Gabriel. Così mi hanno detto.»

«Te l'hanno detto… non ti hanno fatto vedere i soldi?»

«No.»

«Forza, contadinelli, tirate fuori i vostri bigliettoni e vediamo se è vero» e accese una torcia elettrica. «Ah, bastardo, ci sono anche delle donne.»

«Te l'avevo detto, è che non te lo ricordi.»

«Ma che cazzo ci andate a fare, bellezze, di là dai gringos» si avvicinò e le illuminò una a una in faccia, poi il corpo, il seno, le gambe. «Se restate vi trovo io qualcosa qui in città, o da qualche altra parte.»

Come gli altri uomini, anche il Chato guardava la scena senza proferire parola. Nessuno di loro era disposto a mettere a rischio l'attraversamento. Il tale Gabriel esaminò da capo a piedi le tre donne come se stesse comprando bestiame. Alla più giovane palpò le natiche con mano lasciva, pregustandosela, mentre le sussurrava qualcosa all'orecchio. Lei non disse nulla, indietreggiò soltanto. Il tipo le sarebbe andato dietro per continuare a palpeggiarla, ma sentendo un fischio si addentrò tra i cespugli verso la riva. Le sagome dei clandestini, rimaste immobili anche dopo l'arrivo del coyote, sembravano sculture di legno sbozzate a colpi d'accetta. Al suo ritorno, Gabriel illuminò di nuovo il gruppo con la luce della torcia.

«È ora di andare. È arrivato il mio uomo. Mettetevi in fila, ognuno mi dà i suoi duecento dollari, poi scende alla riva e monta sulla barca in silenzio.»

«Duecento? Eravamo d'accordo per cento....»

«Te l'ho già detto, tesoro, se vuoi restare ti trovo io da fare qui. Se te ne vuoi andare, sono duecento.»

«Ma senta...»

«Però se aveva detto...»

«Io non ci arrivo a duecento.»

«Statemi a sentite tutti quanti! Se non avete la cifra completa potete pure andarvene da dove siete venuti. Io non faccio la carità a nessuno. Questo è il mio mestiere, e gli affari sono affari.»

Le proteste cessarono. I contadini si frugavano addosso per tirar fuori i soldi nascosti sotto i vestiti. Due di loro si staccarono dal gruppo e s'incamminarono in silenzio verso l'uscita del parco. Il Chato si avvicinò all'uomo con la torcia in mano per chiedergli di poter attraversare il fiume e basta per i soldi che aveva, ma fu preceduto dalla donna a cui l'altro aveva toccato il culo.

«Io non ce l'ho tutti e duecento. Arrivo a centosessanta.»

«E che cazzo ci fai ancora qui, allora?»

«Volevo vedere se possiamo aggiustarci.»

D'un tratto si sentirono spintoni, mormorii, imprecazioni, colpi, lamenti. Il compare del coyote emerse dai cespugli con una pistola in mano. Trascinava davanti a sé un uomo, e ogni tanto gli dava una botta in testa.

«Vedi di stare attento, Gabrielito. Questo bastardo era passato senza pagare.»

Con l'ultimo colpo lo fece cadere a terra, con la faccia imbrattata di sangue. Cominciò a prenderlo a calci. Gabriel si avvicinò mormorando qualcosa, per colpirlo anche lui, quando il Chato intervenne.

«Basta, lasciatelo stare!»

«E tu che t'impicci!» lo sfidò quello con la pistola, agitandola in aria.

«Basta così» ripeté il Chato, aiutando il ferito a rialzarsi.

Era il contadino che aveva conosciuto nelle rovine del cinema. Quando fu di nuovo in piedi, gli dette una lieve spinta sulla schiena.

«Vai, amico.»

L'uomo si allontanò. Gabriel fissò il Chato per qualche secondo come se volesse imprimersi il suo profilo, ma senza accendere la torcia per guardarlo in faccia. Poi si rimise a riscuotere il pedaggio ai clandestini. Quello con la pistola invece non si mosse, non era soddisfatto, ma non si risolse a far nulla. Uno sparo sarebbe stato un segnale di allarme per le guardie di frontiera. Dopo esser rimasto per un po' a fissarlo in atteggiamento di sfida, disse tra i denti: attento a quello che fai, e tornò verso la riva.

Si era giocato la traversata. Quegli uomini non lo avrebbero portato di là neppure se avesse avuto i duecento dollari. Neanche a parlarne. Non c'era altro da fare che continuare a mettere insieme i soldi, e cercare qualcos'altro. La fila si era ormai esaurita, solo la donna che non arrivava a completare la cifra aspettava accanto a Gabriel. Il Chato si allontanò di qualche passo, ma poi si fermò ad ascoltare: «Tu che vuoi?»

«Gliel'ho detto.»

«E credi che una scopata con te vale quaranta dollari? Non sei quella gran fica…»

«Via, per l'amore di sua madre, le giuro che devo passare di là per forza.»

«Pancho!»

Comparve quello con la pistola.

«Ci sono tutti?»

«Aspettate un attimo» e prendendo per il braccio la donna la trascinò verso gli alberi. «Vieni, forza, svelta.»

Prima si udì un breve divincolamento, seguito da schiocchi simili a baci esasperati. La donna gemette. Poi vestiti che si stracciavano, una cerniera che si apriva, sbattere di corpi nudi e ansimi. Il Chato provò disgusto. Più in là, le risate complici di Pancho e di un altro uomo. Cominciò ad allontanarsi. Figli di una maledetta troia. Continuava a insultarli col pensiero, ma si interruppe sentendo che quelli lanciati dalla donna non erano più gemiti ma grida di dolore. No, così mi fa male! Per favore, no! Il Chato fu preso dall'impulso di tornare sui suoi passi a interporsi, ma lo trattenne la risposta del bruto: si fa come dico io o sparisci, stronza! Mi hai sentito? E ora stai buona! Alle minacce seguirono le risate dei compari e altre grida della donna. L'ha voluto lei. Il Chato s'incamminò di nuovo. Le urgeva andar di là e sta pagando il suo pedaggio. Tra la ragnatela di rami degli alberi distinse una mezza luna, e allora si ricordò di nuovo della Muta. Cazzo, povere femmine. Quando ormai non sentì più né grida, né voci, né risate, e neppure la corrente del Bravo, affrettò il passo verso la strada, pensando che di certo il grassone ubriaco che aveva visto quel pomeriggio aveva fatto lo stesso con la bambina nel cinema abbandonato.

La mattina in cui compiva il suo secondo mese di carcere, andò di nuovo all'ufficio giudiziario, con lo stesso risultato delle settimane precedenti: il funzionario del Pubblico Ministero non aveva finito di approntare il suo fascicolo, per cui il giudice non aveva ancora fissato la data di inizio del processo. Secondo i segretari, la polizia di altre città stava verificando i suoi possibili precedenti penali. Non so proprio a cosa gli servono, disse uno di loro. In ogni caso invecchierai qui dentro, bello. Tra le contrabbandiere, i gringos della frontiera, i facchini del ponte e la polizia doganale, ci sono a dir poco quindici testimoni che erano lì quando hai ucciso quel disgraziato. Già hanno raccolto le dichiarazioni di due o tre femmine, che si sono messe perfino a piangere solo a ripensare a come l'hai fatto fuori. Chi c'era giura di non aver mai visto tanta furia selvaggia in un cristiano. Ti hanno perfino soprannominato la Bestia. Te che dici? Non hai scampo. Genaro, tornando verso il carcere, riattraversava i freschi corridoi degli uffici bello tranquillo, per niente deluso. Non gli importava che iniziasse alcuna procedura. Sapeva d'essere arrivato finalmente in un posto dove sarebbe rimasto, che le lunghe camminate erano finite. Se si presentava settimana dopo settimana all'ufficio giudiziario era solo perché lo chiamavano attraverso gli altoparlanti, il capo carceriere lo aspettava sulla porta, lo conduceva fino agli uffici, poi lo scortava di ritorno nel cortile: «Spero tu ti sia affezionato alla cella, e a quei criminali dei tuoi compagni, visto che ci resterai per tutta la vita.»

Questo bastardo mi odia. Fuori lo accolse il solito sfolgorio del sole e si portò la mano sugli occhi per schermarli dalla luce. E sa che lo odio anch'io. Non è stupido il tipo, per questo non esce mai. Già vari prigionieri gliel'avevano giurata, ma l'ufficiale non abbandonava mai gli uffici e se per caso lo faceva era sempre accompagnato da qualche guardia. Genaro attraversò il primo cortile senza badare a quelli che chiacchieravano in circolo né a quelli che transitavano da un posto all'altro. Si addentrò nell'ombra del corridoio, dove la temperatura diventava quasi gradevole, sentendo su di sé gli sguardi degli omosessuali che si riunivano lì, dei prostituti che ne utilizzavano gli angoli come luogo di lavoro, dei tossici che lo fissavano senza vederlo per poi cadere di schiena e sprofondare nel loro letargo. Arrivò fino al cortile grande, con i riquadri dei campi di pallavolo, basket e calcetto. Individuò in fondo al campo di basket Reyes Menchaca, che si affannava nel tentativo di infilare la palla nel canestro, riuscendo però solo a far cigolare il tabellone. Il sole gli inondava di luce la faccia e il collo, e il sudore gli colava da tutte le parti. Prima di dirigersi verso di lui, Genaro passò dalla zona delle fontane.

Era lì che stazionavano i veri criminali. Con lo sguardo vigile, immobili, gli omicidi fumavano appoggiati al muro, contemplando le evoluzioni dei prigionieri che sciamavano nei campi sportivi. Vedendoli lì tutti insieme, tutti con la stessa attitudine, indifferenti al sole in piena faccia, ogni giorno un po' più vecchi, non gli sembravano poi così terribili come assicuravano gli altri. Ciascuno di loro doveva scontare decine d'anni di condanna per diversi assassinii e si consideravano i padroni del penitenziario. Il più pericoloso, secondo quanto dicevano, era il Cóster: un gigante gringo soprannominato così per i suoi capelli biondo platino. Genaro lo conosceva per sentito dire. Chinandosi a bere alla fontanella, si ricordò di quando, durante una delle sue prime notti in carcere, i compagni di cella l'avevano messo al corrente, tra il timore e l'ammirazione: eh, quei tipi lì sì che sono dei bastardi, i più duri che ci sono qui dentro, aveva esordito Reyes Menchaca, sissignore, chi si mette contro di loro non la va a raccontare, amico, il Jorongo era entusiasta, quelli lì non si perdono in stronzate, o ti ammazzano o ti ammazzano, eh, cazzo, che sono tutti Rambo?, quasi, amico, il più tranquillo ne ha fatti fuori almeno tre, e ti sembra tanto?, non fare lo stronzo, stai a sentire, due o tre di loro erano killer dei narcos, hanno fatto la pelle a diversi bastardi qui in città e anche nella capitale, a Tijuana, Juaritos, Sinaloa, uno di loro l'hanno perfino mandato a regolare dei conti in Colombia, se vai a vedere sono quasi tutti in stretti rapporti con la mala, coi pezzi grossi che sono fuori, aveva aggiunto Marcos, e i capi continuano a fargli fare la bella vita anche qua dentro, caro mio, soprattutto al Cóster, no?, il Cóster è quel biondo bello grosso?, proprio così, amico, e c'è da stare attenti con quel tipo, gli occhi di Reyes Menchaca ballavano di qua e di là come se avesse paura di evocare il nome del gringo, gira sempre come fosse il padrone qui dentro, e gli piace ammazzare, gode a veder scorrere il sangue, è un sadico insomma, eh, non esagerare, diavolo d'un Reyes Menchaca!, scherzò Genaro, no guarda che è così, mio Generoso, Marcos prendeva molto sul serio le parole del capo, quel che dice il pelato è la sacrosanta verità, dicono che il Cóster prima faceva il bullo là a Los Angeles, dove c'è la polizia più dura di tutti gli States, poi è diventato cacciatore di taglie, è un tipo che non scherza quello, sissignore, dicono che è arrivato da queste parti inseguendo un gringo per cui offrivano un bel po' di soldi, aveva aggiunto il Jorongo, e lui gli ha fatto la festa ma ha consegnato un cadavere irriconoscibile, l'aveva torturato per puro piacere!, che ti dicevo?, se non è un pezzo di merda, il tipo!, c'è poco da scherzare, no?, e perché allora è rimasto qui?, è che gli è piaciuta la frontiera, ci ha visto il futuro, s'è fatto il quartier generale a McAllen e ci ha azzeccato, il tipo, ha cominciato a far passare di là erba e neve, e in qua armi e merce contraffatta, dicono che era pure in mezzo al traffico d'organi di bambini verso gli States, insomma tutto quello che si può vendere da una parte e dall'altra passava per le sue mani, un bel giro d'affari, rimuginava Reyes Menchaca, si è riempito di denaro finché non l'hanno beccato... eh, ma non era uno tosto?, com'è che s'è lasciato prendere?, è stato per una rissa vicino al Camargo, chi raccontava era ora il Jorongo, lui era con due della sua banda e si son presi con la gente di García Alavez, ci hanno fatto pure sopra una canzone, non l'hai sentita?, il Cóster ha fatto subito fuori tre ceffi col suo kalashnikov e quando è arrivata la polizia federale ci stava ancora dando dentro, ma era ferito e gli sbirri l'hanno lasciato dissanguarsi finché non è svenuto, aveva tre pallottole in corpo e ora guardalo lì, bello fiero, te l'ho detto, ha la pellaccia dura il tipo, aveva sentenziato Marcos, sissignore, e ora manovra i fili da qui dentro e aspetta il responso dell'estradizione, aveva aggiunto il Jorongo, i gringos se lo vogliono riprendere per giustiziarlo in gringolandia, come il Loco Pruneda, lo vedi, mio Generoso?, aveva concluso Reyes Menchaca, meglio stare alla larga da quella gente, no?

Quando non gli entrava più nemmeno una goccia d'acqua nello stomaco, chiuse la fontana e passò tranquillo davanti al Cóster e ai suoi uomini, ricambiando i loro sguardi freddi come fosse un saluto. Tutti quelli che conosceva lì in carcere li temevano, eccetto lui. Non ce n'è ragione, non hanno fatto niente di eroico. E poi la notizia di come Genaro aveva accoppato un noto coyote a mani nude si era già diffusa tra i carcerati, conferendogli un'aura di prestigio.

Erano venuti a saperlo anche quelli del mestiere, che dal muro dove stavano appoggiati lo scrutavano adesso con gli occhi socchiusi per il sole, sollevando la testa come se lo stessero fiutando. Per raggiungere Reyes Menchaca, non tagliò attraverso i campi sportivi ma preferì camminare lungo il muro di cinta, per approfittare dell'ombra. Nel salutarlo, i detenuti in cui s'imbatteva sembravano enumerare i soprannomi che gli avevano messo dal suo arrivo in carcere.

«Come va, Manotas?»

«Eh, il mio Generoso.»

«E allora, Marchese?»

«Eccoci qua, Barba?»

Anche se a volte l'immobilismo lo esasperava, non poteva negare di sentirsi a casa, come si era sentito a casa laggiù in quella discarica, in una Monterrey così lontana da sembrare irreale. *In fin dei conti è lo stesso, no?*

Intravide il luccichio della pelata di Reyes Menchaca, imperlata di sudore. *Anche questa è una discarica. Con l'unica differenza che qui, quello che buttano via, è pura carne umana.* Gli uomini correvano intorno alla palla, scattavano, la lanciavano verso il tabellone, facevano canestro poi festeggiavano il punto con una gazzarra che chi sta fuori non potrebbe mai immaginare. Non sembravano carcerati, ma turisti in villeggiatura. Genaro sorrise davanti a tanta innocenza. *Chi penserebbe mai che un sequestratore, un killer, un rapinatore, un trafficante possano esultare con tanta allegria insieme ai loro compagni, dietro ai muri di un penitenziario? Nessuno, di sicuro. Come nessuno potrebbe mai immaginarsi che c'è gente che può essere felice nella discarica dei mercati generali. Vero, Muta?* Ripensando a lei, rifletté:

ora sì che ci hanno fottuto, cara Muta. Non ci rivedremo mai più. Io qui dentro, e tu sa solo Dio dove. Cominciava a deprimersi alla prospettiva di passare il resto della sua vita in cella, tra i cortili del carcere, quando si vide arrivare dritto in faccia un proiettile color arancio. Alzò in aria le mani e lo afferrò.

«Vieni a giocare, barbone!»

Fece rimbalzare la palla una, due, tre volte. Fletté le ginocchia. Avanzò con lo sguardo fisso al tabellone, facendosi beffe della maldestra difesa del tatuato, e infine saltò per tirare la palla a canestro. Mentre seguiva il volo della palla, sentì l'emozione del trionfo gonfiargli il petto, spazzandogli via i pensieri cupi dalla mente.

Aveva incontrato il coyote sul ponte internazionale pochi giorni dopo aver rivisto la ragazza in una catena di prigionieri catturati dalla guardia di frontiera. Quel viso femminile bruno, dai lineamenti delicati, si era impresso nella memoria del Chato quando quella notte il fascio di luce della torcia l'aveva investita. E anche il suo corpo flessuoso e opulento. Ma al momento in cui l'aveva riconosciuta, la ragazza era emaciata, smagrita, e gli ematomi sul viso denunciavano botte recenti. Avanzava con le mani legate insieme a quelle degli altri messicani, che i gringos restituivano al Paese come fossero un branco di animali. Camminava a stento, e aveva i vestiti macchiati di sangue. Maledetti gringos. Guarda come li trattano. Lei era in testa alla fila. Un ufficiale biondo l'afferrò per la fune, tirandola verso l'interno del ponte dov'erano alcuni ufficiali messicani. Nel vederla così indifesa, il Chato sentì l'impulso di soccorrerla. Prese dalla sua sacca la bottiglia piena d'acqua e cercò di avvicinarsi, ma uno dei poliziotti lo trattenne.

«Si levi di qui!»

«Le do solo dell'acqua. Ha sete.»

«Si allontani, ho detto!»

Altri agenti gli sbarrarono la strada, obbligandolo a far marcia indietro. La donna però si rese conto delle sue intenzioni, gli lanciò uno sguardo riconoscente e sorrise. Genaro ritornò dove si riunivano i facchini del ponte e uno di loro gli disse: «Meglio che non t'immischi, amico. Sennò mettono dentro anche te.»

«Tanto sforzo per passare di là» filosofò un altro, «poi finiscono tutti nelle grinfie della guardia di frontiera.»

«E che cosa gli fanno?»

«Mah, dipende... Qualcuno lo rimandano di qua e basta. Altri li pestano per bene. O li rinchiudono per un pezzo in una prigione gringa.»

«Quella femmina lì stai sicuro che se la sono ripassata ben bene. E non una volta sola. Guarda com'è ridotta. Si è difesa e se la sono fatta con la forza.»

«I gringos della guardia di frontiera?»

«I gringos, i caporioni, i coyote e magari quegli stessi disgraziati che sono passati di là con lei. E poi in carcere, un'altra volta. Nel business della frontiera, ci provano tutti a fare la festa alle femmine, che tanto non hanno diritti, sono sole e bisognose... Vedrai, tra poco anche quegli sbirri lì le mettono le mani addosso, amico. E sai che ti dico, stai sicuro che è stato proprio quel cazzo di coyote, che li ha spennati per farli passare di là, a consegnarli alla polizia.»

La fila di prigionieri scorreva accanto ai facchini e la ragazza si voltò a guardare il Chato. Sembrava averlo riconosciuto. Non è possibile: quando c'era ancora la luce non mi ha visto in faccia, poi durante la notte quel tale Gabriel non mi ha mai puntato la torcia addosso. Gabriel... Solo in quel momento se ne ricordò. Un debole accesso d'ira lo investì, pensando che magari era vero che quel tipo, dopo essersi intascato duecento dollari da ciascuno, aveva consegnato il gruppo alla guardia di frontiera. Povere femmine. Pensò di nuovo alla Muta. Se la immaginò a dover subire le stesse vessazioni della mora e strinse i denti fino a farli digrignare. Ormai in prossimità dei casotti della dogana dal lato messicano, gli agenti slegarono i detenuti e li condussero con le mani ormai libere verso gli uffici dell'Emigrazione. Da lì poi li avrebbero trasferiti alla stazione degli autobus per rispedirli ai loro luoghi d'origine. E il Chato non avrebbe più rivisto quella donna.

Le giornate sul ponte, sotto il sole, trascorrevano sempre uguali una dopo l'altra. Il Chato si dava da fare, avvicinandosi premuroso a chiunque fosse carico di pacchi, sopportando impassibile lo sdegno e il disprezzo di quelli che lo consideravano troppo sudicio per prenderlo come facchino, e ricevendo con gratitudine gli spiccioli di chi accettava i suoi servizi. Aveva riunito poco più di centocinquanta dollari e, secondo i suoi calcoli, in meno di una quindicina di giorni sarebbe arrivato alla cifra che gli serviva per prendere accordi con un altro coyote. Si era ormai scordato della mora quando un tipo alto, robusto e vestito da cowboy lo chiamò all'uscita del lato americano. Voleva aiuto per trasportare due casse di Chivas Regal. Il Chato se ne caricò una in spalla e si avviò verso la dogana quando un grido lo trattenne: «Ehi, fermati, stronzo! Dove vai? Manca quell'altra!»

«Vuole davvero che carichi anche l'altra?»

«Per forza, sennò puoi pure andartene da dove sei venuto! Lo dico a un altro, tanto qui i muli non mancano.»

Lì per lì non l'aveva riconosciuto, ma quella ghigna unita alla voce acuta, roca, gli fecero rivivere la rabbia di quella notte nel parco. Nella sua testa, il ricordo delle ombre e delle grida nel buio si sovrappose alla faccia contusa della ragazza che avanzava nella fila dei clandestini catturati. Strinse le palpebre e rivide anche gli avvoltoi che divoravano il cadavere del cavallo, lo sguardo atterrito della Maga, le natiche del frocio lungo il fiume Santa Catarina. Riaprì gli occhi: i raggi del sole presero a vorticare nelle sue pupille, incendiando ogni cosa. E lì, contro il fulgore del sole, si stagliava l'ombra dell'uomo, un'ombra enorme e massiccia, coronata da un cappello texano, che gli ripeteva un'altra volta: ti ho visto, sai, ti ho visto. Hai paura. Paura.

Camminò lentamente verso di lui fino a essergli di fronte, poi lasciò cadere a terra la cassa. Le bottiglie rintronarono in un tintinnio di vetri rotti e liquido che si spandeva al suolo. Per riflesso, Gabriel cercò di afferrarla. Si piegò sulla cassa lanciando un'imprecazione. Allora il Chato gli sferrò un calcio in testa e il cappello texano volò un paio di metri più in là. Il tipo barcollò e, prima che potesse far qualcosa, il piede del Chato affondò violento nei suoi testicoli. Il corpo dell'uomo si afflosciò, si piegò alla vita, mentre le mani correvano tra le gambe a cercare una tardiva protezione. Il Chato vibrava tutto, acceso, eccitato, invasato da una sensazione di potere. Con la mano destra afferrò l'uomo per la cintura, con la sinistra lo prese per i capelli e lo sollevò quasi a mezz'aria, scagliandolo verso il bordo del ponte, fino a sentire l'impatto secco della testa contro il parapetto di cemento. L'altro lanciò un grido soffocato. Il Chato ripeté l'operazione fino a che quello non smise di gridare, finché il suo cranio non si schiantò come un vaso di coccio, con un gran scricchiolio, e le sue gambe restarono inerti. Tra i suoi stessi ansimi, il Chato avvertì le esclamazioni isteriche dei testimoni, alcuni molto vicini, e gli parve di star ripetendo una scena già vissuta. Percepì il panico degli automobilisti che erano scesi dalle macchine. Ma non udì passi, e li immaginò tutti immobili, sbigottiti. Vide le sue mani tinte di sangue e fu scosso da un brivido che gli piegò le labbra in un sorriso. I peli gli si drizzavano dalla soddisfazione. Sul parapetto di cemento erano rimasti appiccicati pezzi di cuoio capelluto e tracce di una massa molle e bianchiccia. Ai suoi piedi, con la faccia affondata nella cassa di bottiglie, l'uomo era scosso da convulsioni. Ti muovi ancora, bastardo figlio di puttana. Si mise a saltare sulla nuca della vittima, mentre si girava intorno minaccioso, squadrando i testimoni come a chiedere chi tra di loro voleva essere il prossimo. Il corpo smise di scuotersi quando la faccia toccò terra dopo aver frantumato le bottiglie. Sul marciapiede del ponte si allargava una pozza di sangue mischiato a liquore. Il Chato saltò ancora un paio di volte su quell'ammasso di ossa triturate, per poi incamminarsi verso il lato messicano, lentamente, respirando forte, assaporando in tutta calma l'emozione di aver chiuso i conti con quel Gabriel, sentendo come l'adrenalina lo faceva sentire un essere superiore a tutti quelli che lo fissavano in silenzio, con la bocca e gli occhi spalancati, quasi senza respirare. Perfino i suoi compagni facchini si fecero indietro per aprirgli la strada. Cominciò a correre solo quando vide uscire fuori i poliziotti della dogana, con le mani alla cintura ma senza estrarre le pistole. Si limitarono a guardarlo fuggire, anch'essi sbalorditi, incapaci di agire. Lasciò il ponte e corse, quanto più forte gli consentivano le gambe, prima per viali pieni di negozi per turisti gremiti di gente, poi per strade solitarie, e infine, quando ormai camminava senza più fiato attraverso quartieri dalle vie non asfaltate, alla prima opportunità svoltò verso il fiume. Avrebbe proseguito lungo la sponda fino al parco del Viveros. Lì poteva nascondersi per il resto del pomeriggio, così avrebbe passato la notte in salvo.

Non pensava già più all'uomo ammazzato né a tutta la gente che aveva assistito al suo crimine. Nella sua testa c'era solo un'immagine, quella di una giovane donna con due bambini, che lo pervadeva con una sensazione di riposo, di rifugio, di calore umano.

«È vero che gli hai distrutto la faccia?»

Non avevano mai parlato di quella faccenda e Genaro ignorava fino a che punto Reyes Menchaca conoscesse i dettagli. Fece un tiro di sigaretta e si girò verso di lui. Il pelato mostrava di sentirsi a suo agio in sua compagnia, protetto. Come la Muta. Come Efraín. Perciò gli aveva offerto il posto in cella fin dal suo arrivo: aveva bisogno di sicurezza. Basta che poi non si dimostri falso e vigliacco come quell'altro. Sarebbe deludente per uno che fa il suo mestiere. Reyes Menchaca si occupava di distribuire droga dentro il carcere, così come i suoi fratelli fuori dal carcere. Nei giorni di visita, uomini e donne facevano la fila per venire a colloquio da lui, e al suo ritorno in cella, le tasche dei suoi pantaloni parevano sul punto di scoppiare da tante dosi di coca e marijuana avvolte in carta di giornale. I Reyes Menchaca erano una famiglia di delinquenti minori, molto conosciuta in certi quartieri di Nuevo Laredo, anche se Genaro non aveva mai sentito parlare di loro finché non era finito in carcere.

La domanda dello spacciatore era rimasta senza risposta, così il Jorongo, un altro degli inquilini della cella, ruppe il silenzio: «Non solo la faccia. Dicono che gli ha maciullato la testa fino a ridurla in poltiglia. Quel tizio non l'ha potuto riconoscere neanche sua madre. Il compare qui è davvero tosto.»

«È vero?»

«Sì, è la verità.»

Non gli andava di ricordarlo. Si rigirò sulla branda, continuando a fumare fissando il soffitto. Ripensò ai suoi piani di attraversare gli Stati Uniti fino a Los Angeles, a New York, all'Alaska. Non c'era più nulla da fare. Pensò a Monterrey. Se fosse rimasto là ora non sarebbe in carcere. Sì, ci sarebbe lo stesso invece. Lì o qui sarebbe stato uguale: era già scritto. Non aveva dubbi, anche a Monterrey avrebbe ucciso di nuovo. Buttò la cicca in un angolo e si tirò su. Gli altri interpretarono quel movimento come un desiderio di continuare il discorso.

«E perché l'hai fatto fuori? È vero quello che dicono?»

«Che cosa dicono?»

Fu il Jorongo a rispondere: «Girano varie voci. Qualcuno dice che è perché non ti ha voluto dare la mancia… Altri perché ti ha gridato dietro lavativo mentre gli stavi caricando i pacchi. C'è chi giura che l'hai massacrato soltanto perché ti ha guardato storto…»

«Perché l'hai fatto, mio Generoso?» insisteva Reyes Menchaca.

Perché se lo meritava, pensò di rispondere. Come te lo meriti tu, il Jorongo e io stesso e tutti noi che siamo qui in questa maledetta prigione, e anche quelli che sono fuori. Le ragioni non mancano. Mancava solo qualcuno che lo facesse e io ho scelto di essere quel qualcuno. Invece non disse nulla. Guardò il muro frugandosi in tasca per accendere un'altra sigaretta. Esitava tra uscire in cortile a fare un giro, andare a farsi una partita con qualcuno o buttarsi di nuovo sulla branda. Doveva fare esercizio, da quando era lì dentro era aumentato di peso. All'ora del rancio divorava non solo la sua razione, ma anche tutto quello che lasciavano i suoi vicini, di solito inappetenti per via della droga. Sì, mi ci vuole una bella partita di basket. Ultimamente si era appassionato a quello sport, e non giocava neppure male. Ma la prospettiva di ritrovarsi sotto il sole del pomeriggio lo convinse a buttarsi di nuovo sul letto. Esco dopo.

Il Jorongo, che non smetteva di fissarlo, sorrise con espressione sciocca e disse: «Mi ha detto il capo carceriere che ti danno cinquant'anni di sicuro.»

Era quello che dicevano tutti, lì in prigione. Era stato meglio non essere potuto andare negli Stati Uniti. Se avesse ucciso un uomo lì, lo avrebbero condannato alla pena di morte. La sedia elettrica o la camera a gas, a seconda del posto. Morire… finora non aveva mai pensato a quella possibilità. Assumere il ruolo di vittima e dissanguarsi davanti agli occhi della gente, di un bambino: esalare l'ultimo respiro con un sorriso e uno sfolgorio di allegria nello sguardo, come gli agonizzanti che aveva visto. Si sarebbe sentito sollevato? Ne era certo. Solo il cavallo era morto con una smorfia di terrore sul grugno. Gli uomini no, l'avevano sempre guardato con gratitudine. Non doveva essere così terribile. Forse il suo momento era ormai vicino. E se fosse morto lì? Quell'idea svaporò dalla sua testa come se per istinto la rigettasse. Allora, come se avesse letto nei suoi pensieri, Reyes Menchaca lo guardò con preoccupazione.

«C'è qualcosa che non ti abbiamo detto, mio Generoso: quel tipo lì che hai fatto fuori, dicono che lavorava per il Cóster.»

«Sì, cazzo» si mise a ridere il Jorongo, «era lui la sua impresa di trasporti internazionali.»

«Te l'avevamo detto che con quel tipo c'è da stare attenti.»

«Non ce ne sono in giro di canaglie come lui.»

«Chi ve l'ha detto?»

«Me l'ha detto la Florinda, l'altro giorno. Era tutto agitato, poverino.»

«La Florinda?»

«Una delle checche che stanno giù di sotto. Quello che ti guarda sempre con gli occhi da agnellino, come se stesse per svenire.»

«Eh, eh… quello lì è innamorato di te.»

Se lo ricordava: un ragazzetto pallido, magro, con i capelli scuri. Abbastanza femminile. Diventava nervoso quando lo vedeva scendere le scale, ma non smetteva mai un attimo di fissarlo. Varie volte gli aveva offerto una sigaretta o una bibita, ma non avendo risposta da Genaro aveva smesso di farlo. Qualche volta l'aveva visto insieme al Cóster, che lo teneva alla vita come se fosse la sua fidanzata, gli tastava il culo e lo sbaciucchiava, per poi ridere di lui con i suoi compari. La Florinda. Aveva fama di essere uno dei prostituti più richiesti. Perfino il Jorongo e Reyes Menchaca l'avevano fatto salire qualche volta in cella.

«E lui come lo sa?»

«Eh, non hai visto che scopa col Cóster? Informazione di prima mano…»

«Per quel che mi ha detto lui, te l'ha giurata, amico. Quel bastardo ne ha fatti fuori già parecchi. Solo qui dentro va già per il quinto.»

Genaro visualizzò la figura del Cóster. Troppo grosso, troppo forte, troppo esperto, e sempre con troppi amici intorno. La cosa si faceva difficile. Quello sì che mi ammazza. Non c'è modo di scamparla. Fece un rapido ripasso degli uomini che aveva ucciso. Prima tre spiantati affamati e spavaldi. Poi due pezzenti rintronati dall'alcol. E il coyote, che non se l'aspettava. Il Cóster invece stava sempre in guardia, e pareva ben nutrito. Si rese conto che se era ancora vivo era solo grazie al caso, alla disattenzione o all'eccesso di sicurezza delle sue vittime. Ma con il Cóster… magari se l'avesse sorpreso da solo e in un momento di distrazione. Ci pensò un po' su e concluse che era impossibile. Adesso sì che tocca a me. Non c'è nulla da fare. Solo aspettare che succeda. Se il gringo era davvero così bravo ad ammazzare la gente, la cosa sarebbe stata facile, rapida e indolore. Aveva paura del dolore? Non l'aveva mai provato, o non se lo ricordava. A ogni modo, se la sua ora era già segnata, non gliene importava nulla.

«Che pensi di fare, amico?»

«Di cosa?»

«Con questa storia del Cóster.»

«Chi lo sa. Magari farmi ammazzare.»

Una volta arrivato al parco del Viveros, si rese conto che la vegetazione l'avrebbe aiutato a passare inosservato fino al calar della notte. Evitò l'area destinata ai giochi infantili e ai picnic e imboccò un sentiero nascosto tra gli arbusti che lo condusse sulla riva del fiume. Lì si sedette ad aspettare. Non sembrava tanto difficile attraversare il fiume a nuoto, anche se in città giravano un mucchio di storie su repentini mulinelli e improvvisi cambiamenti di corrente. Si parlava anche molto della brutalità delle guardie di frontiera, e dell'eventualità di incappare in qualche *ranchero* texano che faceva il tirassegno sui clandestini. Ma non aveva scelta: se rimaneva in città, l'avrebbero preso da un momento all'altro. Di sicuro lo stavano già cercando.

Tirò fuori una sigaretta e stava per accenderla quando sentì dei passi. Così presto? Si mise in guardia. Sì, due persone venivano nella sua direzione. Non si mosse. Era ben nascosto tra le frasche e magari non l'avrebbero notato. Trattenne il respiro. Poi sentì una voce di donna.

«Guarda. Qui non ci vede nessuno.»

Uno strano pudore gli fece salire il sangue e il calore del corpo alle guance. Rimase fermo. Se quei due l'avessero scoperto, l'avrebbero preso per un guardone, per un segaiolo degenerato. Si guardò i vestiti e li trovò così sudici che sospirò sollevato: si confondevano al colore ocra della terra, alle chiazze che l'ombra dei rami stampava sul terreno. Anche la sua faccia si camuffava perfettamente con la vegetazione. Cercò di non muoversi, di non far rumore, e si predispose a spiare la coppia. Erano quasi dei bambini, avevano addirittura indosso l'uniforme della scuola media. La ragazza sembrava un po' più grande ed era lei che prendeva l'iniziativa. Cominciò a baciare il ragazzino con delicatezza, senza fretta, come se gli stesse insegnando, prima gli zigomi, il naso, gli occhi, il collo vicino all'orecchio, la bocca. Dei baci tenui, di quelli che vibrano appena nell'aria e poi d'un tratto, senza preavviso, si convertono in uno scontro ansioso di labbra, di denti, di lingue. Si lasciarono andare: le bocche si fondevano, si compenetravano, esplorandosi in profondità. Poi lei si chinò a mordicchiare il collo dell'altro, guidando le mani di lui verso i suoi seni, mentre tra i sospiri si apriva la camicetta, costringendo il Chato a sviare lo sguardo imbarazzato.

Un formicolio gli percorreva l'inguine, ma il suo stato d'animo era dominato dalla tristezza. Ricordò la Muta, che lui mai aveva toccato in quel modo. Per pudore? Si rispose subito di no. Non era stato per pudore, ma per assenza di desiderio. Le voleva bene come compagna. Come sorella, insomma. Aveva mai desiderato una donna? Sì, è probabile. Ma non fece alcuno sforzo per ricordarselo.

Riprese a guardare la coppia quando caddero a terra e

la respirazione della ragazza divenne un lungo gemito. Non si erano tolti i vestiti. Lei aveva la camicetta completamente aperta e il ragazzino le succhiava i capezzoli vorace. La smorfia sul viso della ragazza rivelava piacere e dolore al tempo stesso. Il Chato stette a guardarla, soffermando lo sguardo sui seni bianchi, giovani, con le areole scure, sul collo con la vena in risalto che pareva sul punto di scoppiare, e si accorse che la sua eccitazione era al culmine. Si portò la mano sul membro teso e nel toccarlo rabbrividì. Come ci si sentirà? E si perse in un groviglio di dubbi. È che sarebbe così facile…

«No, aspetta. Te lo dico io. Sì. Così. Piano. Sì, basta così. Fai piano! Ahi!»

Al primo grido della ragazza ne seguì un altro più lungo, doloroso, che penetrò al Chato negli orecchi e gli attraversò il corpo suscitandogli un'angoscia sconosciuta. Sudava. Il suo membro stava per esplodere, e aveva smesso di toccarlo per non venire nei pantaloni. Il sole stava calando e le ombre si allungavano nel parco, strisciando sinuose tra gli arbusti. Tra qualche minuto non avrebbe più potuto vedere nulla. La cosa lo tranquillizzò. Ma le grida della ragazza vincevano il bavaglio delle labbra del giovane, scappando via per andare ad avvitarsi sonore nei timpani del Chato. Ricordò allora le grida della contadina violentata da Gabriel e il sangue gli si arrestò per un attimo nelle vene. Se non è tornata al suo villaggio ed è ancora da queste parti, almeno non incontrerà più quel bastardo. Poi pensò di nuovo alla Muta, e anche alla Maga. Sospirò.

La ragazza gettò un grido più acuto e alto degli altri. Poi il ritmo del suo ansimare si smorzò, al contrario del ragazzo, che grugniva come un animale a ogni spinta delle natiche. Alla residua luce del giorno, il Chato poté distinguere il pallido sedere che saliva e scendeva, con i pantaloni color cachi dell'uniforme abbassati all'altezza delle ginocchia. Gli tornò alla mente l'immagine del frocio lungo il fiume Santa Catarina e la collera gli si scatenò dentro: si muoveva allo stesso modo, come se cercasse di prendere un fallo con il culo. Suo malgrado, guardò di nuovo le natiche del ragazzo. Il suo stesso membro teso gli parve allora un affronto e si alzò in piedi. Avanzò qualche passo verso la coppia ma si arrestò di colpo. Che cazzo sto facendo? Si girò e si allontanò nella direzione contraria.

«Hai sentito?»

«Nooo...»

«Qualcuno ci stava guardando, Mauricio!»

«Non importa... aspetta... ora finisco...»

Camminò lungo la sponda del fiume, cercando il punto dove poteva esser stato l'appuntamento precedente. Anche se era ancora presto, la notte già si infittiva tra i rami dei cespugli. Dall'altro lato, in lontananza, si vedeva una strada sopraelevata dove circolavano automobili e camion. Da questa parte, il parco sembrava deserto, ma il Chato sapeva che tra gli arbusti era facile incoontrare coppie come quei due studenti. La sua persistente eccitazione lo metteva a disagio. Il rigonfiamento del membro eretto sotto i pantaloni gli faceva ricordare quel pezzente orgoglioso di mostrare la sua verga alla notte. Le immagini dei seni della ragazza e delle natiche dell'altro che sbattevano contro di lei non lo lasciavano in pace. Sarebbe stato così facile. Ammazzare, scopare, buttarli nel fiume, e fine. L'acqua del Bravo gorgogliava accanto ai suoi piedi. Sono troppo bollente. Guardò l'altra riva: deserta quanto il parco. Perché aspettare? E si buttò nell'acqua.

Per i primi metri non ci fu bisogno di nuotare. Dovette solo poggiare i piedi ben fermi sul fondo e resistere all'impeto della corrente. L'acqua fredda agì su di lui come un balsamo: dopo qualche secondo, il Chato non si ricordava nemmeno più del suo arrapamento. Ora era un altro il piacere che lo assorbiva: nuotare, immergersi in un corso d'acqua senza fine, rifacendosi così di giorni e giorni di sole furibondo, della camminata nel deserto, della sete che lo tormentava da quando aveva memoria. Sguazzava come un bambino in una piscina. Beveva lunghi sorsi d'acqua. Si concesse il lusso di lasciarsi condurre dal fiume, finché un mulinello non lo risucchiò verso il fondo, mettendo fine al suo godimento.

Allora fu costretto a lottare con il Bravo per salvarsi la vita. La corrente lo sprofondava verso un fondale pieno di macigni e alghe che gli si attorcigliavano ai piedi. Poi lo rigettava in superficie in modo che potesse prendere un po' d'aria e subito lo trascinava di nuovo verso il basso, in una tortura metodica che pareva non aver fine. Mentre chiamava in soccorso tutte le sue risorse per evitare di soccombere, gli ritornavano alla mente le leggende che ruotavano intorno a quel fiume maledetto. È vivo, e traditore: ha fatto più morti lui che il peggiore degli assassini, dicevano quelli che non avevano il coraggio di attraversarlo a nuoto. Ma con me non avrai la meglio, figlio di quella troia. Il Chato dimenava mani e braccia, sentendo i polmoni che gli si riempivano d'acqua e la testa che scoppiava come se qualcuno gliela stesse gonfiando di gas. Non distingueva più il fondo dalla superficie, nuotava verso dove intuiva che dovesse trovarsi l'ossigeno, senza trovarlo. Gli schiaffi dell'acqua sulla testa, sulle spalle e la schiena, accrescevano la sua angoscia, e quando credette di aver fatto tutto il possibile cominciando a lasciarsi andare alla spinta dei mulinelli, il Bravo si stancò di giocare con lui sputandolo sopra una pietra, a poche bracciate dalla sponda gringa.

Era talmente esausto che fu sul punto di addormentarsi aggrappato alla roccia. Riposò per qualche minuto, tossendo fuori l'acqua e recuperando le forze. Poi si guardò intorno.

Il parco non si vedeva più. Al suo posto c'erano capanne sparse in mezzo a terreni abbandonati, dove vacche e cavalli pascolavano liberi. Il Chato credette di riconoscere tra le ombre la silhouette di una donna, una vecchia seduta su una roccia presso il fiume. Per quanto mi avrà trascinato? Parecchi chilometri? Sulla sponda vicina dava invece l'impressione di esserci un ranch. C'era una strada sterrata parallela al fiume e più in là una recinzione di filo spinato per il bestiame. Il freddo dell'acqua minacciava di fargli venire i crampi alle gambe. Decise di fare il pezzo che lo separava dalla riva una volta per tutte.

Come per uno scherzo del fiume, il tratto tra la pietra e la sponda era così basso che l'acqua gli restava sotto la cintura. Guadagnò la terraferma con pochi passi. Al pestare il suolo gringo un'intensa sensazione di stranezza lo percorse in tutto il corpo. Avrebbe giurato che la terra si muoveva sotto i suoi piedi, rifiutandosi di sostenerlo. Dunque sono negli States. E adesso? Il recinto di filo spinato segnalava proprietà privata, e non voleva fare da bersaglio a nessun *ranchero* gringo. La strada sterrata era troppo esposta. La cosa migliore era muoversi accucciato tra gli arbusti.

Non poté finire di valutare il da farsi. Una torcia si accese con un lampo davanti a lui: poi un'altra a destra e una a sinistra. Abbagliato, si portò le mani al viso per difendersi dai fasci di luce. Dietro le torce, percepì lo scattare delle sicure di diverse armi. Sentì gridare ordini in inglese, che gli suonarono come insulti. Alzò le mani, come aveva visto fare nei film. Sono fottuto. Sospirò, ma senza pena: non gli importava che lo prendessero, come non gli importava di nulla. Lui andava dove lo guidava l'impulso, si fermava quando era stanco, si rimetteva in moto quando era stufo.

Un ufficiale biondo, latrando senza posa ordini incomprensibili per il Chato, si avvicinò e gli mise le manette ai polsi. Quando le torce puntate su di lui si spensero, vide che c'erano per lo meno sei ombre con cappelli texani in testa. Ti ho visto. L'immagine sfocata del vecchio cowboy dell'osteria a Monterrey si frappose per un momento tra lui e gli ufficiali della guardia di frontiera. Fin quaggiù mi perseguiti, vecchio demonio. Vuoi che uccida di nuovo? Ma lo spettro del vecchio scomparve dalla sua vista quando un tipo scuro, con tratti da indio ma vestito come gli altri, gli si avvicinò sciorinando uno stentato discorso in inglese, con chiaro accento messicano. Di gringo hai solo l'uniforme, fottuto pezzente. Non riesci nemmeno a pronunciarla, la loro lingua. Quando invece attaccò a parlare in spagnolo, lo fece con naturalezza.

«Da dove vieni?»

«Qui, da Nuevo Laredo.»

«Come ti chiami?»

«Genaro...» fu il primo nome che gli venne in mente «Genaro Márquez.»

Doveva essere quello il giorno predestinato. Genaro lo fiutò nella brezza turbolenta e umida che lo faceva rabbrividire, nonostante le sigarette, il quartino di tequila e la coperta che gli aveva procurato qualche giorno prima Reyes Menchaca. Quell'ondata di freddo li aveva colti tutti di sorpresa, per via di quel sole ostinato che si rifiutava di cedere il posto al centro del cielo. L'autunno era trascorso come un prolungamento della canicola estiva, e ora senza preavviso saltava fuori quel giorno rubato alle regioni polari. Come se non bastasse, i cortili erano diventati un manicomio.

«Trasferiscono il Loco Pruneda in un altro penitenziario» spiegava Reyes Menchaca. «Dovrebbe essere domani, oggi di sicuro qualcuno tenterà di fare i conti con lui.»

Si trattava di un narcotrafficante di quelli grossi. Genaro lo aveva visto due o tre volte, sempre nel primo cortile, da cui non si allontanava mai. Ricco e potente, le autorità del carcere avevano particolari riguardi verso di lui, consentendogli l'entrata alle docce in un orario diverso da quello dei prigionieri comuni e servendogli pasti speciali direttamente nella sua cella. Gli concedevano inoltre di avere delle guardie del corpo, e qualcuno giurava che dormisse con una mitragliatrice sotto il materasso. Tra i reclusi godeva di una celebrità a cui faceva ombra solo quella del Cóster, suo rivale in affari fuori del carcere. Era amato da molti: pagava bene i favori, spartiva le puttane e la droga che i suoi gli facevano arrivare e non negava mai aiuto a chi glielo chiedeva. Fin dal suo arrivo in prigione, Genaro aveva sentito i detenuti discutere se il Loco Pruneda sarebbe stato estradato negli States o se l'avrebbero trasferito nella capitale. Ora qualcuno nel governo voleva vederlo all'Almoloya, il carcere di massima sicurezza, e lo stavano per mandare là. Genaro guardò Reyes Menchaca, che era lì pensieroso, gli chiese: «E così resti senza padrone?»

«In tutti i casi, sia che lo portino via sia che l'ammazzino. Ma non è il mio padrone. Gli ho solo dato una mano qualche volta, e lui l'ha data a me.»

«E perché pensi che lo vogliono fare fuori?»

«Qui è così. Quando si sa che stanno per trasferire uno dei pezzi grossi, è il momento buono che gli si avventano tutti contro, per fargli la pelle. C'è sempre qualcuno che cerca di guadagnarci qualcosa, insomma.»

Era per quello che percepiva tanta trepidazione nell'aria? Le parole del tatuato non erano prive di logica, anche se il presentimento funesto che opprimeva Genaro nell'intimo riguardava la sua stessa sorte. Non è il Loco Pruneda, stavolta sono io quello a cui tocca. Non sapeva più se il suo tremito era dovuto al freddo o all'adrenalina che gli circolava impazzita per il corpo. A tratti lo attraversavano perfino ondate di calore. Il vento fischiava per i corridoi, trasportando le grida di quelli che giocavano a basket: esclamazioni violente e ostili, che di colpo diventavano tumultuose.

«Senti...» Reyes Menchaca ammiccava con gli occhi verso il cortile.

«Sono quelli della partita.»

«No, ascolta bene, è una rissa.»

Genaro aguzzò le orecchie. Lo schiamazzo aumentava. Saliva di tono. Presto poté riconoscere qualche voce isolata: dai, dai! ammazzalo, Jiménez, ammazzalo! Poi passi precipitosi in diverse direzioni, ancora grida, e alla fine i fischi delle guardie. Troppo tardi per evitare una morte. Quel pensiero finì per incupirgli l'animo. Anche se sapeva che il baccano nel cortile era dovuto a una semplice rissa, il buco che si sentiva crescere nelle viscere si allargò. Si alzò in piedi e si mise a camminare avanti e indietro per la stanza. Accese una sigaretta e, mentre aspirava la prima boccata, un sapore giallo gli ricordò che ne aveva appena spenta un'altra. Ma continuò a fumare, ascoltando il tono grave di Reyes Menchaca che diceva, come pregando sottovoce: «Continuerà così per tutto il giorno: una rissa qui e una là, un morto lì e un ferito di là. E i secondini a correre come matti da una parte all'altra. Ma se già in un giorno normale non si accorgono di nulla, figurati quando sono così fuori di sé.»

«Con chi se la sarà presa il Jiménez?»

«Non importa. Nessuno sa mai chi è che fa partire il casino, ma poi una volta iniziato si spande da tutte le parti. Così in un attimo si riempiono le celle di punizione, l'infermeria, l'obitorio. E quando le guardie credono di essere riuscite ad ammansire il branco, spuntano fuori dentro le celle i cadaveri eccellenti, quelli dei pezzi grossi, così ti rendi conto che tutto il casino l'hanno messo su solo per distrarre i mastini e tenerli occupati, e avere via libera per eliminare i peggiori bastardi.»

«Andiamo in cortile, no? Qui fa un freddo cane.»

«No. Non c'è neppure il sole. Io è meglio se resto qui.»

«Qui ti congeli…»

«Io mi faccio una pera, amico» e gli mostrò una siringa. «E se il freddo non mi passa, scendo giù in corridoio a cercarmi un frocetto.»

«Io vado a vedere se trovo Marcos e il Jorongo, così ci facciamo una partitina.»

«Vai. Se vedi Marcos digli che gli ho fregato l'ago e la coperta.»

Gran parte degli inquilini dell'ala si ammucchiavano lungo scale, lì la temperatura era un po' più sopportabile che nelle celle. Anche il corridoio era affollato, i prostituti si scaldavano tra loro, accogliendo anche i bisognosi che andavano lì in cerca di calore. Non vide la Florinda, forse era occupato ad alleviare il freddo a qualcuno, come la maggior parte del tempo. Uscì nel cortile grande e si diresse verso il campo più lontano, dove giocava di solito con i suoi amici. Quasi tutti quelli che erano fuori correvano dietro a una palla, era il miglior modo di scaldarsi. Genaro passò dalla zona accanto al muro dove di solito stazionavano il Cóster e la sua cricca: non c'era nessuno. Devono essere dentro. Un barlume di tranquillità gli rilassò i muscoli dello stomaco.

«Ehi, Marcos!»

«Che fai, Barba? Vuoi giocare?»

«Sì, ma subito, che mi sto congelando.»

«Allora vieni. Dove hai lasciato Reyes Menchaca?»

«È rimasto in stanza, con il tuo ago nel braccio.»

Dopo un po' di palleggi, Genaro cominciò a sudare. E insieme al freddo se ne andarono anche i presentimenti. Sono solo brutti pensieri. Fece il primo tentativo di fare canestro e lo mancò di pochi centimetri. Sì, solo brutti pensieri. Mi sono entrati in testa per via dei discorsi del Reyes Menchaca. Non succede nulla. È arrivato l'inverno, tutto qui. Di tanto in tanto abbracciava il cortile con lo sguardo: pieno di giocatori intenti nella partita, c'era perfino qualche guardia che faceva il tifo. Più che un carcere, sembrava un impianto sportivo in piena attività.

Giocarono per circa un'ora, finendo madidi di sudore. Poi Marcos e Genaro si separarono dal gruppo e si appoggiarono al muro accendendosi una sigaretta. Calava la sera. Tra poco avrebbero dovuto lasciare il cortile e rientrare nelle celle gelate. Genaro invidiò quelli che vivevano pigiati in otto o dieci in una cuccia per quattro, per lo meno si scaldavano tra loro. E siamo appena all'inizio dell'inverno. Non voglio pensare a come sarà dopo. Si immaginò lì a tremare sulla branda con più violenza di poco prima, e gli tornò in mente il baccano sentito dalla cella.

«Con chi se l'è presa il Jiménez, Marcos?»

«Ah, con uno nuovo, non so come si chiama.»

«E perché?»

«Chi lo sa. L'ha spinto durante il gioco, o qualcosa del genere.»

«E poi?»

«Eh, il tizio ha tirato fuori una lama e gli ha dato tre o quattro colpi. Ma alla fine hanno messo il Jiménez in isolamento, e l'altro hanno dovuto portarlo via in barella, era tutto sanguinante. A quest'ora dev'essere già stecchito.»

«Dici?»

«Eh sì, e non sarà neanche l'ultimo. Oggi il branco è in pieno fermento, ha voglia di sangue. Che ti ho detto? Guarda là!»

Un clamore improvviso li fece girare verso il centro del cortile. Stavolta era uno degli amici del Cóster a iniziare l'alterco. Avanzava verso il rivale con il petto in fuori, prendendo l'altro a spintoni perché capisse con chi aveva a che fare. Poi cominciarono a lottare, avvinghiati, misurando le forze. Caddero a terra. Genaro non poté vedere altro perché i giocatori corsero ad assistere al combattimento, frapponendo un muro umano tra il suo sguardo e i lottatori. Alzò il collo per passare in rassegna quello sciame di uomini: il Cóster non era tra loro. L'assenza del gringo lo contrariò. Dove sei, farabutto? L'uomo che aveva scatenato la zuffa era tra quelli che non gli si staccavano mai dalle costole, non c'era dubbio. L'aveva mandato lì per distrarre le guardie? I suoi sensi si misero allerta. Ricominciò a sentire il corpo teso e un'ondata di calore che gli solleticava le braccia. Strinse i pugni e le mandibole. Si accorse che Marcos si era mosso verso la calca dei prigionieri solo quando udì il suo invito: «Non vieni?»

Non rispose neppure. Dall'angolo in cui si trovava poteva tenere sotto controllo tutto il cortile. E non appena fosse comparso il Cóster, l'avrebbe notato con facilità: la sua enorme testa color platino superava in altezza quasi tutte le altre. E se davvero fosse andato a far la posta al Loco Pruneda, come aveva insinuato Reyes Menchaca? La cella del boss era nell'altro cortile, accanto agli uffici, nell'ala di quelli che avevano i soldi per pagarsi le comodità. Il dubbio lo metteva in ansia. Che venga fuori una buona volta, cazzo! Pensò che era stata un'idiozia non procurarsi un coltello, o una lama di qualche tipo. Il Jorongo ne teneva una nascosta nella gamba della sua branda.

Molti tra i curiosi cominciarono a spintonarsi tra di loro, nel giro di pochi secondi fioccarono pugni e calci e alcuni corpi caddero a terra. I secondini si arrischiarono a mettersi in mezzo al tumulto, soffiando invano nei loro fischietti e distribuendo manganellate a chi avevano a tiro. Presto cadde anche il primo secondino e decine di piedi gli furono sopra. Poi un altro e un altro ancora, finché non furono tutti abbattuti. Quando accorsero altre guardie in soccorso ai caduti, la rissa era ormai degenerata in una rivolta. In fondo al cortile, un uomo correva lungo il muro con una smorfia di dolore sul viso, mentre cercava con le mani di trattenere dentro la pancia le viscere che fuoriuscivano da uno squarcio. Genaro rievocò l'immagine di un torero incornato che correva verso lo steccato dell'arena in simili condizioni. Stava per andare verso di lui, ma lo perse di vista. Notò allora un corpo che giaceva immobile con la testa rotta. Il cortile puzzava di sofferenza, sangue e polvere, di sudore acre, di collera. Lo strepito a tratti si abbassava di tono, poi diventava isterico, faceva male ai timpani. Accanto alle fontane, almeno dieci detenuti pestavano un corpo in uniforme. Altri facevano a botte a pochi metri da Genaro, che restava lì con le spalle al muro, immobile, in guardia, aspettando l'arrivo del Cóster.

Le torrette di guardia si riempirono di agenti, ma soltanto uno di loro imbracciava un vecchio fucile. Quasi contemporaneamente il capo carceriere emerse dal corridoio che divideva i due cortili attorniato da un plotone di guardie, sbraitando ordini con la pistola in mano. I prigionieri lo ignorarono finché non sparò un paio di colpi in aria. Allora, poco a poco, il tumulto si andò calmando. Come in un film al rallentatore, Genaro vide i pugni alzati congelarsi a mezz'aria e poi abbassarsi tremanti, allentando le dita irrigidite dai colpi inferti. Gli aggrediti abbandonarono di colpo l'attitudine difensiva per accasciarsi mollemente al suolo, rannicchiandosi tra imprecazioni e lamenti. Gli ultimi rissosi furono domati a colpi di manganello. Dopo qualche istante di indecisione, la maggior parte dei detenuti corse a rifugiarsi nelle loro celle. Le guardie ammanettavano i più furiosi e quelli che avevano osato rivolgere la loro rabbia su di loro, mentre obbligavano gli altri a caricare i feriti per portarli in infermeria. Le poche barelle esistenti furono usate per trasportare gli agenti percossi. Quando un secondino venne verso di lui per ordinargli di uscire dal cortile, Genaro stava ancora aspettando l'arrivo del Cóster.

«Svelti! Muovetevi, figli di puttana!» il capo distribuiva colpi a destra e a manca. «Tornate nei vostri cazzo di buchi! Non voglio vedere in cortile neanche un bastardo, avete sentito?»

Proprio mentre passava accanto a quello che dava gli ordini, Genaro vide uscire dal corridoio il gigante gringo con due accompagnatori. Camminava pavoneggiandosi in mezzo agli altri, guardando i presenti con scherno e disprezzo. Individuò Genaro e i suoi occhi dorati si riempirono di uno scintillio di soddisfazione. Lo puntò con l'indice, muovendo le labbra come se stesse mormorando una minaccia, poi sorrise di nuovo. Genaro restò paralizzato per qualche secondo, ma il capo carceriere lo costrinse a reagire con una manganellata nel fondoschiena.

«Muoviti, bastardo!»

Il Cóster e i suoi amici assistettero alla scena tra le risate. Genaro non si lamentò né proferì parola. Guardava il gringo fisso negli occhi senza battere ciglio, senza abbassare la testa, senza muovere un muscolo della faccia. Sentiva ogni parte del corpo pronta alla lotta. Si incrociarono a soli due metri di distanza, il Cóster ancora con il dito puntato su di lui e il sorriso che si increspava nel proferire minacciose parole mute. Dopo essersi trovati faccia a faccia, entrambi si girarono le spalle e continuarono per la loro strada.

Sì, è così, il mio destino è segnato. Entrando nel corridoio, Genaro continuava a macerarsi tra la collera e il timore. Non c'è più nulla da fare. Malgrado ciò, la gradevole sensazione che gli scorreva per le vene trasmettendosi ai muscoli gli dava la certezza di aver rubato qualche ora alla morte, facendogli al tempo stesso assaporare in anticipo il piacere di morire o di uccidere. I prostituti e i tossici erano scomparsi. Non c'era neppure più nessuno seduto per le scale. Un silenzio inquieto faceva rimbalzare l'eco dei suoi passi contro le pareti, e mentre saliva le scale Genaro cominciò a sentirsi nervoso. In tre mesi di reclusione non aveva mai visto il carcere senza movimento. Quando arrivò al secondo piano lo accolse un mormorio sostenuto. Stava succedendo qualcosa nella sua cella. Parecchi detenuti bloccavano l'entrata. Respirò, cercando di non pensare a nulla, di non immaginare, e avanzò a passo sicuro. Gli altri si accorsero della sua presenza e gli aprirono la strada.

La prima cosa che sentì fu l'odore del sangue, tanto acuto da fargli venire la nausea. Poi vide i due corpi. Reyes Menchaca era sulla sua branda, con la schiena appoggiata al muro, gli occhi sbarrati e un taglio alla gola. Non c'era bisogno di un grande intuito per capire che due uomini l'avevano sostenuto per le braccia per permettere a un altro di sgozzarlo. La Florinda era a terra, bocconi, con almeno una decina di pugnalate sulla schiena. Una chiazza di sangue nel culo mostrava l'accanimento con cui gli avevano dato la morte. Genaro distolse lo sguardo e chiese all'uomo più vicino: «Chi è stato?»

«Chi lo sa...»

«Il frocetto veniva su tutto agitato» disse un altro. «Ha salito le scale di corsa, diceva di doverti avvisare di qualcosa, mio Generoso.»

«E non hai visto chi è salito dopo di lui?»

«No, poi è iniziato il casino in cortile e sono uscito a buttarmi nella mischia.»

Genaro attraversò di nuovo il muro umano che sbarrava la porta della sua cella. Si accese una sigaretta mentre scendeva le scale. Dal corridoio che divideva i due cortili vide che quasi tutte le guardie stavano accorrendo all'ala dei benestanti. Uno dei detenuti che soccorrevano i feriti gli dette la notizia: «Hanno ammazzato il Loco Pruneda! L'hanno trovato ora!»

Ma Genaro non parve darsene per inteso. Continuò ad avanzare per il cortile desolato e freddo verso le celle dei criminali. Andava avanti, senza neppure notare le macchie di sangue sparse sul selciato dei campi sportivi. Calciò col piede un oggetto metallico, vide che si trattava di un punteruolo abbastanza affilato, ma non gli venne in mente di abbassarsi a raccoglierlo. Un tremito gli scuoteva di nuovo il corpo. Lungo le braccia e le gambe gli scorrevano ondate di sangue caldo, che neppure il ventaccio gelido riusciva ad attenuare. Stava venendo buio e nel cielo una sporca coltre di nubi si addensava sopra il penitenziario. Genaro si asciugò il sudore dalla fronte. A metà del cortile, un secondino rimasto indietro lo affrontò con il manganello in mano.

«Nessuno può stare qui! Torna nella...»

Una gomitata alla gola e la frase restò incompleta. La guardia mollò il manganello e cadde in ginocchio, con la bocca aperta e le mani sul collo. Gli occhi gli uscivano dalle orbite mentre cercava di incamerare aria per non affogare. Senza fermarsi, Genaro raccolse il manganello e percorrendo l'ultimo tratto verso l'ala più estrema del penitenziario, cercava di decifrare nella memoria le parole mute che il Cóster aveva mormorato puntandogli il dito contro. Non aveva detto: ti ho visto, come all'inizio aveva creduto, ma: il prossimo sei tu. Sì. Il gringo, euforico e superbo dopo aver ucciso il Loco Pruneda, Reyes Menchaca e la Florinda, aveva decretato la sua condanna a morte. Ebbene, gli avrebbe risparmiato lo sforzo di andarlo a cercare. Vediamo se è così tosto da far fuori tutti in un giorno solo. Entrò nell'edificio, dove vari uomini conversavano seduti sulle scale. Vedendolo arrivare, si alzarono in piedi.

«Cóster! Guarda chi è venuto!»

Il gigante, che era qualche metro più in alto, si fece avanti tra i suoi fiancheggiatori e nel riconoscere Genaro sorrise beffardo. I suoi occhi baluginavano mentre scendeva con passo cadenzato le scale. Sembrava un orso polare, si muoveva lento, pesante, ostentando la potenza della sua mole. Qualcuno al passare gli offrì un coltello a serramanico. Lo rifiutò a gran voce, perché lo udissero tutti: «Se questo miserabile ha ucciso Gabriel senza armi, lo ammazzerò anch'io così!»

Un calcio anonimo proveniente dalla massa dei presenti strappò via di mano il manganello a Genaro. L'adrenalina lo manteneva al massimo della tensione, tutto il suo corpo era un unico fremito. Un tappo spesso si installò nelle sue orecchie impedendogli di sentire nient'altro che il suo stesso respiro e il battito galoppante del suo cuore. Appena il Cóster scese l'ultimo gradino, Genaro gli balzò addosso. La sua testa andò a sbattere contro il naso del gringo, ma si trovò subito imprigionato da due manacce che lo fecero volare contro il muro. Il colpo lo rintronò dalla testa ai piedi. La vista gli diventò rossa. Gli uomini intorno gridavano, acclamando il Cóster e insultando lui, anche se Genaro vedeva solo le facce congestionate e le smorfie, senza sentire le voci. Muoviti, muoviti, non lasciare che ti afferri. Tu sei più rapido, approfittane. Se ti prende è finita.

E lui si muoveva. Saltava, sferrava un colpo, poi retrocedeva. Ma si rendeva conto di non far alcun danno, mentre a ogni attacco lui restava ferito, menomato. Il sorriso del gringo non accennava a sparire, malgrado due sottili fili rossi che gli scorrevano giù dal naso. Non gli faccio neppure il solletico. Assaporò il suo stesso sangue, ci si sciacquò la bocca e inghiottì. Si lanciò di nuovo contro il rivale. Mentre si avvinghiava con forza a quella testa bionda, un paio di pugni nei reni e sentiva che stava per esplodere. Gli mancò l'aria e per non cadere si avvinghiò disperato al collo del Cóster. Lo morse sulla fronte mentre con i piedi e le ginocchia scalciava contro il petto e la pancia del gigante. L'altro continuava a colpirlo, finché le braccia di Genaro non allentarono la presa, facendolo scivolare fino a trovarsi faccia a faccia con il suo rivale, con i respiri che si fondevano e gli occhi a pochi centimetri di distanza. Le pupille del Cóster non scintillavano più. Genaro credette di intravedervi un'espressione di smarrimento. Allora aprì le fauci e azzannò il naso del gringo. I colpi contro il suo corpo si fecero più violenti, e Genaro rispose all'attacco serrando ancor di più le mandibole. La bocca gli si riempì del sugo del sangue e di quella carne estranea, mentre una scarica di piacere gli invadeva le membra. Un brivido prolungato gli solleticò lo sfintere fin quasi a farlo rilasciare. Lo trattenne l'ululato del gigante, che finalmente gli sturò le orecchie. Rimase con un brandello di cartilagine tra le labbra mentre il Cóster, traendo forza dal panico e dal dolore, lo scagliava contro la massa degli spettatori.

Quelli che caddero sotto di lui gli impedirono di rialzarsi subito. Nessuno gridava più. Increduli, vedevano il Cóster saltellare in cerchio, come se volesse mettersi a correre per cercare sollievo. Bramiva imprecazioni nella sua lingua, afferrandosi quel che gli restava del naso nell'inutile tentativo di contenere l'emorragia. Alzati! Genaro non seppe da dove veniva quella voce roca, se da fuori o da dentro il suo cervello. Approfitta! Ora o mai più! Si divincolò dalle mani che lo costringevano al suolo e si alzò in piedi, ma un oggetto cilindrico lo fece scivolare di nuovo a terra. Era il manganello che aveva sottratto al secondino. Gli uomini del gringo continuavano a malmenarlo, ma in confronto ai colpi del suo rivale questi non lo scalfivano neppure. In quello stesso istante il Cóster smise di saltellare e gesticolare. Si voltò verso Genaro e lo guardò come un demente. Poi si rivolse a uno dei suoi uomini con voce nasale: «La lama! Dammela, presto!»

Genaro si allungò per raccogliere il manganello e a forza di colpi si tolse di dosso quelli che cercavano di trattenerlo a terra. Riuscì a rimettersi in piedi quando il Cóster era già sopra di lui con il coltello in mano. Schivò la punta per un pelo scansandosi di fianco, mentre sganciava la prima sprangata sull'orecchio dell'altro, che reagì con uno scatto, come fosse stato punto da un insetto. Genaro si rese conto che il gringo non ci vedeva più bene e respirava con difficoltà, per via del sangue che fluiva dal moncherino del naso. Quello era il suo vantaggio. L'avrebbe lasciato attaccare per primo. Ma stavolta, mentre cercava di schivare la lama, il coltello gli si affondò nella carne in profondità, all'altezza della vita. Lo squarcio lo aiutò a reagire con prontezza e assestò una bastonata al ginocchio e un'altra al viso del Cóster. Lo vide traballare e ci dette dentro: due o tre sprangate alle ginocchia e un'altra in testa. Se casca per terra, non si rialza più. E rinnovò i colpi di fronte allo stupore dei presenti. Si fermò soltanto nell'istante in cui sentì come se qualcuno gli stesse tirando le viscere, cercando di strappargliele, senza provare un vero dolore, ma una fastidiosa pressione al ventre intorpidito: il Cóster gli aveva affondato il coltello sotto l'ombelico, e lo rigirava da una parte all'altra. Stavolta sì che fu scosso da un lunghissimo brivido. Scaricò una serie di colpi sulla testa, sul collo e sulla faccia sfigurata del gringo, mentre il suo sfintere, incapace di resistere ancora al fremito, si aprì in una sorta di torrente orgasmico. Il gigante piombò a terra di schiena, con un tonfo sordo. Genaro era in piedi, con il coltello affondato fino al manico nelle viscere, con il sangue, l'orina e le forze che gli sfuggivano dal corpo. Per qualche istante contemplò l'ammasso del suo rivale abbandonato al suolo, i suoi capelli prima biondi e ora sporchi di sangue e terra, e con la pelle ancora ipersensibile per la scossa di piacere, mollò il bastone e si portò la mano al coltello. Cadde in ginocchio prima di poter strappare dalla sua carne la lama d'acciaio. Ora o mai più. La voce roca riapparve di nuovo. Sì, ora o mai più. Si trascinò in ginocchio per quasi un metro, per vedere bene quel che restava della faccia del Cóster. Il gringo non aveva perso i sensi, lo guardò con i suoi occhi senza lucentezza e storse la bocca. Genaro vide bene le pupille dorate, che poco prima erano parse tanto fiere. Fu scosso da un nuovo spasmo e sentì scorrere dell'altro liquido caldo tra le gambe. Sorrise. Sollevò il coltello sulla cui punta scorreva un rosso viscoso e la avvicinò alla faccia del gigante. Stavolta non ti rialzi più, bastardo. Le palpebre del Cóster si aprirono fin quasi a scomparire. Con l'ultimo impeto riuscì a muovere il pugno che andò a sbattere contro la mascella di Genaro, proprio nell'attimo in cui lui gli stava affondando la lama d'acciaio nell'occhio.

Ancora cosciente, mentre comprendeva che la vita gli stava sfuggendo dal corpo, avvertì su di sé qualche colpo, qualche taglio, sentì insulti, passi, discussioni. Poi credette di distinguere, in mezzo a un frastuono che poco a poco diminuiva di volume, il fischiare dei secondini. Non sentiva dolore: non percepiva neppure le ferite. Era solo esausto, soddisfatto, come dopo un prolungato incontro sessuale. Fiero di sé. La voce nel suo cervello aveva detto: ora o mai più, e lui aveva eseguito.

Ogni volta che intravedeva la soglia della coscienza, il dolore gli si incollava alle viscere, gli artigliava la schiena, gli rodeva l'interno delle arterie, degli intestini, stringendosi in un nodo cieco, serrandosi su di lui finché dei gemiti provenienti da molto lontano raggiungevano la sua testa, la penetravano e restavano lì a rimbombare tra le pareti del cranio. Di chi erano quei gemiti? Di chiunque fossero, riuscivano a distrarlo al punto da fargli dimenticare il martirio del suo corpo. Saranno stati suoi? Non poteva esserne certo. Là negli antri più segreti della morte, nelle cui profondità nuotava da un tempo eterno, tutto ciò che nasceva fuori dalla sua carne giungeva a lui trasformato in qualcos'altro, confuso all'umidità tiepida che bagnava ciascuna delle sue cellule, al rumore frusciante della sete che gli bruciava la gola e gli riempiva di terra la bocca, al tremito senza fine del suo scheletro, all'intorpidimento dei muscoli, a quel pezzo di metallo affilato che era ancora lì, piantato nelle sue viscere, benché l'avessero di sicuro estratto prima di suturargli la ferita.

Tutto gli arrivava distinto, accresciuto o smorzato da quel corpo irrigidito e straziato: il freddo e il caldo, le correnti d'aria, gli stridenti rumori metallici della strumentazione medica, le luci a volte accecanti, come le torce della guardia di frontiera, o a volte tenui come una candela sul punto di spegnersi, il buio fitto, il fetore della carne malata e gli odori nauseabondi delle medicine, dei linimenti, dei disinfettanti, le calde mani di donna che si posavano prima sulla sua fronte, poi con dolcezza gli asciugavano il sudore e gli tamponavano le labbra con una pezza bagnata, gli aghi che gli penetravano ripetutamente nella pelle, ma soprattutto le voci, di diversi toni e inflessioni, intermittenti, distorte, calorose o brusche, che si allontanavano e si avvicinavano, e gli giravano intorno in una specie di vertigine: è ridotto molto male, dottore!, vediamo, fatemi vedere, svelti!, preparate la sala operatoria!, hanno portato anche l'altro, dottore!, sta asfissiando, gli hanno strappato il naso!, be', si farà quel che si può... lei che dice, dottore?, ne uscirà vivo?, ora mi sembra stabile, ma sarà difficile che sopravviva, ha subito troppi danni, quante ferite aveva?, undici provocate da arma da taglio, oltre a diverse lesioni interne piuttosto gravi, è che si sono messi a pestarlo tutti i detenuti della sezione, e uno lo stava per pugnalare di nuovo quando siamo arrivati noi, questi due assassini se l'erano proprio giurata, eh dottore?, sì, ma questo qui ha avuto la peggio, come si chiama?, Genaro, Genaro Márquez c'è scritto qui, gli parli infermiera, gli fa bene, che almeno senta una voce prima di morire, sì dottore, Genaro, Genaro, resisti, solo se ce la metti tutta potrai guarire, non lasciarti morire, aggrappati alla vita, Genaro... come va il prigioniero, dottore?, è incosciente, e l'intestino e lo stomaco non si sono ancora rimessi a posto, io non posso fare di più in queste condizioni... ma si salverà?, forse a trasferirlo da un'altra parte, o a Monterrey, per una ricostruzione di organi in un vero ospedale... ma gli interessa così tanto che ritorni in cella?, no, a me no, il fatto è che un signore della capitale è venuto a chiedere di lui, un tale Damián Reyes Retana, e perché gli interessa?, lo sa solo Dio, ma pare che già altre volte abbia fatto liberare dei carcerati, dicono che è per farli lavorare per lui in chissà che razza di affari, pare si tratti di un pezzo grosso, con influenze nei palazzi alti... sono venuta a farti la tua iniezione, vedrai che poi migliori, resisti, Genaro, resisti, non puoi morire così, signorina!, lasci stare questo qui e si occupi degli altri malati!, sì, dottore, attenzione, sta vomitando di nuovo!, guardate che non soffochi!, chi gli ha dato l'acqua?, io dottore, ma gli ho solo bagnato le labbra, ce le ha tutte screpolate, forza Genaro, metticela tutta, puoi farcela, e il gringo?, quello è già uscito, e appena fuori ha avuto la sorpresa che il giudice ha accettato di accordare la sua estradizione, stavano solo aspettando che si rimettesse per rispedirlo negli States, invece questo poveraccio qui non fa progressi, ma poi perché salvarlo?, non è altro che un delinquente, lasciatelo morire!, è meglio per tutti, no?, è quel che penso anch'io, ma questo è il mio lavoro, e in ogni modo il dottor Reyes Retana ha lasciato detto, nel caso si rimettesse, di avvisarlo subito a Città del Messico.

Per quello preferiva i sogni, che venivano a riscattarlo dall'abisso, dal caos, e lo trasportavano in un mondo di coerenza, luminoso, nitido, a volte perfino piacevole, come quel sogno, tante volte ripetuto, in cui fuma sotto il portico di una casa di campagna. Contempla il tramonto attraverso il fumo della sigaretta, con il sole sospeso in mezzo a un boschetto di noci. Stringe in mano una bottiglia di birra ghiacciata e di tanto in tanto dà piccoli sorsi, sentendo la sua bocca fremere al passaggio del liquido. Dentro la casa, dei bambini giocano e una donna ordina loro di abbassare la voce per non disturbare il papà. Non è Victoria, né la Muta, ma un'altra che lo sta aspettando da qualche parte sulla sua strada, lo sa. Vuole alzarsi per andare a vedere quel volto sconosciuto, che immagina incantevole, ma l'estasi del tramonto, il tabacco e la birra lo trattengono al suo posto. C'è tempo. E resta lì, assorto nella contemplazione, finché il paesaggio non sparisce e tutto diventa nero, impenetrabile.

È questa la morte? I sensi annullati e il fluttuare libero dei pensieri, senza appigli né un corpo che li contenga? Questo riposo senza tempo né luogo? Sarebbe un sollievo. Ecco perché quello scintillio di gratitudine, quell'espressione di felicità anticipata in chi è sul punto di andarsene. Tutto sfuma e restiamo soltanto noi, i sogni, le storie che qualcun altro ci mette nel cervello. Ma Genaro non era morto. Era ancora in grado di distinguere fuori di sé i mormorii, i passi, le voci che parlavano di lui e decidevano del suo futuro: sta già migliorando, dottore, l'infezione e la febbre sono calate, e potrei giurare che ieri ha aperto gli occhi, continua ad avere deliri?, non ce li ha quasi più, è stato molto tranquillo, solo ogni tanto chiama una certa Victoria, e parla di una muta, bene, avviserò il signore della capitale, ha promesso di darci una buona commissione per portarselo via… e così si è salvato la pelle quest'assassino, infermiera?, ancora non è cosciente, ma ormai è quasi fuori, sergente, allora presto tornerà con gli altri?, non credo, sergente, pare vogliano trasferirlo nella capitale… in città, o in un altro penitenziario?, non saprei dirle, l'unica cosa che mi hanno detto è che verrà una persona a prenderlo, venga, venga, dottor Reyes, guardi, questo qui è Genaro Márquez, non si è ancora svegliato, signore, ma è in evidente ripresa, e si sveglierà presto?, è impossibile dirlo, bisogna che lo visiti uno specialista, tuttavia io non vedo alcuna ragione medica perché rimanga incosciente, magari se lo ricoverano là in un ospedale può darsi che migliori, signor Reyes, va bene, lo porto via oggi stesso, come lei comanda, signore, Genaro, Genaro, sveglia,

Genaro, stai per andartene da qui, proprio ora che mi ero affezionata a te, apri gli occhietti, forza, guarda qui, questa è l'ultima iniezione che ti faccio, domani sarai in un ospedale, a Città del Messico, mi senti?

No. A Città del Messico no, cazzo. Perché andare tanto lontano se posso morire qui tranquillo, senza complicazioni. Non voglio andarci, quel che voglio è morire qui. Che ritornino i sogni, la libertà, quella leggerezza senza ormeggi che mi faceva volare al di sopra di tutto, riposando, solo, in mezzo al buio. Voglio solo esser lasciato in pace. In pace, non mi sentite? Ma quando, qualche minuto o qualche ora dopo, sentì che lo sollevavano e lo depositavano su una superficie tesa e al tempo stesso molle, poi lo caricavano su un veicolo, poi su un altro che fremeva con un costante ronzio meccanico, comprese che nessuno, al di fuori della sua carne, aveva udito le sue suppliche.

Undici

L'aroma delle braciole che finiscono di arrostirsi sulla piastra, al tavolo accanto, lo distrae dai suoi pensieri: gli vengono allora in mente le pire dell'Inquisizione su cui bruciavano gli eretici, consumandosi tra lingue di fuoco di legna verde: rievoca la piazza di Santo Domingo, pensando che presto potrà vederla di nuovo. Domani stesso, forse. Magari vado a bermi un bicchiere al Salón Vasco, dopo aver incontrato Damián. Sarebbe ben fatto. È lì che è iniziata la mia relazione con Maricruz Escobedo, no? La carne sfrigola sulla piastra e Ramiro si volta verso i suoi vicini: un uomo maturo, in giacca e cravatta, con l'orologio di platino al polso, e una giovane donna che ha l'aria di una segretaria. Parlano a sussurri, con un certo mistero, senza badare alla carne arrostita, accompagnata da patate al cartoccio grondanti di burro e peperoncini grigliati su un letto di cipolle. Gli effluvi e l'aspetto sanguinolento del taglio di carne gli eccitano il palato, stimolando la salivazione: non tocca cibo da ieri. Beve un sorso di caffè tiepido. Poi accende una sigaretta per scacciare la tentazione: non lavora mai a stomaco pieno. La temperatura dentro il locale è troppo bassa, ma stavolta Ramiro gradisce il freddo, che lo tiene allerta, concentrato nel suo compito.

Dà un'occhiata al resto della clientela, e riconosce quattro o cinque volti ormai familiari, poi ritorna ai suoi pensieri, con lo sguardo fisso all'edificio di fronte.

Prima che la carne lo distraesse, stava assaporando il suo ritorno a Cocoyoc, alla piccola casa ancora impregnata della personalità del dottor Guillén e della sua famiglia. Si immaginava su una sedia a sdraio in giardino, in costume da bagno, a due passi dalla piscina, leggendo un romanzo di Marcial Lafuente Estefanía. Come un qualsiasi pensionato della classe media. Che schifo. Aveva sorriso con una certa amarezza, dovendo ammettere che la proprietà gli piaceva, anche se spesso si era sentito addosso un vestito estraneo, bislacco, troppo grande per la sua taglia. Eppure, a forza di abitare in quella casa, di utilizzare i mobili e gli elettrodomestici scelti dal padrone precedente, di sfogliare i libri e passeggiare nei dintorni all'ora del crepuscolo, di sopportare la prossimità dei pochi vicini stabili del quartiere, col passare del tempo aveva finito per convincersi che quei muri e quel giardino fossero suoi: un rifugio in campagna dove sarebbe potuto tornare al termine di quella missione a Monterrey. Qualche ora più tardi, alle nove di sera, sarebbe salito sull'aereo, avrebbe dormito nell'appartamento che aveva ancora in affitto nel centro storico della capitale e il giorno dopo si sarebbe incontrato con il capo per rendergli conto del lavoro compiuto, riscuotere il suo onorario e congedarsi da lui per un bel pezzo. Ecco fatto. Poi prendo il primo autobus per Oaxtepec e sono di nuovo in paradiso. Era assorto in questi pensieri, soddisfatto, come chi dà per assolte le responsabilità e si predispone al riposo, quando l'odore di sacrificio umano della carne era venuto a ricordargli che la sua cliente camminava ancora sulle sue gambe per gli uffici del palazzo di fronte, i cui vetri opachi impedivano di fare speculazioni su ciò che stesse accadendo al suo interno.

Hanno firmato le carte i tuoi investitori, Maricruz? Dovrebbero averlo già fatto. È un'ora che sono là dentro. E poi, secondo Damián, l'affare deve essere concluso alle sei in punto. Mi sbaglio? A meno che non ci sia stato un cambio di programma. No, impossibile. Le istruzioni sono state definitive. Spegne la cicca nel posacenere e guarda verso il cielo: su Monterrey si stende uno di quei pomeriggi grigi in cui, malgrado la continua minaccia di un acquazzone, dalle nubi cadono solo gocce minuscole che evaporando non fanno altro che accrescere il caldo. Non pioverà. Si è soltanto nascosto il sole, ma niente acqua. Sprofonda in una specie di tristezza, l'animo gli si affossa, come se le menzogne del cielo lo frustrassero. È uno strano giorno quello che hanno scelto per la tua morte, lady di ferro. Denso di segnali falsi e cattivi presagi. Le nubi. L'auto. Il telefono. Chi mi ha chiamato in camera, stamattina? Sei stata tu? No. Tu no. Eri occupata a preparare l'affare della tua vita. E l'immagine di Maricruz Escobedo intimidita tra i tre uomini durante il pranzo cancella qualsiasi altro pensiero dalla mente di Ramiro.

L'appuntamento era in un albergo di media categoria nel centro di Monterrey. Quando l'Honda verde si era liberata dal denso traffico dell'avenida Padre Mier per infilarsi in una stradina trasversale, Ramiro era rimasto frastornato. Credeva che stessero andando verso il Vescovado, dove si diceva che da una decina d'anni i cartelli del narcotraffico fossero proprietari di diversi palazzi travestiti da uffici. Dove vai, Maricruz? Questi quartieri non sono della tua categoria. Lì per lì non aveva saputo come reagire. Se li seguiva nella stradina, l'autista l'avrebbe visto troppo bene nello specchietto retrovisore. Così aveva tirato dritto, aveva accostato l'auto nel primo spazio libero accanto al marciapiede ed era tornato indietro a grandi passi. Arrivato all'imbocco della strada, aveva visto uscire l'Honda verde dal seminterrato dell'albergo. Il sedile posteriore era vuoto. Aveva fumato una sigaretta sotto il riverbero del sole, giusto per lasciar passare qualche minuto, poi era entrato nel fresco della reception.

Da lì poteva vedere le due entrate, le scale, gli ascensori, il bar e la maggior parte del ristorante. Aveva dato un'occhiata tra i tavoli e in un angolo appartato aveva scorto la sua cliente, sola, con un bicchier d'acqua davanti, immersa nella revisione di alcune carte. Per dissimulare la sua presenza, si era diretto verso il telefono accanto agli ascensori, aveva alzato la cornetta e aveva marcato una serie di numeri a caso. Si era ricordato allora degli squilli insistenti nella sua stanza quella mattina ma, per non ricadere in inutili speculazioni, aveva passato in rassegna il posto: il ristorante e il bar brulicavano di gente. Vibrava nell'aria un ronzio di voci, rotto da un rumore di stoviglie, dal campanello per chiamare i fattorini e da alcune repentine risate. Di sicuro l'albergo era sede di qualche evento. Bene, così nessuno mi nota. A un tavolo vicino a quello della donna, un uomo sfogliava stancamente le pagine di una rivista, sorseggiando di tanto in tanto il caffè. A un altro, due tipi conversavano senza entusiasmo. Ramiro li aveva osservati attentamente: il primo mostrava poco interesse alla lettura e molto a quel che gli accadeva intorno, mentre gli altri cadevano in lunghi silenzi scrutando con gli occhi in ogni direzione. Stanno aspettando i loro capi. Fanno finta di non vederti, Maricruz, invece non si perdono nessun dettaglio.

La porta di uno degli ascensori si era aperta ed erano apparsi tre individui in giacca e cravatta con delle valigette, due di loro con gli stivali ai piedi e uno con il cappello in mano. Ramiro aveva capito subito che si trattava degli investitori. Procedevano con una certa disinvoltura: nel loro atteggiamento si mescolavano l'arroganza e la circospezione di chi vuol essere riconosciuto ma al tempo stesso deve dissimulare la sua presenza. Erano entrati nel ristorante e un paio di camerieri, riconoscendoli, avevano dato loro il benvenuto con gesti di riverenza, chinando la testa quasi con abiezione, come se in passato avessero ricevuto da loro generose mance. Quello col cappello aveva indicato il tavolo della lady di ferro e si erano diretti verso di lei. Ramiro si era chiesto se non fossero proprio quegli uomini a pagare il suo onorario per quel lavoro. O uno dei tre. O Damián. Chi stai truffando, Maricruz? A chi è che dai fastidio? Lei si era alzata per stringere loro la mano, cercando di sorridere, ma il nervosismo le aveva paralizzato il viso e la sua bocca era stata capace di abbozzare solo un'ambigua smorfia. Il tipo che leggeva la rivista non si era neppure girato a guardarli e i due che conversavano erano rimasti in silenzio, facendo finta di nulla. Ramiro aveva approfittato allora di quel momento per infilarsi nel bar senza farsi notare da nessuno.

Un barista con un grembiule di finta pelle gli aveva servito del whisky e a parte un bicchiere di coca-cola con ghiaccio. Se l'era scolata tutta e ne aveva chiesta un'altra. Si era acceso una sigaretta, assaporando con la bocca fresca il fumo del tabacco, mentre guardava sopra le spalle del barista lo specchio dietro alle bottiglie. Suddiviso in losanghe, il cristallo moltiplicava l'immagine di una Maricruz Escobedo stretta tra i corpi robusti dei tre uomini, intenta ad ascoltare le parole di quello che pareva essere il capo, che Ramiro non poteva vedere in faccia perché era seduto di spalle al bar. Il vestito di lei, color giallo uovo, spiccava accanto ai toni scuri degli abiti dei suoi accompagnatori, ma i suoi occhi, la bocca e le guance avevano perso il loro fulgore abituale. Che ti succede? Ti fa paura essere accanto a tre narcotrafficanti? Se non lo fossero, ti avrebbero dato appuntamento da un'altra parte. Ma non preoccuparti. Sono solo uomini d'affari come tutti gli altri. Inoffensivi, sempre che tu non ti metta contro i loro interessi. Non essere così tesa. Rilassati. Lasciati andare insieme a loro. Sii te stessa, Maricruz.

Un ragazzo si era avvicinato al tavolo, aveva preso le ordinazioni e si era diretto al bar. Tre Johnnie Walker etichetta nera e un Herradura blanco doppio per la signora. Il barista aveva preparato le bevute e il ragazzo le aveva portate al tavolo. Tequila, Maricruz? Allora devi essere davvero tesa. Sarà perché stai per fregargli tutta la grana? O perché i tuoi presentimenti sono ora più chiari, e ti dicono che non ti resta che qualche ora di vita? Assapora l'angoscia, gusta bene il cibo, calcola nei dettagli questo affare, anche se non ne godrai i benefici. L'orologio corre, lady di ferro. Ramiro si rigirava sullo sgabello, tamburellava con le dita sopra il bancone: un lieve accesso di acidità gli rodeva il petto. A forza di osservarla, il nervosismo di Maricruz Escobedo aveva iniziato a contagiarlo. Sentiva la bocca arida. Il bicchiere di whisky, intatto, trasudava piccole gocce d'acqua sul lato esterno del vetro e lo attirava a sé, e lui due o tre volte era stato sul punto di portarselo alla bocca. Ma all'ultimo istante dirottava la mano verso la coca-cola. Sembro un alcolizzato che si mette alla prova. Perché ho chiesto un whisky? Con la cicca della sigaretta se ne era accesa un'altra e, mentre teneva sotto controllo il suo obiettivo attraverso lo specchio, gli erano tornate in mente le sensazioni che l'avevano oppresso quella mattina.

Con grande difficoltà si era risvegliato da un sogno denso che si ostinava a trattenerlo a letto, e aprendo gli occhi si era accorto che quel giorno si mostrava diverso dai precedenti. Non si udiva alcun rumore nell'Hotel Ancira. Aveva camminato nel silenzio verso la finestra, per affacciarsi sulle piste ciclabili e i campi sportivi del fiume Santa Catarina. Neppure lì c'era anima viva. Per le strade circolavano pochi veicoli. Pensando che forse era ancora presto, aveva preso il telecomando e aveva acceso la televisione. Un giornalista dissertava sull'ondata di violenza che stava attraversando Monterrey, fino a pochi anni prima un modello di pace e tranquillità tra le città del Paese. Sulla parte bassa dello schermo un riquadro segnava le sette e dodici minuti di mercoledì 23 agosto. È questo il giorno. Aveva sbadigliato, aveva spento l'apparecchio e si era affacciato di nuovo alla finestra. Sopra la Sierra Madre, le nubi si aprivano lasciando passare un fascio di sottili raggi di luce che fendevano la cima del Chipinque, per poi subito richiudersi sommergendo la città in una specie di ombra intermittente. Forse la solitudine delle strade aveva qualcosa a che vedere con la tristezza del cielo. O con qualcos'altro. L'unica cosa certa era che i giorni precedenti, fin dal sorgere del sole, si sentivano rumori di passi, porte, voci e gorgoglio di rubinetti.

La pesantezza di quella calma gli opprimeva il corpo. Si muoveva con difficoltà, come un malato in convalescenza. Per uscire da quello stato, aveva aperto il frigobar e si era bevuto due succhi d'arancia. Aveva preso il pacchetto di sigarette e l'accendino e si era diretto verso il bagno, cercando di ricordare le istruzioni esatte di Damián, quando lo squillo del telefono l'aveva fatto sobbalzare. Le sigarette erano cadute sul tappeto, sparpagliandosi. Il cuore aveva preso a battere tumultuosamente. Un fremito di allarme gli era vibrato sotto la pelle. Chi può essere? Si era ripetuto la domanda due, tre volte, senza trovare risposta. Nessuno sa che sono qui, eccetto Damián. Gli squilli successivi avevano accelerato ancora di più il ritmo dei suoi battiti. Lo sconcerto l'aveva paralizzato in piedi accanto alla porta del bagno ed era restato a fissare incredulo l'apparecchio che continuava a trillare, immobile. Nessuno mi conosce qui, e neppure a Città del Messico né da nessuna altra parte. Il telefono non cessava di squillare, esasperandogli i nervi. Aveva cercato di tranquillizzarsi ricapitolando le possibilità. Damián. Quelli del noleggio auto. Oppure qualcuno dell'albergo. Ma a quest'ora? La sveglia. Sì, devono avermi fatto suonare la sveglia, hanno sbagliato stanza. Quella spiegazione gli era parsa plausibile e il suo cuore aveva rallentato poco a poco i battiti, fin quasi a normalizzarsi. Il telefono aveva suonato ancora per un certo numero di volte, poi tutto a un tratto aveva smesso di insistere. Porca puttana. Che spavento mi sono preso. Di nuovo nel silenzio, aveva raccolto le sigarette ed era andato in bagno. Aveva bisogno di alleggerirsi il ventre, poi allentare la tensione sotto il getto della doccia per finire di calmarsi.

Con la testa sotto l'acqua, il sangue si era placato nelle sue vene. Ramiro aveva riordinato le idee a freddo e, senza stare a ragionarci troppo su, aveva concluso che la chiamata era stata un errore della telefonista dell'albergo. Niente di strano. Cose che succedono di continuo. Poi la crescente sensazione di benessere che gli provocava l'acqua sul suo corpo l'aveva spinto a fantasticare, immaginandosi Maricruz Escobedo appena sveglia, nuda sul bordo del letto, che con una mano si accarezzava i seni, il ventre, le cosce, mentre con l'altra alzava la cornetta e digitava un numero. Ciao, sei tu? Sì sono io, Maricruz. Come devo chiamarti? Ramiro, Bernardo, Genaro? Come vuoi tu, è lo stesso. Ramiro, ti chiamo per ricordarti che oggi dobbiamo incontrarci prima che venga buio... non l'hai dimenticato, vero? No, Maricruz, è da più di una settimana che non penso ad altro. Bene, anche per me è così. Ardo dalla voglia di conoscerti, Bernardo. Anche se a volte ho l'impressione che ci siamo già visti da qualche parte. Tu no? Forse sì, Maricruz, io ti conosco bene. Non darmi buca, voglio proprio vedere che cos'è capace di fare un uomo come te a una donna come me. Ci sarò, Maricruz, e vedrò di non deluderti: ti prometto che farò tutto il possibile. Scusa l'insistenza, Genaro. Quest'incontro è molto importante per me, e spero che lo sia anche per te. Sì, Maricruz, anche per me: questione di vita o di morte. Proprio così, di vita o di morte. Non mancare. Come potrei mancare, Maricruz, se è proprio per questo che sono qui? Bene, allora ci vediamo. E grazie, Ramiro, per tenermi tra i tuoi pensieri.

L'erezione gli provocava un piacere che non provava più da anni. Aveva alzato le braccia e teso i muscoli, stirandoli, fintantoché il formicolio del membro non si era esteso al resto del corpo, strappandogli un grugnito. Aveva preso il sapone e se l'era strofinato con forza sul pelo pubico, sotto le ascelle e sulla testa, producendo molta schiuma. Un profumo di bosco gli aveva riempito le narici, portandolo a rievocare il suo primo bagno dopo il prolungato vagabondaggio attraverso il deserto e la frontiera. Come in quell'occasione, l'acqua lo restituiva alla vita. Si era sentito libero dalla stanchezza, forte, pronto a trovarsi faccia a faccia con la lady di ferro. Allora gli era venuto in mente che quella notte aveva dormito senza interruzioni, e non ricordava d'aver fatto alcun sogno molesto. Me ne sarò finalmente liberato? Forse era l'emozione della morte a scacciare gli incubi. Si era guardato di nuovo il fallo: gonfio e rosso, rispondeva al getto della doccia facendo schizzare gocce che moltiplicavano le irradiazioni del piacere. Aveva sorriso. Al suo ritorno a Città del Messico, avrebbe cercato una femmina che assomigliasse a Maricruz Escobedo, così come gli era apparsa il giorno prima.

Al posto dei sobri tailleur di tutti i giorni, indossava un

vestito rosso dall'ampia scollatura che le ricadeva fino a metà coscia, aderendo alle sue forme. Quando l'aveva vista lasciare l'ufficio a metà mattinata, Ramiro si era sentito orgoglioso di lei, della sua bellezza e del palese desiderio che suscitava negli uomini. L'aveva poi potuta contemplare a piacimento durante i suoi giri per la città, mentre saliva o scendeva dall'Honda verde: nel bar dove aveva incontrato un uomo giovane e allegro, che aveva firmato le carte che lei gli presentava tra scherzi e sguardi insinuanti, poi al ristorante El Rey del Cabrito, durante un banchetto in compagnia di un gruppo di vecchi dirigenti che l'accarezzavano con gli occhi, presi da un attacco di lussuria nostalgica. Prima di concludere il convivio, l'anziano che era accanto a lei non aveva resistito e aveva fatto scivolare la mano ossuta e grinzosa sulla gamba della donna, all'orlo del vestito, in una carezza al tempo stesso audace e innocente. Ramiro, seduto a una certa distanza, era passato in un attimo dall'orgoglio all'invidia, poi alla collera. Lasciala stare, vecchio bastardo. Come osi toccarla? A malapena era riuscito a controllare l'impulso di alzarsi in piedi e andare verso di loro. Maricruz, senza mostrarsi infastidita, aveva ritirato con dolcezza la mano estranea, lasciando che le sfiorasse il contorno della coscia fino al ginocchio, in una lenta carezza che aveva fatto sussultare il vecchio. Poi si era alzata per andarsene, attraversando il locale con andatura garbata, spargendo nell'aria il suo profumo e trascinandosi dietro gli sguardi degli uomini.

Che donna. Paralizza chiunque. Mentre si sciacquava la schiuma dal corpo, aveva rievocato le diverse immagini che aveva conosciuto di lei in poco più di una settimana. La Maricruz giovanile della fotografia, la dirigente sicura e gelida, la signora colta alla sprovvista ma serena nell'imbattersi con lui nel corridoio del caffè, poi la madre tenera, estasiata davanti ai suoi figli, la moglie distante e indifferente, la femmina sensuale e provocante in mezzo agli uomini. Qual era la sua prediletta? Tutte e nessuna, o meglio: quella che era andato costruendo con tutti i pezzi che aveva raccolto man mano che passavano i giorni. La sera prima l'aveva poi rivista sulla soglia del palazzo, ancora intatta come se iniziasse allora la giornata, in tutta la sua bellezza inalterata, gli occhi verdi che spandevano la loro luce nella penombra, piena di forza. Arrivata alla macchina, aveva scherzato con l'autista, che rispondeva alle sue battute con una devozione quasi religiosa, e gli aveva perfino sfiorato il braccio con la punta dei seni mentre saliva in macchina. Quel contatto appena intravisto, che Ramiro aveva sentito sulla propria carne come una scarica elettrica, gli aveva impedito di uscire dal caffè per scortarla a casa. Voleva conservare quell'immagine e quella sensazione per tutta la sera.

Adesso che sono passate già molte ore ed è stato testimone della sua trasformazione, mentre si accende un'altra sigaretta e il fumo gli raschia i polmoni, Ramiro si chiede perché una donna così vigorosa e sicura di sé, decisa a conquistare il mondo con le unghie e con i denti, come quella che ha visto la notte passata avvolta nella sensualità del suo vestito rosso, trovandosi in mezzo ai tre narcotrafficanti durante il pranzo all'albergo si è intimidita a tal punto da annullarsi quasi completamente. Che cosa può spiegare un simile contrasto tra due momenti di una stessa persona? La paura? Non mi convince. Non nel tuo caso, lady di ferro. La tua arroganza mi impedisce di pensarlo, posso solo credere a una strategia premeditata. Sì. Come ho fatto a confondermi? Maricruz ha finto sottomissione per far credere loro di avere il comando assoluto della situazione. È stata a sentire le loro proposte di riciclaggio di dollari, le loro velate minacce in caso di errore, i margini di guadagno, e ha detto di sì a tutto, senza obiezioni, senza riserve, perché è ben decisa a cavar loro di tasca il più possibile. Brava. Ora sì che ti riconosco. È così che avrebbe proceduto Damián: con freddezza e astuzia, attraendoli nella trappola finché non fossero legati a lui mani e piedi. Non c'è dubbio, gli studi all'estero hanno i loro vantaggi.

«Le servo altro caffè?»

La cameriera sostiene in alto la caffettiera di alluminio e lui annuisce con un sorriso. Ha recuperato l'ammirazione, il compiacimento per Maricruz Escobedo. Il liquido nero si agita sul fondo della tazza, emettendo una spirale di vapore aromatico che arriva al naso di Ramiro confortandolo, infondendogli un moto di entusiasmo. Devia lo sguardo verso le porte girevoli, da dove emergono tre segretarie che camminano fino al margine del piazzale e attraversano la strada. E i narcotrafficanti? A quest'ora hanno già abboccato all'amo, giusto Maricruz? In alto le nubi continuano a infittirsi, filtrando i raggi del sole e gettando sulla città opaca un chiarore diffuso, senza lucentezza. Ramiro si porta il caffè alla bocca e il primo sorso gli scotta la lingua. I denti gli dolgono come se si stessero spezzando. Cazzo. Molla la tazza sul tavolo con un colpo secco e sente su di sé gli sguardi curiosi degli altri clienti. Eh, non è niente. Fatevi i fatti vostri, maledetti ficcanaso. Senza prestare loro attenzione, torna a sorvegliare l'edificio, concentrandosi nell'analisi di quel che è successo il giorno prima, mentre tenta di combattere un'idea che più volte l'ha attraversato e che ora ronza con insistenza nel suo cervello: l'ipotesi che Damián e Maricruz si conoscano.

È solo un presentimento e non sa a che cosa attribuirlo, ma è da qualche giorno che quel sospetto lo inquieta. Certe somiglianze nella condotta tra il suo padrone e la donna di ferro, quel modo di guardare e sorridere con ironia, l'apparente freddezza che fa da paravento a una passione sempre sul punto di traboccare, gli studi nella stessa città degli Stati Uniti, forse proprio negli stessi anni. E poi, senza sapersi spiegare bene perché, potrebbe giurare che c'era qualcosa di Damián nell'istrionismo di Maricruz in quelle ultime ore. Più ci pensa e più si convince che era proprio come se seguisse passo passo le indicazioni scritte su un copione: il suo nervosismo al salutare gli uomini, la sua umiltà, perfino la tequila doppia mandata giù in pochi sorsi. Difatti, la donna aveva bevuto quanto i suoi accompagnatori, quindi, terminato il pranzo, quando tutti e quattro erano ormai un po' brilli, aveva preso la parola, aveva estratto varie cartelline dalla valigetta e ne aveva mostrato il contenuto agli uomini con una sicurezza che, sebbene non fosse quella di sempre, aveva però spazzato via la sottomissione e l'obbedienza di poco prima. Ramiro seguiva ogni suo movimento attraverso le losanghe dello specchio dietro il bancone, mentre beveva la coca-cola e vedeva i cubetti di ghiaccio sciogliersi nell'altro bicchiere, intorbidando il whisky. Qualche minuto più tardi la donna di ferro aveva concluso la sua esposizione con un sorriso e gli occhi brillanti. Aveva tirato fuori il cellulare e aveva fatto una breve telefonata. Chi chiami, Maricruz? I tuoi assistenti perché predispongano il contratto? O forse Damián? L'uomo col cappello l'aveva imitata, dando indicazioni agli altri due. Maricruz si era allora alzata in piedi, li aveva salutati senza dar loro la mano e si era avviata verso la reception. È fatta. Li ha in pugno. Quand'è che ti è passata la paura? Uno degli uomini aveva pagato il conto in contanti, lasciando un paio di biglietti sul tavolo. I tre erano usciti dal ristorante, poi erano saliti in ascensore. Ramiro non si era mosso. Non c'era fretta. Sapeva che la destinazione comune sarebbe stata la società finanziaria, e che i clienti di Maricruz stavano salendo in camera per sistemare le loro cose prima di raggiungerla nel suo ufficio. Era rimasto al banco, a contemplare il suo whisky annacquato, finché non si era accorto che il tipo della rivista e i due che chiacchieravano si erano alzati e stavano andando a preparare l'auto su cui avrebbero viaggiato i loro capi.

Sei una buona attrice, Maricruz. Me n'ero già accorto. Stringe la tazza e la trova di una temperatura accettabile. La porta alle labbra e manda giù un grande sorso. Poi si dà una rapida occhiata intorno. La coppia della carne arrostita se n'è andata e al suo posto ci sono quattro signore che conversano a voce alta, scoppiando a ridere rumorosamente. La fame è scemata, divenendo solo un debole gorgoglio nel suo stomaco. Un'ottima attrice. Mi sarebbe piaciuto che tu recitassi nel mio film. Per poco non ingannavi anche me. Aspira ed espira con forza una boccata di fumo che si attorciglia contro la vetrata andando a confondersi, dalla sua prospettiva, con le nubi ammassate nel cielo. Il sole del crepuscolo non desiste nel suo sforzo di trapassarle, e sopra il palazzo della finanziaria la cappa si assottiglia. Anche la scena di ieri è stata una recita, vero? Ti sei resa conto che gli uomini del cartello ti stavano sorvegliando e hai tirato fuori quel personaggio da un film di ballerine di rumba. Se ti vedevano allegra, brillante, civettuola e magari anche un po' puttana, avrebbero informato del tuo modo di fare i loro padroni e questi, conoscendoti poi di persona, si sarebbero sentiti lusingati nel trovarti diversa, timida e sottomessa al loro cospetto. Tutto perfettamente calcolato. Chi ti ha scritto il copione, sa il fatto suo.

E io? Che ruolo gioco io? Ramiro contempla le porte girevoli dell'edificio senza distogliere lo sguardo, ma in realtà non le vede più. Cerca nella sua mente una possibile connessione tra le successive simulazioni della donna e le chiamate telefoniche nella sua stanza, rimaste in sospeso quella mattina. Il dubbio che anche quelle rientrino in una trama ordita da qualcuno di esterno comincia a irritarlo. Questo film degenera sempre di più in farsa. Troppi colpi di scena. Troppi rigiri. E io non ammetto rettifiche al tema principale. Te l'ho già detto, Maricruz. Il mio ruolo era già deciso fin da quando sono arrivato a Monterrey, e non sarò io a modificarlo. Ricorda il suono del telefono e un tremito identico a quello provato al mattino torna a scuoterlo. Perché tanta insistenza? Sarà stato Damián? O chi altri?

Era uscito dalla doccia entusiasmato. Finalmente avrebbe lasciato la città, insieme ai ricordi che per dieci anni avevano vegetato in fondo alla sua memoria. Aveva preso la valigia, l'aveva aperta sul letto e ci aveva buttato dentro i vestiti sporchi. Dalla contentezza si era messo a fischiettare un *narcocorrido*, poi a canticchiarlo, infine a intonare i versi di un paio di strofe a voce sempre più alta. Nel frattempo indossava uno dei completi che aveva trovato nel pacco il giorno del suo arrivo in città, passava uno straccio sulla pelle delle scarpe e si annodava la cravatta. Poi aveva messo via in valigia tutto il resto. La busta che conteneva le carte con i logori dati di Maricruz Escobedo era sullo scrittoio. L'aveva portata in bagno e gli aveva dato fuoco nel lavandino, contemplando i fogli che si contorcevano fino a non esser altro che un pugno di faville fumanti. Ecco fatto. E la foto? Era uscito dal bagno a cercarla. Non l'aveva trovata sul tavolo, né sul comodino o sulla finestra. Aveva passato qualche minuto a frugare tra i vestiti riposti in valigia, senza risultato. Dove sei, donna? Aveva aperto i cassetti, si era chinato a guardare sotto il letto, aveva controllato tra i cuscini, e alla fine l'aveva trovata appallottolata tra le lenzuola. Come ho fatto a non pensare che stanotte hai dormito con me? Ecco perché non ho avuto insonnia né incubi. I tratti della lady di ferro si distinguevano ormai a malapena. Mantenevano lucentezza e colore solo le due pupille verdi che lo avevano accompagnato per tutti quei giorni e quelle notti, liberandolo dalla solitudine, dandogli un'illusione di compagnia femminile.

Osservando di nuovo quel volto adolescente, sbiadito dalle sue carezze, gli era tornata in mente la cameriera del Salón Vasco, la notte in cui Ramiro si era ubriacato davanti alla foto. Lei l'aveva guardato con comprensione, credendolo forse un amante ferito. Avevi ragione, ragazza mia. Un innamorato pieno di risentimento per non poter avere la femmina di qualcun altro. Aveva avuto la tentazione di conservare la foto, ma un'immagine falsa alla lunga gli sarebbe risultata sconosciuta. Aveva optato per tenersi quella che aveva impressa nella memoria, che col tempo sarebbe pure migliorata. Era già stato così per Victoria e per la Muta, le femmine che contavano nella sua esistenza.

Aveva avvicinato la fiamma dell'accendino al logoro rettangolo di carta e il fuoco ne aveva subito incendiato uno degli angoli. Aveva tenuto la foto con la punta delle dita mentre le lingue febbrili divoravano il volto della donna e fili di fumo resinoso si alzavano verso il soffitto. Vederla bruciare era un'anticipazione di quel che sarebbe successo di lì a poco. Aveva sentito un impeto di nostalgia per la perdita di Maricruz, e al tempo stesso un brivido di piacere per essere causa della sua distruzione. La chioma della giovane si era trasformata in una fiamma al cui centro gli occhi color smeraldo avevano mantenuto fino alla fine la loro nitidezza, richiamando in lui l'immagine di una strega giustiziata in un autodafé, che conservava il suo rancore oltre la morte, giurando ai suoi aguzzini che sarebbe tornata a vendicarsi. La fiamma gli aveva bruciato le dita e aveva mollato la foto, i cui frammenti avevano lottato per sopravvivere ancora un po' sul fondo del lavandino, ma presto non erano rimaste che ceneri. Ramiro aveva aperto il rubinetto e l'acqua aveva trascinato via i resti nello scarico. Aveva sospirato. Addio, Maricruz Escobedo.

Era rimasto solo con se stesso. Aveva alzato gli occhi e si era sorpreso nel riconoscere la sua immagine nello specchio. Sono io questo qui? Un tipo vestito di chiaro, con la cravatta annodata in un triangolo perfetto e la camicia impeccabile, gli aveva sorriso dal vetro, muovendo le labbra in un sussurro familiare. Ti ho visto. In quell'istante Ramiro aveva provato la netta sensazione di aver tradito un anelito, un ideale. L'uomo dello specchio era lo stesso che, qualche settimana prima, riposava nella sua casa di campagna, immersa nella pace e nel silenzio, con la tranquillità di un copioso conto in banca, ogni necessità soddisfatta e il futuro assicurato. Il sogno di chiunque. Ti ho visto. Chi sto diventando? Qualcuno come il dottor Guillén? No, lui no. Sto diventando come Damián. Si era guardato di nuovo allo specchio e aveva osservato i capelli ben pettinati, neanche un pelo fuori posto, il mento e le guance senz'ombra di barba, i denti puliti e le unghie tagliate. Si era rivisto qualche mese prima, a Città del Messico, nel parcheggio seminterrato dove lavava le auto. O molto prima, nel carcere della Loma a Nuevo Laredo, quando si chiamava Genaro Márquez e lo chiamavano il Barba, il Marchese, il Generoso, un detenuto tra centinaia di detenuti. O quando caricava pacchi sul ponte internazionale, o nella discarica in compagnia della Muta, all'epoca in cui lo conoscevano come il Chato ed era sempre coperto di terra, sangue e sporcizia. Sì, proprio come un bambino: libero e felice. Quando sono cambiato? Quand'è che mi hanno ammaestrato?

Non aveva avuto il tempo di rispondersi. Il telefono aveva rotto di nuovo il silenzio e Ramiro aveva constatato nello specchio lo spasmo che gli contraeva la faccia. Porca puttana. Un'altra volta? Un nuovo soprassalto gli aveva rivoltato le viscere, e mentre gli risuonavano negli orecchi il secondo, terzo e quarto squillo, aveva raccolto in fretta deodorante, rasoio, pettine e spazzolino e li aveva buttati in valigia. Nel bagno non c'era più niente di suo. Aveva passato in rassegna la stanza. Ogni squillo accresceva in lui l'urgenza di fuggire, di lasciare l'albergo una volta per tutte e perdersi per le strade, lontano da squilli e telefoniste che potessero annunciargli dei cambiamenti a un piano stabilito in anticipo. Si era sforzato di ignorare il suono e si era fermato accanto al letto. I suoi effetti personali erano già riposti in valigia. Il telefono continuava a squillare ostinato. Stai zitto, cazzo. Restavano ancora fuori il coltello comprato nel negozio e la Luger di Damián. Un altro squillo era riecheggiato tra le pareti. L'insistenza pareva aumentare rispetto alla prima volta. E se davvero fosse stato Damián che voleva mandare a monte l'incarico? Si sarà pentito? Ramiro aveva ripassato gli ordini. Colpiscila da lontano. Non correre rischi. Fai un lavoro pulito. Così è più facile. La conosci, Damián? Hai qualcosa a che vedere con lei? Sennò perché tanti riguardi? In un impeto di ribellione aveva preso la pistola, l'aveva buttata sotto i vestiti in fondo alla valigia e aveva chiuso la cerniera. Un altro squillo. No, Damián, niente cambi di programma, né ordini dell'ultima ora. Lo farò a modo mio. Si era messo in tasca il coltello, aveva preso i bagagli ed era uscito dalla stanza, sentendo il telefono che continuava a lanciare grida nel vuoto.

La reception dell'Hotel Ancira era deserta. Non c'erano fattorini accanto agli ascensori. Nel ristorante alcuni tavoli cominciavano a riempirsi e l'unico suono che si udiva a pianoterra era quello delle stoviglie. Ramiro si era avvicinato al banco e aveva tamburellato con le nocche sulla superficie di marmo. Un impiegato con gli occhi rossi era uscito dal retro tentando di abbozzare un sorriso.

«Il signore è in partenza?»

Ramiro aveva assentito, allungando la mano per consegnare la chiave. Rimpiangeva il viavai dei giorni precedenti, con i manager che scendevano frettolosi dai piani superiori, le signore eleganti che facevano colazione in gruppo, i turisti americani in bermuda e maglietta. Dietro al bancone, un orologio appeso al muro segnava le otto e cinque minuti. A quest'ora Maricruz deve essere lì che esce di casa per andare in ufficio. E tutta l'altra gente? Aveva ripensato alle nubi che coprivano il cielo di Monterrey e si era immaginato migliaia di persone mezze addormentate, tratte in inganno dall'assenza del sole. L'addetto alla reception stava finendo di fare il conto, aveva riempito il voucher e l'aveva passato a Ramiro per farglielo firmare. Mentre lui firmava, il telefono della reception aveva squillato.

«Sì? Che numero di stanza? Sì, è qui» aveva detto, tendendo la cornetta a Ramiro. «C'è una chiamata per lei.»

Un sapore amaro e denso gli era salito su dallo stomaco fino alla bocca. Era stato sul punto di cedere alla curiosità, al desiderio di darsi per vinto e verificare chi fosse, ma era riuscito a reprimersi. Aveva guardato l'impiegato con l'aria di non aver capito, poi con irritazione, e alla fine aveva detto infastidito: «Gli dica che me ne sono andato.»

Non aveva neppure badato alle parole che l'altro diceva al telefono. Lo esasperava l'idea di prendere in mano la cornetta e udire la voce di Damián che gli ordinava di annullare la morte di Maricruz Escobedo. E la possibilità che si trattasse di qualsiasi altra persona gli faceva venire l'acidità.

Calmati, Ramiro. Invece di riattaccare, l'impiegato l'aveva osservato con riprovazione, aveva tappato la cornetta con il palmo della mano e, con un sorriso forzato e la voce pastosa, aveva insistito.

«Sembra urgente.»

«Allora non mi ha sentito? Le ho detto che me ne sono andato.»

Una donna che veniva verso la reception aveva aggrottato la fronte in segno di disapprovazione, poi si era allontanata di nuovo. L'impiegato allora aveva ripetuto le istruzioni di Ramiro con tono grave e aveva riattaccato. Poi, come se la chiamata non ci fosse mai stata, aveva controllato delle carte, scritto un paio di frasi sul computer, consegnato a Ramiro la ricevuta del parcheggio e riposto la chiave in un cassetto.

«Spero che il soggiorno a Monterrey sia stato piacevole. Il signore vuole che chiami un fattorino?»

Senza rispondere, Ramiro aveva alzato su la valigia per poi uscire a grandi passi dall'albergo. Camminando imprecava col pensiero contro l'impiegato, chiedendosi chi cazzo era che lo perseguitava con tanta insistenza. Tre chiamate. Urgente. Non era possibile. Maledetto Damián. Non farti illusioni. Oggi stesso uccido quella figlia di puttana, come siamo d'accordo, o non uccido più. Aveva ignorato il sorvegliante nella guardiola del parcheggio e gli inservienti che si avvicinavano, e aveva passato in rassegna le file di posti auto in cerca della sua. O forse mi ha riconosciuto qualche compagno dell'università, o del giornale? Magari non è vero che la mia faccia è così comune. Mi avranno visto entrare in albergo e hanno chiesto al telefonista il mio numero di stanza. No. Avrebbero chiesto di Bernardo de la Garza, non di Ramiro Mendoza Elizondo. La valigia pesava e aveva cominciato a sudare. Si era allentato la cravatta. Oppure mi hanno sorvegliato tutto il tempo, senza che io me ne accorgessi? Potrebbe essere, ma chi? I narcotrafficanti? Gente di Damián? Chi, cazzo? Si era fermato. Aveva vagato con lo sguardo, controllando fila dopo fila senza riuscire a localizzare l'auto. Aveva tirato fuori di tasca il biglietto del parcheggio, ma senza trovarci niente che gli indicasse l'ubicazione del veicolo. Rassegnato, era tornato all'entrata e aveva consegnato il pezzo di carta a uno degli inservienti.

Si era appoggiato al cofano di un camioncino e, mentre aspettava, si era detto che la telefonata poteva anche essere stata di Victoria. Non aveva più ripensato a lei, da quella sera in cui aveva creduto di distinguerne la sagoma dietro le tendine di casa. Quale sarebbe stata la reazione di una donna abbandonata nel ritrovarsi davanti a suo marito dopo dieci anni? Gioia, nervosismo, ira, rancore: tutto intrecciato. E poi solo odio. E silenzio, indifferenza. Avrei dovuto chiedere se era un uomo o una donna. Ma se si trattava di un conoscente, perché non mi aveva fermato per strada o all'entrata dell'albergo? Guarda là chi si rivede, accidenti a te. Quanti anni sono passati. Pensavamo che tu fossi morto, sei scomparso così all'improvviso… No. Un amico non avrebbe aspettato a cercarmi per telefono. È stato Damián. Non c'è altra possibilità. Vedendo l'inserviente che si avvicinava con la macchina, aveva compreso perché non era riuscito a trovarla: in seguito all'incidente, l'autonoleggio gli aveva cambiato il veicolo con un altro di diverso colore. Come ho potuto dimenticarmelo? L'errore commesso in un dettaglio così semplice aveva accresciuto il suo turbamento, e aveva gettato con rabbia la valigia sul sedile posteriore. Uscendo però non aveva mancato di dare una banconota al ragazzo e aveva salutato il sorvegliante nella guardiola agitando la mano.

Ramiro interrompe il flusso dei suoi pensieri, presentendo che l'ora ormai si avvicina. Dirige lo sguardo verso l'entrata del palazzo: nessuno. Tra poco usciranno, potrei giurarci. Non ha mai saputo spiegarsi com'è che sa queste cose. Forse è dovuto a una certa statica nell'aria intorno a lui, a un cambiamento appena percettibile della sua apertura polmonare, o a un aumento della temperatura del sangue. Sia come sia, in dieci anni ha imparato a decifrare i segnali che il corpo gli invia nei momenti cruciali. Accende una sigaretta e nota un lieve tremore alle dita. Alza lo sguardo per cercare la cameriera, che va da un gruppo di signore all'altro, poi fa il giro dei tavoli degli uomini soli con la caffettiera di alluminio in mano. Si è dimenticata di me. Ramiro contempla la sua tazza vuota, il posacenere colmo di cicche. Alza il braccio per captare l'attenzione della cameriera, attraendo anche quella di alcuni clienti. Che cosa avete da guardare, stronzi? Restituisce lo sguardo con insolenza e gli viene in mente Damián. Tu non saresti d'accordo che io li guardi così, capo. È vero, sono imprudente. Anche se non c'è altro modo per togliermi di dosso tanta curiosità. Ma che cos'è che vedono in me?

«In che cosa posso servirla?»

«Mi dia ancora caffè e un bicchiere d'acqua. E mi porti anche il conto.»

Riempiendogli la tazza, la giovane posa su Ramiro uno sguardo nervoso. Sembra che stia per domandare qualcosa. Ma poi ci ripensa, e si avvia verso la cassa. Che faccia avrò mai? Quella di un malato, pallido, con le labbra ceree? Si passa la lingua nella bocca secca, aspra, sentendo minuscoli grumi di saliva terrosa. No, non è che ho un brutto aspetto, è che non c'entro niente con questo posto, con queste persone. È impossibile, capo. Non mi è servito a nulla l'addestramento, né le tue raccomandazioni, né i soldi, né i vestiti costosi. Rimarrò sempre lo stesso. Non mi si può ripulire, né ammaestrare. Non sarò mai invisibile tra la gente. La conversazione al tavolo accanto si è interrotta all'improvviso: le quattro donne scrutano la sua faccia, i suoi movimenti. Ramiro cerca di immaginarsi la sua espressione: quella del ladro che tende un agguato all'incauto, o quella del predatore pronto all'assalto. Ha sentito dire spesso che, quando è imminente, la morte è riconoscibile sul volto dell'assassino. È questo quello che vedono in me? Decide di ignorare la gente, mentre il tremito delle sue mani aumenta estendendosi doloroso fino alle clavicole. Beve un sorso di caffè e il liquido spazza via i grumi dalla gola, ma sulla lingua persiste la sensazione di aridità.

«Ecco l'acqua, e il suo conto.»

«Grazie, signorina.»

«Buona serata, signore. E a presto.»

Ramiro butta giù l'acqua d'un fiato e la sua apprensione si smorza insieme alla sete. Il tremore alle mani e alle spalle svanisce. Avverte ancora gli sguardi estranei piantati su di lui, ma i due uomini in giacca e stivali che fanno ruotare le porte girevoli dall'altro lato della strada catturano la sua attenzione. Dopo di loro esce quello con il cappello di feltro che, dando istruzioni agli altri due, alza lo sguardo e, vedendo che la luce trapassa le nubi, si copre la testa. Sembra soddisfatto. Quando l'auto si accosta al marciapiede, scherza perfino con i suoi compagni. V'è andato bene l'affare, signori. Vi si legge in faccia. Avete accettato le condizioni, avete firmato, avete messo i vostri profitti in mano a una donna. Tornate pure tranquilli a Culiacán, a Juárez, a Tijuana. O da dove diavolo siete venuti. Ma andatevene, non state qui a intralciarmi. Prima di salire in macchina, l'uomo col cappello guarda verso il caffè, dice qualcosa ai suoi colleghi e prende posto sul sedile accanto all'autista. Ramiro resta col fiato sospeso per qualche istante, in tensione, con le mascelle bloccate: si rilassa solo quando vede l'auto avviarsi e poi sparire, lasciando la strada deserta sotto il sole basso del pomeriggio.

Quanto tarderai a uscire, Maricruz? Cinque, dieci minuti? Si alza e va verso la cassa tra gli sguardi dei clienti, ora espliciti, quasi sfacciati, come a dargli a intendere che si sono impressi nella memoria la sua fisionomia. Ti abbiamo visto. Paga il conto con mano ferma, mostrandosi tranquillo davanti alla cassiera, ma intanto riconosce i lamenti del suo corpo che si prepara all'attacco: pulsazioni alle tempie, tensione ai muscoli, i polmoni che si sforzano di filtrare l'aria densa del bar. Dopo aver preso il resto, esce in strada e si ferma sul marciapiede. Aspira l'aria umida, un po' surriscaldata, fiutando l'aroma di Maricruz Escobedo. Ucciderò una donna. Sentirò il tepore del suo sangue. I rantoli del suo corpo. La litania tante volte ripetuta non lo soddisfa: vi avverte ora un gusto maligno. Nel cielo, le nubi paiono un mucchio di stracci sfilacciati. I raggi del sole, obliqui, riverberano sulla strada, sul piazzale, sollevando un'onda calda intensa e trionfante. Morirai in pieno sole, Maricruz. Accende l'ultima sigaretta, accartoccia il pacchetto e lo butta in mezzo alla strada. Come quell'altra volta. La prima. Ma dove sono i cani? E il vecchio cowboy. Ti ho visto. Ti abbiamo visto. Si gira verso la vetrata del bar: le quattro donne lo osservano in silenzio, con un'attenzione esagerata. Adesso sì, aprite bene gli occhi. Quello a cui assisterete non si vede spesso da queste parti. E voi non farete nulla per impedirlo, vero? Una donna. Come mia madre. Come Victoria, e la Muta. Ma non è una donna qualsiasi. È una figlia di puttana. Se lo merita. Fuma e ricorda in pochi attimi tutto quello che sa sulla donna di ferro. Gli organi del suo corpo vibrano dispiegando un'intensa attività, anche se lui non si è mosso dal marciapiede.

Sente accendersi un motore in lontananza, in direzione del parcheggio. Aspira l'ultima boccata, butta la cicca ai suoi piedi, la schiaccia con la suola della scarpa, tossisce e riprende a camminare. Attraversa la strada fino allo spartitraffico e fa una sosta per lasciar passare un furgoncino. L'aria smossa dal veicolo gli investe la faccia senza rinfrescarlo. Strizza gli occhi. L'asfalto fonde i raggi del sole trasformandoli in un'unica fiamma bassa, stretta e lunga. Ramiro attraversa in fretta quel sentiero di fuoco e sale sul marciapiede opposto, mentre l'Honda verde rallenta per fare la curva. È arrivato il tuo autista. Manchi solo tu. Un sudore pastoso gli copre la fronte. Il collo della camicia si è inumidito fino a fargli sentir freddo. Dalle ascelle scorrono grosse gocce che vanno a rifugiarsi sotto la cintura. Ramiro concede allora un pensiero nostalgico alla piscina della sua casa a Cocoyoc, alla brezza della campagna. Si mette la mano in tasca e circonda con le dita il manico del coltello, lo soppesa nel palmo, percorre il contorno del pulsante di scatto, la scanalatura da dove spunterà la lama e si lascia andare a un sospiro. L'Honda verde gira l'angolo e la lady di ferro non è ancora scesa. Sbrigati, Maricruz. Abbiamo un appuntamento, non ricordi? Ramiro esita, continua ad avanzare lentamente, ma appena vede che le porte cominciano a girare estrae il coltello di tasca.

Chi esce dal palazzo però non è la donna che lui aspetta, bensì un vecchio con una valigetta in mano. Dietro di lui c'è il guardiano che accompagna Maricruz Escobedo, ancora immersa nella zona d'ombra. Delle gomme stridono alle sue spalle, e Ramiro non ha bisogno di voltarsi per indovinare che l'autista ha fiutato il pericolo della sua presenza. Se accorre in tuo aiuto, tanto peggio per lui. Ormai il tramonto si avvicina, ma il sole acceca ancora la vista, scalda la testa, spreme l'acqua dal corpo. Abbagliato dalla luce, il guardiano esce sul piazzale senza notare Ramiro. Il vecchio invece s'incrocia con lui e vedendogli il coltello stretto nel pugno si scosta di lato per istinto, facendosi scudo sul petto con la valigetta. Vorrebbe dare l'allarme, ma dalla sua bocca esce fuori un sibilo soffocato dallo sbattere di una portiera. Di spalle alla strada, il guardiano arresta il moto delle porte girevoli per far passare Maricruz Escobedo. Ramiro ammira da vicino le sue rotonde forme strette nel tailleur giallo uovo, la chioma sciolta, la bocca, gli occhi verdi e brillanti. Avverte il suo profumo. Sente il ticchettio dei suoi passi e, distintamente, il suono della sua voce.

«Per me è lo stesso, Jorge. Decidi tu dove.»

Uno schiocco metallico la costringe a voltarsi, mentre Ramiro si getta sul guardiano e con rapidità gli trapassa due volte il fegato. Senza capire che cosa sta succedendo, l'uomo cade in ginocchio, ansimando, immerso nell'incertezza dell'agonia. La prossima sei tu, lady di ferro. Lei smarrisce lo sguardo nello specchio rossastro della lama cromata, poi guarda l'assassino come se a un tratto lo riconoscesse, senza paura, ma piuttosto con curiosità. Sono io, Maricruz. Sono venuto a cercarti. Il vecchio alla fine riesce ad articolare un grido di allarme, che si confonde con i passi precipitosi dell'autista sul piazzale. Ramiro si lascia il guardiano alle spalle e avanza verso la donna. Il sua respiro si spezza, il calore gli fa ardere le braccia, un violento solletico gli attraversa l'inguine. Siamo alla fine. Sferra la lama dritto verso la donna, per centrarle il cuore, ma riesce solo a ferirle una spalla perché lei schiva il colpo buttandosi a terra. Ramiro sorride. Dovevo aspettarmelo da te. Ruota il torso per preparare la seconda stoccata e con la coda dell'occhio vede l'autista che corre con la disperazione negli occhi e la mano infilata sotto l'ascella, già quasi sopra di lui. Lo affronta puntandogli contro il coltello, ma il ragazzo non rallenta la corsa. L'impatto li fa finire entrambi contro il muro. Un colpo gli rimbomba nel cranio e Ramiro stringe il manico dell'arma con tutte le dita, malgrado la testa dell'altro sia venuta a sbattere contro il suo naso, accecandolo, piegandogli le ginocchia, facendolo piombare a terra dove i colpi su di lui si moltiplicano, sferrati da piedi, mani, ginocchia. Sentendo la valigetta sbattergli in faccia, comprende che anche il vecchio si è unito al pestaggio. Si difende con una forza che a momenti pare venir meno: scaglia coltellate senza vedere dove finiscono, senza sapere neppure se sta ferendo i suoi rivali, mentre lotta per togliersi di dosso il corpo che lo soffoca. La bocca sa di sale e bile. I coaguli gli ostruiscono le fosse nasali. Tra le dita gli scivola un sangue tiepido e appiccicoso. Verifica che appartiene all'autista, quando riesce a scuotersi di dosso quel corpo che ormai non colpisce più. Si alza in piedi, investito da un'ondata di sensazioni sconosciute che lo smarriscono. Dove sei, Maricruz?

Un silenzio sacro grava sul piazzale, tanto che è possibile avvertire un remoto canto di uccelli. Il sole quasi orizzontale sfiora il volto di Ramiro, che si passa una mano sugli occhi. La vista gli si schiarisce e vede il vecchio allontanarsi con una gamba ferita. L'autista e il guardiano giacciono al suolo immobili. Maricruz Escobedo, a terra, appoggiata al muro, fissa su di lui uno sguardo assente, sonnolento, senza alcun interesse per quel che le accade intorno. Il sangue tinge di rosso la manica della sua giacca, e ha perso una scarpa. Se tu potessi vederti. Sei bellissima così indifesa. Di colpo risuonano voci e passi dietro le porte girevoli. Senza vederli, Ramiro immagina i manager, gli investitori, le segretarie che strillano isteriche, gridando aiuto. Nessuno osa muoversi. Ti lasceranno morire da sola. Non farci caso. È sempre così. Guardami soltanto con quegli occhi. Lasciami sentire il tuo profumo mischiato al sangue. Ramiro fa qualche passo, poi si arresta, sentendo che qualcosa dentro di sé non funziona bene. Un dolore acuto gli ha intorpidito il fianco sinistro. Si guarda sotto la giacca e, vedendo la camicia fradicia, si rende conto che il colpo udito durante la lotta era quello di uno sparo. Cazzo. Si gira verso il corpo dell'autista. Lì, accanto ai suoi piedi, giace la pistola. Ci sei riuscito a fottermi, bastardo. Respira con difficoltà, prima di fare un altro passo, mentre Maricruz dà segno di riprendere coscienza. Trema, si flette contro il muro e fissa il suo aggressore con il panico nelle pupille. È così. Imprimiti bene la mia faccia. Portala con te nell'altro mondo. Il solletico gli risale su dal basso ventre, restituendogli l'ardore. Avanza deciso. Maricruz si rialza e tenta di mettersi a correre, ma il piede scalzo inciampa nell'altro e deve appoggiare un braccio al muro per non cadere di nuovo. I rumori dentro l'edificio si fanno più acuti. Con un movimento rapido, Ramiro le taglia la fuga. La immobilizza premendole una mano sul petto. I battiti angosciosi della donna risuonano sotto il palmo dell'uomo, sotto le sue dita: gli trasmettono un brivido. Inspira forte per impossessarsi del suo alito, del suo profumo, vedendo il panico sfumare dai suoi occhi nell'istante in cui lei sente il freddo della lama sul collo. Non lottare. Guardami. Così. Le labbra femminili si inumidiscono, si schiudono e si protendono come se volessero unirsi alle sue in un ultimo bacio. Maricruz Escobedo geme, sussulta, socchiude le palpebre e il suo viso poco a poco acquisisce un'espressione di tenerezza e sollievo, mentre il torrente che fluisce dalla giugulare aperta bagna le mani di Ramiro. Vai, donna di ferro. Sei libera. È stato un vero piacere conoscerti. Il fulgore delle pupille si estingue lasciando il posto a uno sguardo opaco, che rievoca in lui quella sensazione di solitudine estrema già provata. Con delicatezza, deposita il cadavere sul selciato, con la schiena contro il muro e la testa alzata, in modo che gli occhi morti seguano i suoi passi mentre si allontana.

Cammina trascinando la gamba sinistra fino al corpo dell'autista. Mentre si abbassa a raccogliere la pistola, il dolore gli preme alla cintura. Si porta la mano al fianco, mescolando il suo sangue a quello di Maricruz Escobedo, e una fitta lo avverte che la pallottola è penetrata fin sotto l'ultima costola. Non deve essere grave. Posso sopportarlo. Il silenzio avvolge di nuovo il piazzale e Ramiro rimpiange le grida, il pianto delle donne, l'orrore che deforma le facce dei presenti: la solita scena di sempre. Ti hanno lasciato morire da sola, Maricruz. Te l'avevo detto. Cerca il vecchio con la valigetta e non lo vede da nessuna parte: scorge solo un sentiero rosso che si perde a un lato del muro. Vigliacchi. Vi ho visto, avete paura. Mentre attraversa il piazzale si prefigura le ombre dei clienti del caffè dietro la vetrata. Un'auto passa lentamente per la strada, il guidatore contempla i caduti con occhi atterriti e vedendo l'assassino accelera e svolta alla prima traversa. Ramiro scende dal marciapiede e il movimento fa sanguinare ancora di più la ferita: non sente più la gamba sinistra e anche la destra comincia a intorpidirsi. Cammina come un automa, lasciando una traccia di sangue dietro di sé. Devo arrivare alla macchina. Scuote la testa per cercare di allontanare la vertigine e infine poggia i piedi sul marciapiede davanti al caffè. Lì si mostra in tutta la sua figura alle quattro signore che lo guardano a bocca aperta, agli avventori con cui tante volte ha condiviso le ore nei giorni passati, e punta contro di loro la pistola per vederli sparire in cerca di rifugio dentro il locale.

Senza più nessuno dall'altra parte, il riflesso del vetro gli rimanda l'immagine di un quarantenne con i capelli in disordine e uno sguardo demente in mezzo al volto emaciato. Il vestito sporco, strappato, copre un corpo ricurvo con la camicia imbrattata di sangue. Il sopravvissuto a un disastro. Un uomo che ispirerebbe pietà se non avesse un coltello nella mano tesa, accostata al corpo, e una pistola nell'altra. Questo qui sono io. Quello della discarica, quello che è stato sul punto di morire in carcere, per mano del Cóster. È così che ero uscito dallo scontro, quella volta. Perché mi hai salvato, Damián? Per poter contare su un cane fedele, riconoscente, ligio a ogni tuo ordine? Ramiro preme il grilletto e il suo riflesso si infrange in uno strepito di grida e vetri rotti, che soffoca l'eco della detonazione. Molla il coltello. Si toglie la giacca e la cravatta e le getta ai propri piedi. Un altro capogiro lo fa barcollare. Subito si riprende e avanza verso il parcheggio del caffè, cercando di ricordarsi il colore della sua auto.

Non correre rischi, aveva detto Damián. Così è più facile per tutti. Mentre prende posto sul sedile, il dolore lo costringe a riconoscere che il capo aveva ragione. Chiude la portiera, accende il motore e si avvia, proprio mentre parecchie persone escono dal palazzo per poi avvicinarsi ai corpi sul piazzale. Altri escono dal caffè e lo indicano con il dito. Una sirena ulula in lontananza in qualche strada della città. Vengono per te, Maricruz. O per me. Maledetto Damián. La conoscevi, è sicuro. Colpirla da lontano? Mi sarei perso il suo ultimo sguardo. Il suo respiro. Tu che ne sai di queste cose, capo. Non hai mai ucciso nessuno. Dai solo gli ordini. E a me non ordini più nulla. Senza rendersene conto, guidando per inerzia, Ramiro attraversa strade solitarie, poi altre piene di traffico, si lascia alle spalle la colonia Del Valle e risale una collina spaccata in due che gli riporta alla memoria la penosa camminata attraverso la costa del Mamulique. Gli torna voglia di fumare. La sete gli brucia di nuovo la gola e la lingua. Dove vado? Verso la frontiera? Poi attraversa un viadotto lunghissimo sopra il fiume Santa Catarina, con in mezzo un bizzarro monumento di bronzo, che gli fa ricordare il ponte internazionale dove aveva lavorato tanti giorni sotto il sole, aiutando le contrabbandiere a trasportare i loro sacchi. L'aria, le case, gli edifici, le auto, il cielo, tutto diventa rosso davanti al suo sguardo quando imbocca una strada a più carreggiate e si ritrova in coda a un plotone di veicoli. Il sopore lo attanaglia ma può solo continuare ad andare avanti.

Il suono di un clacson lo costringe a badare alla strada: a sinistra il letto di pietre del fiume comincia a popolarsi di arbusti e ombre diffuse, a destra lo scintillio dei lampioni vince le luci del crepuscolo. Sta guidando per l'avenida Constitución, verso ovest, in direzione Saltillo. Cerca di muovere la lingua e la sente asciutta, pesante, incollata al palato. Mi sto prosciugando, Maricruz. All'improvviso il lampeggiante di una pattuglia che passa veloce sul lato opposto della strada risveglia in lui la sensazione di un timore antico. Invade la corsia di fianco e un'auto gli strombazza. Lasciatemi in pace, bastardi. Si afferra al volante con forza, insanguinandolo ancora di più, e getta un'occhiata nello specchietto retrovisore. Le auto dietro alla sua hanno i fari accesi. Il sole scompare dietro la Sierra Madre lanciando fiammate sempre più spente. Nel ritrovarsi circondato da ombre, Ramiro rimpiange il corpo tiepido e accogliente di Victoria, dove cercare ristoro da quel dolore che poco a poco gli rode le membra e i pensieri, che pur sembrando non aver fretta, non cessa di espandersi, pulsando, intorpidendogli la carne. È così che dev'essere la morte. Qualcosa di estraneo che ci entra dentro. Come la stanchezza, la noia, l'indifferenza. Che ci immobilizza e ci libera al tempo stesso. Tu l'avevi capito, Maricruz. Per questo la paura è svanita dal tuo sguardo.

Gli automobilisti dietro di lui fanno ruggire il motore, fanno lampeggiare le luci, insistono con il clacson. In risposta, Ramiro diminuisce ancora di più la velocità. Dove vogliono che vada? A casa mia, con mia moglie e i miei figli? All'aeroporto, per raggiungere Città del Messico e da lì Cocoyoc? Prenditi pure la casa del dottor Guillén, Damián. Te la regalo. Io preferisco la discarica, il fiume, la strada. Quelli sono i posti per me. L'ultimo raggio di sole traccia un fregio violetto nel cielo e Ramiro si immagina lo spettacolo in corso dietro il Chipinque: il ventaglio luminoso sull'orizzonte, le colline che si tingono d'oro, il canto di uccelli e cicale. Dimenticati di me, capo. Non ucciderò più le tue amanti, le tue complici, per consentirti di tenere per te i dollari dei narcos. Cercati un altro cane. O vai a farti fottere. Come preferisci. Scopre davanti a sé una deviazione e gira il volante per imboccare una traversa che s'inoltra verso il fiume. Qui è iniziato tutto. O è stato ancor prima? Sì. All'osteria, dopo i due film. Ritrae il piede dall'acceleratore e l'auto comincia a fermarsi. Allora ricorda la figura del vecchio demonio che lo apostrofava a gran voce e trasale nel comprendere che la sua mano tesa non era un gesto di minaccia ma un invito. Ti ho visto. Hai paura. È vero, ce l'avevo. E a partire da quella notte ho smesso di averla. Era questo che volevi dirmi, vecchio cowboy? Accosta la macchina al bordo della strada e frena. Il suo corpo è incollato al sedile per via del sangue. Mentre apre la portiera, il dolore al fianco si ravviva. Ramiro riesce a ignorarlo e trascinando la gamba attraversa la strada, con le auto che lo evitano a stento tra insulti e squilli di clacson.

Quando raggiunge il letto del fiume la sua visione è troppo confusa. Respira a fatica, anche se riesce a percepire l'aroma dell'erba. Tossisce. Sente in bocca il sapore del sangue. Avanza nella penombra attraverso un sentiero che passa in mezzo a una macchia di arbusti, mentre gli tornano alla mente i volti di Victoria, della Muta, di Maricruz. Ne avrò mai un'altra? Dall'alto del cielo una pupilla solitaria gli indica la strada fin dove la vegetazione pare diradarsi. Il rigagnolo d'acqua che è tutto quel che resta del Santa Catarina annuncia la sua presenza con uno sciabordio tra le pietre. Resisti, Ramiro. Manca poco. Sa che la pista ciclabile e il centro sono ormai alle sue spalle, lontani, e che da queste parti è difficile incontrare gente. Ho bisogno di dormire qualche ora. Domani andrò avanti. Arriva a una radura in mezzo ai cespugli e si mette in ginocchio. Il dolore lo scuote: vibra nel suo corpo ancora qualche istante, per scomparire quando si siede, allungando le gambe. Abbassa gli occhi, ma li rialza sentendo un rumore vicino: un cane famelico fiuta l'aria in cerca di cibo, orina su un arbusto, lo guarda diffidente, poi indietreggia. Dov'eri stato? Ramiro ride contento e si sdraia su una stuoia di erbacce, convinto che da qualche parte sul suo cammino c'è una silenziosa figura femminile che lo aspetta per dargli conforto con le sue mani. Domani. O più avanti. Un giorno di questi, di sicuro. Speriamo che assomigli a te, lady di ferro. Su una cosa avevi ragione, Damián. Non è difficile ammazzare una donna. Guarda in alto il volto rossastro della luna e vi scopre tratti che non aveva mai visto: un accenno di sopracciglia, il naso sottile, la bocca incurvata. Un ammasso di nubi si sta avvicinando e alcuni sfilacciamenti accarezzano già il suo contorno. Ramiro sospira profondamente, e prima di abbassare le palpebre, sente che lì, sulla sponda del fiume, anche le ombre degli arbusti strisciano e si stringono intorno a lui, come se si disponessero a vegliare sul suo riposo.

Tam Tam (narrativa)

1. Iman Humaydan Younes, *Donne di Beirut*
2. Rafael Bernal, *Il complotto mongolo*
3. Shandana Minhas, *Pakistan Graffiti*
4. Jenn Díaz, *Belfondo*
5. Daniel Guebel, *Carrera e Fracassi*
6. Claudio Morandini, *A gran giornate*
7. Evghenìa Fakinu, *La sala degli scrittori suicidi*
8. Eduardo Antonio Parra, *Nostalgia dell'ombra*

Altri libri La Linea

Le Stringhe (saggistica divulgativa)

1. Isabella Fabbri - Patrizia Zani, *Anita e le altre. Amore e politica ai tempi del Risorgimento*
2. Marina Emanuelli, *Il Natale è servito. Pranzi natalizi nel mondo*
3. Tom Collins, *I dieci cocktail che sconvolsero il mondo. Storie di uomini, donne, alcol e bar*
4. Roberta Gollini - Paola Melle, *Il bel matrimonio. Come sopravvivere ai preparativi e sposarsi felici e contenti*
5. Silvia Morselli - Antonello Nicolini, *Dire fare abitare. Alla ricerca del proprio spazio domestico*

Il Secondo Libro (antropologia)

1. Michael D. Coe, *La soluzione del codice maya*
2. Betty Mindlin, *Mariti alla brace. Miti erotici dell'Amazzonia*

La Linea Edu (didattica per adulti)

Emilio Porcaro (a cura di), *Test di conoscenza della lingua italiana per richiedenti permesso di soggiorno CE per soggiornanti di lungo periodo*

Alessandro Borri, *Il libro di Storia e Geografia. Percorsi di Storia, Geografia e Cittadinanza per gli utenti dei CTP* (coedizione Loescher/La Linea Edu)

Stefania Armati, *Il libro di Matematica e Scienze. Percorsi di Matematica e Scienze per gli utenti dei CTP* (coedizione Loescher/La Linea Edu)

Emilio Porcaro - Maria Verdi, *Il libro di Italiano. Percorsi di Educazione Linguistica per gli utenti dei CTP* (coedizione Loescher/La Linea Edu)

Paola Maria Giangrande, *Dall'A1 all'A2. L'italiano di base per il permesso di soggiorno* (Loescher/La Linea Edu)

Fuori collana

Chiara Cretella, *Un posto per ricominciare. Un ventennio con la Casa delle donne*

Odo Tinteri, *Barche nella Storia: Barche del Mediterraneo*

Concetta Trinidad, *Manuale per incaute frequentatrici di AA (Analfabeti Affettivi)*

La Linea aderisce alla campagna "Editori e scrittori amici delle foreste" promossa da Greenpeace e utilizza carta riciclata 100% senza uso di cloro e con alte percentuali di fibre post-consumo.

Finito di stampare nel mese di ottobre 2012
presso Geca Industrie Grafiche (Cesano Boscone)
per conto delle Edizioni La Linea
Printed in Italy